化生

长江之神

蛇从革 著

山西出版传媒集团 山西人民出版社

图书在版编目（CIP）数据

长江之神：化生 / 蛇从革著. — 太原：山西人民出版社，2021.10
ISBN 978-7-203-11830-5

Ⅰ. ①长… Ⅱ. ①蛇… Ⅲ. ①幻想小说－中国－当代 Ⅳ. ①I247.5

中国版本图书馆 CIP 数据核字（2021）第 148396 号

长江之神：化生

著　　者：蛇从革
责任编辑：孙宇欣
复　　审：魏美荣
终　　审：贺　权
装帧设计：今亮后声・赵晓冉

出 版 者：山西出版传媒集团・山西人民出版社
地　　址：太原市建设南路 21 号
邮　　编：030012
发行营销：0351—4922220　4955996　4956039　4922127（传真）
天猫官网：https://sxrmcbs.tmall.com　电话：0351—4922159
E—mail：sxskcb@163.com　发行部
sxskcb@126.com　总编室
网　　址：www.sxskcb.com

经 销 者：山西出版传媒集团・山西人民出版社
承 印 厂：三河市金元印装有限公司

开　　本：890mm×1240mm　1/32
印　　张：13.5
字　　数：258 千字
版　　次：2021 年 10 月　第 1 版
印　　次：2021 年 10 月　第 1 次印刷
书　　号：ISBN 978-7-203-11830-5
定　　价：55.00 元

“……又东湖县东山寺下，隐藏河妖，容纳无计，愚昧渔民信徒供奉童男女，敬长江之神！”

——《翁载慈日记》

“翁载慈，比利时若瑟省方济各会神父，十九世纪末来鄂传教。一九一七年因救落水学生溺亡于河西石榴红山下溪流。文献《教士之回声》一说死于‘宜昌教案’，或别有其人。”

——《夷陵县志》

“……和我们的宇宙以相同的条件诞生的宇宙，还有可能存在着和人类居住的星球相同的，或是具有相同历史的行星，也可能存在着跟人类完全相同的人。同时，在这些不同的宇宙里，事物的发展会有不同的结果：在我们的宇宙中已经灭绝的物种在另一个宇宙中可能正在不断进化，生生不息。”

上

我的好朋友严茂，在2001年一个周六的下午，淹死在了长江。

那一天是农历七月十四，鬼节。

他在长江边失踪的那个晚上，夏月的奶奶又一次郑重告诫我们长江里有恐怖的水怪。

长江里有水怪，这是我们那儿的小孩都知道的恐怖禁忌：雨后深夜，若见穿着蓑衣的弯腰驼背的人站立在街角，不要靠近，更不要搭讪。

水怪悄无声息地从长江爬上岸，在雨水中伸展着佝偻的身体，收起背鳍，舒展关节，化为人形，在岸边找到渔民的蓑衣，披在身上，戴上斗笠，潜入黑暗中的城市街道。

雨夜中，水怪与人无异，只有久经历练的老人们能分辨出来。水怪有双诡异的大脚，长着弯曲狰狞的趾甲。脚趾粗长，连着脚蹼，黑夜也无法掩饰。

水怪平常很少上岸，只有在水里找不到食物饿极了，他们才会扮作人，躲在城市的街道上寻找体弱力微的儿童和女人。

农历七月，长江里的水怪会全部爬到岸上，他们会在城市里到处穿行，寻找从阎王爷生死簿上看来的人名，叫喊这些名字。一旦被叫的人答应了水怪，水怪就会勾住受害者的灵魂，将其带回长江。这是水怪们每年一度的欢快节日，就像——夏月奶奶神秘地跟我们说，就像我们过春节一样……

我是最后见过严茂的人。那天十分燥热，空气中弥漫着闷热的雾霭，从长江一直笼罩到整个港务局家属区。那个中午，我和他，以及另一个小伙伴于力舟，在六码头附近的江边钓鱼。

江水突然涌动起来，我的眼睛被正午的阳光从江面上反射照耀，导致眼睛刺痛。一片白灼耀眼之后，我看到在我钓竿尽头的水面之下，一个长着长长绿毛的胳膊缓慢地朝我挥动着。

我害怕了，坚持要离开。于力舟立即赞同，他早早就找了一个纸壳子顶在头顶，一个小时之前就有离开的意图。不过严茂一动不动地看着他的钓竿，用行动拒绝了我的建议。

我和于力舟离开了江边。当我走了很远，再回头看向严茂的时候，我似乎看到严茂穿着蓑衣，头戴斗笠，如同国画里的钓鱼老翁。我当时以为只是眼花，燥热也让我失去了好奇心，就和于力舟离开了。

我很后悔当时没有回去察看究竟，而是认为自己的眼疾发作，看走了眼。再后来我仔细回想，其实严茂可能在我回头之前这短短的几分钟里，就已经被水怪拉下长江成了替死鬼。我之所以这么思考，是因为这样会让我的负疚感稍许减弱一点儿。2001年，我只是个十二岁的孩子，十二岁是一个会为自己过失找借口的年龄。其实现在看来，这也是成年人的本能。

六个小时后，在港务局家属区，家家户户都在平房或筒子楼的公共厨房做饭，严茂的母亲才发现自己的儿子还没有回家。严茂的母亲开始并不着急，她做好了饭菜，等待儿子回来吃饭。她看了一会儿电视，眼角瞥见严茂回到家，坐在客厅的饭桌旁狼吞虎咽。严茂的母亲平时不会因为看电视而耽误吃饭，而那一天却鬼迷心窍地专注看新闻。她后来回忆，当时她看到严茂身上湿漉漉的，以此来佐证自己真的看到儿子回到了家中。

这让她错失了跟儿子见最后一面的机会。

当《新闻联播》结束后，严茂的母亲发现饭桌上的饭菜并没有动过的痕迹，严茂已经消失不见了，或者根本就没有出现过，而桌子和地面上积满了浑浊的水渍。

这是一件很不符合常理的事情，严茂是一个很乖的孩子，吃完晚饭后一定会在家里写暑假作业。严茂的母亲开始对自己的所见产生了质疑。她询问邻居叶大俊的妻子，叶妻靠在门口，神情恍惚地告诉严茂的母亲，她刚才似乎看见了一个穿戴斗笠和蓑衣的人，站在平房门前……叶妻用她已经混沌的脑筋思考一会儿，又说，不，那个人穿着冬天的校服，站了一阵子后才离开。

严茂的母亲从他们家——港务新村第六排平房的左手第四个堂口，穿过长长的巷道，走到了我们的港务局子弟学校操场。学校在港务局住宅区的中心部位，无论是不是假期，学生和街头的小混混都会在学校操场上厮混。

操场上没有严茂，是一群初三的高年级学生在打篮球。严茂的母亲看到了叶江和叶宁两兄妹。天色已经开始昏暗，叶江坐在草地上，就着球场的灯光复习功课，叶宁在荡操场上的秋千。

叶江告诉严茂的母亲，他一整天都没有看到严茂，不过可以到海员俱乐部去找一找。海员俱乐部是我们港务局的工人文化中心，我到现在也不明白为什么要叫海员俱乐部，而不是水手俱乐部。港务局的男性职工几乎都是水手，但是他们只能在内河（也就是长江）的船上工作，他们从来没有去过大海。海员俱乐部有康乐棋，有台球桌，有舞厅，甚至有电影院，大厅里甚至有空调。

严茂的母亲走下了住宅区的一条坡道，过了大马路，经过了游泳池、灯光球场和职工医院之后，到了海员俱乐部。在俱乐部里，严茂的母亲看到了我和于力舟。我和于力舟两人正在打游戏。我记得是“街霸”，要么是“雷电”，俱乐部里只有这两台游戏机，港务局大部分职工的男孩都会在这里度过炎热的暑假。

严茂的母亲拨开围观的小孩子们，问我和于力舟有没有看见严茂。我和于力舟正在全神贯注地玩游戏，于力舟头也不回地告诉严茂的母亲，中午的时候我们和严茂去江边钓鱼，钓了没多久，在十二点半时我们两人受不了烈日的照射，放弃钓鱼，转而回来打游戏。

严茂的母亲沉默了一会儿，又问我们他在哪里钓鱼。

我说应该在七码头和六码头之间的那一片吧，严茂说那里的鱼窝子好。

气氛突然开始凝重，我和于力舟回头看严茂的母亲，她的身体在发抖。她拉住于力舟的胳膊说："能不能告诉你爸爸，让他带人去河边找严茂。"

一旁的游戏室老板老张说："我给于所长打电话，你赶紧去河边。"

严茂的母亲随后去了江边。过了十分钟，我和于力舟意识到问题的严重，放弃了打游戏通关的机会，赶往六码头江边。我们到达的时候，一群人正呼啦啦地从江边走向公路。其中一个男人背着已经晕厥的严茂的母亲。我们走近江边，在强烈的应急灯光下，看到了严茂的钓竿遗落在江边的石头上。

接着于力舟的父亲于所长来了，带着手下的七八个警察。人群纷纷让开，于所长盯着钓竿和衣服看了很久，对手下说："通知打捞队吧，孩子已经没了。"

晚上九点，我和于力舟，还有赶来的叶江和叶宁，站在黑夜的江边。在巨大的临时射灯的照射下，江滩上无数的蚊蝇昆虫在灯光中飞舞。我们看着打捞队员套上笨重的潜水用具，走入江水之中，去摸索严茂的尸体。江水淹没了打捞队员的身体，我攥紧了拳头，内心紧张，我的伙伴们也跟我一样。

严茂是我们的朋友，可是他死了。我们对死亡一无所知，只有一片漆黑的无力感。

副所长老秦看到了我和于力舟以及叶江兄妹站在江边，便在于所长面前低声说了几句话。于所长走到我们面前，呵斥了于力舟两句，接着让一个警察开车，把我们送回了港务局家属住宅区。

我们的家都在这个范围巨大的港务局住宅区里，住宅区占据了方圆几公里的一片小山，全部是密密麻麻的平房建筑和两三层高的筒子楼，唯一的高楼是我们学校旁的烂尾楼，在整个住宅区中央鹤立鸡群。

严茂的意外让我们几个小孩的心情都难以平复，我们没有面临过如此近距离的死亡。我们都不愿意回家。暑假期间，父母们都会放松对孩子的管教，让我们可以在夜间的住宅区游荡。

叶江和叶宁的父亲叶大俊正在和妻子打架。叶江的母亲吸毒，下午她又拿了家里的钱购买白粉，注射在自己的胳腘静脉里。而那笔钱，是叶大俊刚刚拿到的工资。

叶江兄妹决定到我家来睡一晚，避免父母拿他们两人当出气筒。

于力舟的父亲老于所长忙着打捞严茂的尸体，他的母亲是个温和的女人，看到于力舟已经回到了筒子楼楼下，也就不再追问于力舟什么时候回家，只是叮嘱我们注意安全。而我父母已经去了武汉学习，家里只有我一个人。

陷入惊慌的我们去了夏月家。夏月的家也是平房，在严茂家后面两排。

我们走到夏月家的窗口前，敲了一下窗户。夏月把窗户打开，于力舟轻声地说："严茂淹死了。"夏月的脸色顿时在灯光下变得煞白，喃喃地说了句，这怎么可能。

天空突然拉下一道闪电，整个港务局家属住宅区瞬间亮起一片极亮的白光，白光穿透了所有的建筑和人，我们清晰地看到了对方肉身里的骨骸。紧接着，几乎贴着我们的头皮，响起了一声劈裂的巨响。

我们全都吓坏了，捂着耳朵蹲在地上。随即倾盆暴雨击打在玻璃上，瞬间把我们全身淋湿。

炸雷之后，隆隆的雷声持续了一会儿，似乎空中有个可怕的妖魔，在发出低沉的吼声。雷声停歇，夏月立即打开了大门，让我们进入堂口里。这是一个平房的公用客厅，四家共用，堆放着杂物。夏月穿着一件宽大的白色T恤，胸口有一个卡通图案，刚发育的胸脯在T恤下显露，我能清楚地看见两点凸起，顿时心慌意乱。

我走神的片刻，夏月已经咬着嘴唇，身体发抖，焦急地问我们："是真的吗？"

于力舟点点头。

夏月忍不住抽泣起来，我和于力舟突然也意识到我们永远也见不到严茂了，但是我竟然不敢哭出声来，因为恐惧远远超过了悲伤。

我们几乎从生下来就认识，现在其中一个伙伴死去，让我们不知所措。

我和严茂、于力舟都于同一年出生在港务局的职工医院，两岁开始就进入子弟幼儿园，在子弟学校的小学上到初中。

我们住在这一片居民区，一起上学，一起长大。一个几乎每天都在你生命中出现的人死了，这个意外超出了我对生活的认知。

我们几个人站在堂口里，屋外大雨瓢泼，雷声隐隐约约从远方传来，让我们在恐惧中陷得更深了。

堂口的角落里发出了一声迟缓的呻吟，我和于力舟都吓得跳起来。

"是奶奶。"夏月立即安抚我们。

我和于力舟这才看到，在昏暗的灯光照射不到的角落里，夏月的奶奶正躺在凉椅上，她又呻吟了一声。夏月回到屋里，拿了两袋头疼粉交给了奶奶。奶奶撕开头疼粉倒进嘴里，呻吟声慢慢停止。

夏月的奶奶有头疼病，从我们记事起，她就不停地在吃这种从医务室开的药物。我对头疼粉并不陌生，并且知道头疼粉其实就是吗啡类的药物。整个港务新村里鱼龙混杂，很多吸毒的外来人在毒瘾发作的时候，都会用这个药物替代。叶江的父亲很会做菜，我不止一次看到他在炖汤的时候放几袋头疼粉进去。

夏月的奶奶盯着我们几个小孩看了很久。她已经很老了，脸上的皱纹把五官都掩盖在褶皱之中。我们一直都很害怕夏月的奶奶，因为她每次看着我们的时候，眼光都充满着寒意，而且她身上有一股难以言说的泥土腐烂的气息，长大后我才知道，那就是死亡的气味。

要不是我们都喜欢夏月，是断然不会到夏家这个堂口来的。

夏月的奶奶开口说话了：“小茂被长江里的水怪拉下去了？”

这句话让我们毛骨悚然。

长江里的水怪，是的，长江里是有水怪的，夏月的奶奶已经告诉我们很多次了。

奶奶看着我们说：“今天是七月十四，长江里的水怪和鬼都会爬到岸上，你们不要乱跑，他们会把你们都拉下去的，就跟小茂一样。”

我们都被夏月的奶奶吓住了，夏月的奶奶继续说：

“严茂这个孩子，印堂本来有颗福痣，可惜眼睛下面鼻梁四白穴又长了一颗泪痣，福气都没了，命是肯定长不了的。”

七月十四是鬼节，我立即意识到于力舟的父亲于所长为什么要把我们送回家了。我下意识地看了看屋外，大雨中的巷子尽头，一个模糊的人影举着雨伞，站在雨中一动不动。我的视力又开始不受控制，变得极度敏锐，穿过雨帘，在黑夜就着路灯看见那个人影穿着一件校服，我忍不住轻呼了一声：“严茂……”

那人转身，面朝向我，我看见那张没有鼻梁的惨白的脸孔，印堂和眼睛下的黑点清晰可见。

水怪!

我尖叫起来。

夏月的奶奶开始嗤嗤地发出笑声。

于力舟和叶江也跟我一样朝屋外看去，穿着校服的人影已经消失在大雨之中。

雨停之后，于力舟的母亲找到了夏月家，把于力舟领回家。我和叶江、叶宁回到我家的筒子楼。叶江很喜欢我家，因为客厅的书架上摆满了书籍。叶江每次来，都会抱着书安静地阅读。他家里没有书，他的父亲叶大俊不喜欢书，也不喜欢叶江看书。

我在家里点上了蚊香，跟以往一样，我和叶江睡在客厅，叶宁睡在凉台。我家只有一个卧室，而我父母卧室的门永远是关闭的。

即便是严茂死去的变故，也不能阻挡叶江静默地看书。这让我觉得叶江是不是太过于冷漠了，或者这是叶江逃避压力的潜意识行为，我无端地揣测着。

叶宁的腹部发出了一阵奇怪的声音，我意识到他们兄妹应该是还没有吃饭。

我在厨房里下了一锅面条，三个人拌着酱油吃掉。

晚上睡觉的时候，叶宁一个人在凉台上害怕，要求跟我和叶江交换，在客厅的沙发上睡觉。于是我和叶江只能挤在凉台那张折叠床上。

雨又开始下起来，黑暗中，叶江说："严茂是死了，还是被水怪抓到长江里去了？"

我突然全身寒毛直立："外面似乎有人在叫我的名字。"

叶江用手堵住我的嘴："夏月的奶奶说过，晚上有人叫你，千万不要答应，特别是今天晚上。"

我躺下，风雨中似乎仍然有人在呼喊我的名字。我坐起来，隔着凉台玻璃看向窗外。

"我什么都看不见。"叶江的声音结结巴巴，"但是我听得到。你不要看……"

而我的目光已经被楼下的人吸引，那个举着伞、穿着校服的人抱着大槐树的中段，身体距离地面两三米，现在他抬着头，举着伞看向我。他的目光与我对视后，扔掉了雨伞，一边呼唤我，一边四肢交替，继续顺着树干向上爬。

叶江堵住了耳朵，而我把自己的嘴巴堵住。

穿着校服的人是严茂吗？现在他已经爬到了树枝上，他转过头对着我们咧开嘴笑了一下，随后一阵风刮来，他如同水雾一样消失在大雨之中。

我们身后突然响起了叶宁的声音："哥哥，你在叫我吗？"

叶江大叫一声，飞奔到客厅，叶宁的声音从叶江的指缝里传递出来："我在这里，是妈妈吗？"

叶江狠狠地把叶宁的嘴巴堵住，但是一切都太迟了。屋内外又是一片闪亮，随即陷入黑暗。当一阵剧烈的雷声过后，屋内最微弱的台灯灯光突然熄灭，整个港务局住宅区全部停电，只有路口高处的变压器在雨水中闪烁着妖冶的蓝色电光和火焰。

我们三个小孩子抱在一起，在黑暗里瑟瑟发抖，祈祷黑夜赶紧过去。

严茂的尸体终究没有打捞起来。老于所长联系的打捞队用了两天的时间，也没有在严茂落水的区域以及下游几公里找到严茂的尸体。长江正在汛期，汹涌的江水连船舶都能席卷吞噬，更何况一个小孩。

老于所长告诉严茂的母亲，如果是枯水期，严茂的尸体就能打捞起来，可惜了。

严茂的母亲还是没有放弃，她往下游四十公里的宜都去碰最后的运气。长江在宜都有一个巨大的回流，会将所有的尸体从水底翻上来。如果在宜都也不能等到尸体，那就永远没有找到的机会了。

严茂的母亲在宜都的回水区等了很久，一直等到她丈夫回来。听于力舟转述他父亲的话，严茂的母亲在江边一遍一遍地念叨："老严回来了我怎么向他交代，我怎么向他交代……"

严茂的父亲是一个趸船水手，那艘趸船在两百公里的瞿塘峡下段，得到消息回家需要一天一夜。

当老严真的回来后，严茂的母亲却坚强起来，劝慰已经失魂落魄的丈夫。

而我和叶江，还有于力舟，坚信严茂并没有淹死，而是被拉到了长江里，变成了水怪。那个大雨滂沱的夜晚，在巷道里举着雨伞的水怪，后来爬到了我家凉台前大槐树上的水怪，就是严茂，他在向我们做最后的告别。在那之后的很长时间，我决定，一定要在长江里把严茂找到，他一定会再次出现。

但是这个念头只能坚持一两年而已，再大一点儿，我就会接受严茂已经死亡的现实。

严茂不是我要讲述的故事的主角，他的意外只是这个故事的开始。我与叶江、于力舟和夏月以及叶宁，才是这个故事的主要人物。

严茂很快就被大人们遗忘，他的父母在两年后又生了一个男孩，名字也叫严茂。第二个严茂取代了我们记忆中的严茂，这个小严茂与我的生活再也没有交集。再后来严茂的父亲因病离职，整天待在家里，严茂的母亲在码头择矿石，承担了维持家庭的重任。再后来，听说严茂的父亲回到了三峡那艘趸船上，再也没有回来，似乎是抛弃了妻儿，当然这仅仅是道听途说。

当时我们都以为严茂的溺亡只是我们成长中的一个偶然事件，其实不是。长江里的水怪一直在暗中窥视着我们，跟着我们上高中，读大学，参加工作……他们从来就没有远离过。

现在是2019年，距离严茂淹死已十八年，而我也已离开家乡十二年，我知道，长江里的水怪仍旧没有放过我。

这个夏天，叶江也失踪了，根据他前妻夏月提供的线索，初步认定是落水，但是尸体跟当年的严茂一样，也没有捞上来。街坊们都把叶江的死亡当作一起普通的落水事件，码头上的黑社会认为是叶江被仇家报复。

只有我持不同的意见。我相信，叶江也跟长江里失踪的孩子们一样，变成了水怪，而不是死了。

叶江失踪的前一天，我的手机收到了一条没有备注姓名的短信，短信只有一句话：回来，我们一起找水怪，我们去报仇。

这条短信虽然来自陌生的号码，但我知道是叶江。

我跟叶江已经很多年没有联系，我的电话号码也换了好几次。看来叶江始终在关注我，为的就是他找到水怪后，第一时间告诉我。

然而在第二天，当我还在纠结这条短信内容的时候，于力舟发微信告诉我，叶江失踪了。

连续的两条信息，让我不知所措。

最后我决定回一趟宜昌，去找于力舟。我要告诉他，我们和长江水怪之间需要一个了结。

我刚在上海参加工作的时候，从宜昌到上海需要从武汉转车，前后需要一天一夜的时间。现在我从上海回宜昌，只需要坐半天的高铁，或者一个半小时的飞机。

飞机在降落前，机长广播告知，宜昌上空有一场天气预报没有预测到的雷暴，飞机只能备降武汉天河机场。我在武汉天河机场等待飞机重新起飞的时候，于力舟在家里躺在沙发上，看着天花板上渗出了一大片水渍，水渍慢慢地显出了一个头颅的形状，让于力舟内心忐忑。

屋外的暴雨击打着窗玻璃，嘈杂而单调，但是于力舟敏锐地听到了客厅门外的轻微脚步声。

于力舟从沙发上跳起来，飞快地走到门后，拧开门锁。出于职业敏感，于力舟本不该如此轻率地开门，但是这个脚步声他不需要分辨，就知道是谁到了他的门口。

门开之后，夏月浑身湿漉漉地站在于力舟面前，头发贴在脸颊两边。

于力舟看了夏月很久：“叶江是不是杀人潜逃了？”

夏月茫然地摇头，头靠在于力舟的胸口。

于力舟把夏月抱在怀里，夏月身体如同电击一样痉挛，颤抖地说："叶江死了。"

于力舟搀扶着夏月回到客厅，夏月坐下后，眼睛在茶几上搜寻香烟。于力舟走进卧室，又走出来，扔给夏月一盒黄鹤楼。夏月颤抖着手点烟，抽了一口："晚晚呢？"

"在爷爷家。"于力舟迟疑了一下，"丽娟不太方便。"

"还没扯证？"夏月的口气很粗鲁，"早点儿解脱吧。"

"晚晚不能没有母亲。"于力舟直视着夏月，"叶江到底是怎么死的？"

夏月的头发不断地滴着水珠，夏月用手摆弄了一下头发："是水怪。"

暴雨下了一整夜，第二天早上八点，我从过道走到三峡机场的大厅。人群之中，于力舟在机场的出口等着我，上面举着牌子：赵长风。

我走到于力舟的面前，把牌子摁下，于力舟不停地打量我。

"我听人说你变化太大，怕认不出你。"

"我瘦了，"我苦笑说，"我又瘦了二十斤，看来肉长到了你的身上。"

“夏月在等你。”于力舟的脸色阴晴不定。

我沉默下来，跟着于力舟走向停车场，我问：“她，还好吗？”

“不好。”于力舟语气冰冷，“她在车上。”

我强作镇定地爬进于力舟的车后座，把背包扔在身边。夏月在前排副驾驶座上凝视了我一会儿，我挤出笑容，避开了夏月的眼睛。夏月看了我一眼后，恢复到茫然地看着车前方的姿态。随后我和夏月没有说一句话。我从后视镜试图捕捉夏月的表情。

于力舟发动汽车，从机场开往市内的路上，我只能看到夏月扎着马尾的头发，头发里夹杂了一根白头发。我想以白头发为由，跟夏月打开话匣，随即我又发现，夏月的马尾辫里，有第二根白头发，在鬓角处还有第三根、第四根……我忍住了关于白头发话题的冲动，安静地坐在后座，隔着座椅的缝隙，看着夏月消瘦的锁骨。

机场到九码头的江边，需要一个小时，我看着夏月，眼神迷茫，然后便睡着了。

在江边的市民公园里，于晚晚坐在秋千上，她的爷爷老于所长在旁边站着看报纸。我慢慢地走近晚晚，晚晚变成了十八年前的叶宁，九岁时的叶宁也是这么喜欢荡秋千，我突然意识到晚晚现在也九岁了，而且晚晚和叶宁长得一模一样。

在雨过天晴的阳光下，我内心积攒的不安越来越强烈。

不能这样，一定不能这样，我回头看了看于力舟和夏月，他们两人脸色阴沉。

晚晚看见了夏月，叫了一声阿姨，夏月走过去把晚晚抱起来：“阿姨带你去买娃娃。”

“夏月啊，你这段时间怎么老不来看晚晚。”已经退休的老于所长放下报纸，摘下了老花镜。夏月笑了笑，带着晚晚走向公园的玩具商品店。

老于所长又看向我：“我记得你，小胖子。”

我笑了：“于伯伯，我回来了。”

老于所长看了一下儿子于力舟，对我说：“不知道他是怎么做警察的，一个大活人没了，两天连个线索都找不到。”

“叶江一定是死在长江里了。”

“我退休后第四年，叶江故意伤人那次，老秦抓他，他从九码头游到了对岸十公里之外的艾家镇。”老爷子摇着头唠叨着说，“老秦非说他淹死了，只有我说他不会淹死，叶江如果死了，一定是被仇家报复了，尸体一定藏在某个地方。”

我看向于力舟，于力舟点头：“您说得对，我马上就要查出一点儿眉目了。”

“上次就让你去找发权，一定是他的手下干的。”老爷子还保留着做了一辈子警察的威严，语气坚定，“这些杂碎！”

“好的，”于力舟说，“我明天就去。”

“现在就去，”老爷子对子承父业的儿子十分不满，“哪有你这样做警察的。”

老爷子重新戴上了老花镜：“晚晚呢？”

“夏月和她在一起。”我指着公园旁的小商店，晚晚正在挑选玩具。

老爷子哼了一声：“夏月来了吗？怎么不跟我打招呼？她有两三个月没来看晚晚了吧。”

我和于力舟对视一眼，老爷子又开始看起了报纸。

“老爷子的病……”

于力舟苦笑着说：“这两年没有加重了，不太影响生活，还没到需要专人照顾的地步。”

“不能这样把晚晚交给老爷子，”我摇头，“老爷子自己哪天就走丢了。”

“保姆在买菜呢，就这么一会儿而已，”于力舟说，“再说了，毕竟在这里有谁不认识我爸爸。”

老爷子刚才说的发权，是当年我们九码头商业区黑恶势力头目，在2005年被拘捕，随后被判处了死刑。抓捕他的行动就是老于所长亲自带队的，老于所长已经把这一切忘得干干净净了。

老于所长在港务局辖区干了一辈子警察。从与长江垂直的胜利三路到下游五公里的汽渡渡口，从江边到与长江平行的东山大道，这一片狭长的范围，估计方圆六七平方千米，都是港务局派出所的辖区。

跟其他辖区的警察不同，港务局派出所不仅管着辖区内的港务局宿舍区，还要管辖市内最混乱的码头商业区——九码头，以及整个港务局的工作作业区域，甚至连长江上的治安和突发事件都参与。

港务局是我们市内的一个特别区域，在五十年代，港务局在城市的边缘圈地，把这片顺着长江的狭长地带划归了企业用地。这是计划经济的产物。整个企业的职工都生活在这个圈子里，有自己的供销社、医院、电影院、学校等一系列的生活设施。

整个港务局分为两个部分，以中间的夷陵路为界，靠近江边的都是工作区域和企业的公共设施。夷陵路靠着城市的这个小山，就是我们整个港务局职工的住宅区，整个港务局上万职工家属就在这片山上居住。

一排排的平房层层叠叠，纵横交错，也没有搭建违章建筑的禁令，道路毫无章法，如果不是熟悉这里的人，必然会在这片巨大的住宅区迷路。

到了八十年代，改革开放，从重庆和武汉过来的外地人都从九码头上岸，人越来越多，九码头变成了底层市民最繁华的商业区。无数的外来人口，为了节约居住成本，也渗入港务局巨大的住宅区里，因为这里是我们这个城市最大的贫民窟，文明的叫法是棚户区。

港务局棚户区就是我们出生和长大的地方。

老于所长是我们港务局的风云人物。他一辈子就在九码头和棚户区跟外来和本地的黑社会打交道，维护着港务局辖区的地上和地下，还有江面上的秩序。他记得整个棚户区里任何一个角落和窨井，所有小偷他都认识，所有的妓女也都逃不过他的眼睛，任何一个吸毒者也都在他心里挂着号，每一个黑帮成员他都了如指掌，甚至他能认识几乎所有的港务局干部职工和家属。

一旦有了陌生面孔出现在港务局辖区，于所长就会如同老鹰一样，把他从人群里叼出来。

就是这么一个记忆力超强的警察，到了老年却经常忘记自己吃过饭没有，或者总觉得自己需要上厕所，一个上午出入洗手间几十次。上天是公平的，把一些天赋早早赋予某些人，却又在人生的后半段悉数收回。

老爷子的病很奇怪，退休前记忆力超强，退休后却立即得了老年痴呆，他记得身边所有的亲人，却忘记了自己曾经亲手抓过的每一个坏人，认为那些已经伏法和蹲在监牢里的罪犯，都还在九码头和棚户区里耀武扬威，违法乱纪，自己却无能为力，这些人包括叶江。

如今于力舟也成了港务局辖区的所长，是建国以来市公安系统上任的第二年轻的所长，第一年轻的所长是老于所长，他的父亲。

保姆买菜回来了，于力舟让保姆领着老于和晚晚回家。晚晚抱着一个巨大的机器猫娃娃，跟她的身体差不多大。我看着晚晚，眼眶热了，当年宁宁也是这样，在我家里睡觉的时候，就抱着这么大一个机器猫娃娃。我本想在宁宁十二岁生日时把这个娃娃送给她，可是她没有等到我的礼物。

“你们是先坐一坐，”于力舟看着我和夏月相对而立，尴尬地说，“还是先去那个地方？”

从机场开始，于力舟一直没有触碰我和夏月之间的沉默，到现在，于力舟终于忍不住要提醒一下我们。

夏月依然在躲避我的眼神，我摇摇头：“去老地方吧。”

老地方在六码头和七码头处，现在长江汛期，江水蔓延到了江岸护堤上部，距离我们站立的护栏不到五米远。

我们三人看着距离二十米远的江面，在这些江水的下方有一块巨大的礁石，曾经有一个被所有人遗忘的小孩叫严茂，他在这里消失了。

一年里有三四个月是汛期，江水上涨，礁石淹没在江水下方。汛期之后直到来年的夏天，礁石就裸露在江滩上，就这么一块漆黑坚硬的石头，在江边矗立了千百万年。洪荒的远古，当长江切开了峡谷流淌在这里的时候，这块坚硬的礁石就已经存在，而那时候，人类的足迹还没有踏上长江流域。

因为严茂的死，整个初中阶段我和于力舟、叶江、夏月都在不断研究这块石头，久而久之，这里成了我们的秘密据点。

我们试图在这块石头上找出严茂淹死的真相。我看见了穿着校服的严茂，行走在我们棚户区的巷道。那个水怪一定就是严茂，他变成了水怪，却还保留着身为人的记忆，爬上岸来寻找我们。

我不断向其他人表达我的所见，但是这个细节被以老于所长为首的大人们嗤之以鼻。成年人的世界里是没有鬼魂和妖怪的。他们不知道的是，行将就木的老人，如夏月的奶奶，和我这样的小孩子，能看到另一个世界的东西。

我们的世界和妖魔鬼怪的世界是重叠的，都生活在同一个宇宙中，可是大人们并不愿意承认这一点。

在严茂失踪的那个夏天，一个高考后的高中生，不久以后也淹死在长江里，那时他已经收到了重点大学的录取通知书。我们在很长的一段时间里，都记得那可怜的高中生的父母，跪在江滩上烧纸钱，凄惨地把录取通知书烧给他们去世的孩子。

那是一个恐怖的暑假，十天之内，长江里连续淹死了好几个孩子，他们的运气稍好一点儿，被打捞队捞了起来。每一个孩子的尸体都是在同一个地方找到的，就是在那块诡异的石头之下。打捞队员将他们打捞上来的时候，用钩子钩住的尸体，还保持着双臂环抱的僵硬姿势。队员告诉他们的家人，尸体死死地抱着水下的礁石，就这么一直死死地抱着。

每一具尸体都这样。

这个细节引起了所有大人的恐慌，他们强行禁止我们小孩子靠近江边，特别是那块石头附近。

夏夜里，大人们坐在路边纳凉的时候，也隐约地提起过，这个夏天是一个诡异的时期，长江要收很多人。这个谣言的源头来自夏月的奶奶，而此时，在港务局的职工家属之中感冒病毒正大面积蔓延着。

我觉得，大人内心是相信长江有水怪的，只是他们表面上不肯承认而已。

夏月奶奶特别叮嘱我们几个认识严茂的孩子，一定不要靠近长江。她神秘兮兮地告诉我们的父母，严茂的魂魄没有消失，会给长江里的水怪指路，让水怪再偷偷躲在江边，一旦我们靠近，就会指认我们，让水怪把我们也拉到长江里。

“特别是风风，他们已经知道了你的名字，”夏月的奶奶指着我，“他们每个晚上都会召唤你，他们把你当成了他们的同类。”

我吓得喘不过气来，隐瞒了叶宁也被雨夜里的水怪呼唤的秘密。

我的父母虽然是港务局里为数不多的知识分子——他们两人都是我们子弟学校初中部的老师，但是他们比没有文化的水手职工更加迷信。他们决然地告诉我，如果知道我在江边钓鱼或者游泳，一定会打断我的腿，就跟叶江的父亲对待叶江一样。

是的，在严茂淹死后一个星期，叶大俊把叶江的腿打折了。叶大俊不会因为叶江靠近长江而揍他，是因为他们家的一个电水壶。

那天下午，依然没有下雨，天气燥热，我的母亲让我下楼去把叶江叫来补课。我家和叶江家分别在一条斜坡的两头，走路需要三分钟，我家是坡上的筒子楼，叶江家是坡下的平房。我去找叶江，告诉叶江去跟我母亲补习数学。叶江的母亲睡在地板的凉席上，因为吃了过多的头疼粉而昏昏欲睡。叶江叮嘱叶宁，家里烧了开水，然后拿着书本去我家。

叶江的学习非常好，整个小学期间都是全班第一名。我们子弟学校的教育质量很差，小升初的联考，成绩是全市倒数第一，叶江是我们这个子弟学校的骄傲，因为在全年级平均分在市内倒数第一的情况下，叶江总是个人成绩第一名。

叶江走了之后，我陪着叶宁在他们家门口玩跳房子游戏。大概半个小时后，叶江家的平房里冒出了黑烟。我和叶宁看到电水壶和旁边的杂物已经开始燃烧，吓得脑袋一片空白，毕竟我大一点儿，跑进叶江的屋里，拼命摇晃昏昏沉沉的叶江母亲，但她无动于衷。

幸好路过的一个职工也看到这个场景，连忙找来水把火浇熄。原来是电开水壶把水烧干后，电热丝烧断了，把水壶也烧得炸裂，并且点着了旁边的桌子，又引燃了杂物。这扑火的水也导致这片平房的总电表跳闸，所有的电风扇都无法运转。平房和筒子楼里的人都站到了屋外，知道缘由后，便开始辱骂叶江的母亲——一个吸毒的外来户。叶江已经回到了家门口，和叶宁一起看着自己的母亲被责难。

叶大俊回家后，叶江的母亲仍旧在痴迷的状态中。叶大俊知道了缘故，问叶江电水壶着火是怎么回事，叶江替妹妹承担了责任，然后叶江的父亲在杂物堆里找出了一根钢管，敲断了叶江的小腿。

叶江还来不及哭喊，就晕厥了过去，我和叶宁两个人都蒙了。我的母亲得到消息后，愤怒地抽了叶大俊一个耳光，背着叶江去了职工医院。

那个夏天，叶江就拄着拐杖，夹着书本，一次次到我家来补习。我父亲垫付了他的医药费，我的父母认为叶江被家暴跟我母亲有点儿关系，出于内疚和可怜，对叶江做出了补偿。

我的父母是好人。虽然他们也会威胁我，让我远离江边，但是当他们知道我不止一次地去江边时，也没有真的打断我的腿，他们很少打我。这点我比叶江要幸运太多。我的父母绝不会认为，一个电水壶比自己儿子的腿更值钱。

2001年的夏天，夏月的奶奶不仅警告我们几个小孩子不要靠近长江，并且不断向港务局的职工和家属提出忠告，长江要收人了，收很多人。

到了晚上，只要不下雨，夏月的奶奶就会把凉椅搬到门口，对着路过的每一个熟人做出告诫。

没有人真的会相信夏月奶奶的胡言乱语。

但是夏月奶奶的预言应验了，在农历七月的最后一天，长江一下子夺去了四十九条人命。

这是一场重大的灾难，在我眼中看来，这是长江水怪的一次狂欢。

一辆满载着客人的长途班车，在汽渡上溜进了长江。

如果不是司机因为烟瘾发作而下车，如果不是司机的疏忽忘记了拉手刹，如果不是长途客车刚好就在轮渡的最前方，如果不是轮渡的工作人员忘记把前端的钢跳板摇起来，如果……后来于所长总结了很多个安全条例的漏洞，只要有一个避免，就不会发生这么重大的事故。

可是在我看来，这是必然的，那辆大客车上所有的乘客都是献祭品。

这是夏月奶奶说的，我们坚信无疑。

汽渡大客车落水的地方，就在我们现在所在的江边下游不远处。这场十八年前的灾难，如同昨日发生的一样，就在我们眼前，当时给我们带来的震撼与严茂的失踪不相上下。

“好多人，”于力舟说，“就这么死掉了。”他在回忆当年的惨况。

夏月终于把头转向我，看了我很久才问：“听说你当了作家？”

我勉强挤出了一点笑容。

“什么作家，枪手都算不上，”我诚实地回答，“我出了两本书，一个首印八千，一个首印五千，现在还有一万本堆放在出版公司的仓库里，马上就要打成纸浆了。”

实际情况比我说的更不堪，这两本书都是我自费出版的，不仅没有挣到稿酬，出版公司强迫我投入的六万块印刷成本也血本无归，并没有兑现他们跟我签出版合同时候的承诺。因为销量难以启齿，连最基本的版税都无法提及。事情永远不是想象的那么美好。

夏月掏出一盒烟，递给我一支，烟一定是刚才在买娃娃的时候顺带着买的，在于力舟接我回来的车上，我看到夏月抽完了她最后一支黄鹤楼，把烟盒扔到了车窗外。

我们点上烟，都深深地吸了一口。

夏月又问：“可是听说你们在网上写作的作家，并不靠出书挣钱的。你应该挣了不少了吧。”夏月连续说了好几个大名鼎鼎的网络大神，他们的年收入都以千万计，其中有一个起点白金作家，也是我们宜昌人，由他的小说改编的网剧是现在的大热门。

我不想跟夏月继续这个话题，这让我很难受。夏月用这么低俗的话题作为我们的交谈的起点，让我无法适应。

可是我还是如实地回答了夏月："每个行业都是金字塔构造，你说的那些人都是塔尖的精英，而像我这样的不知名写手，就在金字塔的最底端，过得也十分艰难。"

夏月叹口气说："可是在我们几个人中，只有你离开了棚户区，离开了这个城市，已经是金字塔的最高端了。于力舟跟于伯伯一样，这辈子都要跟黑社会、小偷和吸毒人员打交道，叶江和我……"

我心里猛然抽搐了一下，看着夏月的眼睛，不断地摇头，还是不要说了。

夏月夹着香烟，眼神迷茫："叶江，他很可怜……"

"这就是我等了多年的答案？"我知道这个答案是假的，仅仅是一个借口而已。

2001年的夏天，严茂失踪后，我和叶江每天会去江边，在严茂落水的岸边试图寻找某些水怪的踪迹。我们小孩子坚持认为，严茂是被水怪拉到江水中的，也成了水怪。我们用我们对世界的理解方式去解释这个事件。这个徒劳的举动，不可能有任何发现，我们也只是用自己的行动来表达对小伙伴去世的缅怀。我们什么都做不了，但是也不愿意这件事情就这么烟消云散。我们不是成年人，不会这么快把一个人就这么忘记，而什么都不去做。

第一天于力舟也来了，马上就被派出所的警察发现，他被老于所长狠狠地教训了一番，导致于力舟从一开始就不能参与这个行动。于力舟是个公认的乖孩子，永远不会拂逆自己的父亲。

叶江的腿被他的父亲打折之后，无法来到江边，坚持这个行动的，就只有我一个人了。

在严茂淹死后的第十三天的傍晚——在大人们看来，他是淹死，而非失踪——我一个人在严茂落水的位置来回寻找，希望能看到水怪出现，但是内心又害怕真的见到水怪。这种矛盾的心情一直在持续。夕阳落到了长江对岸的山头之后，西方连绵的群山天际上映照着鲜红的云彩，接着黑暗慢慢从山顶弥漫，晚霞渐渐被吞噬。长江上停泊的船只亮起了灯光，城市陷入昏暗。

我开始害怕了，决定放弃寻找严茂被水怪害死的证据。我安慰自己，其实就算是真的发现了长江里的水怪的存在，又能如何呢？他们并不属于我们的世界，我们的规则于他们根本就没有任何作用，并且以于所长为首的大人们，仍旧会以视而不见的方式，来掩饰他们心中的恐惧。

我准备走了，最后一次看了一下严茂落水的位置。没想到夏月竟然来了，夏月对她前几天的缺席很抱歉，于是今天偷偷地从奶奶的眼皮子底下跑出来，来跟我一起。

夏月的到来，让我的恐惧感烟消云散，我和她抱膝坐在护栏旁边，看着严茂落水的江面，我们等待着江水的浪花下面出现一个诡异的脑袋，如果他慢慢地从江水中升起，一步步走向我们，那他一定就是。

“我奶奶说，”夏月盯着黑色的水面，“整个七月，到了太阳下山之后，长江里的水怪就会纷纷爬上岸，混入街上的人群中，如果他们真的上来了，我们会不会被抓住？”

“那我们就跑。”我打了一个寒战，“你跑得那么快。”

夏月在学校运动会上拿过短跑的名次，而我是一个体测都不能达标的胖子。

夏月轻声笑了一下，随即我们都屏住了呼吸。

水面上冒出了一个光滑的头部，我和夏月的手紧紧地攥在一起，相互感受到了对方身体上的战栗。在突如其来的恐惧面前，我们都忘记了起身奔跑。

随后在模糊之中，我们看到了那个脑袋在江水上高高地扬起来。

“是蛇。”夏月舒缓了一口气。

而我身体几乎瘫软。

相比水怪，我可能更加害怕一样东西，那就是蛇。

几秒钟之后，我们两人完全确定那是一条蛇，而且体型巨大，可能是一条蟒蛇。我们后来想破了脑袋，也无法想象这条蛇为什么要从长江南岸的森林里爬出来，拼尽全力横渡长江，进入属于人类的城市里。这并不符合常理。

即使是江南大山，也早已经有农民居住，那些被分割成无数碎片的森林里，除了听说有野鸡一类的野生动物，连野兔都早已绝迹，一条巨大的蟒蛇怎么会生存下来?

拳头般大的蛇头，在水面上抬起一尺多高，我们也看到了蛇身的下半段，弯曲地随着浪花在摇摆。

我们和蛇相互对视了一分钟左右。蛇的身体随着浪花朝着下游的方向漂动，它的头部依然矗立在浪头。我不明白这条蛇到底是用什么方式操控自己的身体的，竟如此潇洒自如。

蛇消失不见了，天色更加黑暗。

夏月说："长江里出现了大蛇，意味着它要变成蛟龙。如果有蛇要渡劫成蛟龙，就会有很多人死去，作为长江的祭品。"

我第一次听说这种典故，神秘感转化为恐惧，再次弥漫我的身体。

不过我依然没有提议离开，因为我和夏月单独在一起的机会很难得。我喜欢她，我知道叶江也喜欢她。

但是几乎所有同学，包括我和叶江，都认为她和于力舟是一对，这是大家的共识。

于力舟和夏月也从来没有否定过其他同学对他们关系的猜测。

我从来没问过夏月，我不敢问。

夏月是我人生中第一个喜欢的女孩，她高挑、漂亮，比我高半头，而我只是一个一米四五的小胖子。

我想了一会儿，告诉夏月，其实那条蟒蛇应该是从动物园里偷偷钻进了下水道，然后从下水道进入城市里的沟渠，又从沟渠到了长江。它只是迷路了，不久就会被长江的水手发现，然后被抓住。

“希望它不会被人抓到，”夏月托着下巴，“这是一条可怜的蛇。”

当柔和的光亮照射在夏月近乎完美的下颌的时候，我意识到月亮升起来了。

夏月奶奶是一个巫婆，我一直都坚信这一点，她的预言印证了。在我和夏月在长江里见到了渡江的蟒蛇三天后，长江上一下子死了四十九个人。

一辆满载着乘客的大客车在汽渡上溜进了长江里。

司机下车抽烟的时候忘记拉上手刹，于是大客车缓慢地从渡船的甲板上开始移动。

轮渡上其他人在这个时候都意识不到会发生什么，麻木而悠闲地看着大客车滑向甲板的尽头。

当大客车把前方的一辆小汽车从尾部顶到一边，这时轮渡上的旁观者才意识到甲板的尽头并没有封闭，这辆大客车在奔向死亡！

旁观者的惊呼引起了大客车上乘客的警觉，靠近车门的几个身手矫健的年轻人飞快地跳下来。随即大客车落入江里。

而客车司机，从看见大客车坠入江水之后，就一直保持着僵硬的姿势，被人架起后身体才瞬间瘫软，屎尿齐迸，烟头把中指和食指烫伤，都茫然不觉。

2001年那次汽渡大客车落水重大事故的打捞工作，一直都在神秘而诡异的仪式感中进行，那是一场人间和冥界之间的交锋。江岸上的围观群众代表着人世间，而长江里的水怪们代表着幽冥界，两个世界在这一刻碰撞，为了落水大客车展开争夺。

起吊的时间是半夜十一点，我和于力舟、叶江都趴在老于所长调用的警用巡逻艇上，老于所长之所以同意我们上船，一方面是他宁愿让我们待在他的眼皮子底下，避免我们到处乱跑而再次发生意外；另一方面，老于所长是想让我们近距离感受这场惨剧，让我们知道长江的险恶，以后不要再接近这一片危险地带。

港务局和海事局动用了两艘巨大的船吊到事故现场，在进行了长达两天的准备工作之后，巨大的船吊开始起吊沉落在江底的大客车。

船吊的摇臂尽头，如章鱼一样分出了好几根巨大的钢缆，当调度用扩音器一声令下时，象征着人类力量的钢索立即如同琴弦般紧绷，发出了轻微的爆裂声。

黑暗中本来平缓的江水，开始翻滚。

在起吊工人嘈杂的指令声和机器马达的轰鸣声中，我听到了细微的呼唤声从江面上传来，声音虽然微弱，却始终连绵不绝。

我知道那是在叫我的名字，我把自己的耳朵捂住，拒绝听来自另一个世界的呼唤。我身边的叶江和于力舟听不见，他们目光呆滞。只有我，看到了漂浮在江面中的无数水怪，他们有硕大无比的手掌和脚掌，如同蒲扇一样宽阔。

我一厢情愿地认为这些是灯光下作业船上的打捞人员映射在江面上的倒影。

水怪们在水下与我对视，我和他们之间的水面变成了阴阳两界的通道，我屏住呼吸，紧张到无以复加，试图在里面找出严茂，以及我自己的影子。

起吊工人在步话机里的指令在夜空里来回飞舞，伴随着些许聒噪。

缆索一点点地升起。两个船吊是长江上夜色里耸立的庞然大物，代表着我们人类力量的产物，坚硬、巨大、刻板、迟钝，以及冷酷。包括我们所在的巡逻艇在内的几个小型船只，在巨大的船吊面前，如同孑孓一样在水面上漂浮。

两个冰冷的钢铁怪兽，它们大口吞噬着柴油，在体内猛烈地燃烧，化作了开天辟地的力量，把力量传导到缆索上，缆索是它们坚硬粗壮的触手，硬生生地把沉在江底、装载着满是魂灵的客车拉了起来。

客车被提出水面，不过只剩下了一副斑驳腐烂的躯壳，勉强还能辨认出是客车的形状。即便是在夜色中，我也能清晰地看到这副腐烂在江底的客车上贴满了密密麻麻的小型淡水贝类，从外部一直到内部。还有数不清的小鱼在腐烂的客车空壳内游动，在尸体之间来回逡巡。

黑色的浓雾在空壳里弥漫。腐朽的大客车空壳内部，一个售票员女人茫然地站在车门的位置，手臂勾着车门旁的破碎窗户，她的身上挂着一个绣花的布包，红色的牡丹绣花在夜间十分刺眼。

我紧紧把嘴巴捂住。女售票员开始朝着我招手："茅坪，还缺一个人，风风，赵长风，还有你一个位置。"

我不敢回应，女售票员的身边出现了几个溺毙的尸体，那些尸体突然转头，趴在车窗上，对着我木然地招手，"风风、风风……"声音细微，钻进我的耳朵。

我看着那些知道我名字的尸体，忽然发现我认识他们，他们是叶江、叶宁、夏月、于力舟，最靠近女售票员的是已经失踪的严茂！我的小伙伴们头上都带着黑色的瓜皮帽，瓜皮帽的额头位置，有一个红色的圆片，他们变成了废弃游乐园里大头娃娃的模样。

为什么他们突然出现在这个沉没腐朽的客车里？为什么他们穿着寿衣，并且脸颊上带着两处酡红？

我全身毛发耸立，看向身边，于力舟和叶江就在我的身边，专注地看着大客车从江水中冒出。我长长地叹了一口气，是我的眼睛出现了幻觉。

起吊工人仍旧在不断地指挥，客车脱离了江面，在空中摇摇晃晃。我看见小小的女孩如同鬼魅一样从空壳内爬到了顶端，悠闲地坐在空壳的顶端，随着缆索摇摆，她的身前挂着女售票员那个红色绣花的布包，布包里有个小小的人偶，正慢慢地把脑袋探出来，那是一个没有鼻子、光溜溜的头部。小人偶的嘴里衔着一个金光闪闪的铜钱，光芒闪耀至我的眼睛。

女孩咯咯咯地笑起来。

女孩的笑声让我胆寒，我拉了一下身边的叶江："你们能看见吗？我又看见了不该看到的东西……是不是宁宁，是不是宁宁？"

我身边的叶江没有回答我，我立即用双手摁住叶江的身体，叶江仍旧保持着僵硬不动的姿势，对我的举动毫无反应。我又看向左边的于力舟，我才知道，他们从刚才到现在，一直就这样静止着，毫无反应。我又看向站在巡逻艇前方的于所长，于所长一只手拿着步话机，另一只手指着江面。在起吊工作开始的时候，他就保持着这个姿势，现在仍然是这样。

我的眼睛在黑夜里变得无比敏锐，不仅摆脱了近视眼的限制，几十米外的细节我都历历在目。我的目光滑过江面，看到了所有的工人都静止下来，变成了一个个毫无生气的木偶。虽然起吊工人的身体僵直，但是他们指挥工作的声音，却不断从步话机里响起。

船吊操作台内的工人保持着扶操纵杆的动作。

一切都静止了，只有缆索在空中摇晃。

所有人都陷入了时间的缝隙里，或者现在我们已经被幽冥界吞噬了吧。

长江上游慢慢地滚来了一股巨大的白雾，这种白雾在冬天常见，夏天从没有出现过。白雾弥漫，遮盖了一切。我的视线也被白雾阻扰，眼前都是一片迷茫的白色。

在白色的雾气中，我听见了老于所长的声音："为什么还没有出水？"

起吊工人的指令声依然在继续，接着又是一片寂静，只有缆索崩裂的声音。

白雾在瞬间消失了，我的眼前恢复到了初始的模糊。我摘下眼镜，用手指慢慢地擦拭镜片上的白雾，身边的于力舟和叶江同时轻呼："出来了。"

世界从凝固的静谧回到了混乱不堪，大客车从江水中出来的那一刻，水流从客车的各个车窗里倾泻而出。

车窗内露出了几十具保持挣扎姿势的尸体。

长江上一切诡异的情景都不见了，我看见的一切消失在黑色的江水中，只有船吊还在缓慢地提升缆索。客车被船吊慢慢地移到江边。打捞队的工作人员，开始从客车内把尸体一具具地抬出来。尸体很难搬运。

在大客车坠入长江的时候，有接近一分钟的时间漂浮在江面上，江水慢慢地涌入车内，空气一点点被排挤出来，客车没有立即沉没。车内的乘客发现了危险，但是他们丧失了逃生的机会，所有人都在车门口和车窗旁拥挤，导致没有一个人挣扎出来。他们的尸体以极为扭曲的姿势拥抱纠缠在一起，手指都深陷到对方的皮肤里。剩下的绝大部分尸体，还保持端坐在座位上的姿势，到死都是正襟危坐。

我和叶江、于力舟也跟着老于所长的船到了江边，我们看着摆放在江边的尸体，每一具都蒙上了白布，却也遮掩不住尸体弯曲的胳膊和腿部，把尸布不规则地顶起。

这个残酷的重大安全事故，让我们对夏月奶奶更加恐惧和敬畏。

我们几个小孩子，分别对父母说起过夏月奶奶的预言，可是没有一个人会相信这个预言。当事故发生后，父母们回忆起我们的告诫，于是这个传言随即迅速蔓延到了我们港务局整个家属区，所有人都相信了夏月奶奶的谶语：这一年是一个灾年，长江要不断地吞噬岸上的人类。

进而大人们开始迷信夏月奶奶的忠告：我们几个小孩子也受到了诅咒，即便不去江边，在街道上也会受到蛊惑，被拉入长江。

我也说起了我在大客车起吊之前看到的那一幕幻觉，但是不仅大人们不相信我，就连叶江和于力舟也对我的描述难以理解，他们认为我是被吓坏了。

只有叶宁相信我，可是这并不能减轻我心中的失落，叶宁才九岁，而且她根本就不在打捞现场，她没有任何理由相信我的口述。

还有一件事情十分难以理解。在落水大客车出水后，发生了一件诡异的事情，那就是在他们把尸体一具具搬到大堤上的时候，一个尸体突然从排列整齐的尸体中跳跃而起，飞速钻进江中。

一个老练的水手早有准备，用渔网兜住了这个暴起的尸体。老水手已经七十多了，他坚信重大的事故一定会伴随着妖魅出现。出于职业本能，他随身带着渔网，就为了应对这种突发的灵异事件。

渔网捞起来的是一个年轻女性的尸体，而这具女尸的喉咙上有一道开阔的刀伤，手里紧紧地攥着一枚纽扣，是一件名牌西装的纽扣。

随即老于所长辨认出这具尸体是半年前九码头失踪的一个发廊女，根据名牌“观奇洋服”的纽扣，老于所长在打捞善后工作的间隙，带队去港务局劳资科找了王科长。王科长的名牌西服，少了一枚纽扣。西服太贵重，王科长一直舍不得扔掉，他以为把发廊女扔进长江后，就再也没有证据了，扔掉一件两千多块的西服，实在是没有必要。

没有人能够解释，为什么发廊女的尸体会在半年后钻进落水的大客车内，并且诈尸。这是重大事故的一个小小插曲。

这个诡异的事件，引起了我们小孩子的注意。

我和叶江、于力舟决定要亲眼看一下这个怪异的尸体，为什么会被害后，半年没有腐烂。

港务局俱乐部和派出所只有一墙之隔，于是港务局和派出所临时征用了俱乐部礼堂作为堆放尸体的场地。派出所和俱乐部一片嘈杂，我们偷偷溜进了摆放尸体的港务局俱乐部礼堂。

对此，承包俱乐部游戏室和台球室的老张很有意见，不仅他的生意被迫停止，而且还被临时命令看守这些尸体。

因为客车沉船的事件，派出所所有警察和辅警都焦头烂额，他们要一个个比对遇难者的身份，然后通知家属，以及应付来寻亲的家属。人手远远不够，所以很多事情就交给了普通的职工来协助。

我和叶江、于力舟央求了老张很久，老张已经不耐烦了，终于答应我们可以进入，但是必须要赶紧出来。

我们走进了礼堂，脚下是几十具尸体，不断地有警察带着家属进来辨认尸体，然后礼堂里发出了撕心裂肺的哭号声。

这种状况下，没有人关注我们三个小孩。

我们在遍地的尸体里寻找那一具诈尸的尸体。尸体大部分是成年人，我们没有找到女尸。

就在我们打算放弃的时候，于力舟看到了自己的父亲匆匆从礼堂外走过，于是于力舟带着我们偷偷地跟踪他父亲。

我们看着两三个警察押着劳资科的王科长，紧随着老于所长进入派出所的院内，最后他们走进了一个偏僻房间，那个房间是派出所的杂物室。

我们躲在派出所小院里的槐树下静静等待，几分钟后，老于所长、警察和犯了杀人罪的王科长走了出来。其中一个警察蹲在杂物室的门口，摘下口罩开始呕吐。我们才发现这是一名女医生。

老于所长等人迅速离开，留下一个警察守着杂物室。但是不久后，有人过来寻求这个警察的帮助，因为俱乐部礼堂里，几个遇难者家属情绪失控，发生了一起骚乱。

警察离开后，我们慢慢靠近杂物室，鼓起勇气，把门推开，三人陆续走了进去。我们战战兢兢地看着那具盖着白布的女尸。

叶江轻声地问："你是长江里的水怪吗？你知道我们的朋友严茂在哪里吗？"

没有奇迹发生，这是我们的一厢情愿。

在死亡的恐惧的笼罩下，我们慢慢地从杂物间退出来。在我离开的时候，回头又看了一眼，发现尸体已经坐了起来。尸体有一张漂亮的脸孔，但是她身体上的皮肤千疮百孔，腐烂剥离。突然，女尸的脖子断裂了，头颅滚落到地上，滚到了我们身后，眼睛看着我，嘴巴在一张一合，我觉得她在叫我的名字：风风，风风……

我尖叫起来，完全没有了刚才的勇气。

随后那具尸体被听到我惊叫的老于所长送到了火葬场，成为我们小孩子永远无法解释的秘密。之后很久，于力舟都问我为什么坚持说自己看到尸体再次诈尸。在于力舟眼里，那具尸体一直都安静地躺在白布之下。

大客车落水的重大事故，导致我们都生活在惶恐的气氛中。在事故之后，仍然有小孩子在长江落水溺亡，至少两三个。我们港务局家属区的人都认为是水怪，到了夜间就上街把孩子都抓走。以至于家属们看到棚户区任何一个身份可疑的人，都会仔细盘问，或者直接观察他们的手掌。大人们也开始相信，水怪已经混进了我们人类中间。

事件发酵到后来，以中年妇女为主的那些家属们，觉得长江水怪已经学会把自己的手掌中间的蹼膜划开，来隐蔽自己。于是家属们开始强行让外来陌生人脱下鞋袜，来检查他们的脚蹼。

这个举动引发了几十起冲突，但是没有发现一个真正的怪物。

随着秋季的到来，长江汛期过去了，江水退了，人们对甄别水怪才慢慢失去热情，最后再也没有人提起，好像从来没有发生过一样。

而我和叶江、于力舟、夏月，在秋季看到了严茂淹死处的那块礁石，突兀地立在河滩上，我们过了很久才敢靠近。我们慢慢消除恐惧后，仔细地打量这块巨大的石头，想知道为什么那些孩子在水下溺毙之前要死死抱住它。

我们一直没有找到答案。

十八年后，我们看着这块礁石附近的水面，想起了当年夏天的那场风波。

现在叶江也失踪了，夏月应该可以解脱了吧，或者相反。我们都被叶江的失踪拖入更深的旋涡之中，旋涡里有那些恐怖的水怪，在呼喊着我们的名字，他们在等着我们。

我和夏月没有心情叙旧，似乎我们的话题只有叶江，可是在我和夏月之间，叶江是一个禁忌。

如果不是因为叶江，我和夏月现在应该会过着一种什么样的生活呢?

我们会在某个城市努力打拼，在上海或者广州。可惜一切都不能重新来过。

于力舟接了个电话，然后看着我们，脸色凝重："那个杂碎，答应见我……"

"谁？"我马上明白了于力舟说的是谁，我的心情开始激动，内心却弥漫起一股怯意，我看到夏月的胸口在剧烈起伏。

"叶江一定是他杀的。"我恨恨地揣测。当我得到叶江失踪的消息后，这就是我唯一的推测。

"没有证据。"于力舟说，"我不希望你们也去，但是他要求夏月到场，否则不配合我的调查。"

"夏月别去。"我坚定地说。

"不，"夏月轻声地对我说，"我要去。"

我看见夏月的眼光里露出了刀刃般的寒意。

那个人是王小飞，那位犯了杀人罪的港务局劳资科科长老王的儿子。

王小飞在九码头新建的写字楼等于力舟。他的公司在写字楼的十七层，是江景房，宽阔而明亮。

警察调查嫌疑人，我和夏月肯定不能参与。于力舟告诉我们，在没有任何证据的情况下，他不可能审讯王小飞。王小飞也知道这点，因此我们的见面是一次普通的会面。

王小飞已经变成了一个满脸油光的中年人，他更胖了。看着他的体形，我暗自分析，他肯定超过250斤。

这些年来我见过无数人，我喜欢暗自里观察人的面相。王小飞在十八年前是一个尖嘴猴腮、相貌刁钻的瘦猴子。相由心生，这种面相的人，天生就是要到人间来祸害他人的。现在他的脸颊被脂肪充斥，尖脸变成了圆脸，他的眼睛仍旧没有变化，挤在赘肉中的三角眼，闪烁着游移不定的寒光。他朝我们虚伪地微笑的时候，参差不齐的牙齿，每一颗都十分尖锐。

王小飞没有变，他光鲜的皮囊之下，仍旧是那只邪恶的妖怪。

王小飞是我们的噩梦，一直都是。

王小飞比我们高一届，初中毕业后就开始混迹在九码头做小混混。几年后，他已是九码头的帮派头目，依靠在旅游客运站控制黄牛和兔子（揽客的人）完成了原始积累。前几年，他开了一家拆迁公司，在我们棚户区改造的过程中，挣了很多很多钱，普通人几辈子都挣不到的钱。

于力舟在路上跟我们说，王小飞手上是有人命的，只是他找不到证据，无法将他绳之以法。

我说我只在乎是不是他杀了叶江。

当我看到王小飞那双熟悉的眼睛时，我相信于力舟的怀疑绝对是正确的。王小飞堆满笑容的眼睛里，每一根红色的血丝都充斥着血腥味，嘴唇下的每颗獠牙都沾染着鲜血。

我更确信叶江并非是消失，而是死在了王小飞的手里。叶江恨王小飞，我和于力舟、夏月也一样。

王小飞狭长的眼睛看向了我的身边，我立即察觉到他在打量夏月。我下意识地靠近夏月一点儿，王小飞也瞬间察觉到了我的举动。他挠了挠头，招呼我们在他那张巨大的茶海面前坐下。

我们三人坐在沙发上，与王小飞隔着那张巨大的茶海。茶海是金丝楠木制成的，两侧还保留着原始的木纹和形状，表面打磨得非常光滑。王小飞专注地用精致的电茶壶烧水，慢条斯理地把名贵的茶叶一次次地浸泡后，用木钳夹住大茶杯，把茶水倒进了三个比指甲大一点儿的茶杯里冲洗，反复三次，才示意我们可以喝了。

整个过程，我、于力舟和夏月都保持沉默，似乎要被问询的不是对方，而是我们自己。

“叶江欠了很多钱，”王小飞说，“都是从小认识的发小，我已经替他说了很多好话。”

“在他失踪前，你跟他见过面，”于力舟的语气很平静，“听说，当时你们有过争执。”

“不是说了吗，他欠了很多钱，他找我借钱，我没答应。”王小飞看着夏月，“弟妹当时也在。”

“他不是找你借钱的。”夏月坚定地看着王小飞，“相反，他是来找你讨一笔债。”

“如果一定认为是我干的，”王小飞不愿意跟夏月辩驳，把头转向了于力舟，“你为什么不抓我？”

于力舟摇头：“我不是来抓你的。”

我们的谈话到此为止。我不知道为什么于力舟一定要来见王小飞，王小飞怎么可能承认自己杀了叶江，即便我们都知道一定是他。

我从于力舟的神态中能看得出来，他不止一次到这里跟王小飞做这样的谈话了。于力舟到底是为了什么？

王小飞又开始沏茶了，再次悠闲地给我们倒上。他身体向后靠在沙发上，斜眼看着我：“我记得你，小胖子，你小时候可喜欢哭了。”

我站起身，微微点了一下头，我不想面对王小飞，转而去打量这个接待室里的各种摆设。

于力舟继续向王小飞询问叶江在失踪之前的细节，我知道这些都是徒劳的，从我们走进王小飞的这个写字楼里开始，就进入了垃圾时间。王小飞是一个做了一辈子坏事的人，老于所长都没能把他绳之以法，他当然不会在叶江的事情上露出任何马脚。

王小飞有足够的动机害死叶江，因为他的左胸上，有一道深深的刀痕，那就是拜叶江所赐。王小飞的心脏比常人长得要稍微偏离正常的位置，因此叶江的那把匕首并没有刺穿王小飞的心脏。

那是很多年前的事情了。

2004年的夏天，叶江在九码头的银帆舞厅，手持着匕首，在舞池中找到了王小飞，在整个舞厅的人面前，把手里的匕首插入王小飞的左胸。我也是目击者之一。

王小飞也因为那一次的致命伤，在医院里抢救了一个星期左右。医生用了大量的激素，这些药效猛烈的激素，把王小飞从阎王爷的手里拉回了人世，但是激素也让王小飞精瘦的身材从此如同吹气球一样发胖，胖到了行走都十分艰难的地步。

我在王小飞的接待室里打量他的摆设，有很多赝品字画和庸俗的艺术品。王小飞没念过书，当他有钱之后，就用这种可笑的方式掩饰自己。而我在上海混迹这些年，没有学到安身立命的本事，却参加了不少艺术类的活动和展览，希望在这些场合结识某个能够改变我命运的贵人。可惜的是，这个贵人从来没有出现过。

整个房间里，只有区长的一个毛笔书法作品是真的。那个爱好书法的区长几年前已经因为贪污锒铛入狱，可是王小飞并不在乎，没有把这个书法作品从墙上取下来。

我走到王小飞身后的一个书架上，上面堆满了各种成功学的书籍和世界名著，这些当然都是王小飞作为一个暴发户的摆设，他绝无可能去翻开任何一本的。

在书籍的中间，我看到了一个工艺品，是一个陶瓷塑像，遍体绿色，鱼头人身，鱼嘴中含着一个金色的铜钱。

我心里电光石火般地一闪，随后我看了很久，最终确认了我的记忆无误。

那枚铜钱。

我转过身，王小飞仍旧在跟于力舟吹嘘他为政府的棚改工程做出了多大的贡献，于力舟已经很不耐烦了。王小飞的身体躺在沙发上开始膨胀，躯干越来越臃肿，成了一个圆筒状的巨大青虫。我透过青虫透明的皮肤，仿佛看到王小飞的黑色体液在内脏里上下循环。他的手臂在收缩，变得纤细，腹部伸出了两排十几对细细的足部，每一对都在毫无规律地晃动。

我捂住嘴巴，忍住了呕吐，目光却无法从青虫上移开。

我看到青虫头顶的两个触手在慢慢伸长，一直伸到夏月的身前，触手顶端的两只小眼睛不怀好意地在夏月的肩膀和胸口上下游移。

我终于爆发了。

我操起那个陶瓷塑像，朝着王小飞的头顶狠狠地砸了下去。王小飞的反应比我想象的要快很多，他偏了一下头部，塑像砸到了他的肩膀。他随即用手抓住了我的领口，用他的拳头对着我的鼻梁狠狠来了一拳。

我眼前一片黑暗，金星闪耀，但是我仍旧本能地抱着王小飞的脖子，死死不肯放松。后背上一阵阵剧痛，是王小飞用肘部在敲击我的脊柱。我难以呼吸，只能继续维持着抱紧王小飞脖子的姿势，任由他击打我的后背。

于力舟阻止了王小飞的殴打，同时要把我拉开。

我闭着眼睛，大声地喊："是他，就是他，叶江、宁宁，都是他！"

王小飞用膝盖顶到了我的胸口，这是一个危险到会致命的动作，我晕厥了过去。

我昏迷的时间很短暂，醒来的时候，发现自己躺在夏月的怀抱里。夏月温热的腹部贴在我的后背，我的胳膊能感受到她柔软的乳房。夏月用纸巾蘸了茶水，慌乱地擦拭我的口鼻。我的嘴里都是腥咸味，旁边的茶海上好几团沾染鲜血的纸巾。

于力舟举着自己的警官证，喝令几个保安站在一旁。

王小飞在整理他的衬衣，衬衣上沾满了我的鲜血，不，还有叶江的血，还有宁宁的血。

我用这辈子最怨毒的眼神看着王小飞："你跑不掉的，我一定要报仇。"

"这话，"王小飞冷漠地回答我，"叶江也这么说过。这些年过去了，你仍旧是一个窝囊废，连打架都没有一点儿长进。"

"你够了没有！"于力舟对着王小飞大吼，"信不信我把你带到局子里慢慢叙旧！"

王小飞嗤嗤地笑起来："于所长，我的办公室有监控的，我是正当防卫。"

于力舟回头看了看我："风风，你有没有事？"

我虚弱地摇头："死不掉。"

"你要告他故意伤害吗？"于力舟问我的语气十分犹豫。

我不要告王小飞故意伤害我，王小飞是害死了叶江的凶手。可是现在一切都是猜测，我看着地面上的雕塑碎片，金色的铜钱已经不见了。

于力舟把头转向王小飞："那你，要不要告他故意伤害你？"

"不用啦，"王小飞摆摆手，继续整理他的衬衣，"都是从小认识的朋友。"

"我们走吧。"于力舟和夏月两人把我搀扶起来，慢慢地离开。

在电梯里，于力舟问："风风，你到底怎么了，疯了吗？"

"铜钱，铜钱，"我的眼泪流淌下来，"一定被王小飞踩在脚底了，我看不到了。"

"什么铜钱？"夏月问我。

"长江水怪的铜钱，我在当年打捞落水的大客车时见到过，"我哭着说，"那是水怪用来买人命的铜钱，王小飞拿了铜钱，宁宁和叶江都是被他卖给了水怪。"

于力舟怜悯地看着我："风风，我知道你忘不掉宁宁，但是已经过去很多年了。"

"这么多年，"我抓着于力舟的衣领，"为什么你不抓他？你不抓这个混蛋！"

"我不是一个称职的警察，但是我已经尽力了。"于力舟叹口气说，"他自己从不亲自动手，两个跟他有关联的人命案件，都是未成年的孩子替他顶罪的。你也知道，棚户区的那些吸毒人员非常乐意做这种交易。"

夏月平静地说："叶江跟着水怪到了长江里。"

"水怪专门抓棚户区的孩子。"我看着于力舟。

于力舟安慰我："那是夏月的奶奶吓唬我们的。"

"不是，不是！"我痛苦地摇头，于力舟不肯相信我，所有人都不肯相信我。当年打捞大客车的时候，我看见了那个鱼头人身的诡异怪物，那是吞噬所有遇难者的邪灵，邪灵嘴里含着的铜钱，是长江之下的水怪购买遇难者生命的酬金。王小飞一直都跟水怪脱不了干系，而这个重要的证据从来就没有人相信。当年大人们不相信，到了现在，于力舟也变成了大人，依然不肯相信。

夏月擦拭我的嘴角："还在渗血，去医院包扎清理一下伤口吧。"

离得最近的是长航医院，本来是我们港务局的内部医院，在这几年，医院和我们的子弟学校一样，都改制成了市属事业单位。

给我缝针的医生是我们的同学，护士也是。在医院古老的苏式建筑里，我看着木质的窗棂和绿色的墙漆，闻着消毒水刺鼻的味道，这是我童年时期的感觉。我凝视着夏月和于力舟，我们是港务局棚户区的孩子，我们的身上永远都保留着棚户区的气味，终生都不能摆脱。

在整个二十世纪九十年代和2000年初期，棚户区的孩子分为两种：港务局职工家属的子弟和外来流动人口的子女。

我们的子弟学校生源不足，于是也就不拘泥于户口，向到这个城市来打拼的底层劳工子女开放了入学资格。

这是一个善举，直到现在我们的子弟学校已经成了市教育局直属学校，仍然保持这个传统。

我们在一起从来没有身份上的认知隔阂，因为我们的城市就是从一个码头开始发展起来的，即便是港务局的职工的父辈，也都是几十年前走投无路的外来户。

我的爷爷是重庆万县人，从小就在长江做水手。解放后他跟着轮船公私合营，成了港务局的职工，定居到了我们的城市。

我的父母是子弟学校的老师，但是他们当时的编制并不在市教育局，从身份上说，他们是港务局的职工。

于力舟的父亲老于所长的身份也类似，他的职务归属比较模糊，港务局派出所有两个上级单位：一个是港务局，一个是市公安局。

于力舟的爷爷是三斗坪人，三斗坪也就是现在三峡大坝的位置。于老爷子为了寻找被拐卖的母亲，九岁的时候从三斗坪靠着两只脚走到了宜昌，走了两天两夜，到达宜昌的时候，脚上满是鲜血。

叶江、叶宁的父亲叶大俊是棚户区比较晚来的外来户。二十世纪九十年代初，叶大俊带着妻儿从恩施野三关老家搬迁到了我们的城市讨生活，在九码头做厨师，租住在棚户区里，叶江的妹妹叶宁就出生在棚户区。

夏月的父母是黄柏河上的渔民，死于一次水上事故。夏月父母的渔划子被一艘属于港务局的轮船撞翻，夫妻两人都淹死在寒冷的黄柏河里。奶奶带着七岁的夏月在港务局办公大楼门口垫着一张席子和一床被子，睡了一个冬天。终于在春天的时候，港务局决定给夏月祖孙俩安排一间房子，以及每个月一百六十块的抚恤金，同时夏月在子弟学校的学杂费、书本费全免。

所以无论是我们小孩子还是大人，都对外来人口没有歧视，在我们看来，区别只在于到这个城市的时间先后而已。

宜昌是一个几乎没有原住民的城市，如果非要强行划定原住民的话，我们港务局的这些码头工人和水手的后代，就勉强是了。

这是一个扎根于长江的城市，生活中的一切都跟长江休戚相关，包括长江里的水怪。

严茂淹死的那个夏天过去之后，我们开始在子弟学校的初中部念初一。

不可避免地，我们要面对王小飞。王小飞是整个子弟学校初中部学生避之唯恐不及的恶魔。他总是在厕所的必经之道，靠着教学楼的墙壁抽烟，然后挑选某个上厕所的男孩，搜刮了零用钱之后，以抽学生耳光为乐。

王小飞也会出现在操场上，霸凌某个不服从他的男孩。

我和于力舟都很害怕王小飞，因为我们父母分别是教师和警察，引起了王小飞对我们更多的注意。

叶江不怕，所以叶江被王小飞揍的次数最多。

我和于力舟每天早上出门，都要仔细地把身上的早饭钱藏起来，内裤里、鞋子里、文具盒里、书本里，我们都尝试过。可是每次都熬不住王小飞的耳光，只得主动把藏起来的钱交给王小飞。

叶江从来就没有早饭钱，他只能默默地忍受殴打。但他永远都不屈服地看着王小飞，这也就激起更多的耳光。

我们读书的时候，没有补习班，没有无休无止的作业，父亲大部分在长江上，母亲为了工作和家务也无暇注意孩子。我跟于力舟的父母虽然不是长江上的水手，但是他们的工作性质让他们更加忙碌。

叶江没有钱，每次放学之后，我们就会一起走到运河汇入长江的地方，从江边登上堡坎，爬过长长的围墙，进入运河边的汽车维修厂，去捡电线和废铁。每次都会有点儿收获，然后把电线的胶皮烧掉，收集铜丝，卖给废品站，换几毛钱到几块钱不等。有时候我们也会进入维修厂的车间，让叶宁给我们放风。车间里的收获会更大，我们从报废的汽车里寻找一些相对值钱的发动机配件。

我和于力舟参与的原因是，我们的早饭钱就算没有被王小飞抢走，我们也把钱用来打游戏了。

卖了废品之后，我们会买来饼干和汽水，大家一起分享。我们一起坐在江边，吃着买来的饼干，叶宁会多分到一根火腿肠，她是我们所有人的妹妹。我们没想过我们这辈子会分开。叶江很郑重地告诉我们，长大后，于力舟和夏月结婚，风风和宁宁结婚，他会上武汉大学，然后会有个好工作，就有能力照顾我们。

我被叶江这么安排命运的时候，心里并不情愿，我喜欢夏月，可是夏月和英俊高大的于力舟更加般配，我只是个小胖子。于力舟初中毕业就会去上警校，然后回来当警察，这是他父亲老于所长安排好的道路。

我的学习成绩一般，辜负了我身为教师的父母的期望，我可能会做一名水手，但是我不想在港务局的船只上工作，一辈子生活在长江上。我想去大海上做船员，这是我少年时期的梦想，但是和我暗恋夏月一样，这是我自己的秘密，从没有跟人说起过。

我如果到了大海上做船员，是不是就会摆脱长江里的水怪？或者海洋里的水怪比长江里的水怪更加可怕，更加难以摆脱？

叶江总是觉得我和于力舟永远都长不大，需要他的照顾，每次我们被王小飞和那帮混混堵住的时候，他总是跟王小飞硬扛。长大后我知道，他在替我们挨打。

现在叶江失踪了，我很想念他，我对自己前些年对叶江的冷淡感到内疚。

叶江本可以成为一名出色的律师，或者医生，或者公务员，最不济也会成为我们港务局的中层干部。

但是叶江摊上了他的父母，这是他的宿命。

叶江的父亲叶大俊是一个帮厨。叶大俊好赌，而叶大俊的妻子吸毒。

沿江大道和胜利一路的交汇处，是九码头的核心位置。从古至今，四川的船只和移民都从宜昌上岸。连续十几个码头，九码头是最繁华的一个。

这里从有水手聚集开始，就有一家火锅店，来自四川的水手，即便在宜昌定居，也忘不掉家乡的味道。这家开了几十年的火锅店，从最开始的茅草屋，到八十年代一个巨大的木棚子，再到后来租用了一个大仓库，每到夜晚，永远都人声鼎沸。

火锅店里有几十个用砖块和水泥砌成的煤炉，煤炉的上方也是砖混的桌面。上面永远都有一个铁锅，听说从开业起始，里面的汤汁就没有换过。几十年下来，无数的猪脑、毛肚、牛血、下水和人的唾液混合的陈年味道，构成了鲜美无比的陈年老汤。

就算是在冬天，里面也坐满了光着膀子喝酒吆喝的水手和力工。到了九十年代，不仅是长江上的水手，就连城市里的市民，也被火锅店的美味吸引，接踵而至。

叶大俊就在这个火锅店做帮工，安排客人们的位置。

每一桌的大铁锅都被井字形的竹篾片分为九宫格，食客众多，不同的客人就在同一张桌子上涮菜，放在属于自己的格子内，两两相对的客人几乎都互相不认识。

叶大俊在心情好的时候，会把叶江和叶宁叫到火锅店，让他们坐到某个没有坐满的桌子，然后和别的客人共享一个铁锅。叶江和叶宁十分乖巧，在吃饭之前，会先给老板帮忙递菜，老板也不会太介意。

叶江和叶宁兄妹的福利，让我和于力舟、夏月非常嫉妒。

我和于力舟的父母虽然都有公职，但是工资并不足以带我们来打牙祭。在九十年代，下一次一百多元的馆子，对于普通的职工来说无疑是一种奢望。

夏月的奶奶更加不可能满足夏月的这个愿望。

叶江不止一次带着我们到火锅店，掺沙子一样把我们安排在陌生食客的面前，偷偷地端来涮菜。不过老板只让叶江兄妹在厨房里端走粉丝和青菜，猪脑和毛肚这种贵重的菜品是绝无可能的。

这些都难不住我们，我们会用长长的筷子，偷偷地从九宫格的下方掏出食客的猪脑和毛肚，喝醉的客人们永远察觉不到我们小孩子的狡黠。

这是我们记忆中最愉快的时光，是叶大俊在我记忆中唯一对子女的温情。

王小飞也是火锅店的常客，他如同一个无处不在的幽灵，一直在我们身边出现。十来岁的王小飞也跟水手们一样，脚踏在凳子上，抽烟喝酒，身边都是跟他同龄的混混。

那时候王小飞和这些十多岁的小混混，在九码头的客运站偷窃往来乘客的钱包，把偷来的一半钱财上交给他们的老大发权，剩下的就由他们挥霍。

我和叶江曾经在腊月时看见过一个中年男人，苦闷地站在江边。他在宜昌做小生意，两年积攒了两千块钱，准备过年回家，给家里一个交代。结果他挂在身上的腰包连同船票都被小偷偷走了。那个男人在江边看着江水抹眼泪，脚踏进了冰冷的江水也茫然不知。

当我们轻声问他的时候，他红着眼睛哭诉了自己的不幸，他已经两年没有回涪陵跟自己的家人团聚了。

我和叶江知道是王小飞偷了他的钱包，在几分钟之前，我们看着王小飞和他的两个小跟班飞快地在胜利一路上奔跑，高高举着一个腰包，边跑边发出兴奋的叫喊，甚至放过欺负我和叶江。

在那时候，两千块绝对是一笔巨款。

我和叶江很担心那个被窃的男人会慢慢地一步步走进江水，不过在男人哭泣了很久之后，他慢慢地转身，落寞地走回大街上，离开了船码头。男人的举动让长江里的水怪失望了，他们懊恼地在水面下翻滚、咒骂、嘶吼。我看得清清楚楚。

这是我和叶江唯一一次在老于所长面前举报王小飞。老于所长抓到王小飞的时候，他已经把钱藏了起来。老于所长也找不到失窃的男人。这件事情就不了了之了。

这也是王小飞看见我和叶江及于力舟就会刻意霸凌我们的重要原因。

王小飞每次在火锅店看到我们，都会在叶江的面前折辱他的父亲。王小飞会故意叫来叶大俊，各种刁难、咒骂，挑出菜品的毛病，扔在叶大俊的面前。叶大俊虽然对叶江十分粗暴，但是在外人，即便是十几岁的王小飞面前，都非常温顺。叶大俊很害怕失去这份工作。

王小飞凌辱叶大俊的时候，眼睛却看着一边的叶江。还有什么举动比在一个儿子面前侮辱他的父亲更加让人屈辱呢?

叶江从那时候就想杀死王小飞了吧。

2001年很快就进入了秋天，我和叶江、于力舟、夏月上了初中，并且在同一个班。我们子弟学校应届的初一年级只有一个班，生源不足导致学生比上一届的学生更少。其实我们港务局适龄的孩子不止这么多，只是因为一半的职工会把孩子送到市里别的公立学校去上初中，家里但凡有点儿门路的同学，都去了附近学区的学校——无论哪个学校都比我们这个子弟学校的教育质量好。

在小升初的考试之后，父母突然在晚饭时严肃地告诉我要开一次家庭会议，这是我第一次被当作成人对待。看着父母郑重的表情，我心里惴惴不安，以为他们要告诉我他们感情破裂，向我宣布离婚的决定。

我的猜测是荒谬的，他们只是询问我是否愿意去别的学校读书。我立即坚决地告诉他们，我愿意做他们的学生，不想离开棚户区去路途更远的学校上学。其实我心里想的是不想跟于力舟、叶江和夏月分开，特别是夏月。

夏月和叶江因为家庭，没有选择的可能，他们只能在这个子弟学校继续念下去。

于力舟初中毕业后就会上警校，因此也没有必要在学习上有更多的期望。

事情如我所愿，我们没有分开。

冬天很快就来了，夏天的那些恐怖的记忆渐渐淡去。但是我们没有忘记严茂，我们看到严茂失踪地点的那块礁石，在江水中一天天显露出来。由于这片水域在一个夏天夺走了几十条人命，我们再次看到这块石头的时候，觉得礁石的形状已经变得狰狞和险恶。

叶江比小学的时候更加用功，我们在礁石边玩耍的时候，叶江会掏出英语课本背单词。随着冬天枯水季节的来临，我们发现了这个礁石并非是一块单独在江滩上的孤石，在沙滩的下方显露出一条石梁的脊背，一直绵延到江岸陆地的深处。

我们这才发现，这个石头像极了一条埋没在江滩上的龙，露出沙滩的石头是一个狰狞的龙头，而后方延伸到江岸之下的就是龙的身体，附近的两处小石头就是龙的爪子。

这是一条吃人的龙，一个夏天就吞噬了几十条人命。但是在冬季枯水的时候，这条龙收敛了它的凶恶，沉睡在江滩上，等待着来年江水涨起来之后再次收割。

我最后一次跟着叶江去火锅店是冬至那一天。

冬天的火锅店生意会更好，天气冷了，空气中弥漫着辛辣鲜香的味道，传递到整个九码头的街道上。我知道这是叶大俊在老板的授意下，在每一个火锅里放了一味神秘的调料，那种调料是干枯的果壳。叶大俊也会偷工减料，自己私自把那个壳子藏起来一部分，然后带回家，跟他的妻子把果壳点燃后闻冒出的焦烟。每当这个时候，叶江的家里就有一股浓烈的香味，却无法形容香味的特点。过了几年之后，我才知道那种干枯的果壳学名叫罂粟，也就是大家都知道的鸦片。

叶江的母亲就是这样染上毒瘾的吧。

我也明白了一件事情：叶大俊偷偷把罂粟壳收集带回家，但是他不停地让叶江在港务局的医院开头疼粉，然后把头疼粉替代罂粟壳放进火锅。头疼粉的主要成分就是吗啡，实际上就是罂粟的提取物。

冬至的那天，火锅店里的生意依然爆满，但是这一天有点儿不同，店内十分安静，并没有吵闹的食客高声交谈也没有零星的争吵。

我们又一次分散在各个桌子，我们已经不再拘谨，害怕同桌的人质疑我们的来历。王小飞也不在，听说他为了躲避居委会把他送到工读学校而逃到了五峰——一个深藏在山区的县城，在我们看来，遥远如天际。

这次我遇到了三个沉默的食客，他们谨慎地喝着白酒，吃着牛血和肉丸，而我只能吃粉丝。肉丸很难从九宫格的竹篾片下方掏过来，我只能悄悄地偷吃他们的牛血。那天的牛血特别鲜嫩美味。

可是那天我对肉丸的觊觎始终无法抑制，于是我终于巧妙地从铁锅内掏出了一个肉丸，然后夹到自己的油碟里。

这个过程，三个食客都保持着木然。他们也许看见了我的小举动，但是并不在意。

我在偷夹肉丸的时候，眼睛的余光偷瞄着他们。这时候才看到，他们都穿着一身很奇怪的衣服，即便是在十八年前，他们一身廉价西服、贴身涤纶毛衣的打扮也很粗陋。码头上曾有很多这样打扮的力工，可是现在他们也知道穿着西服干体力活是一件不合时宜的事情，转而穿一些更为廉价的夹克，而不是掩耳盗铃一样穿着商业城买来的洋垃圾西服。脚上的解放鞋也换成了更为舒适一点儿的人造革旅游鞋。

我吃肉丸的时候，十分小心翼翼，不希望被他们发现我的这个小伎俩。我不担心自己被人责骂，我担心连累叶江。毕竟这个小小的福利，是经过了火锅店老板的默认的。

当我吃肉丸吃到一半的时候，我发现肉丸的味道有些奇怪。在热气腾腾的火锅店里，一切都变得模糊，我仔细地观察已经吃了一半的肉丸，发现这个肉丸其实是一只眼球。

强烈的恐惧导致我茫然无措，呆若木鸡。我回味着刚才吃的牛血，意识到可能也并非是我想象中的食物。

我更加不敢正视与我同桌的三位食客，偷偷瞄了两眼，这才发现他们的脸色苍白，双眼无神，几乎没有鼻梁。我很想抑制自己身体的战栗，但是我做不到。我抱着碗，慢慢低下头，看着满是油污的地面。

“请你吃，请你吃……”我似乎听见细若游丝的声音。

然后我看见了右边的一双脚，那双脚上的旅游鞋已经非常破烂，鞋帮子上沾满了黑色的淤泥，并且鞋底已经开裂。这是一双很不合脚的鞋，五个脚趾从开裂的鞋面下显露出来。五个脚趾比常人的手指还要长很多，脚趾之间还有连接的蹼膜。

我惊惧地吸了一口气，含在嘴里的半个肉丸卡在了我的气管和食道处。

随后我看向四周，这才发现，火锅店里大部分的食客都同时抬起了头，他们每个人都默默地在头上戴了一顶斗笠。我清晰地看到，他们的脸都是苍白而冷漠的，鼻子的部位只有两个狭窄的裂缝。

我噎住了，痛苦地捂着喉咙，跪在地上。

我喘不过气来，绝望地看着四周。我身边到处是长着脚蹼的脚掌，脚面上生长着密密的鱼鳞。我已经无法呼吸，眼前渐渐陷入黑暗。有人拦腰把我抱住，手掌不停地用力拍打我的后背，卡在我喉咙里的半个眼球终于吐了出来。我深吸一口气，回到了现实中，那些戴着斗笠的水怪都消失了，只有仅剩的几个穿戴正常的客人。

救我的人是一个驼背，在混乱中，驼背也很快离开。而我也处在茫然中，来不及向救命恩人道谢。这是我们最后一次沾光在火锅店里蹭吃。我的小意外，把火锅店老板惊出了一身冷汗。火锅店老板追究源头，开除了叶大俊，并且找到了叶大俊藏起来的罂粟壳子。

叶大俊失业了。后面连续好一段日子，叶江上学的时候，脸上都是淤青。叶大俊失业后，酗酒变得更凶，喝醉了就责怪叶江。

我内疚了很久，但是叶江从来没有表达过对我的责怪。

夏月的奶奶告诉我们，火锅店的老板跟长江里的水怪是有约定的。到了冬天枯水的季节，长江上游的尸体寥寥，也很少有人下水，无数水怪在长江的水下饿了好几个月，他们饥肠辘辘，只能上岸寻找食物。他们会跟岸上的某种人打交道，用金灿灿的铜钱和金子购买食物。水怪们在长江下的沉船里收集了无数的宝贝和钱财，他们很富有，但是他们没有吃的。而岸上的一些人有食物，却没有金子和铜钱。所以到了冬天，饿极了的水怪就会拿着钱财上岸，与认识他们的人做交易。

火锅店的老板每年冬至都会招待长江里爬上来的水

怪，水怪们隐藏自己的特征，扮作人的样子，到火锅店饱餐一顿。水怪们最爱吃的就是动物的眼睛。

火锅里肉丸子一样的眼睛，都是火锅店老板从屠宰场以极低的价格购买来的猪、牛、羊眼睛……可能也有人的眼睛。

在这次事件之后，我们再也没有见过火锅店老板。听说他得了怪病，不能见光，不能见风，也不能闻到任何油烟气味，只能每天待在黑洞洞的家里，家中的每一扇窗户都用报纸贴上，一丝光线都透不进来，直到死在家里，无人问津。

后来这个巨大的火锅店木棚子因为火灾隐患在2003年被拆除，留下了一大片空地。2004年，王小飞的老大——九码头的黑社会大佬发权，从港务局租下了这片空地，开了一家肥肠火锅店，生意依然很火爆，不过规模已经不复从前。一年后，发权被枪毙。这已经是我离开棚户区之后的事情了，我也从来没有去照顾过生意，但我知道肥肠火锅的味道如此美妙，一定少不了那一味特殊的调料。

时间又过了十多年，这里早已经物是人非。巨大的火锅店连同周围破烂的筒子楼，都在五年前的棚改工程中被拆除，万达集团把胜利一路到十三码头之间的所有地皮都买下，建起了万达广场，再也看不到当年蒸汽弥漫的九码头火锅店了。

这是我记忆中的码头，只能存在于我的回忆中。

我们从医院出来之后，整个城市又被瓢泼的大雨笼罩，所有现代化的建筑，在雨帘中变得模糊而扭曲。

我跟于力舟和夏月分开，又到了万达广场。我要寻找一个人，那个人有我想知道的秘密——长江怪物。只有问明白长江水怪的秘密，才能寻找到叶江的下落，解除水怪烙印在我们身上的诅咒。

城市在疯狂变化，往日的痕迹被高大崭新的建筑彻底抹去。我行走在九码头沿江大道上，看着眼前的滨江公园绿地。十八年前，这里有一排砖木结构的老房子，老房子在解放前就已经存在了，可是现在只有连绵的草地。沿江大道靠江边不允许有任何的民用建筑，只剩下一栋孤零零的客运船中心。

我不知道我还能不能找到我要寻找的人，不过我的直觉告诉我，那个人正在等着我，他有秘密要告诉我，他一定在等我。

我撑着雨伞行走在滨江公园的时候，于力舟和夏月在老于所长的家里吃了顿饭。两人带着晚晚回到于力舟的家。

于力舟把怀里的晚晚放在沙发上，晚晚已经睡着了，于力舟找来空调被，盖在了晚晚的身上。

客厅里一片寂静。

于力舟和夏月相互看了很久。

于力舟终于打破沉默："风风还爱着你……"

夏月点燃香烟，深吸了一口。

于力舟继续说：“他从看见你之后，眼睛就没有离开过你。”

夏月把烟雾吐出来，慢慢地摇头：“回不到从前了。”

于力舟说：“他对王小飞动手，是因为他还没有忘记当年王小飞对你作的恶。”

夏月把手里的烟扔掉：“别说了。”

于力舟说：“叶江已经死了，你该有个好点儿的归宿。”

“你呢？”夏月仰着头问于力舟。

“我有晚晚。”于力舟看了一眼沙发，再回头的时候，夏月的嘴贴了上来，两只胳膊环抱着于力舟的脖子。

于力舟还想说点儿什么，夏月疯狂地吻着于力舟。于力舟双臂无处可放，只能抱住夏月的后背。

客厅角落里传来了一声轻轻的冷笑，两人立即分开。

角落里一个女人站起来，进入灯光里。

夏月尴尬地看着女人，轻声叫道：“嫂子……”

“别恶心我，”丽娟面无表情地说，“我跟他早就不是夫妻了，我是来问他什么时候去领离婚证的。”

于力舟看着自己名义上的妻子：“下次回家，你先给我打个电话。”

“家……还有下次吗？”丽娟苦笑着说，“叶江死了，你们两人之间的障碍只有我。我可不想像你的好兄弟叶江一样，死得不明不白。”

“你在说什么？”于力舟的声音低沉而严厉，“现在不是开玩笑的时候。”

“你是警察……”丽娟看着于力舟的眼睛，又看向了夏月，突然笑起来，“为什么这么紧张？我已经签好字了。”

丽娟把手指向茶几，上面搁着离婚协议。

于力舟坐下来，拿起协议看了看，然后问丽娟：“你躲在沙发后面干什么？”

“我等你回来，”丽娟说，“可是你家里来了客人。”

于力舟立即警惕起来，把客厅全部打量了一遍，又看了看大门。

“是谁？”于力舟问。

“打捞队的石队长和老孙。”丽娟轻松地说，“他们说找你有事，看见你不在，就走了。”

于力舟和夏月看着脚下，地板砖上有一摊水渍。

“我让他们打捞落水人员的工作有进展以后跟我通个气。”于力舟在茶几上寻找签字笔。

丽娟抹了一下头发：“跟叶江有关？”

“嗯。”于力舟点头。

“难道你们的工作不能在电话里联系？”丽娟看着于力舟，“一定要在下这么大的雨的时候跑到家里来跟你当面说。”

于力舟狠狠地把签字笔摔在茶几上：“够了！”

睡在沙发上的晚晚被惊醒，晚晚懵懂地看着丽娟：“妈妈……”

丽娟把晚晚抱起来：“我要带晚晚走。”

于力舟摇头：“什么我都答应，除了晚晚。”

雨太大，临时在超市买的简陋雨伞的质量很不好，雨点渗透了伞面，化作雨丝滴落到我的头顶。我穿行在胜利二路的小巷子里，这里即将被拆迁，很多临街的门面还保留着多年前的形态。但是建筑开发商和市政部门已经在街边立起了临时围墙。

成片的老房子旁边，巨大的工地正在如火如荼地兴建新楼，搭建了好几个塔吊。新建的高层小区都已经封顶，工人们分散在高耸的新楼的各个位置，在雨中按部就班地工作。

我钻进临时的隔离围墙，看着老房子的门面，一家一家地找过去，转入一个逼仄的青石板小胡同里，看到了一个小小的招牌：杨驼子中医诊所。

招牌前的道路上挖开了一道深壕，旁边停着一辆市政绿化部门的车辆。雨水和泥土混杂，在肮脏的道路上流淌。

诊所的门上挂着廉价塑料“珍珠”门帘，我收了伞，分开门帘，廉价的塑料珠子发出一连串的脆响。里面一个老头趴在按摩床上，后背上吸附着十几个玻璃小罐子，肩膀上密密麻麻竖着银针。还有一个没有家长陪伴的小孩，脏兮兮的，正坐在椅子上，一根输液的管子把他的手和旁边的吊瓶连接在一起，小孩子在看墙壁上的电视。我走进去后，轻声问了句："医生呢？"

一老一少都对我毫无反应，回应我的只有电视里动画片的声音和空调压缩机的嗡嗡声。

我谨慎地坐在了老头子旁边的按摩床上，看着桌面上的一个人体模型，模型上标注着三百六十五个穴位和十二经络，以及带脉和任督二脉。在墙壁侧面的壁柜上，摆放着十几个玻璃罐子，大部分玻璃罐子里都是各种毒蛇泡酒。那些色彩斑斓、体形狰狞的蛇尸，蜷曲在玻璃罐子里，让我心惊肉跳。剩下的几个罐子，有的泡着灵芝和何首乌这些名贵药材，也许是真的，也许是赝品，仅是摆放在这里唬人的道具。只有一个玻璃罐子与众不同，里面浸泡的是一个勉强长成人形的婴孩。婴孩的脸隔着玻璃和福尔马林与我对视，我看到了一张没有鼻孔的猴脸，猴脸的上方漂浮着绿藻一般的毛发。

内屋有了响动，杨驼子走出来，看向我："哪里不舒服？"

"您还记得我吗？"

杨驼子仔细打量了我一会儿，终于笑了一下，他认出我了："我记得你，吃火锅差点噎死的小胖子。你现在瘦了。”

我知道我能找到杨驼子。他在江边的门面被拆除，改成了公园，他也不会搬离太远，还是能够在不远的老巷子里找到自己苟活的地方。

在十八年前，我就看到他脚下长着长长的根须，根须已经探入地下深处。他无法斩断根须离开这里。现在他脚下的根须还在，已经变成了斑驳粗粝的老根，表面布满了节瘤，几年后他的腐烂的根须会蔓延到身体，直到枯死，化作朽木。

“我的病……”我犹豫了一下，看了看趴在按摩床上的老头，“回到宜昌后，又犯了。”

“不是，我从前骗了你和你的父母，”杨驼子看着我的眼睛说，“你没有病。”

我在2001年十二岁的时候，生了一场重病。我父母认为从我在火锅店差点噎死那次开始，我的身体就不断地出问题。其实并非如此，我从严茂淹死之后就开始有了症状，不仅是断断续续的发烧和痉挛，而且我的眼睛总是能看到别人看不到的东西。

我的症状是从夏天开始的，开始的时候并不明显，我只是以为自己偶尔受到惊吓的时候会眼花，比如我在长江里看到了水怪，旁人却看不到。到了冬天过年的时候，我常常在睡梦中听见屋内有响动，但是我不敢睁开眼睛。我知道是长江的水怪们悄悄地爬进了我的家，他们在地板上游动，然后顺着墙壁，如同壁虎一样攀爬在墙壁上，接着又爬到了天花板，悬挂在我的头顶，注视我。

我鼓起勇气睁开眼睛的时候，水怪身上掉落的黏液和水滴，就会从上方落入我的眼睛，我的眼睛剧痛难当。我在黑夜惶恐万分，随即又发现自己的身体每一寸肌肉都无法动弹。在我无比惊恐中，水怪化作了一团团黑色的液体，从上方慢慢流淌下来，把我的身体死死地压住。除了我的心脏还在剧烈地跳动，身体的每一根血管都陷入了恐惧的深渊。

水怪离去之后，我的意识仍旧无法抽离惊悸。直到黎明，父母卧室的灯光亮起。接着我就开始生病发烧，无端地发高烧。

父母带我去中心医院，医生也难以治疗，认为我是身体虚弱、免疫力下降导致的淋巴结发炎。但是当我在医院里待上半天，身体的不适就立即全部消失了。

过了几天，我在家里吃饭的时候，突然晕厥，我的手指拿不住筷子，身体瘫软到地上。当父母慌乱地把我送到医院时，我却恢复如常。

这个过程一直从腊月持续到第二年的春天，每隔几天我就会发作一次。医生后来又怀疑我是不是得了病毒性脑膜炎，这个病在当时的青少年中很流行。

但是各种检测报告又否定了脑膜炎的可能性。

我的病持续了几个月，由于长时间的缺课，加上棚户区每个职工之间都很熟悉，所有人都知道了我的奇怪病情。一个诡异而神秘的民间流言开始冒出来：化生子。

这是一句长辈经常骂小孩的话，是一句泄愤的话。但是真正的化生子，代表着神秘而强大的诅咒。

化生子最明显的症状就是小孩子会翻来覆去地生病，一旦到了医院就会健康如常，回到家里就又会因为生病而奄奄一息。化生子是来到人间向父母讨债的冤孽，反复的病情将一个家庭所有的积蓄和钱财都耗尽，并且在把家人都克死之后，自己才会死掉。

我当时反复的病情，就印证了化生子一切的症状。

渐渐地，当我去学校上课的时候，同学们开始躲避我。夏月告诉我，她的奶奶每天都会在她上学前叮嘱她不要接近我。

这就是我是化生子的流言的源头。夏月奶奶为了印证她的判断，终于说出了一个秘密，跟夏月一家有关的往事。

夏月六岁的时候，夏月的父母给她生了一个弟弟，夏月奶奶作为一个巫婆，也有接生的手艺。巫婆和稳婆一直是同一个职业。夏月和她的弟弟，都是由她的奶奶接生的。

我们从来没有听说过夏月竟然还有一个弟弟，这件事情就连夏月也从来没有提起过。

夏月的弟弟出生的时候是一个死胎。夏月奶奶接生后，夏月的父亲痛苦地把死胎放到一个纸盒子里，在夜间扔到野外。这么做并非是他们凉薄，而是夭折的婴儿都不能用正常的方式安葬，只能扔到野地里供奉夜间行走的厉鬼，以祈求婴儿的怨灵随着厉鬼离开，家人不遭受厄运。

这个习俗，在三峡地区流传了千百年。

夏月的母亲生产后就躺在床上，眼睁睁地看着婆婆和丈夫带走了死婴。到了夜间，她模模糊糊地听到婴儿的哭声。夏月母亲翻身下床，拖着身体，打着手电筒，顺着婴孩的哭声走了两里路，到了婆婆和丈夫丢弃死婴的黄柏河边。婴儿的哭声在河边的石头上传来。夏月的母亲看到河水中有一个黑影慢慢从水中爬出来，走到了婴儿的旁边，伸出长长的手臂，把纸盒揽在怀里，一步步踏入河中。夏月母亲的内心里升起强大的勇气，冲过去用牙齿咬了水怪的手臂，把婴孩和纸盒抢回怀里。那个黑影被突如其来的袭击惊吓，还来不及追赶，夏月的母亲便带着婴孩跑上河岸逃走了。

夏月的母亲带着婴孩回家后，婴孩活过来了。夏月的奶奶十分震惊，告诉儿媳妇，婴孩并非还阳，而是水怪将一口阴气灌入了死婴的口鼻，这个死婴已经变成了化生子，将会克死家里的所有成员。夏月的母亲不肯相信，执意要留下婴孩。

接下来，婴孩在一岁之前，折磨了整个家族一年。是的，婴孩在家里，哭着哭着就没有了哭声，母亲去试探的时候，发现婴孩面目青紫，呼吸也停止了，立即送到最近的医院。婴孩送到医生的面前时就苏醒了过来，并且颜笑眉开，对着医生嘻嘻地笑。

隔几天，婴孩就再次“死掉”，如此反复多次，夏月一家都心力交瘁。

到了婴孩快一岁的时候，情况一天比一天严重，有时候一天会死去多次。吸奶的时候，也会死去；在地上爬的时候，也会匍匐在地死去；哭闹的时候，哭声会戛然而止……并且到了夜间，整个夏家角落里会隐隐约约传来诡异的笑声。

夏月奶奶惊恐不已，告诫儿子，这个死婴一定要交给河里的水怪，否则家里永远不得安宁。婴孩最后还是死了，是被父亲用手帕捂住了口鼻窒息而死——父亲实在无法忍受这种无穷无尽的折磨。

在妻子的央求下，他们给孩子打造了一口棺材，埋葬到了坟地。整个过程都遭到了夏月奶奶的反对。夏月的奶奶认为，这种化生子必须要供奉给黄柏河和长江里的水怪，不能入土为安。因为埋葬的方式不能把蕴藏在婴孩体内的邪灵杀死，而邪灵是属于黄柏河和长江里的水怪的，邪灵一定会从坟墓中散发出来，把夏家的人丁一个个全部害死。

夏月的奶奶在家门口对着太阳下织毛衣的职工家属们平静地叙述这一切，是在连续几个春日下午，也就是我病情最严重的时候。

夏月也回忆起了幼年时候的恐怖记忆，每次都试图阻止夏月奶奶继续说下去。棚户区的家属抬头朝我家的方位看了看。春天到了，已经有小孩因为流行性脑膜炎入院，还有几条野狗得了狂犬病在棚户区疯狂地咬人。家属们根据夏月奶奶的恐怖回忆，很难不把几件事情联系到一起。

家属们都知道夏月父母的遭遇，夏月的父母是死在了黄柏河的水面上，一艘港务局的货船在夜间和一艘打鱼的渔划子相撞而沉。那艘渔划子就是夏月父母养家糊口的工具。往日里，夏月的父母都是在白天打鱼，只是那两年长江肥鱼突然卖起了高价，卖给南津关的肥鱼餐厅，一斤可以达到两百块。长江肥鱼只有在夜间能够捕捞。夏月的父母为了这种肥鱼，冒险在夜间捕鱼，丢掉了性命。

夏月的奶奶终于在港务局家属的面前说了实话，她认为自己儿子和儿媳妇真正的死因是来自化生子的邪灵和河水中的水怪。港务局的轮船撞翻渔划子，只是必然之中的巧合。这也证实了当时轮船上的水手的传言：渔划子在颠簸的时候，好些个江水中的水怪把夫妻俩拉入了水中，以至于水手扔下去的救生圈也无济于事。

心怀怜悯的家属，都向夏月的奶奶保证不会把事故的真实原因向外吐露。这个承诺是虚弱无力的，这个事情很快就传遍了整个港务局。不过港务局的领导绝不会为这种荒谬绝伦的流言剥夺夏月祖孙俩的抚恤福利。

夏月奶奶坚持认定赵老师的儿子赵长风，也就是我，是化生子。她也预言自己即将去世，而夏月也将遇到人生的第二次劫难，这次很难挺过这一关。所以身外之物，对于祖孙俩已经毫无意义。

夏月奶奶的坚定赢得了所有家属的信任，她们放下了手中编织的毛衣和手套，询问夏月的第一次劫难细节，想从夏月奶奶的嘴里获得更多神秘古老的诅咒和秘闻。

夏月的奶奶继续回忆：在夏月的父母遇难后，她并没有立即来到城市，而是做了一件事情。

夏月奶奶进行了一项古老而神秘的仪式，这个古老的仪式，只有少数人才能掌握，仪式的恐怖和残忍，即便知道的人也不愿意提起。而掌握这个仪式的夏月奶奶，一辈子都不愿意施展这个仪式。

让夏月奶奶下定决心的是夏月。夏月魔怔了，在父母罹难之后，她陷入了持续的沉默，不与任何人说话，包括奶奶。但是自己一个人的时候会喃喃私语，或者长时间在河边看着江水，然后向奶奶比划水里面有一条巨大的蟒蛇。夏月越来越虚弱，水米不进，眼看就要追随她的父母而去。

夏月奶奶知道，来自长江下的邪灵并没有离去，继续盘旋在夏家的屋顶，水怪的邪灵下一步就要把夏月折磨死，然后才是夏月奶奶。

夏月奶奶愤怒了，她只有一条路可走，才能保住自己孙女的性命。夏月奶奶对给自己家族带来如此不幸的邪灵产生出极大的怨恨。这个怨恨导致她破除了自己在做女孩时立下的誓言，要把自己隐瞒了一辈子的法术施展出来，而这个法术，就是把躲藏在棺材里的那个婴儿化生子邪灵，用极为残忍的方式杀掉！

夏月的奶奶是一个巫婆，她从母亲那里学习了很多神秘的法术，其中一个就是如何铲除化生子的遗祸。她买来了几十斤桐油，在埋葬自己死去的孙子的坟墓边，用石块堆砌了一个简陋的土灶，从家里拿来了铁锅，还拿来了木柴。她在墓地和家中来回几十趟，才把这些做法事的物品准备齐全。

夏月的奶奶在不到一岁就夭亡的孙子的坟墓前跳起了神秘的舞蹈，舞姿诡异而曼妙，歌声妖冶而尖锐。

夏月奶奶的舞蹈引来了几十个路人的围观。这些路人听见夏月奶奶尖锐的歌声，就知道是一个懂行的端公在进行一场“驱鬼杀邪”的仪式。他们不会放过围观这个罕见场面的机会。

夏月的奶奶戴着面具，在坟墓边不停地跳舞。晴朗的天空，慢慢乌云密布，接着开始下起了毛毛细雨。夏月的奶奶扔掉面具，开始把铁锅搁在土灶上，把买来的几十斤桐油倒入铁锅，然后点燃了土灶下的薪柴。

夏月就一直默默地看着奶奶进行这场严肃和恐怖的仪式，她的生命正在流逝，对身边的一切都已开始恍惚。夏月的奶奶停止了舞蹈，摘掉面具，露出诡异的笑容。

当地的风俗与中原汉人不同，婚嫁生日的时候主人和宾客会同时痛哭，而丧礼的时候却要极力大笑。这种反常的对待生老病死的态度，也许是古老僰人的延续，表现出来的时候，却不会有半分滑稽。

夏月的奶奶邀请围观的路人帮她挖掘坟墓。这是一个并不突兀的请求，据说按照当地的规矩，能够帮人掘坟，会给自己带来好运。两三个壮年小伙子，轮番用铁锹把坟墓掘开，接着一起把坟墓内一米多长的小棺材抬到地面。

这是夏月的父母倾尽家里所有积蓄购买的小棺材，他们为了给夭亡的儿子一个体面的葬礼，不惜在夜间的航道上打鱼。

棺材搁在地面上，夏月的奶奶拿起了斧头，在棺材板上一下又一下地劈砍。每砍一下，夏月的奶奶就高声唱一句任何人都听不懂的词。

这些词，没有一个字能够跟我们的汉语对应，夏月奶奶自己也不一定理解其中的含义。不过在一旁情绪高度紧张的夏月，默默地把她奶奶整个唱词都存在了脑海里，一个音节都不会忘记。

小棺材终于被夏月的奶奶劈砍出了一道裂缝。天空中的毛毛细雨变成了轻雾，把所有人的头发、衣物全部浸染润湿。

法术到了最关键的阶段。夏月的奶奶跪在地上，向天哭诉自己家族的不幸，她之所以这么做，就是为了让这个诅咒停止循环。当夏月的奶奶在神灵面前讲述了自己的理由之后，她用一个肮脏的瓷碗，从铁锅里舀起了一碗桐油。桐油已经在土灶上烧得滚烫，刺鼻的味道弥漫在雨丝之中。

夏月的奶奶走到棺材前，继续对着棺材念叨着无人能听懂的咒语。然后，她咬破了自己的左手中指，把滴血的指头垂下，指血滴在棺材上，棺材内突然发出了剧烈的响动。在场所有人都惊慌失措，他们原本是来围观一辈子都碰不到的邪灵法术的，当真的进入巫法的世界里真切地看到了非自然力量产生的现象时，又变得叶公好龙，惊恐万分。

化生子邪灵意识到了即将灰飞烟灭，它想冲破棺材，却为时已晚。

夏月的奶奶擎着瓷碗，微微倾斜，滚烫的桐油从棺材板上的裂纹流淌到棺材内部。

一声尖啸从棺材内响起，围观的路人全都捂住了耳朵。这声音如同砂砾相互摩擦一样，磨砺着每个人的耳膜和心脏。

被烫的化生子怨灵在棺材里挣扎，夏月奶奶的笑容变成了狞笑。她倒完第一碗桐油，接着又舀了第二碗，如法炮制，倒入棺材内。

棺材里巨大的响动似乎要把棺材板掀开，有两三个胆小的路人已经开始逃离墓地。剩下的路人更加怯弱，因为他们全部双腿瘫软，连逃离的力量都已经失去了。

夏月却突然走到了棺材边，摸着棺材，双眼流泪，嘴里喊着："弟弟，弟弟……"

夏月的奶奶也哭了，抱着夏月，她的孙女终于能摆脱诅咒，可以开口说话了。她推开夏月，继续把滚烫的桐油倒入棺材的裂纹。棺材里的尖叫声和咚咚的撞动声渐渐减弱，当最后一碗桐油倒进去后，一切才恢复平静。

整个墓地，所有的路人都目瞪口呆地看完了整个过程。

夏月的奶奶用最后的力气把棺材板用铁锹撬开，探身把棺材里的尸体捞出来，举给旁人观看。夏月也看到了，这并非是一具婴儿的尸体，而是一个浑身被桐油烫掉皮的小水怪，如同一个腐烂的猴子。

这就是夏月奶奶向棚户区的职工家属描述的往事，导致所有的家属都对我敬而远之，并且阻拦她们的孩子跟我接近。

于力舟表达了对这个谣言的不屑。

只有叶江，从来没有对这件事情有任何的反应，谣言在他这里似乎屏蔽了，他仍旧一如既往地跟我在一起玩耍，告诉我该怎么完成作业，仿佛我生病以及我被人诟病祸害身边人性命的流言从来就没有出现过。

还有叶宁，也从来不因为我被构陷是化生子的事情而疏远我，她连什么是化生子都不知道，也不知道这件事情的恐怖所在。

最受影响的是严茂的母亲。她正在丧子的恢复期，当她听到我是化生子，要克死身边所有人的谣言之后，终于为她的痛苦找到了解脱的途径。她开始到处向人哭诉，她儿子的死就是因为我是化生子，是我让严茂横死，尸首都没有找到。

严茂的母亲在近乎疯癫的时候，在学校的门口找到我，哭喊着拉扯我的衣服，一遍又一遍地质问我："是不是你，是不是你……"

我被吓到了，身体痉挛，躺倒在地，口吐白沫，身边的学生们都躲避得远远的。只有叶江，把我从严茂母亲的手中拉扯开，一言不发地把我背起来，送回我家。

严茂母亲的所作所为，终于让我的父母不堪忍受，他们放弃了在正规的医院治疗我的病情，他们终于接受了我的病是来自地狱的诅咒。

这种无法用西医解释的疑难杂症，只能去寻求巫医之术。他们听人说起了端公出身的老中医杨大夫。

于是在一个明亮的下午，我被父母带到了江边的那一排简陋的木质房子前，招牌就是"杨驼子诊所"。

杨大夫佝偻着后背，摇晃着两根如同脱臼的手臂站在我面前的时候，我立即想起来几个月前，在火锅店里把卡在我喉咙里的那个眼珠子肉丸拍出来的救命恩人就是这个驼子。回忆起那些，我就再次痉挛起来。

杨驼子站在我面前，仔细端详着我，他的脸上和手臂上的皮肤枯槁如树皮，细瘦干枯的手指上甚至长出了树叶。杨驼子的脚下蔓延着根须，根须渗入诊所的地面之下。

杨驼子是一棵能够移动的老树。

我用眼神询问杨驼子，火锅店里的那些水怪他是不是也看得清清楚楚。杨驼子只是很坦然地告诉我父母，冬天的时候，替我把噎在喉咙的肉丸子拍出来。

这让我的父母坚信他们找对了人。而我被放在角落里的一个玻璃罐子吸引了，那个透明的罐子里，一个小小的婴儿尸体漂浮在里面，身上绿色的长毛让人毛骨悚然。

让我父母安心的是，杨驼子在仔细查看了我的眼睛和舌头之后，告诉他们这个病他能治，并且我的病症跟化生子无关。这句话让我的父母彻底放心了，他们可以用杨驼子的判断去驳斥港务局棚户区针对我的流言。

杨驼子的手掌在我的胳膊上慢慢比划，寻找下针的位置。粗粝的指头干涩、坚硬，他的右手食指变得越来越细，越来越长，最后化为一根比筷子还长的银针。银针从我的手肘上方的穴道扎入，我的肘部如蚂蚁咬噬般轻微痛了一下。杨驼子一边慢慢捻转银针，一边悠闲地告诉我和父母，现在银针已经从小海穴走向肩贞穴，两个穴位的距离刚好是上臂的长度，因此需要这么一根筷子长的银针。我看着银针慢慢钻入我的肘部皮肤下方，在我的肌肉里行走，感觉酸胀延续到了我的肩部。

杨驼子解释说，这是我手太阳小肠经的这段经络堵塞，导致了我病症反复，现在他用银针把穴位之间的经络疏通，就能够根治。而我却不太相信，我复杂的病症用如此简单的方式就能治好。

整个治疗的时间并不漫长，半个小时之后杨驼子把银针慢慢地抽出来。而我看到杨驼子的徒弟，一个跟我差不多大的小孩子，在诊所里用酒精灯烧灼一个生鸡蛋，然后把鸡蛋剥开。我以为他要吃掉鸡蛋，结果他用一杆毛笔在鸡蛋上画了一个符咒。

我在杨驼子那里求医之后，持续大半年反复发烧的病症终于痊愈。我的父母逢人就表达对杨驼子针灸医术的钦佩，实际上他们是在向人们变相地解释，他们的儿子并不是化生子，仅仅是生病而已，现在病完全好了。我对那个小孩子烧鸡蛋和用毛笔画符的行为念念不忘，那才是真正治疗我邪症的方法。

“我十三岁那年，真正治好我的病的，”我看着枯朽垂死的杨驼子问，“是那个在鸡蛋上画的符咒吗？”

杨驼子点头：“你并没有生病，你只是能够看到常人看不见的东西。一个人多了一项本事，身体就会多一点儿麻烦。”

我幼年的判断是对的，现在杨驼子明确地告诉我，当年的我的确没有生病，并且杨驼子也正面回应了火锅店里的那些水怪是真实存在的。

“我的朋友失踪了，”我没有时间继续试探杨驼子，“是不是跟我看到的有关？”

杨驼子看着我：“你是长江水怪，你看到的就是存在的。”

我笑起来：“怎么可能。”

杨驼子看着我的眼睛：“你为什么要回来？”

“我说过，我的好朋友在长江里失踪了，”我提醒杨驼子，“你一定见过他，当年他和我都在九码头的火锅店里，很多水怪的那一次。”

“我记得他叫叶江对不对？”杨驼子脸色很平静，“你想要一个什么样的答案？”

“我不相信他是被人害死的，他不是一个会被人弄死的人。”

“他只是累了，他想去长江水怪的世界，你知道的，那个地方一直存在的。”杨驼子轻飘飘的一句话让我心寒。

“你到底多少岁了？”我突然看着杨驼子脸上粗糙的皮肤，他的身体里散发着一股木头腐烂的味道，他是一棵即将死去的老树精。

杨驼子没有正面回答我，而是反问：“你知道什么是长江水怪吗？”

“他们是长江里的鬼魂。”我回答。

“不是。”杨驼子摇头，“他们生前是人。”

杨驼子的确是在跟我以诚实的态度交谈，我知道他并没有信口开河。这是我从小听父辈说起过的典故：

很久以前，长江行船，最险恶的就是三峡河段。在没有葛洲坝的时候，河段上有无数的浅滩和礁石。古时候的船只行走在川江，木船在湍急的江水中碰上岩石，脆弱如蛋壳一般支离破碎，船工都会罹难，货物也将沉在江底。因此，那些横亘在江水中露出水面的狰狞礁石都被水手们起了各种凶恶的名字：呼归石、架高来、盼夫归、朝我来、滟滪滩、鬼莫近、龙抬头……都是长江上水手的噩梦。

如果某个水手在船只破碎之后幸免于难，但是又没有被江水冲到江岸，而是爬到了这些江心的礁石上，那么，等待他的就是更加悲惨的命运。

生还的水手，会满心期待地等待船只的救援。这些礁石都处在江水最湍急凶险的位置，船只在江水的带动之下呼啸而过，船工在船上用尽办法，左右腾挪，尽量避开礁石。水手就只能日复一日地困在礁石上，看着自己的同行操纵着船只，从自己眼前一艘又一艘地掠过。最近的时候，甚至能看到船只上的船工的眼睛。但是船只上的人只要远远看见礁石上有人，船老大就会命令所有船工用手帕把口鼻遮掩起来，只露出眼睛。因为，在礁石上的水手可能是自己的亲人、好友，如果被认出，听到濒死的水手凄惨的呼叫声，很难不去想办法营救。而营救的结果轻则搭上自己的性命，重则就是下一个船毁人亡，大家都葬身鱼腹。

于是礁石上的水手就只能看着每天几十艘船只，近在咫尺而无法施救。就算跳入长江，冲到湍急的险滩里，也是死路一条。他们只能一次次地期望，对着过来的船只下跪、哀求。绝情的船只，就如同毫无所见一样远离而去。心好的船工，会远远地扔来食物，但这是更加残忍的做法。

礁石上的幸存者，十天半月，甚至好几个月凭借偶尔施舍的食物苟延残喘，被炙热的太阳暴晒，被无情的雨水冲刷。最后这些船工会心生怨恨，诅咒所有没有对自己伸出援手的船员。

这就是船老大命令船工遮住面孔的原因。

幸存者最后会绝望，然后在最后一刻，放弃心中的善念，对着长江的水神祈祷，出卖自己的灵魂。于是瘦得皮包骨头的幸存者，会全身皮肉溃烂，长出绿色的毛发，手指和脚趾间生出蹼膜，最终变成水怪。

这些水怪会记得每一个从身边路过的没有施救的船工。到了农历的七月，就会偷偷地来到宜昌上岸，寻找当初那些绝情者报复，把他们残忍地杀死。如果找不到他们，那就寻找他们的后代拖入长江之中。

我茫然地看着杨驼子，是的，我们港务局家属棚户区里的每一个职工，哪一个又不是长江上水手的后代呢，我们都背负着古老的诅咒，一代代被水怪惦记，被报复……

我知道我在杨驼子这里能得到的答案到此为止。在我离开的时候，回头对杨驼子说："再见了。"

杨驼子轻声地回答："下辈子见。"

我走出诊所，看见雨已经小了很多，变成了毛毛细雨。我脚踏在泥泞的路面上，深吸一口气。市政工程车上下来了两个工人，穿着雨衣，用一把链锯开始砍伐杨树。

链锯轰鸣，然后是刺耳的削木声，我静静地看着老杨树被链锯锯断，老树慢慢倾斜，工人用脚猛烈地踢树干，最后一点没有锯断的树干发出咔嚓崩裂的声音。老杨树倒下了。

我的心脏猛然抽动，回头看向诊所，诊所的门帘后，杨驼子看着屋外，树皮一样的脸颊上流下了黏稠的眼泪。

我在大雨中行走，穿过了胜利二路的巷子，一路朝着老棚户区走去，这是我出生长大的地方，但是已经几乎物是人非。棚户区占据的几平方公里的小山，大部分都被房地产开发商建成了崭新的小区，但是还有十几排平房顽强地保留着当年的样貌。

我当年的家，那个筒子楼已经不在了，变成了一个小高层。我的父母因为工作调动到武汉很多年，拆迁房子的赔偿款给了我在上海打拼。如今最后的赔偿款，一部分给我治病，一部分已经变成了一堆无人问津的书籍，堆放在上海松江某个仓库的偏僻角落里，即将被打成纸浆，或者当作废纸卖给废品收购站。

夏月家所在的平房还在，墙面上画着大大的“拆”字。平房里的居民依然过着平凡的生活，不为所动。

我在棚户区的路边小摊上买了一点儿水果，走到夏月家门口，听见了熟悉的喘息和咳嗽声，这个声音从我童年时就没有断绝，夏月的奶奶还活着。现在我又看见了夏月的奶奶坐在平房内部的公用过道里，眼睛死死地盯着我。

“小胖子，你回来了。你看，我很快就要死了。”

从我记事开始，夏月的奶奶就说自己快要死了，这句话她已经讲了二十多年。

夏月的奶奶用手里的木棍敲了敲身边的棺材，这个棺材也有十几年了吧，堆放在过道里这么久，所有人早已经失去了对它的恐惧感。

所有人都隐瞒着夏月奶奶，她死后绝无可能躺进这副棺材，等待她的是殡仪馆售价两千块左右的小盒子。没有人忍心告诉她这个残酷的现实。棺材是夏月奶奶的寄托，她每天都向往着死亡，认为死亡之后的归属，远比活着时候的麻木要来的重要。

我剥了橘子，一瓣瓣撕开，喂到夏月奶奶的嘴里。夏月奶奶噙住橘子瓣，让口水慢慢融化它。

“我知道叶江死了。”夏月奶奶口齿不清地说，“我就知道他死了。夏月不告诉我，我也知道，我看得见。”

“您看得见？”我蹲下来，“那他怎么死的？”

“被他的孽种害死的，”夏月奶奶的眼睛看不出来是睁是闭，“当初我就说不能要这个孩子，这个孩子是化生子，会把夏月和我都给克死。当然第一个被克死的就是她的那个爹！”

“晚晚！”我摇头，“您错了，晚晚怎么可能，还有，您当年也说我是化生子，要克死身边所有的小孩，可你错了。”

“你克死了小茂和宁宁，”夏月奶奶的眼睛冒出了冷光，“还不够？”

“我不是化生子！”我再次强调。

“你的运气好，江边的老杨树精折损了自己十年的寿命救了你。”夏月奶奶幽幽地说，“你的父母是老师，他们给你积德了，应该有福报。”

“可我明明什么害人的事情都没有做！”我愤怒地站起来，“为什么非要把这些罪过都安放在我们的头上，这个世界哪里有这么多化生子！”

“因为你们做了不该做的事情，诅咒会一直跟随着你们，”夏月奶奶说，“晚晚就是来跟你们讨债的。”

“这就是你不肯接纳叶江，甚至连夏月也不认的原因？”

“夏月和那个化生子永远不能进我的房子，”夏月奶奶又把眼睛闭上了，“我死后，我就管不了了。”

“这老房子什么时候拆？”我看了看逼仄的四周，这排平房比我的年龄还要大几十岁。

“他们给我合理的价格的时候。”夏月的奶奶说，“这房子是我的儿子和儿媳用命换回来的，我不能就这么卖了。”

夏月的奶奶一直认为是长江里的水怪和那个化生子夺去了她儿子和儿媳的性命，甚至那个化生子还是被她的巫术挫骨扬灰的。不，她没有糊涂，她知道，钱比任何是非黑白以及真相都要重要。

可是她一个行将就木的人，要钱又有什么用处呢？我随即明白，这些钱是要留给夏月的。

“你在想夏月？”夏月奶奶看透了我的心思，“你在想，如果夏月当年和你在一起了，就不会有今天的状况？你错了。”

我有点儿尴尬，夏月奶奶已经活了八十岁了，或者八十五岁，她是一个把人世间都能看明白的人，可能还不止人世间。她不需要太多的审视，就知道我的心里还惦记着夏月。

“无论是你，还是小舟、叶江，”夏月奶奶说，“你们都不可能和夏月在一起，你们都是被诅咒过的人，你们的后代必定都是来向你们讨债、克死你们性命的化生子。”

晚晚！

夏月的女儿。

我的身体在无意识地战栗。

夏月奶奶告诉我，夏月有了晚晚之后，她认定晚晚就是个化生子，她哀求叶江和夏月，把晚晚扔进长江，否则夏月和叶江也会遭受夏月父母同样的灾难。夏月对奶奶的话并不以为然，直到夏月偶然间在奶奶的房间里看到了几枚钢针。

这件事情导致了夏月和奶奶彻底决裂，她宁愿跟着叶江流落街头，也不愿意回到这个遮风挡雨的家。

但是夏月奶奶仍旧惦记着夏月，想把唯一的产业——这套即将拆迁的房子留给夏月。

有时候我特别不理解老人的行为，他们对伤害孩子们无所忌惮，但是最终他们还是爱着孩子的。

可能叶江的父亲是个例外。

我的手机响了，是于力舟发来的微信：“来十三码头。”很简洁。

自从叶江失踪后，于力舟说话也开始简单起来，似乎在模仿叶江，一改从前重复自己话语的习惯。

我告别了夏月奶奶，来到十三码头。

十三码头永远都堆放着小山一般高的河沙，还有磷矿。

我们的城市下辖的山区，磷矿储藏量十分丰富，所以这些山区的经济非常发达，居民远比我们城市的居民富有。建国后连绵不断的大货车拖着满载的磷矿，从山里行驶出来，把一车车磷矿堆积在十三码头，然后通过我们港务局，把磷矿装卸到轮船上，顺着长江运送到全国。

无尽的磷矿资源带动的物流行业，也在很长一段时间里，养活了整个港务局。

我看见夏月和于力舟两人同打着一把伞，站立在十三码头装卸区的缓坡上。警察来得更早，正在江边来回走动。

我走到夏月和于力舟身后，看见夏月肩膀倾斜地靠在于力舟的肩膀上，我心里仍旧升起了妒意，虽然我知道这种情况下我不应该这样。

一具尸体正从江水中慢慢地冒出来，是打捞队的队员用滚钩把尸体钩住，然后一点点拉到江边。

我明白于力舟为什么要叫我过来了。

夏月的身体微微移动，跟于力舟保持了距离。两人同时意识到我走到了他们身后。

“是他吗？”我极力保持冷静。

于力舟低声说：“打捞队老石发现长江有尸体，就立即找我，可是我电话刚才怎么都打不通，老石就找到了我家里。”

“晚晚呢？”我记得他们在医院跟我分手的时候，说要去老于所长家接晚晚。

“在她妈妈那里。”夏月果断地说。

“丽娟？”我还是问了一句，于力舟和夏月当然不会把晚晚带到这里，让她看见叶江的尸体。

尸体打捞上来了，一些早就在围观的人快步走到了江岸，然后立刻又哗啦一下跟受惊的鸡群一样后退。维持秩序的警察把人群不断地推向外围。

“你们……”我看见夏月和于力舟无动于衷，“好吧，我去看。”

一个年轻警察拦住我，于力舟大声喊：“让他靠近，他是死者的弟弟。”

我看见夏月面无表情，于力舟紧紧把她抱在怀里。我再一次感受到了妒忌。

我慢慢地走到尸体旁，打捞队的老水鬼老石在不断地咒骂。他在水下一定是遇到了不该遇到的东西，按照行规，现在就要对着江水用最恶毒的语言大骂，才能洗掉那些纠缠在他身上的脏物。

我慢慢蹲下来，湿漉漉的尸体面部朝下，长江里溺水而死的尸体，女人是脸朝上，而男人脸朝下。

“能帮我翻一下吗？”我怯弱地寻求帮助。

“自己弄！狗日的。”老石不是在骂我，但是也拒绝了我的请求。

“去帮忙！”于力舟命令那个年轻警察。

年轻警察比我更加焦虑，但是无法违背所长的命令，他戴上了手套，把尸体慢慢翻过来。

我看到了一张惨白而浮肿的脸，立即跳起来，跑回到于力舟和夏月的面前。

“是他吗？”夏月茫然，她早已经认定了叶江的死亡。

我还没有回答。

夏月又说：“他身上有没有伤痕？”

我压抑着心中的巨大震赫：“不是叶江。”

于力舟和夏月都同时松了一口气，于力舟说：“我们还得继续找下去。”

“是严茂！”我告诉他们。

“你疯了。”于力舟几乎要笑起来，可是脸色看起来比哭还诡异。

夏月和于力舟跟着我走到尸体边，我们三人静静地看着这具尸体。尸体已经开始肿胀，脸上长满了胡须，胡须是灰褐色的，脸色苍白，身体上半身赤裸，身上的皮肤有被鱼类咬食的痕迹，露出了粉红色的肌肉。

“严茂死的时候才十二岁，那是2001年……”于力舟提醒我，面前的这个尸体是一个成年人。

十八年前失踪在长江里，我们曾经找了很久的严茂，现在从长江的水底被捞起来了，的确是一件让人无法相信的事情。

但是我十分确定这就是严茂的尸体，严茂的额头正中和鼻梁旁边各有一颗痣，现在这个尸体的脸部同样部位也有两颗。

如果一颗痣是巧合，两颗痣都在同样的位置，那就不会认错了。于力舟和夏月都忘记了严茂的样子，也根本想不起来严茂的脸上是否有痣。我的解释没有任何说服力。

我看向尸体的胳膊，两条胳膊上都缠绕着水草。我忍住恐惧，拂开水草，发现尸体的肘部之下已经严重腐烂，露出了灰白色的尺骨，手指上的皮肉几乎全部脱落。我又看向尸体的脚部，与手臂的状况别无二致。

我无法用证据来证明这是变化的严茂，但是我知道了一件事情，那就是，他们一直生活在跟我们一样的城市，但并非是同一个世界。

严茂，他在2001年并没有死掉，而是变成了水怪，在长江之下的世界里生活了十八年，现在他才是真真正正死掉了。

法医来了，我们退开，法医做的第一件事，就是打开尸体的嘴部，用长长的镊子在尸体的口中寻找死亡的证据。如果掏出来的是泥沙，就可以证明尸体是溺水淹死；如果口腔里什么都没有，那就是凶杀案，尸体是被杀后抛尸到长江的。

法医的镊子在尸体的口腔里掏出泥沙，夏月和于力舟相互点了一下头，尸体是失足落水从上游飘下来的无名尸体而已，跟叶江毫无关系，叶江从来没有蓄过这么长的胡须。法医的动作迟缓了一下，把镊子朝着尸体的喉咙深处探去，又小心翼翼地夹了一个小小的东西出来。法医把那团东西表面包裹的泥沙擦拭之后，我们都看清楚了，这是一枚小小的铜钱，表面有一层绿色的锈迹。

我知道，这枚铜钱跟王小飞收藏的那枚铜钱一样，都是买命钱。

法医对尸体的喉咙里为什么有铜钱百思不得其解，而我也放弃向法医和警察解释的举动，跟十几年前一样，他们都不会相信我。法医的铜钱引起了围观者的注意，人群骚动起来，几个人冲到了隔离线内，想把铜钱和尸体看清楚。警察不断把他们向外推搡。暂时的混乱之后，尸体例行检查结束了。

法医的工作已经完成，警察把尸体装进白色的尸袋里，随即搬走，放入冷库。接下来警察会在报纸上登一则认尸启事，当然这个举动几乎是徒劳的。三个月后，这具尸体会停放在某个大学医学院的解剖台上，成为一个教学用品。

我看见一个男人站在江水里，凝视着江水之下，似乎还没有死心，要在江水中摸索出铜钱来。

我忍住了内心的翻腾，对于力舟说："可以提取DNA，然后跟严茂的父母比对。"

于力舟冷冷地看着我："小严茂在一中上学，成绩优异，他不知道他曾经有个溺死的哥哥，从来没有人在他面前提起过。"

"有人在小严茂面前提起过一次。"我提醒说。

"是的，"于力舟也想起来了，"只有那一次。"

那是小严茂五岁的时候，跟着母亲在菜市场买菜，在肉摊边，王小飞在小严茂面前打量了很久，然后一本正经地告诉小严茂，他的哥哥淹死了，尸体都找不到。小严茂当即就哭号起来。

王小飞对自己的恶作剧十分满意，当他转身的时候，看见了严茂母亲抄着一把剔骨刀，面沉如水。

那一次，王小飞从菜市场一直跑到了北山坡，又从北山坡折返回来跑到了棚户区，计算下来，在半个小时左右，来回跑了七公里。直到老于所长把严茂的母亲死死地抱住，夺下了剔骨刀。

此后，再也没有人敢在小严茂一家人的面前提起这件事情。

如果我不想被严茂的母亲提着菜刀追杀的话，就应该避免去打破严茂一家已经抚平伤痛的生活。于力舟是对的，他们的生活中已经没有那个严茂了，就让一切都过去吧。

尸体不是叶江。夏月和于力舟的心情似乎好了一些，当警察和打捞队收拾完工具之后，我们决定去万达广场吃饭。

在明亮开阔的餐厅里，我们都默契地没有点以鱼为食材的菜品，也没有点火锅。

让我没有想到的是，在卡座上，夏月和我坐到一起，共同面对于力舟。我明白，这是于力舟的安排。他察觉到了我心中的不安来源于他和夏月之间的亲密，或者也在向我表达，我误会了他们的关系。

菜很好吃，但是我已经吃不习惯了，菜品的味道已经和我离开宜昌之前的记忆不尽相同。我在上海生活多年，已经习惯吃清淡鲜甜的味道，味觉无法承受家乡菜肴的浓酱重辣。

于力舟告诉我，叶江在长江上失踪的当天，他就让打捞队的老石在河段里用滚钩打捞尸体，就跟当年打捞严茂一样。特别是那块礁石，他让老石来回搜寻了多次，作为兄弟，他能做的只有这些，如果找不到尸体，给王小飞定罪是完全不可能的。

“或者，叶江的死跟王小飞没有任何的关系。”最后于力舟终于把这句话说出来了。

我扔下了筷子，我们现在不能谈论叶江的死因，虽然我是因此才回到宜昌。我转头看向夏月，夏月的眼眸里星波流转。

晚晚两岁的时候，在一个夜晚，夏月抱着晚晚到了于力舟的家里。从此之后，晚晚就成了于力舟的女儿。于力舟和丽娟已经结婚两年，一直没有孩子。他们两人中，有一个人没有生育能力，但是他们没有告诉任何人有缺陷的是谁。可见两人是恩爱的，本能地保护对方。

晚晚没有成为于力舟和丽娟婚姻不幸的源头，刚好相反，丽娟非常爱晚晚，但是女人也是复杂的，丽娟愈是爱晚晚，就愈是介意于力舟和夏月的过往。终于两人的隔阂越来越深。

夏月对此非常内疚，可是在当时的情况下，她只能这么做，而且也只能寻求于力舟的帮助。那个时候，叶江被老于所长所在的派出所通缉，跑路到了深圳。夏月的奶奶绝无可能接受晚晚，夏月自己抱着孩子流落在街头，连安身立命的地方都没有，无奈之下，她只能去找于力舟。

现在我们三人在一起，终于开始回忆我们的往事，我们从严茂开始说起，然后回忆到我们最美好的时光。

从小到大，于力舟和夏月都是众人眼中的一对情侣。我们在小学的时候，夏月和于力舟之间的关系就相比对我和叶江要亲近那么一点点。就是多出来的这么一点儿，可能是爱情的萌芽。

他们的关系在初中，也就是2001年的那个夏天之后，被他们自己默认。于力舟和夏月都是早熟的少男少女，于力舟初一的时候就长到了一米八，继承了老于所长的魁梧身材和英俊外貌。夏月也出落成一个高挑的漂亮女孩。

谁说小孩子是分辨不了人情世故的？我是一个小胖子，内向而敏感，高中毕业的时候，身高还比不上夏月。叶江的原生家庭真是一言难尽，虽然有父母，但是还不如夏月有个相依为命的奶奶。三个亲近的男孩，于力舟是最出色的人选。而且于力舟是一个心地善良的男人，老于所长最诟病这一点，心地好的人做不了称职的警察。当然，最重要的一点是，于力舟非常爱夏月。

我们初中的时候，每天都腻在一起，如果不去修配厂犯一点儿轻微的错误，就永远都是叶江在看书，夏月和于力舟手牵着手，而我只能陪着叶宁。

与老师和家长对待其他学生早恋的态度不同的是，夏月和于力舟之间的亲密，竟然得到了老师和于力舟父亲的默认。

老于所长很喜欢夏月，从来不因为儿子的早恋感到焦虑，他心里一定是把夏月当作了自己未来的儿媳妇。老于所长告诉夏月的奶奶，他可以承担夏月高中和大学的学费。港务局承诺的关于夏月教育的补偿只能在子弟学校兑现，而夏月高中和大学的学费，在夏月奶奶看来是一个荒谬的庞大数字。夏月奶奶的态度是不置可否，作为一个精打细算的老人家，她没有拒绝老于所长的好意，不过巫婆有洞悉未来的能力，她知道夏月不会和于力舟永远维持这段关系。

于力舟的人生，早已被父亲安排得有条不紊，初中毕业后上警校，警校毕业后到警队上班，现在连媳妇都早早地安排妥当。老于所长是一个把事情看得很远的人。

于力舟和夏月的早恋恋情，唯一的插曲是王小飞。王小飞在周边的县市浪荡了几个月后，又回到了我们这个城市。听说他的老大发权，买通了少管所，或者是工读学校的某个领导。

我们的噩梦又回来了，并且更甚。我们在长大，进入青春期，同样地，王小飞也开始有了男女之间的意识，可能更早。

王小飞开始每天在学校里出现，寻找夏月。他觊觎夏月是顺理成章的，夏月是我们整个初中最漂亮的女孩，而且她并不是港务局的职工子弟，没有父母的单位和家庭背景来解决麻烦。

王小飞的态度很粗鲁，当夏月看见他就躲避的时候，王小飞就叫嚣着夏月是他的女朋友，他一定要把夏月搞到手。

于力舟在这种情况下无法退避，王小飞无数次地威胁他、揍他，但是从来不敢真的把于力舟打成残废。王小飞怕老于所长跟他较真。王小飞知道用别的方式来欺辱于力舟，那就是带着他的一群小弟，殴打我和叶江。

我和叶江在整整两年的时间里，一直忍受着王小飞的各种霸凌。我们都知道王小飞这么做的企图，但是为了夏月和于力舟，我们都默默忍受了，心里甚至还升起某种义薄云天的自豪感。

这让于力舟在很长的时间里对我们感到内疚，他认为他欠我们的。

于力舟不止一次说过，他当上警察之后的第一件事情，就是把王小飞抓起来扔到牢房里。可是真的做了警察，他兑现不了他的诺言。不过我知道，他并没有放弃。

生活很无奈，不是想做什么都能够做到的。警察也不例外。

我们在万达的这个高档餐厅里慢慢地叙旧，终于找回当年的一点儿和睦氛围。三人之间的裂痕很深，我们都在慢慢地用回忆往事来弥补。

夏月问我在上海找了女朋友没有。我苦笑了一下，我并不想说，可还是说了。我的女朋友在五年前，终于忍受不了和我居住在闵行区最偏远的一个城中村，跟我提出了分手。

我前女友的理由是，她每天上下班通勤的时间是三个小时，她再也无法忍受拥挤的地铁，她几乎每天都被某个咸猪手侵犯身体。

在一个早上，一只手伸进了她的连裤袜后，她积攒已久的情绪爆发了，在地铁里号啕大哭，然后回到城中村的出租屋里，跟我提出了分手的要求。当时我正坐在电脑前写网络小说，我每天必须要写五千字，一天都不能停，否则我拿不到每个月八百块的全勤奖。

前女友收拾行李，拖着行李箱离开的时候，我没有勇气阻拦，也没有脸面哀求。前女友离开后，我继续打字写小说，我得完成我当天的更新任务。

我甚至都没哭，我以为我会。

我一个文学系的研究生，在上海靠写字生活，每个月挣五千块都够呛，我有什么理由让一个女人陪在我的身边？

前女友和我分手后，我找过她一次，原因是借钱交房租。我父母给我的那笔拆迁款，我大部分用于自费出版我的小说了，小说扑街，书根本就卖不动，以至于我连房租都付不起。

前女友把她脖子上的项链给了我，那是我在刚认识她的时候，在第一个情人节送给她的礼物。她告诉我，她找到了一个有钱的男朋友。我在前女友的公司楼下徘徊，本以为她下班的时候，公司门口会有一辆豪车等着，我真的发自内心这么想。可是生活不是网络小说和鸡汤文学，前女友只是在敷衍我而已，我看着她下班后，骑着共享单车消失在街角。她感觉到我对她并没有死心，用这个谎言来摧毁我最后的幻想。

四年来，我一直都忘不掉她。就在我收到了叶江的短信，接到于力舟的电话时，仍在犹豫回不回宜昌。我再次给前女友打电话，想跟她商量一下。前女友竟然没有换号码，我打通了。

前女友终于诚实地告诉我，有钱的新男友子虚乌有，真实的情况是，她现在做平面模特。一个很好听的说法，我知道其实她做了外围野模，我没有追问她的工作细节，没揭穿她的谎言。前女友既然这么告诉我，那就是连掩饰都觉得多余。

我知道，我得回家了。

我说完这一切的时候，夏月用纤细的手指抚摸我的脸颊，我才知道我在流泪。夏月又变成了当年的姐姐，轻声说了一句："为什么我们的命都这么不好？"

“因为我们都是被诅咒的。”我看着夏月，“这是你奶奶的预言。”

晚上我们三人都回到了于力舟的家里，丽娟带着晚晚走了。夏月提议我们一定要喝个大醉，于是于力舟买来了白酒、啤酒和洋酒。

我们在于力舟的客厅里不断地痛饮，每喝一杯都说一句为了叶江，为了水怪，为了狗屁的生活。

我们醉得神志不清的时候，夏月脱掉了她的裙子，只穿着内衣，她变成了一只蝴蝶，在房间里飞来飞去，让我眼花缭乱。

我和于力舟在不同的时间段都见过夏月的身体，我们也都曾经深爱过夏月，但是我和于力舟不是王小飞，我们醉酒后的放肆只是情绪上的宣泄。酒后的失态到此为止，然后各自睡去。

我多年的写作职业，导致我养成了晚起的习惯。早上十点钟，我被尿憋醒，起身发现于力舟已经去上班了，浴室的门是关着的，我听见里面夏月洗澡的声音。

夏月裹着浴巾出来后，我迫不及待上了厕所。刚提上裤子，夏月已经穿戴整齐走进来，她拿着内衣准备清洗。

“你洗澡吧。”夏月替我拉上浴帘。

我隔着浴帘洗澡，夏月在浴帘外的脸盆里洗内衣，我很难不做遐想。

“我没有和于力舟睡过觉。”夏月的语气又开始粗鲁了。

“我也没有。”我努力挤出一句自认为俏皮的话，但随即意识到了这句话的语病。

夏月哈哈笑了两声。

“你相信一个女人会同时爱上三个男人吗？”夏月的话让我内心纠结。

“你没有同时爱上，”我把淋浴把手推向了最右边，冰凉的冷水浇下来，“这是你不同时期的选择。”

“我不是个好女人，”夏月坚持说，“我分不清楚，你们之中我到底更爱谁。”

“可是你觉得叶江可怜。”我用肥皂洗我的私处的时候，我可耻地硬了，我忍不住邪恶地幻想叶江和夏月做爱的细节。

“你和小舟都有亲人，有父母。”夏月安静了一会儿，“嗯，就是这样，叶江什么亲人都没有，而且我的奶奶随时都会离开我死掉。”

我心里凄凉：“是的，就是这样。”

“我欠你一次，”夏月的语气如同在说一件世界上最普通的事情，“我也欠小舟一次。昨晚我想如果你们任何一个人不在，我就能补偿了。”

我笑起来，随即又心情低落，这是一个什么都没有的女人。她唯一拥有的，就是她的身体。

“如果你现在想的话，我可以。”

“你在偷看我吗？”我的身体在颤抖。

“要，还是不要？”

“不要。”我觉得我应该在这个时候保持沉默，那样夏月就会拉开浴帘，用身体抚慰我。

但是我却立即坚决地说了：“不要！”

虽然我很想要。

我和夏月出门的时候，我收到了于力舟的微信，他已经准备去宜都的那个回水区做最后的尝试，并且小心翼翼地问我和夏月愿不愿意同行。

我和夏月匆匆地在面馆吃了一碗小面，吃完后，于力舟的警车到了面馆。

我们到了宜都，长江在宜都有一个特殊的水文现象，那就是能够把水下一切事物都翻腾起来，传说所有漂浮在长江的尸体都会从这里冒出水面，而且同一个水域是观望江猪子的最佳观测点。

这是寻找溺水尸体最后的希望，如果看不到，就再也没有机会了。

我认为江猪子和尸体同时出现在这里，是江猪子追随水中的尸体的原因。不过这个有悖常识，江猪子不吃人。

江猪子其实就是江豚和白暨豚的俗称。这种动物在我们小时候并不鲜见，但是在葛洲坝修建之后就慢慢灭绝了。网上说最后一头白暨豚在十几年前已经老死在武汉的水生动物研究所。而普通的江豚，整个长江也只剩下几十头，并且几乎都在石首的一个保护区苟延残喘。

我和夏月、于力舟站立在回水区的一艘趸船上看着江面，打捞队的老石非常有经验，他能够预测到尸体会不会出现。但是今天老石一直一言不发。

江面上一片宁静，看不出来有什么异样。老石突然大声说了一句："来了。"

我们都紧张起来，然后看见江面上冒出一个黑漆漆的点。

"是不是？"我焦急地询问。

那个点沉入长江，随后又冲出水面。

"还真是巧了，"老石说，"是江猪子，已经很多年没见了。"

也许是这些年渔政部门的政策收紧，长江的自然环境得到了改善，那些本该在下游保护区生活的江豚，忍不住要洄游到上游来吧。

我想起了关于江猪子的传说。江猪子是人变化而来的，它们白天蛊惑渔民，对着渔民叫喊"女儿女儿"，被蛊惑的渔民听到后，就会很长时间打不到鱼。因此江猪子是长江渔民的不祥之物。

江猪子的传说是有源头的，我很小的时候就听过。

炎热的夏夜，棚户区里所有的居民都熬不住逼仄房间里的闷热，把家里的竹床搬到户外。用自来水冲刷地面，热气散开之后，所有人都或坐或躺在竹床上纳凉，小孩子们就在大人的夜谈中睡去。而我是一个从小就喜欢听故事的人，大人们讲了很多关于长江鬼神和水怪的故事，其中一个就是江猪子的来源。

我和叶江忍受了王小飞三年的霸凌，即将中考，叶江的成绩永远是全年级第一名，但是他的父亲已经开始贩毒了。叶大俊在被火锅店辞退后，不停地流鼻血，到医院检查后，才知道得了鼻咽癌，自知时日无多，就肆无忌惮，开始在棚户区贩卖麻果。他被老于所长抓到过几次，第一次判得最重，可是在拘留所里，他的病情就发作了，鼻血哗哗地流，吓得警察都不敢给他过堂。警察带着他看病，花费了大笔的政府资金。

狱警意识到叶大俊已经破罐子破摔了，被捕之后，反而能得到良好的治疗条件。于是叶大俊还没有被转到沙洋农场摘棉花，就保外就医恢复了自由。

叶大俊尝到了甜头，贩毒更加猖狂。他忘记了王小飞对他曾经的折辱，拉拢王小飞给他出货，让王小飞混迹于城市里的各个夜场舞厅，兜售麻果。

于是一个癌症晚期病人，一个未成年人，成了棚户区里的两个毒贩。老于所长却束手无策，抓了也只能放人。

叶大俊挣的钱都拿来花天酒地了，并没有特意照顾自己的一双儿女，叶江也坚决拒绝叶大俊贩毒挣来的肮脏钱。叶江只能每天带着妹妹叶宁，在每家每户替人收垃圾，积攒饮料瓶子，给自己和妹妹讨生活。叶江的行为让叶大俊很愤怒，那时候叶大俊有钱了，开始顾忌自己的面子，认为儿子在故意给他丢脸。王小飞继续欺负叶江的时候，叶大俊根本就不管不顾，在他看来临死前用来享受人生的钱财，远比自己的儿子要重要。

叶江有时候捡废旧瓶子要到很晚，我和于力舟、夏月也常常帮助他在棚户区找饮料瓶子。那段时间我和于力舟不停地找父母要钱买水喝，希望能给叶江多一点儿收入。

叶江每天捡破烂到凌晨，叶大俊忙着贩毒，叶江的母亲永远处于吸毒后的迷幻状态。叶宁无人照顾，我只能一次次把叶宁带回家，让我的父母照看。

现在回想起来，我的父母是一对善良的知识分子，他们从没有对叶宁有半点儿嫌弃，每次都会安顿叶宁吃饭，并且让她睡在我家凉台的床上，我就睡在客厅的沙发。

我父母虽然不富裕，但是从来没有计较过。一个十岁左右的小女孩，能吃多少，叶宁那么乖巧，从来不任性调皮，不会带来多少麻烦。

有时候睡前，叶宁要我辅导她小学作业，我的学习成绩虽然并不好，不过辅导小学课程还能勉强做到。

有一天叶宁感冒，到了半夜还咳嗽得无法入睡。我找出家里的药，给叶宁服下。叶宁说她害怕，因为晚上的时候凉台上会有水怪。叶宁的说法让我心里咯噔一下，两人都安静下来，然后听见楼下的某个角落传来一阵轻微的男人啜泣的声音。我和叶宁的手握在一起，她也听见了。

声音转瞬即逝，远远一声狗吠之后，男人的哭声又出现了。

“是吸毒的人毒瘾犯了。”我劝慰叶宁。

叶宁点头，可是她仍旧十分害怕。

“我给你玩个游戏，”我为了转移叶宁的恐惧，“你看。”

我把脸凑到叶宁面前，我的鼻翼一张一合地翕动，“好玩吗？”

“我也会。”叶宁闭上眼睛，挺起她小巧可爱的鼻子，鼻翼开始翕动起来。

“我们原来都一样啊。”我笑着说。

我们两人为能够指挥鼻翼翕动开心了一阵子，很少有人能做到，夏月和于力舟就做不到。

多年之后，我才知道，鼻翼能翕动的人都受到了诅咒，这是长江水怪的特征，他们生活在长江下，演化出了能够开阖的鼻翼。我和叶宁乐此不疲地相对着翕张了鼻翼一会儿，叶宁困了。

我陪着叶宁，学作大人的样子，要给叶宁讲个睡前故事，想当然地认为叶宁听了故事后就会睡觉。

我讲了一个恐怖的故事。这个故事，就是我在某个炎热的夏夜里，听到大人们在凉竹床上讲的关于江猪子的故事。我选错了故事，可我绞尽脑汁，也只能想起这个故事。

很多年前，宜昌还不是一个城市，只是江边的一个小村子。

长江上有一户渔民，夫妻带着一个小女孩。男人好赌，终于把妻子给气死了，于是男人带着女儿继续在长江上打鱼。终于有一天，男人欠了一大笔赌债，只好把女儿卖掉，自己远走他乡。男人在外地混迹了十几年，做生意发了财，心里惦记着故乡，于是带着万贯家财回到了我们这个长江边的地方。

一切都物是人非，男人买了一条渔船，漂泊在长江上，他虽然在外地生活了很久，但是回到家乡后，仍改不掉生活在船上的习惯。

男人有钱了，岸上的赌场和窑子都巴结他。但是他因为自己年轻时候的作为，坚决不再赌钱，不过他还是会把窑子里的女人带到船上过夜。

我说到这里的时候，叶宁问我，为什么他睡觉一定要有女人陪着。

我无法回答，我进入青春期，已经知道了男女之间的事情。我突然意识到这个故事叶宁是听不懂的，于是就想结束这个故事。

叶宁却央求我继续讲下去。

我无奈，只能把故事讲得简单一些。

男人有一天又带了一个窑子里的女子到船上过夜，睡觉的时候，发现女子的左胸下面有一个烫伤的痕迹。男人大惊，就询问女子为什么胸口有烫伤的伤疤。

女子就说，自己小时候在船上住着，父亲喝醉后，找母亲要钱赌博，母亲拒绝，父亲就把滚烫的粥扔向母亲，母亲躲开了，粥全部泼在了自己的胸前。

男子开始流泪。

女子又说，后来母亲生病，父亲依然赌钱喝酒，母亲病重，绝望地翻身坠入江水。再后来，父亲把自己卖到了窑子，就再也不知所踪。

男人听后，看着女子的前胸，大哭着说，我就是你的父亲。

女子也痛哭起来。随后男人跳下了长江，变成了一头江猪子。他无颜面对所有人，只能在思念女儿的时候，冒出江面，呼喊："女儿、女儿……"

故事说完了。

可是叶宁并没有听懂，她问我，为什么男人要跳下长江，变成江猪子。

我说他跟他女儿睡觉了。

叶宁问，和女儿睡觉就要跳进长江吗?

我说，不是睡觉那么简单，他……他看见了女儿的胸口，这是不对的。

叶宁问为什么不对。

我说反正就是不对，父亲不应该看自己女儿的胸口。

叶宁突然指着自己的胸口："可是我爸爸经常看我的

胸口，还用手摸。”

我脑海一片空白。

我因为怯弱隐瞒了这个秘密，我不敢把叶大俊的恶行告诉叶江。叶江已经很可怜了，他这么努力地学习，就是要摆脱棚户区和自己的家庭，带着叶宁离开。

我不忍心把这么残忍的事实让叶江知道，我担心叶江会就此崩溃。可是我如果不说出来，叶宁会继续生活在恶魔的身边。我只能每当叶大俊回家的时候，就尽量带着叶宁到我家，躲避她的父亲。好在叶大俊那时候有钱了，在九码头的天行楼长包了一个房间，很少回家。

我在初中之后，视力越来越不好，杨驼子认为是我的眼睛能够看见不属于我们的世界而付出的代价。

而我自己知道我的眼睛为什么会从5.2迅速近视到七百度，青少年强烈的心理压力会导致视力急剧下降。这句话不是我说的，是上海市精神卫生中心的黄大夫亲口告诉我的。

在上大学之后，我的视力有一段时间奇迹般地恢复到了正常，不需要佩戴眼镜，可能是因为我离开了宜昌到了另外的一个城市吧。

现在我和夏月、于力舟站在宜都的回水区上，我的视力又开始模糊，仿佛眼前蒙上一层浓浓的白雾。我的眼睛从回到宜昌的第二天，又开始看不清楚了。

我们在宜都的回水区等了两天一夜。

叶江的尸体没有漂浮上来，我们只能放弃。

回到市内，我们草草地吃了一顿饭，然后回到于力舟的家里。于力舟刚换了衣服，就接到电话，老于所长的病犯了，正在棚户区跟人吵架。

于力舟心力交瘁，但是只能起身去父亲的家里。我和夏月跟着于力舟。我们都是独生子女，三十出头，人到中年，长辈有了什么闪失，连个帮衬的兄弟姐妹都没有。

老于所长的房子仍旧在棚户区，当年港务局在棚户区修建了两排联排的二层小洋楼，类似于现在高档小区的联排别墅，作为港务局的高层干部的宿舍。

老于所长也分到了一套，后来房改，老于所长用了几万块钱拿到了房产证。棚户区在十年前大规模拆迁的时候，普通职工的平房都被开发商拆迁，开发商本来要以很优厚的价格把干部楼也买下来。

可是其中有几个老干部坚决不同意搬迁，这些老干部在港务局当了一辈子的领导，在市里或多或少有一些人脉，于是这两排干部楼就保留了下来。

但是十年之后，居住在干部楼里的居民就后悔了，他们都是港务局干部的子女后代，长辈不愿意离开港务局小区情有可原，但是他们的子女就觉得现在的居住环境实在不堪忍受。

整个棚户区几乎都开发成了崭新的小区，留下了一些零碎的平房以及干部楼。这些没有物业管理的老房子，渐渐年久失修，基础设施越来越陈旧。由于没有统一规划，天然气和网线都难以接驳，自来水管道经常破裂，更遑论集中供暖等设施。

于力舟购买了棚户区新修建的小区楼结婚后，老于所长就一个人住在这个干部楼里。这房子也卖不掉，当年彰显身份的干部楼，现在也跟棚户区的老平房一样，与时代脱节，凋零而落魄。

我们到的时候，老于所长正在跟街道办事处的网格员吵架。

网格员是一个年轻的小姑娘，刚从大学毕业，公务员编制的那种。老于所长声音洪亮，义正词严，小姑娘面红耳赤，几乎就要哭了，不断地辩解。

于力舟立即询问他的父亲："您一把年纪，跟小姑娘较什么劲？"

老于所长拉着于力舟走到干部楼边缘的一块空地："我都说了多少次了，多少次了，现在的年轻人为什么就只领工资不做事呢？"

于力舟立即变得尴尬。

空地上密密麻麻的都是丢弃的一次性针头。

"晚晚每天上学要从这里路过的。"老于所长把怒气转嫁到了儿子身上，"你是一个警察，这种事情就不能管理一下吗？"

于力舟很无奈。

棚户区还有很多外来人员和我们港务局那些最底层的职工家属一样，他们一辈子都被困在棚户区，生活毫无希望。

棚户区是吸毒人员的聚集地，老于所长家旁边的空地，就是瘾君子注射毒品的一个据点。

这事本应该归于力舟管，但是吸毒人员跟毒贩子不同，抓到他们只能行政拘留，关几天就放出来了。强制戒毒的人员在戒毒所两年后，仍然会回到棚户区，他们来来回回，永远都走不出去的。

老于所长发了一通脾气，突然想起孙女，问于力舟："晚晚呢？"

于力舟说晚晚跟着丽娟走了。

老于所长"哦"了一声，他忘记了丽娟和于力舟早已经分居，正准备离婚。

老于所长的病就是这样，思维一打岔，刚刚发生的事情就全忘记了。老于所长扭头看见了网格员，立即亲热地说："小蔡，这么晚了你怎么还不下班，肯定是没有对象，要不要我帮你介绍一个。"

网格员小蔡哭笑不得。于力舟尴尬地笑了笑，示意她没事了，赶紧回家吧。

几个穿着黑色背心的年轻人走了过来，朝着匆匆离去的小蔡呼哨了两声，然后又盯着夏月打量。老于所长立即又愤怒起来："你们是什么人，我怎么从来没有见过你们？"

为首的年轻人没有搭理老于所长，而是上上下下地打量着老干部楼：“这么破的房子，这些傻×还舍不得搬，不就是想多要点儿钱么？”

一个马仔手里提着油漆桶，拿着刷子走到墙壁跟前就要涂抹。

老于所长大吼：“干什么？”一脚把油漆桶踢翻。

马仔伸手要揍老于所长，老于所长用他这个年龄不该有的迅猛，把马仔的胳膊拧成麻花，翻在背后。

其他马仔围住了老于所长，于力舟穿着便服，他们肆无忌惮。

于力舟拿出电话：“小刘，还有几个人在值班？都到棚户区的老干部楼来。”

为首的年轻人突然认出了于力舟，立即让手下全部散开：“于所长，实在是不好意思，我们就是来转转。”

“你们走不了了。”于力舟摇头。

“我们犯法了吗？”年轻人问，“警察也不能随便抓人吧。”

“这个可以去局子里慢慢聊。”于力舟说，“我父亲一个老人，跟你们有肢体冲突，都需要做笔录。”

年轻人说：“我错了，现在就给老爷子道歉。”

老于所长松开马仔，“哼”了声：“都是群废物。”

年轻人问于力舟：“我们可以走了吗？”

于力舟又打了电话：“小刘，不用过来了，问题解决了，这几天在棚户区盯着点王小飞王经理的手下。”

几个年轻人要走。

于力舟说：“等等。”

年轻人疑惑地看着于力舟。

于力舟指着空地说：“你们把这里的针头都给我捡走。仔细点儿，漏下几个，我就抓你们几个人。”

于力舟教训了几个小混混后，我们陪着老于所长回到了他的家中。老于所长的家里还保持着八九十年代的摆设，没有重新装修，墙壁都刷着白灰，地上还是水泥地面，没有铺地板砖。

于力舟的母亲在老于所长退休那年过世，老于所长丧偶之后，就得了老年痴呆。

老于所长仍旧在气愤：“怎么来了这么多不三不四的陌生人，你到底怎么做事的？”

这个城市已经发生了翻天覆地的变化，棚户区即将消失，城市从七八十年代的十几万人，增长到了现在的一百多万人，可是这些话没法跟老于所长解释。老于所长还活在他当年记忆中的城市里。

夏月看见家里乱糟糟的，开始收拾，边收拾边说：“这些小混混，挨家威胁平房的老住户，已经很长时间了。”

我想起夏月奶奶平房的墙壁上大大的“拆”字，心里叹口气，其实这也并非坏事。

“叶江找到没有啊？”老于所长被打了岔，思维跳跃到另一个范畴。

“还没有。”于力舟平淡地说，“应该是找不到了。”

“屁！”老于所长说，“那小子一定在什么地方躲着，我看着他长大的，他没那么容易死咯。”

我突然意识到，叶江可能真的只是在我们的世界消失而已，他去了另外一个世界，就跟十八年前的严茂一样。而那个世界的通道到底在哪里呢？

于力舟要安顿父亲，拿出血压仪，给老于所长量血压。我和夏月从老于所长的家里出来，对夏月说：“我们去看看你的奶奶吧。”

夏月点头。

我们又到了夏月奶奶家的平房，夏月奶奶正在过道里用煤炉子炖红烧肉，肉香弥漫。夏月奶奶看见了孙女，只有一句话：“把晚晚淹死，她是化生子，已经克死了叶江，下一个就是你。”

夏月对奶奶的话无动于衷，她应该已经听过很多遍了。她退出了房间过道，慵懒地站在马路边，靠着电线杆抽烟。

我问夏月奶奶：“奶奶，水怪到底在哪里，我们该怎么找到他们。”

夏月奶奶把红烧肉颤巍巍地捞到碗里，回答我：“你能看见的，你一定能找到。”

“为什么一定是我呢？”我对自己回到了宜昌视力就开始变得模糊而感到迷茫，难道这并不是眼疾，而真的是某种特异的能力？

“你的父亲是老师，”夏月奶奶说，“可是你的爷爷是水手，对不对？”

“是的。”我对夏月奶奶知道我的家世并不意外，她在港务局家属区生活了快三十年，几乎知道每家每户的情况，她是巫婆嘛，什么都知道的。

“你爷爷是被挑选的江童。”夏月奶奶慢慢地把红烧肉抿到嘴里，稀烂的肥肉在她嘴里融化，“当年有好多好多的江童，从四川到了宜昌。”

夏月奶奶说的江童，我知道，这是一段悲惨的历史，同时也奠定了这个城市最初始人口的开端。

解放前，在川江上行船，没有轮船，来往的都是木头帆船，主要负责把四川的土特产，特别是榨菜运送到湖北，再从湖北运往全国各地。

木帆船没有机械动力，从四川顺江而下容易，逆流而上回到四川是千难万难的，只能靠着三峡里的纤夫，一段一段地把船只拉回四川，上水花费的金钱是下水的几十倍。川江航运，在轮船出现之前，是一种成本极高的商业行为。

四川沿长江的区域，都是大山连绵，人民穷苦。很多年轻人熬不住家里的困苦，就跟着货船做最低等级的水手，离开贫穷的家乡。

船商会付给少年家里一点钱财，带着少年上船。少年在船上做工，随船经过三峡，到了宜昌就会被船商抛弃。这些无依无靠的少年，只能留在宜昌做苦力，勉强地生活下来。年复一年，这些随江而下的少年越来越多，成为我们这个城市最初始的市民。而他们终生也不可能再回到四川，和自己的父母家人团聚，就这样彻底和四川老家割裂开来。

我爷爷就是这几千个少年中的一个，同时也属于这些人中一个特别的群体。

夏月奶奶在港务局门口打地铺的时候，在行政大厅里看见过我爷爷的照片。我爷爷是港务局第一代收编的职工，是一名名声赫赫的导航员。

夏月奶奶告诉我，我的爷爷就是被挑选出来的江童。江童有一个特别的本事，他们能够看到，甚至能够进入水怪的世界。这就是我爷爷能够给航行在三峡的船只指导航线的原因。他的瞳仁是青色的花瓣状，能够看见平常看不到的礁石，那些礁石本不属于我们的世界，只是会在某些时间突然出现在江水之中。

而我的爷爷就有这个本事，我的父亲没有，却隔了一代遗传到了我的身上。我能看见水怪，是因为所有的江童都是化生子，只有化生子才会被父母抛弃到长江。夏月奶奶能看到我的瞳仁跟我爷爷的是一样的。

我也是化生子，只是被杨驼子用折寿的方式挽救回来的化生子。我突然意识到，杨驼子救我是不是因为在很多年前他跟我的爷爷有过交集，以至于在暗中观察我、保护我。这是他们老一辈人的渊源了，也许有盘根错节的经历，已经不会为我所知。

夏月奶奶坚定地认为，叶宁也是化生子，晚晚也是。我们都不应该活在这个世界上，应该去往我们该去的世界——水怪的世界。

送化生子回到水怪世界的方式非常残忍，也就是当年夏月奶奶要自己的儿子杀掉孙子的方式。这个方式我也知道，不仅我知道，所有的宜昌人都知道。

当然也有寥寥的幸存者，我也怀疑过我的爷爷，当年是不是被他的父母扔到了湍急的长江中，然后被一艘路过的帆船捞起，而捞起他的船工，正好也是一个能看见幽冥的水端公。

我听到的最接近真实的谋杀婴儿的事件，来自王小飞的父亲。王小飞的父亲是港务局的劳资科科长，在做劳资科科长之前是一个长江上的端公。端公分为水旱两种，一种居住在陆地上，一种终生不能离开长江。

王小飞的父亲，以及父亲的父亲，世世代代都生活在长江上，终生不能踏上河岸半步。他们除了打鱼，主要的收入来源就是为每一艘即将出航到上游进入川江三峡的船只祈福，或者替船只找到沉没在江底的货物。水端公的手段极为残酷，镇压长江里的水怪毫不留情，这是他们在长江上生活了上千年没有断绝的原因。每天面临生死的人，行事当然不会心存仁慈。

王小飞的父亲老王在七十年代初赶上港务局招工，于是违背了自己祖训，要求上岸应招工人。他是世代渔家，最为贫苦的无产阶级，政治背景过硬，又有丰富的水文经验，于是顺理成章进入了港务局。

老王背弃祖训的代价就是，他在结婚后生了一对双胞胎，老王的妻子在生下双胞胎后，因为产后大出血而死。这是长江水怪对老王这种背离而去的人的报复和诅咒。双胞胎是我们鄂西川东最不吉利的预兆，一旦有双胞胎出生，就一定伴随着不幸和灾难。老王的双胞胎就是两个化生子，这是更加凶险的不祥之兆。

老王那时候还没有分配住房，只能继续住在他长江上的破渔船里——这是他所有的家当。

他的双胞胎儿子跟其他化生子一样，没日没夜地号哭，到了岸上的医院就健康安静。每天夜里，婴儿的哭号声传到长江的江岸，引来无数的鱼类在江面上聚集，但是没有任何人敢在这片水域捞鱼。这些鱼都是来自另外一个世界，不能捞，也不能吃。

两个孩子满月的那天，密密麻麻的鱼类在江面上跳动，在水面下聚焦，一齐朝着老王的渔船发出喳喳喳喳的声音。鱼群从水中跃起后，变成了黑色的乌鸦，成千只乌鸦在渔船上方盘旋，落在老王的渔船上、桅杆上。

老王抱着两个儿子，在渔船散发出浓烈的鱼腥味的棚子里，看着船上的乌鸦，羽毛慢慢掉落，裸露的鸟身干枯腐朽，蛆虫在渔船的每一个角落蠕动爬行，无处不在。

一头巨大的中华鲟也高高跃起，腾跃在江面之上，对着渔船上的婴儿哭泣。

到了凌晨，无数尸体都从上游漂到了渔船四周，血腥味道在江面上弥漫。在黑夜里，老王确信自己看到整个江面变成了血红色。

老王知道，这一切都是他的儿子引来了另一个世界的水怪造成的，所有的异象都是趴在江底的那些水怪所为。他们要自己把儿子作为献祭，供奉给某一个隐藏在长江之下的妖魔。老王知道自己作为长江上的水端公，终究会遭到报复，只是没有想到报应落在了自己的儿子身上。

老王只能接受这个现实，他灌下了两斤白酒之后，把自己的两个儿子分别用襁褓包好，放上了生辰八字，把襁褓放入水中，看着襁褓慢慢飘走。

江水终于安静下来。两个襁褓在黑夜中渐渐远去，在水中沉沉浮浮。

被酒精刺激的老王，倒在甲板上入睡，但是睡了片刻之后，他被婴孩的哭声吵醒了。老王翻身，站在船舷察看，发现两个襁褓已经回到了船舷边的江面上。挑衅一般地拼命哭号，水下暗流涌动，不知道有多少水怪在逡巡。

老王拿起了撑杆，把两个襁褓摁下水面。襁褓顽强地漂浮起来，老王就把两个襁褓用撑杆推向了江水最湍急处，两个襁褓被冲走了。

老王做完这一切，把自己的渔船划到了岸边，他决心永远离开这条船。老王跳下船，把自己买来的七十度的包谷酒泼洒在船上一切易燃的物品上，他点了一把火，自己跳到齐腰深的江水中，看着自己所有的家产被火焰笼罩。

就在老王看着自己的一切都付之一炬时，阴魂不散的襁褓再次漂浮到他的面前，这次只有一个了。老王再也无法狠心把儿子抛弃，他把襁褓抱起。船化为灰烬，老王抱着襁褓，走上了江岸。

这个侥幸的婴孩，就是王小飞。

夏月奶奶吃完了碗里的红烧肉，低声对我说："风风，我快死了，以后夏月就交给你照顾，你要答应我。"

我瞠目结舌，我是一个什么都没有的人，甚至还生着病。我在宜昌继续待下去，我的眼睛可能就要失明。而我也不可能带着夏月离开宜昌，我在上海已经走投无路，怎么可能和夏月在一起呢?

我和夏月离开了夏月奶奶的平房，在江边漫无目的地行走。我们沿着滨江公园的绿道，一直走到了夷陵长江大桥。我和她就这样默默地走着，没有说一句话，我们都不知从何说起。2009年的时候，我曾经以为我和夏月会结婚生子，远离棚户区，平平安安地在武汉或者北上广深中的某个城市过一辈子。可也就是那一年，一切都变了。

因为叶江。

我们走上了大桥，朝着对岸走去，大桥上下游停泊轮船的灯火在长江上连绵一片。

“我奶奶要你带我走，对不对？”夏月开口了，“她跟于力舟也这么说过。可她偏偏又说我不会跟你们在一起。”

“你还要继续过日子。”我迟疑了一下，“看来你还是要和于力舟在一起。”

夏月没有正面回答我：“丽娟和力舟本来感情很好，可惜因为晚晚……是我对不起他们。”

“还记得那条蛇吗？”我想起了那年我一个人守在江边等待淹死的严茂出现的那个晚上。我没想到在十八年后，我还是等到了严茂，在长江下的另一个世界生活了十八年的严茂死掉之后，还是回到了我们的面前。只是他们都不相信，包括夏月和于力舟。

夏月说她记得：“我奶奶说那是一条即将渡劫的蛟。”

我和夏月一起面对着大桥的栏杆，两人把身体伏在栏杆上，对着桥下奔流不息的江水大喊：“叶江！叶江！”

我的声音在长江上的夜空回荡，然后被身后桥中心道路上的汽车的轰鸣声打断。

夏月也大声喊：“叶江，你在不在？”

两个过路的行人警惕地从我们身后慢慢踱步而过，走出了十几米，还在回头看我们。

我对着脚下的长江继续大喊：“叶江，你回来！”

我和夏月两人在替逝去的人叫魂。都说长江里淹死的人，如果一直找不到尸体，那就只能让亲人在长江上呼唤他的名字，那样他就会从江水中漂浮起来。

叶江是我的亲人，也是夏月的亲人，我们有资格在这里呼唤他的名字。“叶江，你回来吧。”

我和夏月凄厉的声音，让路人明白了我们在做什么。路人对这个庄重而古朴的仪式感到敬畏，与我们保持着不远不近的距离。

我的眼前突然降下黑幕，长江上和城市里的灯光在瞬间全部消失。

片刻之后，我只能看清五米之内的事物，并且非常模糊。远处的灯光都化作了遥远混沌的宇宙星火，无法辨认。

“我看不清楚了，”我对夏月说，“跟初三那年一样。”

夏月把我的手牵起来：“都会过去的，没事，别慌。”

叶江救过我的命，在我更小的时候，在小学四年级或者五年级，我和于力舟在十三码头附近的一个大堤下游泳，我和于力舟脱得赤条条地在江水里戏耍，夏月替我们照看衣物。浸染江水的衣物会有洗不掉的泥沙，这样父母会知道我们偷偷背着大人下河游泳。我那时候还不会游泳，轻易在长江戏水，会引来父母的一顿暴揍。

王小飞和他的跟班也到了江边，看到了我们。他们放过了于力舟，不停地把我摁进江水，这样让他们特别开心。王小飞就坐在江堤上，看着他的跟班折磨我，无论于力舟和夏月怎么央求，他都无动于衷。

王小飞突发奇想，把我抱住游向了深水处："小胖子，别动，淹死了可别怪我。"

我的双脚离开了江底的淤泥之后，在巨大的恐惧之下，死死地把王小飞的脖子箍住。王小飞的身体也被我拉到水面之下。王小飞用手拼命地把我的胳膊掰开，避免我们两人都被溺死的结局。我和王小飞两个人在江水里扭打，似乎我们天生就是长江里的两种相克的鱼类，碰面后只能置对方于死地。

纠缠了一会儿之后，王小飞推开了我的胳膊，我和他都精疲力竭。王小飞用尽最后的力气游到了岸边，而我在长江里挣扎，就要耗尽最后的力气。我喊救命，身体开始下沉。我在沉下水面的时候，眼睛看着上方，在头顶没入水中之后的那一两秒钟，我到如今还记得我看见那白色的天空在我眼前慢慢黯淡。

我的身体渐渐地在江水中下沉，我心中清晰异常，我要死了，我平静地告诉自己。然后我的眼睛在漆黑的江水中看到了点点绿色的光芒，绿色光芒越来越多，越来越多。

我不知道是不是濒死前的幻觉，我看到了无数矮小的人漂浮在我的身边。他们向我伸出了双臂，我内心欣喜，把手交给他们。他们带着我继续下沉，当我的眼睛在江水中更加敏锐之后，我看到了他们没有鼻梁的面孔。我惊恐万分，张开嘴要呼喊，江水涌入我的喉咙，让我下沉的速度越来越快。我的意识瞬间从我的身体里抽离，只能感受到我身边的这些诡异小人，后来我知道他们就是火锅店里的那些人。

这是我离死亡最近的一次，但终究还是没有被带到他们的世界。

有人在水里把我的肩膀拉了一下。就这么稍稍一带，我挣扎的脚突然就能触碰到河底的沙石。我心里大喜，脚一勾，竟然又往岸边走了两步。再走一步，头就冒出了水面。

我爬上岸，开始呕吐。我回忆刚才即将溺毙的片刻，竟然没有任何憋闷或是难受的感觉，只觉得自己就要死了。很绝望，心里却很平静，像回家一般平静。

在我不断把浑浊的江水吐出来的时候，叶江正在和王小飞打架，而当时这一切在我看来，就如同一个黑白默片在以慢镜头播放。

当王小飞把叶江狠揍了一顿之后，我才知道刚才在水下拉了我一把的就是叶江。叶江的水性非常好，他在水里就跟一条鱼一样。

而现在叶江却失踪在长江里，他怎么可能会被淹死呢！

我和夏月在长江大桥上给叶江叫魂，终于引来了大桥管理处的工作人员。他们把我和夏月请到了桥下，叮嘱我们不要扰乱社会治安，最后客气地要求我们离开。

我和夏月走在长江大撤退的雕塑下，我已经视力模糊了。于是我把夏月背起来，夏月在我的后背上替我指路。

这是我在初中视力下降后，跟夏月常玩的一个游戏。

我和夏月都在努力寻找少年的时光，似乎这样，叶江就会突然出现在我们面前一样。

我背着夏月朝着九码头——我们的棚户区走去。

“我不恨你。”我轻声对着后背的夏月说。

“你说什么？”夏月没有听清楚。

“我不介意你跟叶江在一起。”我再次重复。

“我知道。”夏月回答我。

“叶江在很早的时候就喜欢你了，”我说，“并不是出狱之后。”

“我知道。”夏月说，“我都知道。”

“是啊，你怎么可能不知道。”我的头靠在夏月的胳膊上。埋藏了太多秘密的孩子，眼睛就会看不见。我知道夏月很早就喜欢叶江了，只是她不忍心伤害阳光、单纯、善良的于力舟。我一直以为隐瞒了很多秘密，原来都是徒劳。

我们念初三的冬天，我和叶江、于力舟拖着装满三轮车的饮料瓶子到了废品收购站，换了几十块钱。我们再也不舍得用这些钱换取零食，这些钱对叶江兄妹很重要。叶大俊似乎上辈子跟自己的儿子有仇，这辈子对叶江这么刻薄。

从初二开始，叶大俊就不再殴打叶江，倒不是因为他生病后良心发现，而是他把叶江的三好学生证书撕掉的那次叶江爆发了。他揪住了叶大俊的衣领，把叶大俊从家里扔到了门外。

叶大俊在棚户区的道路上咆哮，说自己养了一个忤逆不孝的儿子，竟然敢对自己动手。这时候，叶大俊和叶江才意识到，叶江已经比叶大俊高了半个脑袋，并且比他强壮了一倍。

这也是叶大俊很少回家的原因。当然叶江也不会再向自己的父亲要一毛钱。那时候叶大俊已经开始贩毒，但叶江不会用父亲的肮脏钱来养活自己和叶宁。

所以每次我们收集的瓶子和废品，对叶江来说都十分重要，这是叶江和叶宁的活命钱。可是王小飞就非要叶江活不下去，王小飞跟着叶大俊贩毒并不缺钱，可是他就是我们的魔星，一定要找叶江的麻烦。

我不能确定这是不是由于叶大俊的唆使，以叶大俊的性格来说，这也不奇怪。但我更相信，这是王小飞与生俱来的恶，他是一个连水怪都容不下、扔还到江岸的魔鬼，或者他就是水怪中最残忍最嗜血的那一头。

而叶江，就是他最感兴趣的猎物。

我和于力舟、叶江拿着废品换来的几十块钱，都很开心，这意味着叶江和叶宁一个星期内不会挨饿。叶江不愿意在我家吃饭，我的父母一再邀请，他都拒绝。

有好几个中午，所有的学生都回家吃饭，叶江一个人在空荡荡的教室里复习功课。我母亲把从家里带来的便当默默地放在他的面前，然后离开。

我的父母真的是好人，他们也在体谅这个可怜孤儿的尊严。十几岁的少年，内心是敏感的。于是叶江承担了我的大哥的责任，不再把作业给我抄，而是逼着我跟他温习功课，让我的学习在初二开始也从中等上升到了前十名。

这是叶江对我父母的报答，只是我当时意识不到这点。穷人家的孩子，懂事还是要早很多的。

王小飞一群人把我和叶江、于力舟逼迫到棚户区的巷子角落的时候，我们都知道王小飞看到了叶江手里攥着的几十块钱。

我记得那天之前下了很大的雪，地面上的残雪肮脏不堪，王小飞让于力舟先走，跟着示意我也可以离开。

我和于力舟都没有动，我在想如果王小飞拿走了叶江的钱，叶江会不会跟王小飞拼命。

结果那天，叶江主动把钱给了王小飞，他平淡地对我和于力舟说："没事的，我们再去捡。"

叶江因为我的父母私下给他的照顾，他实在是不愿意看着我受王小飞的殴打。

叶江把钱给了王小飞，有零有整。

王小飞拿了钱，扔掉了其中十几张最小面值的一毛两毛的零钞。我和于力舟弯腰把落在积雪上的毛票捡起来，准备交给叶江。

叶江拍拍我们肩膀，无所谓地“哼”了一声。

就是这么“哼”了一声，让已经走开的王小飞又折返了回来，他感受到了叶江的不屑和勇气。王小飞的眼睛在我们三人的身上上下游移。

最后，他的目光停在了叶江脖子上的围巾上。这是一条白色的马海羊毛编织的围巾。叶江十分珍惜，即便我们在整个棚户区捡破烂，也保持得干干净净。

王小飞伸手拉住了叶江的围巾，叶江的手死死地抓住王小飞的手：“不行。”叶江摇头。

王小飞用拳头狠狠地打了叶江的腹部。叶江痛得弯下腰来，但是手仍旧抓着围巾不放。那次我们三人都挨打了，王小飞和他的跟班下手很重，导致即使受伤最轻的于力舟回家后，也让老于所长暴跳如雷，第一次违反了警察的纪律以一个父亲的身份，狠狠地在街头把王小飞揍了一顿。那是后话。

叶江被揍得接近昏迷，也没有放开抓住围巾的手。

在叶江被揍的时候，我心里不断对叶江喊，不就是一条围巾吗，给他就是。为什么不给呢，为什么？

但是我没有喊出来，我内心知道这条围巾对叶江来说很重要。

叶江终于留住了他的围巾，却付出了肋骨骨折的代价。叶大俊为此到学校里胡闹了一番，然后继续对叶江不闻不问。

是学校给叶江出钱治好了伤，我父母也起到了作用。因为叶江很可能会成为我们这个子弟学校第一个以中考全市第一名的成绩进入高中的学生，这对我们这个教育质量稀烂的学校的名望有很大的提升。

我在后来的日子里，一直都对叶江的围巾十分好奇，但是我再也没有看见过叶江佩戴那条围巾。

直到冬天最冷的那几天，夏月给了我和于力舟还有叶宁一人一双马海羊毛编织的手套的时候，我明白了。

这三双手套，是夏月织围巾剩下来的毛线没有浪费，给我们编织的。

我在那一刻，明白了叶江为什么宁死也要留下这条围巾。这是他生命里唯一的光芒和希望，虽然微弱，也是黑夜里的星光，照亮他的生命。而夏月的心思，我也懂了。

现在夏月就在我的背上，我告诉了夏月围巾的事情。夏月沉默了一会儿，轻轻说："我说过的，叶江很可怜。"

夜色笼罩下来，我的视力跟十几年前一样，越来越模糊，甚至连脚下也看不清楚。

"我又看不见啦。"我轻松地告诉夏月。

"没事，有我。"夏月抱着我的脖子，"前面有个台阶，对，抬脚，一共三步，好了，前面是直路。”

我顺从地听从夏月的指挥，从桥下的和平公园向着下游走去。跟初中的时候相比，我现在高了，从比夏月矮到现在比她高十多厘米。但是我瘦了，从160多斤到现在不到130斤。

当年我眼睛看不清的时候，夏月用手牵着我，穿行在棚户区的各个道路上寻找叶江。后来我主动要求背着她，一起玩盲人和瘸子的游戏。

瘸子不会走，盲人看不见，盲人背着瘸子刚好配合得完美无瑕。夏月不瘸，我也没瞎到完全看不清的地步，因此这仅仅是个游戏。

现在夏月伏在我的后背，我眼前一片模糊。夏月的头发垂落下来，贴在我的耳根，酥痒发麻。在我看来，她比十几岁的时候轻很多。我的脚步轻快，想就这样永远行走下去。

“起雾了。”我看到的一切都是白蒙蒙的。

“并没有。”夏月嘴里吐出的气息，让我心慌意乱。

我眼前的白雾瞬间散去，世界变成了灰蒙蒙的一片。

“我们走到哪里啦？”我问背后的夏月。

夏月的声音如同从天边传来，遥不可及：“胜利二路了。”

我回头想看一下后背上的夏月，可是我怎么都看不到背后。我的脚下到处泥泞，无数淡水蚌类夹杂在淤泥之中，脚步越来越重，黏糊糊的淤泥拖着我的脚底。

“夏月，你还在吗？”我的后背变得轻飘飘的，我低头看了一下胸口，夏月环抱着我的胳膊，已经变得模糊不清，只有灰白的尺桡骨和指骨，我心惊胆战。我想把夏月放下来，可是我一松开，夏月的身体就变成了一团清袅雾气，在夜空中漂浮，在我的身边一圈圈地飘动。我伸出手掌，和轻雾中夏月的手轻轻握住，夏月的身体慢慢凝聚在我的后背上。

我意识到出了什么问题，问题不在夏月，而在我身上。我十几年前的记忆翻江倒海一样地回来，是的，我在初中视力开始下降后，不止一次经历过类似的梦魇。

如同杨驼子所说，这是因为我具备看到另一个世界的能力。我的爷爷是一个眼睛有花瓣瞳仁的江童，我继承了爷爷的能力。

我跟爷爷一样，是一个江童。

江童，就是童年时候没有被虐杀的化生子。

化生子会把所有的家人都克死，然后才能过正常人的生活，再娶妻生子。我从没有听说过爷爷的任何家人。

我看着眼前这个世界，这是一个没有太多颜色的世界，只有黑白和不同层次的灰色。天上有一轮巨大的月亮，距离我头顶并不太远，月亮黯淡无光。月亮的下方，愁云惨淡，远处的山峦都是张牙舞爪的狰狞模样。

我看向了右边，黑色的江水在翻滚流淌，从下游的方向溯流而上，然后形成了一个巨大的瀑布，瀑布的水流从下至上，升到了天空中的黑云之间，仿佛有一条巨大蟒蛇，张开了巨口把江水吸了上去。

黑色的江水上行驶着钢铁怪兽。这些怪兽吞吐着黑烟，散发着灰色的恶臭弥漫到江水里，并且发出刺耳的吼叫，让我无法忍受。钢铁怪兽身上攀爬着无数的八脚蜘蛛，它们移动迅速，上下攀爬。钢铁怪兽的下方有一个巨大的蚁后般的生物，肥胖而笨拙，静静地漂浮在江水上，吞噬着身边的一切。

江水下的狰狞礁石在不断出现、消失，蔓延生长，江猪子、中华鲟在江水里欢快地游动，还有白色的小小水母发出了黯淡的光芒，点缀在黑色的江水之中。一条长长的扬子鳄，慢悠悠地从水中爬上了江岸，嘴里还叼着一个人的肢体。

我不敢再看，把头扭到了另一边，但是看到的景象使我更加心惊肉跳。熟悉的城市已经消失了，一切都面目全非。

胜利二路本该是连绵一片的高大的临江建筑，包围着古老的民宅巷道。

这些都没有了。

取代高层建筑的都是阴气森森的塔林，巨大的宝塔一个连着一个，宝塔上的砖石破败不堪，无数的蟒蛇盘旋在宝塔之上，对着天空的月亮不断吐着蛇信。

我被这诡异的世界吸引，无意识地走到了塔林之中。那些蟒蛇看到了我的存在，身体在宝塔的外部蠕动滑行，夹着黑白花纹在移动。

我毛骨悚然，想闭上眼睛，脚下却都是连绵纵横的沟壑，沟壑下方深不见底，隐隐传来哭号。

我在这个塔林里穿梭，后背上的夏月用胳膊环抱住我的脖子，身前塔林上的蟒蛇都纷纷把头垂到我的头顶，在我的上方晃动，巨大的眼睛在注视着我。

我明白这些巨大的水怪观察的不是我，而是我后背上的人——夏月。我本能地想遮掩夏月的眼睛，但又立即想起，夏月是看不见这些的。

我加快脚步，穿过了这片巨大的塔林，进入一片坟场。地面上到处摆放着棺材，人类的尸体坐在棺材的上方，自言自语地吟唱着我听不懂的歌谣。

这些尸体，有的看到了我，张开没有血肉的颌骨，向我露出微笑。他们之中更多的是用一双空洞的眼眶朝向我看，面无表情。随即天空的黑云劈下一道闪电，大地都随之震动，这些尸体都凄厉地哭号起来。

几个高耸的巨人，静静地站在坟场中，他们的头部伸到了云层里。他们的身体纤细，手臂几乎和身体一样长，一直垂到地面，随着妖风在空中飘荡。

我走到了坟场正中央，一棵巨大的杨树横倒在地上。杨树枝繁叶茂，根须在地面上蔓延，无穷无尽，树干已经从下方折断。

一个巨大的山魈，獠牙锯齿，额头中央是一个巨大的眼睛，发出了闪耀的光芒，照射在杨树之上。山魈蹲下来，抱住杨树的树干。

杨树的枝叶纷纷坠落。山魈张开嘴巴，用它锋利的牙齿在杨树的树干上来回摩擦。树干上灰白色的鲜血汩汩流出，流淌到地面。杨树从中折断，树冠倒塌，瞬间在地面上枯萎。

山魈伸出了满是脓疮、强壮巨大的胳膊，把杨树下端也掏起，深陷在地面的无数根须尽数断裂，杨树发出了临死前的哀号。

杨树的哀号声和怪兽剧烈的举动，引来了黑云中的鬼魅。鬼魅纷纷从空中跃下，朝着杨树飘来。杨树断裂的树干迅速在地面上枯萎，然后化作了无数的虫豸，钻到了地面之下。

空气变得极为寒冷，弥漫着死亡的气息，我浑身战栗。

突然间，坟场里多出了无数头戴着斗笠、穿着蓑衣的水怪，他们粗壮的脚掌踏在地面上。

我知道，我进到了水怪的世界，一个和我们世界平行的异度空间。

所有的水怪都看着即将死去的杨树，但是他们无能为力。山魈踏着脚步慢慢地离开，越走越远，朝着长江的方向而去。在经过塔林的时候，盘旋在无数宝塔上的蟒蛇都纷纷避让，唯恐避之不及。

所有的长江水怪都背对着我，其中有两个似乎意识到了我的存在，他们慢慢地转身，我把他们看得清清楚楚。

“叶江！宁宁！”我哭喊起来，朝着他们奔去。

我跑了两步，地面突然裂开一道裂痕，把我和他们分隔开来。

我看着所有的水怪都追随山魈而去。

巨大的蟒蛇滑行到了我身前，用它巨大的身体把我缠绕住。我呼吸困难，看着已经走远的水怪，拼命地大喊：“叶江，宁宁，你们回来！”

蟒蛇把我卷起，朝着坟场尽头一个巨大的庙宇而去。庙宇里面灯火通明，门口垂首站着一个和尚。我隐约看到庙宇里供奉着一尊雕像，但并非是菩萨，而是一个鱼头人身的水怪。鱼头人身塑像的口中鲜血流淌，和尚的头抬起来，朝我露出了诡异的笑容：“来了……”

我想起了这个地方，这个地方曾经在我的噩梦中出现过，现在我又回到了这里。这个噩梦中的庙宇，是伴随我一生的恐惧。我把它封闭在心中十几年，现在我不能再回避了。

“你是谁？”我看着和尚，他的脸我认识，是属于王小飞的一张脸，但是我知道他不是王小飞。

和尚伸手举起了一个镜子：“我们都属于这里。”

我从镜子里看到了自己的面貌，没有鼻梁，满脸苍白，眼眸昏灰。我在这里是一个水怪。

我听到了巨大的咕隆声。

鱼头人身的雕像开始呕吐起来，是一连串的骨骸和腐烂肉体。地面上的肉体在蠕动，一个小小的身躯从肉块中慢慢扬起了脑袋。

我绝望地大叫起来："不要！"

小小身体的头顶上方，又落下了骸骨，把她埋没其中。

我看着鱼头人身的水怪，回忆翻江倒海般袭来，那是叶宁的身体，不，是晚晚！

"不要，千万不要！"

我对着鱼头人身的塑像大喊。鱼头人身的塑像发出了咔咔咔的笑声。

随即我的眼前一片漆黑。

"风风，赵长风……你在干什么？"夏月的声音由远到近传来。

我睁开了眼睛，发现自己正躺在中心医院的观察室里，一片明亮，夏月和于力舟趴在病床边，还没睡醒。

我从病床上坐起来，看着窗外太阳已经升起。我大致回忆起昨晚到底发生了什么，可以推测出，我在无意识中被夏月带到了医院，随后夏月又叫来了于力舟。

夏月醒了："你昨晚到底怎么啦?"

“我怎么了……”我茫然地问夏月，“怎么就突然到了医院？”

“你背着我从滨江公园走到胜利二路，走着走着，突然就背着我跑起来了！”夏月心有余悸，“接着你就跑到了胜利二路的巷子里，跟疯了一样，我怎么叫你也不停。”

“怎么会这样？”我揉着自己的太阳穴，“我什么都记不得了，但我好像看到了叶江，还有宁宁。”

于力舟也醒了：“风风，叶宁已经走了很多年了……”

我看见夏月在拉扯于力舟的袖子，于力舟立即打住。

“晚晚……我昨晚一定是做梦了。”我头疼欲裂，看着于力舟和夏月说，“你们一夜没睡吧，我没事了，你们赶紧回家休息。”

值班的医生和一个护士进来了，我问医生：“我可以走了吗？”

“稳妥的话，再观察一天。”医生回答我。

“我没事，挺好的。”

医生妥协了：“好的，你的确没什么问题。”然后把两张CT的结果递给我。

我随手把CT图片扔到床边，起身招呼夏月和于力舟跟我离开。

我和夏月、于力舟离开了中心医院，走到了旁边的胜利二路，找了个早点摊子过早（湖北俗称，即吃早餐）。我正在路边吃热干面的时候，胜利二路巷子里传出了哭声。

大清早听见哭声，是一件很不吉利的事情。旁边的一个过早的人说：“听说开诊所的那个驼子昨晚死了。”

“他岁数不小了，得八十多了，算喜丧。”

“不是吧，我怎么觉得杨驼子不止八十多岁呢。”

我的心里咯噔一下，嘴里的面条咽不下去了。

老杨树精终于还是死了。

“我记得你小时候找杨驼子看过病，”于力舟问我，“没想到这个诊所一直开到现在。”

“你一个警察，连自己辖区里的居民都不知道吗？”

“巧了，”于力舟说，“我还真的十几年没有听说过。”

“你昨晚就是在这个地方，”夏月说，“把我背到了这里，对着杨驼子诊所的方向喊叶江……”

我摇头，我知道我在突如其来的梦魇中看到的一切，说出来不仅他们不会相信，而且还会暴露我心里的秘密。我的秘密不能告诉他们。

“夏月，叶江看来是真的走了。”于力舟说，“需要举行什么仪式吗？”

“算了，叶江已经没有任何亲人了。”夏月轻轻抽了一下鼻子，“我跟他根本就没领证。”

“晚晚呢？”我说出口之后，知道这么问实在是不妥当。

果然夏月面无表情地说：“晚晚的爸爸是力舟，妈妈是丽娟。”

“那好，你有没有叶江的照片，最近的。”于力舟说，“给他立一个遗像吧，万一晚晚长大后……”

“不要，”夏月看着于力舟，“叶江这些年没怎么照过相，手机也不拍。”

“那我去局里找吧，”于力舟苦笑，“我们那里有他的案底。”

“如果叶江没有死，还会回来呢？”我突兀地问。

“他死了，”于力舟按住我的肩膀，“别再幻想了。”

“你为什么这么肯定？”我问于力舟，“他之前也失踪过很多次，每次时间都比这次要长，为了躲避你们的通缉。”

“有目击证人看见他走进了长江，”于力舟说，“现在的定性就是自杀，跟王小飞都联系不起来。”

“目击者是什么人？是不是王小飞指使的人。”

“不是，”于力舟说，“是一对游客情侣，根本就不是我们本地人，绝无可能跟王小飞扯上关系。”

“前几天你不说？”

“我们在所有的码头都发了通告，”于力舟说，“这对游客前几天去了长阳旅游，昨天回来，在客运站看到了通告。他们当时就报过警，被我们忽略了。”

“真的不举行葬礼了吗？”

“叶江当初说过，”夏月说，“如果他哪天死了，不需要葬礼，你们当时都在，你忘了吗？”

如果没有夏月提醒，我真的忘了。现在我想起来了，我们曾经参加过一个葬礼，在那个葬礼上我第一次跟叶江真正认识，还有夏月。

可能是在我和于力舟还有严茂八九岁的时候，或者更早，那是一个冬天，九十年代的小学不同于如今，课程是比较松散的，并且没有那么多的补习班。

我和于力舟、严茂在江边江滩上寻找石头，找到那种扁平的石头，然后再用力甩向江面打水漂，看谁的石头弹跳的次数多，在水面上跳跃得最远。这是我们放学后的乐趣。

冬天的时候，江水会缩回很多，把大片的江滩撤让出来，而这片江滩就是几年后严茂淹死和大客车落水的河段。

现在回想起来，严茂可能也无法预知，这里也是自己的葬身之地吧。

当我寻找到一个大小合适、十分扁薄的石头时，忍不住欢呼。于力舟和严茂两人静静地站在江滩上，对我的欣喜毫无反应。

我跑到了他们的身边，他们才反应过来。为什么他们两人一声不吭？原来，在江滩的沙地和江水交接的地方，一具婴儿的尸体静静地躺在那里。

这是一个不到一岁的女婴，浑身赤裸。

女婴的尸体看不出来有任何腐烂的迹象，如果不是她静静地躺在那里，让江水一遍又一遍地冲刷她的身体而毫无动静的话，就像一个睡着的孩子。

那是一个很漂亮的女婴，睫毛长长的，容貌精致，头发卷曲。可是她死了。她的身上没有伤痕，可以判定是淹死在长江里。

我和严茂、于力舟才八九岁，也是孩子，我们没有做好心理准备去面对一具尸体，其实在内心里还不明白死亡意味着什么。

我们就这么静静地看着这具尸体，面面相觑。

我们专注地看着这个婴孩，在其中一刻，我甚至希望长江的浪花再次把婴孩带回江水里，回到她来的地方。

我们没有任何的恐惧，也说不上来悲痛，三个人都陷入莫名的沉默之中。

这时候，叶江出现了，带着他的妹妹叶宁。我和于力舟已经知道叶江，但是我们并不来往，他是从恩施转来的插班生，孤独而高傲，不和任何同学交流。

叶江带着叶宁也加入我们专注看着婴孩尸体的行列。他也一样，对这具尸体束手无策。隔了片刻之后，叶江脱下了自己的外套，外套很薄。那天很冷，我和于力舟穿着羽绒服。而叶江脱了外套之后，只剩下一件贴身的有破洞的保暖内衣。

叶江把外套盖在了婴孩的身体上。他的行为让我们感到羞耻，因为我和于力舟舍不得身上贵重的羽绒服，而叶江却脱下了自己勉强御寒的衣物。

盖上了衣物的婴孩尸体安静地躺着，我们相互看了看，都不知道接下去该怎么做，我们都想不起来应该通知大人。但是那时候，大人们也不会对江边一具被遗弃的婴儿尸体有过多的关注吧。

我们不知道围着这具尸体看了多久，夏月出现了，之前我们从来没有见过夏月。

夏月加入我们之后，突然对我们说："我们把她埋葬了吧。"

夏月的这句话惊醒了我们，她的善良比她的容貌更加让人心动。因为在她出现之前，我们都没有意识到要把婴孩埋葬，而夏月说这句话的时候，眼睛闪耀着晶莹的泪光。

我应该就是在那一刻喜欢上了夏月，现在回想起来，于力舟和叶江也跟我一样吧。

也就是这一天，我、于力舟和夏月、叶江、叶宁真正认识了，成了不能分开的朋友。我们的相识源于一次葬礼，是不是就已经暗示了我们的宿命呢？

我和于力舟、叶江开始在尸体旁边的沙滩上挖掘小坑。江水不断地侵蚀沙滩，我们挖得很困难，终于挖了一个勉强能容下一个婴孩的坑洞后，我们小心翼翼地把用衣物包裹的婴孩轻轻抬起，放到了坑里，又用沙子把婴孩掩埋。

我们做完了这一切，用江水洗了手，准备离开的时候，江水把沙滩表面的一层抹去，婴孩漂亮的脸部显露了出来。我们的努力失败了。

“怎么办？”于力舟询问叶江。叶江跟我们同年，只是看起来的年龄比我们大几岁，顺理成章地成了我们的决策者。

叶江和我们只能把婴儿的尸体从沙滩中挖出来，叶江让我们不要离开，继续在这里看守尸体。他离开了一会儿，回来的时候拿着一个巨大的电视机包装纸箱子。叶江把婴儿的尸体放进了纸箱，我们几个男孩抬着纸箱子，走上长江大堤的护坡，穿过沿江大道，又穿过夷陵大道，走过了我们棚户区的边缘，穿过东山大道，一路走向我们这个狭长城市的北边郊区山地。

我们也经常来这一片山地玩耍，因为这里有一个武警练习射击打靶的训练场，我们会在训练场寻找弹壳作为玩具。到达打靶场会经过一个山坡，山坡上长满了一人多高的杂草，还有大片的马尾松林。在杂草中间，几十个坟墓凌乱分布。

我们到了这片山坡上的坟场，想寻找一个泥土松软的地方，可是随即我们发现，我们没有任何挖掘工具，无法在坚硬的泥土砾石上刨出坑洞。

我们找了很久，只能找到几根枯树枝，也无法挖掘地面，最后我们只好用树枝撬起一块不太稳定的大石头。石头滚落到下方的草丛中后，留下了一个浅浅的土坑，里面爬满了千足虫和说不上来名字的昆虫。

在草草清理了一下浅坑后，我们把婴孩抱出来，放在坑底，勉强在别的地方挖了些泥土，掩埋了婴孩。

叶江还在松动的泥土上插了一根树枝，权当这个可怜小孩的墓碑。

叶江对我们说："我们给她举行一个葬礼吧，人死之后，都是要有葬礼的。"

我们都不知道葬礼的仪式，在我们的记忆中，葬礼永远会有一个棺材、一片白幡、一张遗像，以及打丧鼓唱歌的端公。

于是夏月开始唱歌，唱的是我们听不懂的歌谣。我们问夏月为什么会唱这种奇怪腔调的歌曲。夏月告诉我们，她的奶奶在遇到死人的时候，就是这么吟唱的。

整个幼稚而简陋的葬礼结束了，叶江突然对我们说："如果我死了，我不需要葬礼。"

这句话说得我们莫名其妙，难道是叶江知道自己不会活到正常人的寿命吗？

现在我想明白了，他真的是预知了自己的命运：不得善终。

我们几个小孩，在无意识悲悯的驱使下，完成了一件匪夷所思的事情。我们让一个灵魂安息在了地下，但是这件事情在夏月的奶奶看来，是我们受到诅咒的根源。

我们在傍晚的时候回到棚户区，这时候我们才发现夏月是我们新搬来的邻居，她有一个奶奶，住在平房里。

夏月的奶奶蹲坐在平房的过道中，我们在送夏月进屋的时候，被昏暗角落里的老太婆吓了一大跳。而夏月奶奶就不停地盯着我们看，看得我全身发麻，叶江和于力舟应该也一样。

夏月的奶奶突然用沙哑的声音说了一句：“造孽啊。”

我们都惊觉夏月奶奶竟然有强大的感知能力。在我们猜疑夏月奶奶是否知道了什么的时候，夏月奶奶说，她闻到了我们身上混合着江水和泥土的死亡气息，问我们为什么要在长江边接近死人，并且要到坟墓里看刚刚下葬的尸体。

“不，不对，”夏月奶奶立即察觉出了异样，“水里的尸体和泥土的尸体是同一个。”

我们本能地向夏月奶奶隐瞒了我们埋葬婴孩的行为，因为我们潜意识里觉得不能让大人们知道这件事情。

夏月的奶奶咆哮起来，质问夏月为什么要跑到长江边。

夏月开始抽泣，说她想爸爸妈妈。她觉得父母既然淹死在水里，那么死掉的他们一定会思念她，思念她的时候他们就会站在江水里，等着自己出现。

夏月的奶奶开始骂我们几个小孩不懂事，告诉我们，那个江边的尸体是一个化生子，被父母抛弃到了长江里淹死的。其他人看见了这个尸体，都远远地避开，而我们不仅靠近了这个化生子的尸体，竟然还敢触碰。

这样化生子身上背负的诅咒，就会全部转嫁到我们的身上，然后一个个地在我们身上应验。

夏月奶奶的话让我们惊恐不安，却又无法挽回。

过了两天之后，我们再次回到了埋葬婴孩的坟地，发现我们埋葬婴孩的地方，无数的蜈蚣和虫豸在泥土里翻腾，空气里夹杂着淡淡的腐烂气息，微弱却挥之不去、连绵不绝。

我们都吐了。

但是叶江说，他不后悔，我们做的并不是坏事。

叶江的话让我们心里稍稍安定了一点儿，暂时忘记了夏月奶奶说的话。但是后来，严茂淹死在我们发现婴孩的河段。

之后是叶宁。

现在是叶江。

当年的六个孩子，还剩下三个。

我。

于力舟。

夏月。

叶宁死在了我们初三的那年，这是我这辈子最深的伤痛。

我和夏月、于力舟吃完了面条。杨驼子的遗体出殡了。一辆白色的双排座货车缓缓地从巷子里开出来，双排座的后厢摆着棺材。货车即将驶出巷子，但是胜利二路一辆挖掘机也要进到巷子里去，两辆车相互对峙，堵在了狭窄的路口。

交涉后，挖掘机司机慢慢倒车，躲避路边的早点摊和行人，慢慢挪移。拖着棺材的双排座，一点点地从巷子里移出来，转弯，从我和夏月、于力舟的面前通过。

双排座货厢不能坐人，我看见驾驶室第二排坐着一个披麻戴孝的少年，我想起那个少年了。在我十三岁病重，被夏月奶奶诟病为化生子的时候，父母带着我去杨驼子那里求医，那个少年在我面前烧了一个鸡蛋，在鸡蛋上画了一个诡异的符咒。

其实是他治好了我的病。十七年过去了，这个少年还是当年的模样，时间流逝，他现在应该也是三十左右的年龄，而不是一个十多岁的少年。

双排座货车行驶得很缓慢，少年隔着车窗，和我对视了很长一段时间。我轻轻地向他点头，示意我认识他，也表达了对杨驼子的哀悼。

少年也向我轻点头回礼，白色的孝巾垂到他的肩膀。双排座货车继续在拥挤的胜利二路慢慢行驶。一阵风吹过，道路两边栽种的法国梧桐的树枝飒飒摆动。现在还是盛夏，墨绿色的法国梧桐树叶诡异地从树冠上剥落，飘动，落到地上，像极了出殡道路上死者亲人抛撒的纸钱。

当双排座货车开到胜利二路的尽头，转入夷陵大道之后，整个路面都落下了绿油油的树叶。

老杨树精终于死了，本来他还可以多活很多年，可是他为了治疗我的怪疾，折损了寿命，本以为是想当然的十年，其实不是。杨树精世界的时间，与我们的时间是不同步的，杨树的一年是我们的十年，或者更长，因此他们的寿命远远超过了我们。刚才那个少年，十多年过去，几乎没有成长的痕迹。

我看着于力舟和夏月："一个杨树精死了都有葬礼，都有朋友们送别，我觉得给叶江也立一个牌位吧。"

"风风你在说什么？"于力舟问我。

"他的老毛病又犯了，"夏月说，"昨晚比较厉害而已。对，就是在诊所附近发作的。"

"是吗？"于力舟问我。

我没有做任何的回答，真相永远都不会有人相信，并且会给说真话的人带来危险。我已经冒了很多次险了。

最终夏月否决了我的提议。于力舟左右为难，不置可否。

我们在吃早饭的时候遇到了出殡，实在不是一个好兆头。过完早，我们三人到了港务局派出所，于力舟到档案室去找叶江的卷宗，把叶江的照片找了一张出来作为遗像。

我看着于力舟遴选出来的十几张叶江的照片，每一张我都十分陌生，与我记忆中叶江的面貌已经相差很多。于力舟倒是没有这个感觉，毕竟他们生活在同一个城市的这片狭小的城区，一个是警察，一个是黑道老大，就算不相往来，偶然见面还是不可避免的。

我看着叶江一张又一张的照片，都是在派出所的审讯室拍的，从一个瘦弱的少年变成面色煞白的青年，然后蓄着胡须、眼色凌厉，再后来脸上有了刀疤，没有了头发，最近的一张照片已经完全不是我所认识的叶江了，是一个满脸凶悍的犯人。

我心里的叶江还停留在十年前那个身体孱弱、头发乱糟糟的模样，没想到十年的时间能够把一个人改变成这个样子。

于力舟的电话响了，是丽娟打来的。于力舟挂了电话，对我们说："晚晚生病了。"

我心里猛然一紧，有种不好的预感。

于力舟接着说："吃过药了，在丽娟母亲家里。"

于力舟和丽娟分居后，丽娟搬回了娘家。

丽娟也是我们港务局的职工子弟，也是棚户区长大的孩子，只是她比我们小几岁，我们小时候没有交集。

丽娟家在棚户区第一次棚改拆迁的时候，就原地补偿了一套小两居室，所住的单元就是她家平房的原址。

于力舟和夏月一刻也待不住了，我们暂时顾不上给叶江做遗照，立即赶到丽娟家里。

于力舟敲门敲了很久门才开。开门的是丽娟的母亲，与于力舟对视半天。

于力舟尴尬地叫了一声“妈”。

丽娟的母亲连忙后退一步：“受不起。”

“听说晚晚生病了。”于力舟硬着头皮继续说。

“赶紧把这个小杂种抱走。”丽娟母亲非常不客气，她看着夏月，“自己的孩子不养，却抱人家的。”

丽娟母亲指桑骂槐，夏月没有理会，走到了电梯口去抽烟。

我的身份更加尴尬，不知道是该进去还是留在门口。

犹豫了一会儿，我还是跟着于力舟走进了房间。丽娟母亲所有的怒气都是针对于力舟和夏月。晚晚是夏月的孩子，交给了于力舟和丽娟。丽娟的母亲认为于力舟出轨夏月，生下了晚晚，导致于力舟和丽娟家庭破裂，是情理之中的事情。

丽娟和于力舟的爱情在我看来是很突然的。晚晚出生的那年，于力舟结婚了。我想不到于力舟竟然跟夏月之外的女人这么快就恋爱结婚了。

我从上海回来，参加了于力舟和丽娟的婚礼。在婚礼上，丽娟骄傲地说，她从小就喜欢于力舟，但是从来不敢接近他，只能远远地看着自己的男神。

我相信丽娟是非常爱于力舟的，从她接受了晚晚就能看得出来。可是她无法接受夏月，在她喜欢于力舟的整个青春期，于力舟的女朋友都是夏月。这种自卑会伴随她一辈子，就算是她长大后容貌不比夏月逊色，也不能摆脱这个心理阴影。

晚晚躺在卧室睡觉。丽娟坐在床边，抬头看见我和于力舟来了，她站起来，食指放在嘴边，示意我们不要说话，随后走到卧室门口，把门轻轻地合上，和我们到了客厅坐下。

丽娟的母亲倒了一杯水给我，忽略了于力舟。丽娟的母亲并非不通情达理，而是对于力舟和夏月的怨恨太深。

我理解，我想于力舟和夏月也是非常理解的。

“晚晚怎么啦？”于力舟轻声问，“感冒？发烧得厉害吗？”

“病没事。”丽娟压低声音，“已经吃药了，医生说不用打针。”

“哦，那就好。”于力舟放心了，但是我心里不这么认为。

果然丽娟下一句话让我坠入了冰窟。

“晚晚说她看见了水怪。”丽娟说，“昨晚睡觉的时候，她指着凉台说，水怪爬上来了，一直爬到了天花板上。”

我不小心把水杯打翻了，玻璃崩裂的声响让丽娟和丽娟的母亲都怨怼地看了我一眼。丽娟推开卧室的门，晚晚还在熟睡，没有因我的冒失而惊醒。

水怪，水怪，现在他们又找上了晚晚。夏月奶奶说过，这个诅咒会一直跟着我们，一代又一代。

“晚晚受惊吓了。”丽娟说，“就一直抽，抽得我很害怕。到了医院，医生简单看了一下，说没事。我还是担心，所以我通知了你。”

“要不要找个懂行的人来做个法事？”丽娟的母亲声音很生硬，“我听说西坝的陈瞎子很有本事。”

于力舟在犹豫，我以为他会拒绝，可是于力舟随即说：“那我去西坝把陈瞎子接来吧。”

“我能去看看晚晚吗？”我轻声问丽娟，眼睛看着丽娟的母亲。

丽娟母亲盯着我，我小时候她见过我，但是我现在瘦了，她认不出当年的那个小胖子了。

“他是赵老师的儿子。”丽娟向她母亲介绍我，“赵老师是我初中的班主任。”

“我记得赵老师的儿子，”丽娟的母亲柔和了很多，“你是风风，你高了，也瘦了。”

“可以吗？”我再次问。

丽娟母女不知道我的意图，但还是同意了：“别吵到孩子，她昨晚折腾了一夜没睡。”

“嗯，我知道。”我走到了房门口，轻推开门，蹑手蹑脚地坐到床边，看着晚晚。

这时候我才发现晚晚的眼睛睁得大大的，眼睛看着天花板。

“你为什么装睡？”我用极低的声音问，向晚晚表达我的善意。

“那个姐姐，她要我的机器猫娃娃。”晚晚没来由地说。

我看向了扔在床脚的机器猫娃娃，娃娃上有明显的水渍。

“她还在吗？”我又问。

“叔叔你为什么相信我？”晚晚说，“妈妈不信，外婆也不信。”

“我信，我也看见过。”

“真的？”

“真的。”我摸了摸晚晚的头发，“他们晚上才出来，从凉台爬进来。”

晚晚的眼睛亮了：“叔叔，他们相信你吗？”

我摇头，努力挤出微笑：“他们也不信我。”

“那就是我们两个人的秘密。”晚晚也笑了。

“是的，”我说，“这是我们的小秘密，但是我要告诉你，千万不要跟着他们走。”

“为什么？”晚晚说，“那个姐姐看起来很可怕，但是她跟我说话，还和我一起跟小叮当玩游戏。”

“不要跟他们走，听叔叔的话。”我内心翻江倒海。

晚晚很乖：“好吧，我听你的话。”

“赶紧养好病，去上学吧。”我起身，轻声说，“好好睡觉，别装睡了。”

“你能告诉我一个秘密吗？”晚晚轻声问。

“能。”我点头，坐到了晚晚的身边，“我小时候，有一群水怪要抓我，我躲了，跑了，跑到了很远的地方，到了上海。可是现在，那些水怪仍旧在抓我，所以我只能回来。”

“可是这里也有水怪啊。”晚晚说。

“我回来是因为我没地方能逃跑了。”我对着晚晚笑着说，“所以只能回来，找到大水怪，当面问他，喂，你为什么要抓我？”

晚晚笑了，看来我尽量轻松的表现达到了部分效果。我对晚晚说：“好了，现在该说你的秘密了。”

“我知道夏月阿姨才是生我的妈妈。”晚晚说，“这个秘密，我只告诉你。”

我看了晚晚好一会儿。难道越是聪明的孩子，就越是命运多舛吗？

“我替你保密。”我看着这个早熟的孩子，挤出笑容说，“你也别跟人说。”

“嗯。”晚晚闭上了眼睛。我走出卧室。

“我听见你跟晚晚说话了。”丽娟说。

“她跟我小时候一样，眼睛会产生幻觉。”我只能这么告诉丽娟，隐瞒了真相，“我当年是杨驼子诊所治好的。”

“那我们赶紧去找杨驼子。”丽娟的母亲立即说。

“杨驼子昨晚死了。”于力舟苦笑，“我们看着他出殡的。”

“没事，还有办法。”我说，“一定会有的。”

我和于力舟走出了丽娟的家，夏月还在电梯口抽烟，地上已经捻灭了好几个烟头。

“你不进去看看晚晚？”于力舟问夏月。

“不用了，”夏月说，“我对丽娟放心。”

我们下了楼，准备找一个影楼，把叶江的照片放大，做成遗照。但是世界在进步，手机和网络的普及让老影楼消失了。我记得九码头有一家“留光影楼”，是可以做遗照的，我爷爷去世时就是在留光影楼做的遗照。夏月告诉我，不用找那种老派的影楼了，现在任意一家打字复印店都能做证件照和遗照。

这个任务交给了夏月，于力舟准备开车去西坝。

“你真的相信陈瞎子能治好晚晚？”我忍不住问。

“小孩子受惊吓，都是心理暗示，”于力舟说，“把这种人叫来，装神弄鬼，也是心理上的安抚。”

“好吧。”我同意于力舟的观点。

于力舟打开了警车的车门，坐上去又说：“你呢，需要吗？”

“我需要什么？”我摊开手，“我的病早就好了。”

夏月建议：“风风，你也去吧。”

我本能地不想参与制作叶江的遗照，于是听从了建议，坐到警车的副驾驶上。于力舟驱车带着我开上了至喜大桥，随后又从引桥开到了西坝的道路上。西坝是长江中的一个岛屿，准确的说法是江心洲，这是修建水坝的绝佳位置，因此在八十年代初，葛洲坝在宜昌修建。

现在西坝整体拆迁，到处是拆了一半的老旧建筑。于力舟的车慢慢行驶，生怕错过了陈瞎子坐馆的门面。

我靠着车窗，看着远方西陵峡口的山峰，云雾遮掩得更加模糊。我开始打盹。我在把晚晚的病情和自己的童年的遭遇一点点比对，想找出相似点。

2002年杨驼子根本就没有治好我的病，只是让我的身体不再反复出现诡异的症状，而我的眼睛能看到的东西仍比常人多一些。到了初中二年级的时候，我的视力急剧下降，戴上了厚厚的眼镜。

港务局棚户区第一批修建的小区，就在我们初中的时候开始兴建，那时候城市商品房刚刚兴起。港务局的棚户区首先把子弟学校的一个废弃堆场转让给了市规划部门，然后就修建了一栋独栋商品楼。

这栋棚户区第一个商品楼，在我初二那年修了大半，可是后续的工程却停滞下来，它孤零零地耸立在连绵的平房和筒子楼之间。

而我也就是在初二的时候，与叶江和夏月、于力舟开始疏远。不是我们之间的感情变得淡薄，而是我开始变得孤僻，每天只想着去同一个地方。

那栋一直没有修建完毕的商品房的地下室就是其中之一。我放学之后，避开我的伙伴，一个人偷偷进入那栋烂尾楼里，进入单元，然后顺着楼梯不断向下。我至今还记得我要下很长很长的楼梯，不断地一层层向下，到了最底层，在没有扶手、没有装修的楼梯尽头之处，是一片静谧的地下水。

这是当初挖掘地基之后，大楼的地下排水系统还没有完工，地下水慢慢渗透上来的积水。水可能很深，我每次到了楼梯的尽头，就会安静地坐在楼梯倒数第三层台阶上看着这一片地下水。

未完成的地下室里有简易的临时电源，昏暗的灯泡因为电压不稳定，会忽明忽暗。我一坐就是几个小时。我甚至忘记了我是怎么找到这个地方的，似乎冥冥中有人在召唤我，指引我到了这个地方。

我越来越喜欢这里，这是一个逼仄而偏僻的地方。多年后，我回忆起来不禁后怕，对于一个普通的小孩子，这里意味着恐怖和危险。

如果我失足掉下这片地下水中，可能直到大楼重新开始收尾工程，才会有人发现我已经腐烂的尸骨。

我喜欢看着地下水的水面，我觉得水面之下一定是另一个世界，那个世界是我从来都不知道的宇宙。这是我的秘密。

这个过程持续了好几个月，直到有一次我被真正吓到。

那是一个中午，我在课堂上突然就睡着了。我睡觉会做梦，但这次我没有，这种情况很少见。我只知道我睡着之前，我的母亲正在课堂上讲数学。当我醒来的时候，我发现身边的同学一个都不见了，并且我不在明亮的教室里，而是脚踏在水中。

我身边一片黑暗，感受到了脚下水中有东西在慢慢移动，慢慢靠近我，然后我的脚踝一紧，一只手紧紧地握住了我的小腿。

我惊慌地叫起来，声音在狭小的空间内回荡。这时候我意识到我在什么地方了。我在睡着之后，竟然无意识地走到了这个烂尾楼的地下室。但是跟之前不同，这次我突破了禁忌，走到了水下。

本来应该有些许灯光的临时电源灯泡也消失在黑暗里。

“风风，风风。”我听见水下有人在叫我，声音十分熟悉。

“是严茂吗？”我心悸地回应，可是随即想起来严茂在一年半前已经淹死在长江里了。

“风风，风风……”呼唤我的声音在黑暗里忽远忽近。

我吓得浑身战栗，感觉到水下的那只手掌在慢慢收紧，就要把我拉到水中。我想爬到楼梯上，可是那只手掌越攥越紧，我无力挣扎。

“风风！”我听到了叶江的声音，随即头顶出现一阵亮光，我哭喊着：“叶江，我在这里。”

叶江的脚步声咚咚咚地从上方跑下来，很快到了我的近前。他手里的手电在我身上晃了两下：“你怎么上课上得好好的跑到这里来了？”

“我不知道。”我哭着对叶江说。

叶江终于跑了下来，到了我身边，手电的亮光在我身体的四周晃：“这里怎么有这么多眼睛和人头？”

叶江的话让我猛地激灵一下：“人在哪里？我怎么看不见，只有一个人在水下抓着我的脚，是严茂，一定是严茂！”

叶江伸手把我从水中拉了上来，其实在叶江跟我说话的时候，一直抓着我的那只手就已经默默松开了，滑回了水下的深处。

叶江用手电照射我的脚踝，发现我的小腿上缠了一根尼龙绳。尼龙绳在我的腿上打了一个结，我越是挣扎，尼龙绳就缠绕得越紧。

叶江安抚了我一下，然后不作声了。他用手电照射着这个地下室的墙壁和顶部，问我：“你来这个邪性的地方干什么，你不知道这里曾经死过人吗？”

“我不知道，我不知道。”我哭起来，“没人跟我说起过。”

叶江帮我把脚上缠绕的尼龙绳解开，然后用手电照射我们身边的墙壁和头顶，这时候我才发现，墙壁上画着无数的眼睛和人脸，眼睛画在人脸之外。除了眼睛和人脸，正对门的墙壁上画了一个圆形套着三角形的符号。

我不知道这些图案和符号到底意味着什么。叶江仔细地观察：“这是用红色的涂料油漆画的，已经画了很长时间了。”

“不可能啊，”我说，“我之前来了很多次，今天是第一次见到这些图案。”

叶江靠近墙壁，用手摸了摸图案：“油漆都干了很久了，不是新鲜的。”

“为什么我看不见？”我迷茫地问叶江。

叶江指了指我的高度数眼镜片：“可能是你视力下降得太厉害。”

我取下了眼镜，地下室的临时电源又通了，那个昏暗的灯泡再次亮起来。在一片模糊中，我看到了那些没有眼睛的脸孔，一个个贴附在墙壁上，凝视着我。

脚下漆黑的地下水慢慢旋转，一个漩涡开始出现。墙上的图案中，突然爬出了十几个水怪，他们不断从墙上钻出来，像壁虎一样顺着墙壁向下攀爬，纷纷没入水中。

我又一次吓得尖叫起来：“怪物，怪物！”无论我怎么描述，叶江都不相信我的所见。这是我第一次确定，我能看到叶江和其他人看不见的世界。

叶江连拖带拽地把我拉出了地下室。到了单元门口，我大口喘着气，想把腿上的尼龙绳踢开。尼龙绳在我的小腿上缠绕了好几圈，活结解开了，叶江帮我扯下绳索。我看到小腿上有五个漆黑的印记，就如同五根手指一样。

叶江这才告诉我，在上课的时候，我在众目睽睽之下走出了教室。我走得很快，让正在上课的我的母亲都措手不及，她来不及追赶我，是叶江跟着我，看着我走到了学校的操场，然后翻越了围墙，到了这个烂尾楼的工地上。当叶江也爬到工地时，我已经没有了踪迹。

叶江对这个烂尾楼工地很熟悉，经常过来捡一些钢筋废料和脚手架扣子。他先是一层层地爬上这栋烂尾楼，没有发现我的踪迹，最后才下到了地下室。

看守工地的一个老头子跑过来，他认识叶江："你还来干什么，你不要在这里偷东西啦！"

叶江把我带回教室。我回到座位上，同学们仍旧在上课。我突然离开又回来，他们并没有产生任何的好奇心，只有于力舟和夏月在放学之后问我和叶江，我到底发生了什么。

只有他们看出来，我的眼睛里布满了血丝，印堂发黑。

我告诉夏月和于力舟，我在烂尾楼的地下室发现了水怪，甚至严茂可能是他们其中的一员。叶江却否定了我的讲述。我急得满脸通红，我一直认为叶江会相信我说的一切。

于是我提议我们四个人再次进入地下室。叶江再次否定我的建议，不过夏月和于力舟跃跃欲试。

叶江只好同意我们再次去往地下室，谨慎的于力舟随身带了木棍。

这时候我发现这个地下室只有一层而已，并非是我之前过来时的要向下走很多很多层。我们四个人又到了地下室。

地下室里的墙壁上画的眼睛和人脸还在，于力舟用木棍试探水深，发现地下水非常浅，刚刚能漫过脚踝。水里面都是各种废弃的垃圾，绳索、方便面盒子、香烟盒子之类的。

叶江说，这里一定是某个小偷团伙的聚集点。他指着那个诡异的圆心套三角形的符号，说这个符号是小偷要偷窃之前在家门口画的暗语。圆形的符号代表家里没人，三角形的符号代表家里有小孩子。

我和于力舟、夏月很好奇叶江为什么懂这么多。我觉得叶江一定隐瞒了很多事情，他可能已经和小偷团伙打过交道了。

于力舟的车转进了一个逼仄的小巷子，车速很慢。我对于力舟说："还记得当年叶江认识小偷团伙画的符号的事情吗？"

于力舟开着车回答我：“其实初二的时候，叶江可能已经是小偷成员了，只是我们都不愿意相信而已。”

“是啊，他和叶宁要吃饭，要上学。”我点点头，又陷入初二那年的回忆。

叶江有一件事情没有隐瞒我们，那就是这个地下室的确是有人自杀过。

自杀的是一个在工地上因为感情原因陷入绝望的年轻小伙子。这个小伙子本来是为了给自己筹钱复读高三，然后再考大学，因此到了工地当泥水工。可是当他听说自己的女朋友已经在大学谈了恋爱后，生无可恋，于是选择了自杀。

自杀之后，烂尾楼的地下室就无人接近，只有小偷，还有一个什么都不知道的我去过那里。

于力舟看着前方的路说：“还记得那个地下室有一个年轻人自杀过吗？”

“我刚刚就在想这个事情。”我诚实地告诉于力舟。

“这是我后来当警察了听说的事情，有真有假。”于力舟说，“你知道那栋房子为什么烂尾了几年，到了前几年才完工，发售入住吗？”

“我已经离开太久了，”我说，“我哪里知道。”

“因为这栋房子是最早的一批商品楼，而承建商的资质不够，并且偷工减料。”于力舟说，“房子的垂直线是歪的，因此在建委质监站一直不能通过验收。”

“原来是这样。”

“这个是真的，但是自杀的事情就是道听途说，不知道真假了。”于力舟说，“有传闻说那个年轻人不是自杀，而是建筑商请了大师算了风水之后，把年轻人害死在地下室，作为活祭。”

我回想起那个封闭幽暗的地下室，还有那一池地下水，当年恐怖的感觉再次升起。

“建筑商付给了那个年轻人的父母很大一笔钱，”于力舟说，“实际上是向他的父母买了他们儿子的一条命。”

“如果这是真的，”我低声说，“叶江的父亲也不是个例。”

“我做了这些年警察，”于力舟叹口气，“遇到过的不配做父母的人太多太多。”

“叶江就是在那时候变了，”我说，“开始踏入了不该走的路。”

“可能更早，他那阵更多时候，一个人在夜间出门，他能干什么呢？”

初二有一段时间，叶江和我们保持了疏远的距离，原来是这个原因。

烂尾楼地下室给我造成的心理压力随着时间流逝渐渐消散，冥冥之中我找到了另一个隐秘的地方。

那是我们子弟学校操场司号台的后方，那里有一个废弃的防空洞洞口。我独自一人摸进这个防空洞，里面潮湿阴暗，我每次只能拿着蜡烛，小心翼翼地迈过脚下的污水和秽物，走向深处。

防空洞往内走了一百多米，就倾斜向下，道路到了尽头，因为污水把前方的防空洞全部淹没了。

我每次就呆坐在水边，想着这一片静静的污水淹没的防空洞到底通向什么地方。我相信，这些地下深处的水系都是相互连通的，烂尾楼、防空洞甚至某个废弃的井坑，底部都相互联系。

而这些地下水的交汇处，一定最后和最大的水系——长江连在一起，通往大家都看不到的世界——长江水怪的世界，那里有着跟我们一样存在于宇宙中的人和事物，有杨驼子，有严茂，有江猪子，有中华鲟，有桃花水母……

也就是这一年，我做了一件让我后悔终生的事情：我竟然带着叶宁去了一个不该去的地方。

我找到了防空洞里的那片地下水之后，终于有一天，淹没防空洞甬道的地下水退去，露出了潮湿的通道。

可能在我们初二的这一年，也是一个灾害的年份。首先是从广东传来了某种瘟疫，导致所有人出门后都戴上了口罩。学校如临大敌，每天在上学的时候检查我们的体温十几遍。如果有人咳嗽，就会立即被送往医院。瘟疫结束后，到了六月，城市连续几日笼罩在灰色的烟雾之中。但是这个烟雾是活的，全部是细小的虫子，它们在空中密密麻麻地飞舞，钻入人们的口鼻中。后来大人告诉我们，这些小虫子是稻飞虱。它们在入侵城市之前，吃光了农村的庄稼，让无数农民的心血付之东流。稻飞虱在城市消失之后，时间到了盛夏，我发现长江特别干枯，江水收缩到了从来没有过的最低水位。胭脂坝这个江心洲全部显露出来，与长江的南岸陆地连接。大片大片的河床也裸露在人们的视野之中，干涸的河床重见天日，竟然有笔直的石板路，石板路上还有车辙的痕迹，一艘腐烂轮船的龙骨静静地搁在江底，一条死去的大鱼骨头连绵上百米。

长江水干枯，导致长江宜昌河段的航道无法通航。这是百年难见的枯水期。我们城市的地下地质发生了变化，滋养整个城市的运河几乎断流，城区最近的梅子垭水库也快干涸了。

于是我一直想进入防空洞更深处，现在机会来了。我在防空洞的尽头犹豫了很多次，始终没有鼓起勇气走进这条已经被淹没了几十年的甬道。

但是那个未知的世界一直在引诱着我，召唤着我。

终于在一个周日的下午，我下定了决心，准备了两个手电筒，决意开始我的冒险。我从家里出来，朝着学校走去，走到了叶江家门的时候，我看见了叶大俊。叶大俊已经很少回家，我看见叶大俊就心生厌恶。现在叶大俊贩毒应该是有钱了，但还是之前在火锅店里打工的那一副猥琐的模样。他身上穿的衣服样式虽然比较考究，可是肮脏油腻不堪。跟从前不同的是，叶大俊的头发掉光了，剩下一个秃头，也没有戴帽子。他不停地抽吸着鼻孔，隔几秒钟就吐一口浓痰。

我本来想避开叶大俊，继续自己的冒险，可是我看到叶大俊把叶宁从家里带了出来。叶宁不愿意跟着父亲，一脸慌张和恐惧。叶宁已经十一岁了，她可能已经意识到了一些事情。

我鼓起勇气走到叶大俊和叶宁的身边：“宁宁，跟我去补课。”

叶大俊没有理会我，而是不耐烦地对叶宁说：“跟爸爸去吃饭。”

我左右环顾，叶江并不在，他现在一定在某个地方捡破烂。

我设想自己如果是叶江，现在该怎么办。如果叶江在，一定会把叶大俊狠狠地揍一顿再赶走。可是我是一个胆小懦弱的小胖子，我无法与叶大俊对抗。

我看着叶大俊的身后，突然大喊：“叶江，你爸爸要打宁宁！”

叶大俊被叶江揍过一次，果然心存畏惧。在叶大俊回头张望远处的路口的时候，我趁机拉着叶宁，在巷道里飞奔。

直到我和叶宁跑出了很远，叶大俊才意识到我在他面前耍了一个小聪明。他怒骂着追赶过来。

我牵着叶宁继续奔跑，穿过棚户区的狭窄道路。好几次我都以为摆脱了叶大俊，却又被他发现，于是我和叶宁继续飞奔。

我们一直跑到了学校门口，我和叶宁进入学校，本能地认为学校能够保护我们。可是我和叶宁看到叶大俊并不放弃，在跟守门的门卫激烈地交涉，对着我们指指点点。门卫在犹豫，把叶大俊放进来只是时间问题。

于是我拉着叶宁继续往操场跑。当我们跑到司号台的时候，叶大俊果然推开了门卫，朝着操场赶来。我和叶宁在司号台下左顾右盼，想找一个躲避的地方。

随后我就看见了防空洞的入口，这本来就是我要来的目的地。我没有过多犹豫，拉着叶宁跑进了防空洞。

我已经对防空洞的这一百米甬道非常熟悉，知道每一个污水坑和柔软深陷的泥沼位置。某些很难通过的地方，也早已经被我垫上了隐蔽的砖头。

叶大俊追到防空洞里时，我和叶宁已经跑进去几十米了。跟我预想的一样，叶大俊在防空洞的甬道里每一步都踏入了污水，每一脚都陷入污泥，大大延缓了他的速度。

我和叶宁跑到了倾斜向下的甬道。我停住了，再往前去就是我也从来没有去过的范围，因为之前这里是被地下水淹没的。

叶大俊进入甬道几十米后，一片黑暗，他用打火机照明，继续朝着我们追赶，并且大声地咒骂："叶宁，你这个化生子，给我出来！姓赵的小胖子，我今天一定会打死你，你信不信？"

我看着叶宁瑟瑟发抖，我对叶宁说：“宁宁，怎么办？”

叶宁没有主意，她已经被叶大俊的怒吼吓住了。

叶大俊已经完全不顾脚下的泥泞，大步地跑来。我不再迟疑，拉着叶宁进入了甬道的深处。

这里本来是被地下水淹没的甬道，空气浑浊不堪，腥臭无比。但我们没有退路，只能顺着倾斜向下的甬道快速跑下去。

我一手拿着手电筒，一手牵着叶宁，飞快地在黑暗中向前奔跑，路过了好几个分叉甬道口，也来不及辨认。

终于叶大俊咒骂的声音消失了，他最后一句话是咒骂手中的打火机灼伤了他的手指，然后就再也没有任何的声音。

我和叶宁待在甬道的深处，听着叶大俊的举动。过了很长时间，甬道内一直保持着安静，他终于走了。

我和叶宁决定再待上一段时间，让叶大俊失去耐心，不在防空洞口堵我们。于是我和叶宁在泥泞的地面上蹲着，等待时间流逝。

我用手电筒照射甬道里的环境，发现到处都是应该生长在长江里的水草，难免心中产生一阵阵恐慌。为什么在这个暗无天日的地方，竟然还有植物生长？

长着四只脚的泥鳅和十几条腿的螃蟹在爬动，爬到了我和叶宁的脚上。这些动物丝毫不害怕人，这说明这里真的已经很久没有人来过了，并且长时间被地下水淹没。

在极度安静的环境下，叶宁竟然靠在我的身上睡着了。我搂着叶宁，关掉了手电，沉溺在无尽的黑暗中。

我的眼睛在黑暗中睁着，看见空中飘忽着类似于萤火虫的东西，一闪即逝，片刻后，又在我的眼前闪过。我伸出手去触碰，却空空无物。

无聊的我等待了不知道多长时间。终于，我觉得叶大俊应该已经失去了耐心。于是我叫醒了叶宁，两人手牵着手，慢慢地朝着回去的方向走去。

这里本来就是我要探寻的未知之地，没想到以这样的方式被叶大俊给驱赶了进来。

我本来以为通往另一个世界的期望也破灭了，这里就是一个当年挖掘的防空洞而已，积水退去，除了一些奇怪可爱的生物，我一无所获。

我和叶宁顺着来路一步步走向入口，走了很久很久，开始的时候我还没有意识到，但是行走的时间和行走的路程已经远远超过了我们进来时候的时间和路程。我知道出问题了。

问题在于，进来的时候，我和叶宁慌不择路地跑过了好几个分叉口，而我当时并没有记住分叉口的方位。一个路口走错，就意味着我们进入了完全未知的防空洞的地下空间。

叶宁问我："哥哥，我们是不是迷路了？"

“是的，我们迷路了。”我回答道，“但是你相信我，我们能走出去。”

“走不出去也没什么，”叶宁轻松地说，“我爸爸在外面等着我，他会打死我的。”

“不会的，我一定会把你带出去。”我开始冷静下来，看着四周的环境，发现这里的甬道十分干燥，空气中弥漫着一股陈旧的腐朽味道，甚至在甬道墙壁上，还用宋体大字写着“文化大革命”时代的标语：

“建设大三线，打倒苏修美帝！”

这证明这里的防空洞是六七十年代修建的，既然是人修建出来的人工设施，那么就一定有规律，能够找到出口。

我和叶宁继续在黑暗中摸索行走，我庆幸自己带了两个手电，电池足以维持到我们走出去。

我们又遇到了一个分叉口，现在我学聪明了，在路口处画了一个“X”作为标记。这样我们就算是不断地试错，最终也能走出这迷宫一样的防空洞。

我们脚下的甬道似乎在向上延伸，并且甬道墙壁不再是石灰，而变成了堆砌的石头。建国初期的标语都消失了，石头墙壁上开始有一些莫名其妙的外国人画像。

这是我完全没有预料到的。终于走到了甬道的尽头，尽头处有一个铁门，铁门已经锈蚀斑驳，但是两扇门中间画着一个诡异的图案，就跟我在烂尾楼里和叶江看到的那个图案一模一样，一个圆圈套着一个三角形。

我伸手把铁门推开，诡异的图案从正中间一分为二。大门之后是一个相对宽阔的空间，空气清新了很多。我心里狂喜，这证明距离地面很近了。

当我把手电筒照射在铁门后的空间时，我们发现一个人影，就在面前十几米的地方。

我和叶宁同时惊呼起来，可是那个人影一动不动。

我用手电照射人影，人影就那么静静地站着，我轻声地呼喊：“你是谁？你是水怪还是人？”

人影不作声，没有任何反应。

我鼓起勇气，牵着叶宁汗涔涔的手掌，一步步朝着人影走去。在行走的过程中，我们发现身边都是一排又一排的长条椅子。

终于，我们走到了人影跟前不远处，发现我们和人影之间还有一个桌子，桌子上有几个烛台，烛台上的蜡烛都是完整的。我和叶宁身上都没有带打火机。我在桌子上摸索，找到了一盒火柴，可是火柴一被我的手触碰，就散落开来，火柴的小木棍也都腐烂，顶头的引燃物也已经碎成了齑粉。

不过好在我又找到了一个油纸包。我小心翼翼地解开油纸包，里面有一个古老的打火机，这个打火机是几十年前有人故意放在这里的，为的就是让我们能够点燃蜡烛吗？

我把打火机打着，点燃了几个烛台上的所有蜡烛。这个地下空间终于明亮起来，然后我们看到了那个人影是一个跟真人一样大的木雕塑。

木雕塑是一个美丽的外国女人，怀里抱着一个婴儿。女人的脸颊上，眼睛下方挂着两道黑色的泪痕。

“这是一个教堂！”我告诉叶宁，“原来外国人在地下修建了一个教堂。”

叶宁问：“跟解放路的教堂一样吗？”

我没去过解放路的教堂，那个教堂永远都关着门，但是我想应该是一样的吧。

“哥哥，我听到了咔咔咔的声音，你听到了吗？”叶宁问我。

其实刚进来的时候我就听到了，但是我害怕是某种未知恐怖的声音，就忍住没说。可是现在咔咔咔的声音一直在有节奏地响起，在黑暗中异常清晰。

我尽量不去思考声音的来源，而是把心思放在了寻找出口上。

既然是一个地下教堂，那么就一定有出去的路，我心里开始安定，然后寻找着这个地下教堂的出口。

我和叶宁走到了这个地下教堂的一个角落，有个怪异的桌子挡住了我的去路。我伸手去扶桌子，突然桌子发出了“铛”的一声，又把我和叶宁吓得跳起来。

再仔细看时，原来是一架钢琴，刚才我的手按到了钢琴的键上。

随后我和叶宁看到前面放着一个巨大的落地大钟，里面的摆锤在有规律地摇晃，并且发出了咔咔咔的声音。

我和叶宁同时舒了口气，然后轻轻地笑了两声。

我得佩服欧洲工匠的精湛技术，这个钟表竟然几十年没有人维护还能工作。我们借着微弱的烛光，看了一眼座钟，现在是十二点零七分。

座钟的时间是不准确的，跟实际的时间还是有偏差。

叶宁跟着我在防空洞里摸索行走了这么久，她又困了。我把叶宁安排在一个长条椅上躺下，自己慢慢地继续寻找出路。如果仍旧找不到出口，那我就只能和叶宁从来路回去，继续试错，找到进来的入口。

可是这个地下教堂不可能在两翼开侧门，我只能走到木雕的后面，如果有出口，那就应该是在这里了。

果然，我看到了一扇破碎的木门，然后走了过去。进入木门后我很失望，这里只是一个小小的房间，里面有一张破败的小床和一套桌椅。

我拿着手电照在桌子上，桌子上有很多纸张，这些纸张形状都很完好。我凑近了看，上面写的都是外语字母。我已经学习英语两年了，成绩很不好，但我能够辨认出这些纸张上的文字不是英语，而是更加看不懂的语言。字母中还夹杂着很多奇怪的字母，我不认识，它们组合起来的单词对我来说就是天书。

我伸手拿起一张干枯的纸片，跟刚才的火柴一样，在我的手里化作了碎末。

然后我看见了另一张纸片，在写满的文字中间，是一张铅笔素描，画着一个穿着蓑衣、戴着斗笠的人，两只手垂到膝盖以下，有着巨大的脚掌，无论是手还是脚掌，指头之间都有蹼膜。

谁在很久之前画了这么一个水怪的素描？

我想把纸张带走，不过我做不到，跟刚才一样，我的手轻触到纸片，纸片受力的部位就化作齑粉。我放弃了这个企图。

极度安静的环境下，我听见座钟发出了沉闷的钟声，一声、两声、三声……我忽然想起来，座钟的时间是十二点过几分钟，为什么这么快就过了半个小时或一个小时？即便是到了十二点半或者一点整，也应该只响一声。

我来到了外间，举着手电看着座钟，时针和分针重叠在十二点的位置上。

这个座钟的时间是倒流的。钟声继续响起。

我发现了这个诡异的现象，心中隐隐觉得不妙，忽然我转身，走向教堂中间的那十几张长条椅。

叶宁已经不见踪迹，我绝望地在昏暗的烛光中喘息。

这个教堂里不止我和叶宁两个人，那个座钟也不是没有人——或者别的什么东西——来维护的。

我慌张到了极点，无助地喊："宁宁，你在哪里？宁宁！"

回答我的是座钟的钟声，响了第十三下。

我被突如其来的喇叭声惊醒，睁开眼睛。车头的前方，一辆摩托车朝着我们驶来。摩托车司机烦躁地按着喇叭，让于力舟把车靠边，于力舟来回打方向盘，谨慎地把车贴近路边。

我对于力舟说："你还记得我们小时候，大人提起过我们棚户区的位置，在解放前有一个教堂吗？"

"又来了，"于力舟快速地打方向盘，"你那时候说过很多次，说防空洞里面有个教堂，可那是不存在的。人防部都说过，地下的防空洞系统里是没有教堂的，他们比你熟悉得多。"

"还记得大人们曾经说过的故事吗？"我问。

"解放前的确是有个教堂，到了晚上里面的神父就偷我们中国人的小孩，"于力舟说，"然后把小孩吃了，留下小孩的眼睛和脸皮。"

"是的，"我继续说，"可这是大人们的谣传，真实的状况不是这样。"

"当然不是这样，那个神父不是恶魔，"于力舟说，"我看过资料分析过。其实教堂的神父是好人，他只是收留一些病重被抛弃的孩子，那些孩子的死亡率很高，导致了当时蒙昧无知的人的错觉，认为他把孩子害死了。"

"这个神父后来的下落呢？"我问于力舟。

"没有下落，不知道是回国了，还是在混乱的时期被居民打死了。”于力舟说，“那个神父叫什么……翁载慈？”

“中国人？”

“不，是外国神父到了中国起的中国名字。”

“我觉得他一定是被水怪带走了。”我说，“那个神父一直在寻找长江下的水怪。”

“你又来了。”于力舟摇头，“风风，我们来找陈瞎子，不等于我相信这些迷信的事情，而是给丽娟和晚晚一个心理安慰而已。”

我知道我在于力舟这里是说不通的。于力舟把车靠边停稳，摩托车擦着车身而过。于力舟开车向前，巷子到头再转了个弯，车开进了一个老旧的厂区宿舍。陈瞎子在西坝非常出名，我们不需要问路，毫不费力就到了陈瞎子坐馆算命的地方。

陈瞎子的门口已经停了很多辆车，看来他的生意的确非常好。于力舟和我下车后，走到了陈瞎子门面的前面。门口摆了很多木椅，几个人在排队，我和于力舟坐到了最后的两个马扎上。

陈瞎子的门面是一个砖头房子，墙面都没有粉刷，红色的砖墙裸露在外面。如果不是陈瞎子名声在外，谁也不会知道这个简陋的房子里住着西坝最著名的人物。

于力舟看了一下手表：“听说这个人是请不动的，除非预约。”

“问问也就行了。”我的心思不在陈瞎子这里，我还陷在初二那年的回忆中，那是我这一生最深刻的伤痛。

西坝是长江里的一个江心洲，本名叫搁舟坝。由名可知，船行到此，多有凶险，后修建大坝，改名葛洲坝。葛洲坝用于大坝名，而江心洲就改名西坝，成为葛洲坝几十万工人的住宅区，以及各部门的办公区。

我无端地想着葛洲坝和西坝的来历。一个中年女人走到了门口，对着所有排队的人说：“我家男人今天算了日子，诸事不宜，今天算不准的，大家明天再来吧。”

等待了许久的慕名者都开始轻声埋怨，中年女人说：“下西坝有个招待所，远道而来的朋友可以去住在那里，价格很实惠，明天按照今天的顺序照常排队。”

陈瞎子的堂客说得很坚决，慕名者都无法再坚持，纷纷散去。

我对于力舟苦笑：“我们来得也真不巧，别说请他去市内了，见都见不着。”

于力舟也苦笑：“算了，这本来就不是我的本意。”

于力舟和我走向了警车，但是我停住了，对于力舟说：“先等等。”

当所有的慕名者都离开之后，我转身看向了陈瞎子的门面，果然陈瞎子的堂客正在朝着我点头。

于力舟已经准备上车，我说：“陈瞎子知道我们来了，故意让其他人离开的。”

“难道你们认识？”于力舟半信半疑，跟着我重新走到了陈瞎子门面的门口。

陈瞎子的堂客对着我说：“只能你进去。”

我看了看于力舟，于力舟说：“我在车上等你。”

我走进了陈瞎子的这个砖混结构的小房子。这个房子还是用的传统的青黑色瓦片作为屋顶，其中夹杂了两片亮瓦。这是我们老祖宗古老的智慧，用透明的瓦片夹在瓦片中采光。但是现在已经被淘汰了，只有在极为偏远的山区里才能找到这种老房子。陈瞎子凭借算命，收入颇丰，却也没有修缮自己的房屋，为的就是保持自己的这种古老的神秘仪式感吧。这也说明，陈瞎子是搁舟坝的原住民，修建葛洲坝的水利工程都没有将他迁徙到他乡。

屋子里没有照明设施，靠着两片小小的亮瓦透光，我的眼睛用了几秒钟才适应屋内的黯淡。

陈瞎子真的是个瞎子，他的家里的确是不需要灯光的。

陈瞎子现在坐在屋内正中的一张椅子上，屋内还有两个摆设，一个是他面前的小马扎，一个是旁边的竹床。

陈瞎子的名气之大，在整个三峡地区都有传闻。他生下来就带了残疾，原本应该长眼睛的额头下方，有八道细缝，任何一道细缝里都没有眼球。在他十岁的时候，他面临着一生的抉择，他要活下去只有三个选择：要饭、算命、按摩。

陈瞎子选择了最有尊严的职业：算命。他去了重庆，拜了犁头巫家的一个支派为师，学习了几年，回来后，开始了他的职业算命生涯。

现在我面前的陈瞎子是一个戴着墨镜、身体肥胖的中年人。屋里很安静，中年女人已经不知道什么时候离开了。

“坐。”陈瞎子对着空气说。

在这个声名赫赫的民间奇人面前，我保持着敬畏，恭敬地坐到他面前的马扎上。可能所有来算命的慕名者都是拘谨地坐在这个马扎上，伸出手，让陈瞎子摸手骨和手掌的纹路，然后报上自己的生辰八字，听从陈瞎子的指点吧。

“坐这边。”陈瞎子指着他身边的竹床。

这个竹床，我以为是陈瞎子困了之后供自己小憩的卧榻。我犹豫了一下，陈瞎子说：“坐吧。”

我顺从地坐上了竹床，等着陈瞎子解释，他为什么要赶走其他来访者，偏偏只留下我一个人。

其实我心里大致是知道答案的，可是我仍旧需要陈瞎子自己说出来。

“我见过你。”陈瞎子并不啰唆，直接进入正题。

屋里的空气本就阴凉，现在变得寒气刺骨。

我的心脏咚咚地跳动。陈瞎子是一个盲人，他说他看见过我，而我之所以吃惊，却并不是因为盲人说自己能看见，而是我知道，他是在某个地方和我见过面，那个地方，就是属于水怪的世界。

“在那个地方，”我开口问，“你也经常会进入那个世界？”

陈瞎子把墨镜摘下来，我看见他本应该有眼睛的部位，只有八条细细的裂缝——他天生就是没有眼睛的。

“你说得不对。”陈瞎子对着虚空说话。

“难道不是？”我开始怀疑自己的揣测。

“我从生下来就在这个地方，”陈瞎子说，“从来就没有离开过。”

我在努力理解陈瞎子这句话，很短的时间内，我明白了陈瞎子说的是什么意思，同时也完全明白了陈瞎子为什么放弃一天的收入，就为了跟我聊上两句。

“你闭上眼睛，”陈瞎子的声音开始变得模糊，“这样会更容易一些。”

我听从了陈瞎子的建议，随即我的手臂一凉，陈瞎子的手掌攥住了我的胳膊。彻骨的寒气从手臂传递到我的头部，顺着我身体的脉络笼罩了我的全身。

我又看到了，这是我闭上眼睛能感知到的世界。

我环顾四周，陈瞎子变成了一个头戴斗笠的枯瘦人影。虽然和我只有一步的距离，但我看不清他的面目，而我和他正站在一个巨大的土堆上。

不远处的长江又变成了黑色的河流，从下游方向倒流而上，一个巨大的铡刀横亘在上游的方向。江水中无数的中华鲟，在朝着铡刀疯狂地游动，一旦撞上铡刀就头破血流，身体扭曲。

在黑色的江水边，一队长长的水怪在缓慢地行走。这个队伍看不到头，也看不到尾。每个水怪都低着头，沉默无声地在江边的礁石上行走。

我深吸一口气，所有的水怪都扭转过头，齐刷刷地看向我。其中好几个，因为扭转头部的动作太迅猛有力，导致头掉到了地上。我的身体忍不住开始战栗。“不用担心，”陈瞎子的声音在我耳边响起，“你在我身边，他们不会抓你回去。”

陈瞎子的话刚说完，那些水怪同时把头部扭转回去，又垂着头缓慢地行走。那几个扭断了脖子、头部坠落的水怪，弯下腰在地上摸索，其中一个摸到了自己的脑袋，安放在自己的肩膀中间。另外两个捡错了头部，相互交还对方的脑袋，安放好后，加入了队伍之中，继续朝着前方而去。

我想离开这个世界，我害怕这个世界，这个世界除了黑暗就是寒冷，还有无数的水怪。而我最害怕的一点就是，我也是这些水怪中的一员！

是的，我和陈瞎子一样，毫无疑问是这些水怪中的另类，我们能脚踏两个世界。而陈瞎子与我不同的是，他在我们那个世界里只能听见，可是我，在两边都能看，也能听。

我想我是疯了，或者陈瞎子也是一个疯了的瞎子，我们用常人不能理解的疯子的行为交流而已。

我想回去，陈瞎子并无回应，沉默地站在我的身边。

“我每天都看。”陈瞎子的声音告诉我。

“看什么？”我问。

“时辰到了，你自己看。”

我耳边传来了一声凄厉的哀鸣，哀鸣的声音之大，导致我无法分辨声音到底从什么方向传来。

但我的眼睛看见了，长江的上游方向，那个巨大的铡刀之下，一条黑色的巨龙从水中升起。黑龙的身体被铡刀死死地镇压住，只有一个龙头和两个龙爪能够挣扎着冒出水面。

黑龙在垂死地哀嚎，想努力摆脱镇压自己的铡刀，可是它一旦用力，铡刀就狠狠地深入它的身体。黑龙痛极，身体扭曲，缠绕到铡刀上，一圈又一圈，无法摆脱。

江水中的狰狞鱼类，头部长着长长的獠牙，它们在水中嗅到了黑龙伤口里冒出的黑色血液的味道，疯了一样地钻到黑龙的伤口里，吮吸黑龙的血肉，啃咬黑龙的骨骼。

我的耳朵里传来了一声悠长的汽笛声，把我从梦境中惊醒。透过陈瞎子的门向外看去，江上一艘豪华的游轮正在缓慢驶过。

我仍旧坐在竹床上，陈瞎子正在端着一个茶缸子喝茶，他用嘴轻轻地吹拂漂浮在茶水表面的毛尖叶子。

“大人已经死了。”陈瞎子嘬了一口茶水，“小女孩有道坎，不好过，看大人的努力了。”

“怎么努力？”我问陈瞎子。

陈瞎子摇头："事在人为吧。"

我知道陈瞎子也只能说到这里为止了，他已经告诉了我很多信息。

"谢谢。"我站起来，向陈瞎子告别。

"等等。"陈瞎子叫住我，"我靠这个吃饭的。"

"多少钱？"我开始摸自己的钱包。

"十块钱吧。"陈瞎子笑了一下，刚好我的钱包里就真的只有十块钱的钞票。现在都用手机支付了，我身上很少带现金。其实我的手机钱包也没什么钱。

我准备走了，最后打量了一下这个屋子，发现亮瓦投下的阳光在屋内射出了两道光柱，光柱中灰尘飞舞。我的视线顺着光柱向上看去，看到房梁上布满了蜘蛛网，每张蜘蛛网上都趴着一个栗子大小的蜘蛛。

这才是陈瞎子不能离开这个老房子的真正缘由吧。

我走出了陈瞎子的算命馆，上了于力舟的车。

"走吧。"我对于力舟说，"他不会跟我们去市内的。"

"为什么？"于力舟问，"他腿脚不方便？"

"是的，不方便。"我说，"他不能离开这里，除非你把晚晚带来。"

"那算了，"于力舟发动了汽车，"别吓着孩子。"

"这话又怎么说？"

"我觉得这个陈瞎子太古怪了。"于力舟把车开到了道路上，“虽然我只看了他一眼，就觉得他身上很奇怪，但是我说不上来到底哪里奇怪。”

“没有人味？”我问。

“是的，”于力舟说，“对对，就是没有人味。”

车又开回了西陵长江大桥上，然后转到了坝区，朝着我们的来路，开上了至喜大桥。

“他是一个非常厉害的催眠师。”我告诉于力舟，“一个瞎子能做到这个分上很难得，所以我丝毫不奇怪他为什么这么出名。”

“就知道算命的都懂心理学。”于力舟说，“聪明人太多了，就看他们用自己的本事做什么。你为什么这么肯定这个陈瞎子是一个催眠师？”

“我见过跟他一样的人，”我回答于力舟，“我在上海认识一个心理医生，她就非常会催眠，能够把我带入梦境。”

我说的是上海精神卫生中心的黄医生，黄医生现在应该在满上海地找我吧。

警车又进入了长长的隧道。我的思维又开始迷惘，想着陈瞎子最后对我说的那句话的意思。

叶江肯定是死了，陈瞎子说得很清楚。但是晚晚，陈瞎子也算到了，晚晚也受了诅咒，并且有一道难关。

我很难不去相信陈瞎子，因为当年的叶宁跟现在晚晚的情况太相似了。

晚晚现在的年龄，比当年的叶宁小不了多少吧。

我又开始回忆我的痛苦往事，我真的不该把叶宁带到那个地下教堂里。

如果不是我临时的莽撞，就不会连累叶宁，这份内疚永远都会压迫在我的心上。

当时我在教堂里发现叶宁突然不见了，而且那个奇怪的座钟竟然是倒转时间工作的。不仅如此，座钟竟然在倒回到十二点的时候，敲响了十三声钟声。

只有在长江水怪的世界里，座钟是要敲十三声的。

我在教堂里已经来不及思考座钟的事情了，座钟带来的恐惧，远远比不上叶宁失踪给我带来的震惊。

我在教堂里不停地呼唤着宁宁。

然后我看到了这个地下教堂里，靠左侧的墙壁出现了一个洞口，而在我们刚进来的时候，这个洞口是不存在的。

叶宁一定进到了这个洞，到了我不知道的地方。我已经完全顾不上害怕，爬进了洞口。我在狭窄的小洞中快速爬行，爬了好几分钟后，我听到了叶宁的笑声。

当我听见叶宁的声音后，心里顿时松懈很多。我爬到这个洞的尽头，看到洞口外是一个小小的儿童乐园。乐园很简陋，只有一个破败的旋转木马、一个小滑梯和一个轮胎做的小秋千。

旋转木马有四个位置，叶宁就坐在其中一个上。旋转木马转动得非常缓慢，中间的木枢发出吱嘎的声音。

而其他三个位置上，坐着三个大头娃娃。他们的身体只有婴儿大小，头部却是成年人的三倍大，每一个娃娃都穿着红色的肚兜，头上扎着两个冲天辫子。大头娃娃摇头晃脑，喜笑颜开。

我看到大头娃娃的手里都端着一盒牛奶，把盒子伸进了嘴巴里。叶宁也拿着一盒牛奶，嘴里含着吸管。大头娃娃和叶宁随着旋转木马依次来回地在我面前旋转。

“不要喝！”我大声朝着叶宁喊。

三个大头娃娃脸上堆满了笑容，但是同时发出了嘤嘤的哭泣声。

我冲过去，夺下叶宁手里的牛奶盒子，盒子已经空了。叶宁看着我说：“我爸爸从来没有给我买过牛奶。”

我拉着叶宁，把她从腐朽的旋转木马上抱下来。

这不是属于我们世界的东西，不能喝的。我想告诉叶宁，但是已经迟了。

旋转木马在继续转动，并且越来越快。三面的三个大头娃娃发出了欢快的笑声，他们的悲喜切换得如此之快，让我都猝不及防。旋转木马上依然坐着四个孩子。

随后我发现，虽然我抱着叶宁，但是旋转木马上多出来的那人并不是小孩子，竟然是王小飞。已经是少年的王小飞，坐在刚才叶宁骑坐的木马上，随着木马上下起伏，转到我的面前时，对我露出诡谲的笑容。

“你，你怎么会在这里？”我问王小飞。

王小飞的身体随着木马转了一圈，再次出现在我面前的时候，他戴着斗笠，穿着蓑衣。

我知道我的眼睛又犯病了，产生了幻觉，于是不再理会木马上的王小飞，这个王小飞是我在极度恐惧中想象出来的形象而已。

我摇晃自己的脑袋，不去看我幻想出来的王小飞，低头看着怀中的叶宁。她的眼睛发出绿色的光芒，鼻孔喷出灼热的气息，脸上布满了血丝，头部越来越大，眼球暴起，就要凸出眼眶。

“宁宁，宁宁……”我抱着叶宁大喊。

叶宁说不出话了，喉咙发出嗬嗬的声音。

“叶宁，叶宁……”旋转木马上的王小飞在大笑，现在他已经变成了一个大头娃娃。我来回地看怀中的叶宁和木马上的王小飞。

最终我把怀中的叶宁背起来，穿过了旋转木马和秋千之间，走向一条甬道。一直走了很远，我还听见王小飞和其他大头娃娃开心的笑声从我的身后传来。

我嘴里咬着电筒，背着叶宁，在甬道里跌跌撞撞地行走。我的脚下开始出现泥泞，这说明地下的教堂和刚才的游乐园都是被地下水封闭了几十年，现在我又走到了被水淹没过的甬道，距离来路已经很接近了。

我摸索了一个小时之后，终于在一个分叉口看到了我画下的记号，避免了走错甬道。我回到了我们最初迷路的地方。

我看着道路的分叉口，继续在防空洞里试探。我知道我能走出去，但是叶宁病了，我没有时间再浪费。

我开始犹豫。正在思考的时候，叶江的声音在前方甬道里传来：“宁宁，风风……”

我惊喜地回答：“叶江，叶江！”

几分钟后，叶江带着我和叶宁走出了防空洞。学校里还有两个老师站在外面等待，看见我们毫发无伤地出来了，就打消了报警的念头。

天色已经黑了。

叶江看着我和叶宁。叶宁已经发烧得很厉害，脸蛋通红，汗水把她的头发紧贴在脸颊两侧。叶江背着叶宁走向中心医院，我在后面紧紧跟随。

叶江并没有责怪我，他已经知道了事情的来龙去脉。

他在棚户区里捡废品的时候，一个热心的邻居告诉他，叶大俊在追赶叶宁和我，把我们追到了学校里。叶江扔下他的蛇皮口袋，到了学校，看见叶大俊正在防空洞门口喝得酩酊大醉，咒骂叶宁。

叶江明白是叶大俊把我和叶宁逼迫到了防空洞里，和叶大俊扭打起来。

与上次父子斗殴不同，这次叶大俊被叶江揍得毫无还手之力。叶江把叶大俊打得头破血流，是赶来的学校门卫和几个值班的老师拉开了叶江。

叶大俊跑了，叶江在防空洞外等待了一会儿，最后决定进来找我们。他也在防空洞里摸索了很久，但是他聪明，在黑暗中也能记住甬道的方位，最终把我们带了出来。

在医院里，医生给叶宁做检查。在按叶宁腹部的时候，叶宁猛地张口呕吐起来，呕吐物几乎是喷射而出，吐出来一些黑色的秽物。医生认为叶宁是食物中毒，立即给叶宁洗胃。在洗胃的时候，叶宁吐出了很多类似于蝌蚪一样的小动物，还有昆虫尸体。

洗胃之后，叶宁脸上的血丝终于慢慢消退，恢复了正常。

叶江问我叶宁到底吃了什么，我说她喝了牛奶。我的说法让叶江半信半疑，医生也不相信。我没有告诉叶江，我在防空洞看到了王小飞。我确信这是我的幻觉，真实的王小飞混迹在九码头，绝无可能莫名其妙地跑到防空洞里去。

从那天开始，叶宁不再说话了，一直保持着沉默，我也陷入了深深的自责之中。我知道叶宁的一部分魂魄已经留在了那个世界，那部分魂魄可能承担着说话的功能。叶宁已经回不到我们的生活里了，这是我的责任。

叶江担心自己不在叶大俊再回来折磨叶宁，于是在捡破烂的时候也会把叶宁带着，寸步不离。

于是从那时候开始，在棚户区，总能看见一个瘦得跟竹竿一样的少年推着一个小推车，推车上堆满了纸壳子和饮料瓶子，行走在棚户区的每一条狭窄道路。推车后跟随着更加瘦骨嶙峋的小女孩，默默地走着。这就是叶江和叶宁，他们在这个世界上为了生存下去，只能这样沉默无言地抗争。叶江拒绝了所有邻居的施舍，毕竟这些住在棚户区里的港务局家属，都是为人父母的，他们对叶江兄妹的遭遇也抱有同情心。叶江并不接受棚户区邻居的一碗猪油渣，或者几块钱零钱，以及各种吃饭的邀请。

叶江默默地承受着这一切，力所能及地让妹妹不挨饿。

有人在街上看到了风光的叶大俊后，指责叶大俊对子女不管不顾。叶大俊却说他两个孩子都是化生子，生下来就该被溺死，他自己也没几天活头，顾不上了。

做父亲到了这个分上，反而让人无法去诘难。一个连儿女都不照顾的人，人世间的道德对他还有什么约束力呢?

每当我的母亲在课堂上说我们是幸运的一代、跨越了两个世纪的宠儿的时候，我就会看向坐在我前排的叶江。在几个小时之后，他就会被我母亲所说的这个时代抛弃，和妹妹行走在阳光无法照耀的角落。

叶江也问过我叶宁身上到底发生了什么，在防空洞里遇见了什么奇怪的事情。这一次，我把防空洞里的遭遇说了，并且说我产生了幻觉，虚构出了王小飞。这证明，防空洞里是一个很古怪的地方。

叶江听后，决定和我再去一趟防空洞，去寻找那个神秘的教堂和游乐园。可是当我们再次进入防空洞时，积水已经重新把甬道淹没。

于是防空洞里的教堂只能存在于我的口中，没有任何的线索来证明我看见的事情。唯一能够替我解释的叶宁，却变成了哑巴。

时间久了，甚至连我自己都在怀疑，不仅仅是王小飞，自己所有在防空洞内的经历，都是我在极度惊恐之下的幻觉。

叶江也问我，叶大俊是不是对叶宁做了什么非常凶恶的事情。我没有回答，因为真实发生的事情，远远比叶江想象的要残酷，残酷到我连说出来的勇气都没有。

叶宁越来越瘦，她的食量却越来越大。在复诊的时候，医生断言叶宁身体里长了寄生虫，并且给叶宁开了打虫的药物。叶宁吃了药也无济于事，一天天地瘦下去，很快就瘦成了纸片一般。

她再也没有说过话，再也没有。

于力舟终于把车开到了至喜大桥的匝道，夕阳在我面前闪耀，把我从回忆中拉回来。我在车内寻找纸巾盒，于力舟看见了："你在哭什么？因为晚晚？那个陈瞎子到底说了什么？"

"我在想宁宁。"我坦诚地告诉于力舟，"宁宁被水怪抓走，是我的过错。"

“宁宁是被他的父亲害死的，”于力舟说，“你到底怎么了，难道你忘记了吗？”

“不，宁宁是被水怪抓走的，”我坚持，“她现在就在水怪的世界里。”

于力舟叹了口气：“宁宁太可怜了，竟然被她的爸爸吓成了哑巴。”

“还好晚晚有你和丽娟，”我把手里的纸巾揉成一团，“你们都是好人。而我，这辈子太懦弱了，我的懦弱害了宁宁，也害了叶江。”

于力舟重重地叹口气。

我对于力舟说：“如果哪天我去了那个世界，我会在这里，这个人桥上，跟你道别。”

“你在说什么？”

“没什么。”我摆手，结束了谈话。

车开回了市内。于力舟给丽娟打了电话，说西坝的陈瞎子因为身体不能行动，不能过来。但是陈瞎子说了，晚晚只是受了惊吓，这在小孩子里很常见，在卧室的门口悬挂一把剪刀就没事了。

夏月已经做好了叶江的遗照，我们在长江六码头附近的那块礁石附近碰头。

三个人都蹲在江边，江水又涨了一点儿，水浪轻轻地拍打大堤上的围栏底端。长江的汛期，当水势浩大的时候，江边的水反而显得平静。

夏月抱着叶江的遗照，和我默默地抽烟。于力舟不停地接电话，处理他的工作。

叶江没有遗物，连一个衣冠冢都无法做到。这个人就这么消失了。或许这对于他来说，也是一种解脱，他活得太辛苦了。

而我又陷入了深深的悔恨之中，我跟叶江已经十年没联系，我以为我恨他。他和夏月曾经伤害我太深，我甚至认为是叶江剥夺了我人生的幸福。可是当我前天看到夏月的那一刻我就知道，我没有恨夏月，更没有恨叶江，我只是在逃避。

如果时间能倒流，我会和叶江和解，劝他不要走上黑道，安心和夏月过日子。我愿意继续做他的弟弟，还有于力舟，我们四个人就这么平平安安地活下去，就算是辛苦一点儿，也会很快乐。

我相信于力舟也会这样选择，他比我更加宽容。

我们四个被诅咒的孩子，本就应该紧紧地拥抱在一起，共同去面对残酷的生活。

可惜一切都不能重新再来了。

叶江说过，他如果死掉，不希望有一个葬礼。

我们三人只好在这个故地，抱着他的遗照，在江边发呆，算是送他最后一程。

我们就这么静坐在江边，看着夕阳落下，都没有离开的意思。如果不是于力舟接了电话，我们一定会就这样坐下去，坐到天明。

于力舟接了电话，立即就要离开。港务局棚户区发生了一起骚乱，几个钉子户与拆迁公司打起来了，已经有人受伤。

夏月听了，立即紧张起来，因为她的奶奶就是钉子户之一。

于力舟一刻不停，带着我和夏月到了棚户区。

我们看见一辆挖掘机停靠在平房的边缘，平房已经被铲掉了一半，里面的家具和电器都被砖石瓦砾掩盖。

冲突已经停止，警察已经到场，把愤怒的居民和拆迁公司的打手隔离开来。

夏月的奶奶正在用最恶毒的语言咒骂拆迁公司的员工。拆迁公司的员工拿着钢管，与夏月奶奶身边的居民们相对怒视。

我看到了拆迁公司的员工身后站着王小飞。王小飞衣冠楚楚，手叉着腰，正在跟一个警察交流什么。

王小飞看到了于力舟，等着于力舟走到他的身边，神情傲慢："于所长，这活我是干不下去了。你们警察到底管还是不管？"

于力舟铁青着脸："我不管你用什么方式拆迁，但是不能出事，不能有人受伤，受伤了我就要抓人。"

夏月跑到了她奶奶身边，想看看奶奶有没有受伤。夏月奶奶指着于力舟大骂："他们都是一伙的，就是要把我们赶走，你到底长了眼睛没有！"

"您拿了拆迁款，我们另外买个房子，多好呢。"夏月劝奶奶，"为什么要这么固执地跟他们作对？这个破烂的地方，您已经住了三十年了，还没有受够吗？"

"这是你爹妈用命换回来的房子，"奶奶对着夏月说，"你有没有良心？"

"什么良心，"夏月激动起来，"不就是钱吗？说到底，您不也是用这个良心在要价？"

夏月奶奶哭号起来，对着身边所有人说："这就是我辛辛苦苦养大的孙女。我不搬走，我死也要死在这里，让他们把我埋在这个房子里吧。"

于力舟强硬的态度让王小飞让步了，他招呼公司的人都离开。于力舟拦住王小飞："你留下。"

王小飞说："我不走？他们恨不得把我给生吞了。"

"你也怕？"于力舟说，"有警察在，你怕什么？"

王小飞冷笑着说："脏活都是我干的，出了事都是我来顶包。"

于力舟叫来手下的警察："有几个人受伤？"

警察回答："三个人，都去医院了。两个是住户，一个是挖掘机的司机。"

于力舟听了，看着王小飞："看人员受伤的情况再来处理，不过你现在马上把这个挖掘机给我开回去。"

在于力舟和王小飞交涉的时候，夏月和她的奶奶已经不再争吵。

但是我发现，夏月奶奶和王小飞之间，每隔一会儿就会对视一下，这个细节只有我发现了。我突然意识到，夏月奶奶和王小飞之间是否有某种不为人知的默契呢？

王小飞的公司大老板室里有一个铜钱，我知道那个铜钱是属于谁的。王小飞和谁在做交易？而夏月奶奶，是一个熟练的巫婆。

我对身边嘈杂的环境变得迟钝，眼睛里只有王小飞和夏月奶奶，身边的一切都变得模糊，只有这两个人站在虚幻的世界之中，而他们在对峙中散发着强烈的杀意。

当我从这个诡异的猜想中解脱之后，拆迁公司的员工已经全部散去。于力舟带着王小飞去往医院，等待伤者的救治情况。

王小飞十分不满，因为于力舟在强迫他垫付所有的医药费。

我和夏月留在了现场，周围来围观的邻居也都渐渐散开。只有被损毁了一半房屋的屋主，默默地在一堆砖瓦中翻找值钱的物品。

夏月奶奶退回到了她的平房过道里，继续躺在那张竹椅上。夏月担心她奶奶的身体，我看着夏月奶奶在竹椅上闭目养神。

但是我知道，夏月奶奶也在仔细地观察我。从我小时候起她就不待见我，甚至不惜说我是一个会给所有人带来灾难的化生子。是的，她很忌惮我，因为我跟其他人不一样。

夏月在她奶奶的屋内巡视了一番，家里没有被小混混折腾过。夏月走到过道后，看到了我和她奶奶站在黑暗中。

“我想跟奶奶聊一聊。”我对夏月点了一下头。

夏月好奇地看着我：“有什么好聊的？”

“月，你出去。”夏月奶奶闭着眼睛说。

夏月迟疑一下后，离开了过道，留下我和夏月奶奶两个人。

“王小飞拼了命地要拆你们这排平房，是因为你藏了东西在这里。”我试探地说。

夏月奶奶的眼睛睁开了，浑浊的眼睛里露出了贪婪的目光。

她看向了她的归宿，那个放了多年的棺材。

我找来了一根铁棍，把棺材的盖板慢慢地撬开，露出了一条缝隙。我的猜测印证了，棺材里放了很多铜钱，几乎把棺材堆积了一半。这些铜钱就是王小飞真正觊觎的宝贝，他要拆迁只是一个幌子。夏月奶奶一直隐瞒着这些铜钱。

“替我保守这个秘密。”夏月奶奶说。

“我答应你。”我又看了一眼棺材里的那堆铜钱，“这些铜钱……”

“铜钱是用来买命的，这边和那边都一样。”夏月奶奶阴沉地回答我。

“你怎么得到这么多的？”我问，“你又是怎么跟他们打交道的？”

“菜市场。”

“万达旁边的菜市场？”我询问。

“不是，”夏月奶奶说，“港务局家属区的菜市场。”

我知道夏月奶奶说的是什么地方了，在棚户区正中心的一条长长的街道——这是棚户区唯一一条宽阔的街道，一直都有卖菜的小贩和卖小商品的摊子。虽然后来在夷陵路靠着江边，政府专门在新建的一座大楼下方设立了一个新的大菜市场，但是无论棚户区怎么改变，怎么拆迁，这个原始的菜市场一直顽固得无法取缔，城管也无可奈何。

“我从来不知道你会到那个地方去。”我问夏月奶奶，“什么时候？”

“我们这个城市的鬼市就在那里。如果你想去看看，晚上一点钟之后过去。”夏月奶奶嘿嘿地笑起来，露出了没有牙齿的牙床。她拉了我的手一下，在我的手心里放了一个坚硬的东西。我紧紧握住拳头，不敢察看。

夏月奶奶用与她年龄不匹配的力量，将棺材板阖上。棺材里至少有几百上千枚铜钱，这可以说明，几乎每个晚上夏月奶奶都会去她所说的鬼市，用她的方式换取这些买命钱。

她用什么交换来的呢？我不敢问。

我退出了夏月奶奶平房的过道，和夏月走出了棚户区。

“王小飞这个人，”夏月在我身边幽幽地说，“为什么他还活得好好的，没有被人千刀万剐。”

“叶江试图做到这点，”我说，“可惜他失败了。如果我们初三毕业的那次他成功了，也许是一件好事，至少他现在还活在世上。”

“你仍然相信叶江是被王小飞害死的？”夏月问我。

夏月的问题让我很迷惑，这说明夏月并不这么认为。我突然死死地盯着夏月看，不要这样，千万不要是这样，我在心里恳求。

“风风，我知道你在怀疑叶江的死跟我有关。”夏月说，“是的，我的确有充分的理由这么做。”

“不要说，你不要说，我不想听。”我在哀求夏月。

“跟着一个毫无前途的混混，”夏月说，“没有哪个女人能承受。但不是我，真的不是我。”

“是王小飞？”

“也不是王小飞。”夏月说，“是水怪，叶江跟水怪走了。”

我不想跟夏月继续这个话题，夏月和于力舟之间的暧昧导致叶江的消失，在理论上是成立的，但是我不能接受这种人性的黑暗。我绝不能接受于力舟和夏月两个善良的人，做出这样的事情。

我岔开了话题：“叶江要是在初三那年真的杀了王小飞，我们会怎么样？”

“我不知道，”夏月说，“一切都不能重来的。”

我偷偷看了一眼手心里的东西，跟我猜测的一样，是一枚小小的铜钱，布满了锈迹。

我们初三那年，于力舟是最轻松的一个人。他不需要对中考的成绩抱有太多的期望，老于所长已经把警校的名额争取到了，于力舟无论成绩如何，都会去上警校。而我和夏月的成绩也还算不错，如果考试发挥正常，我们会勉强考到重点高中的分数线以上，所以我和夏月在初三那年非常用功。

叶江不同，叶江虽然每天都要在棚户区捡垃圾、收废品养活自己和叶宁，但是每次考试的成绩永远是全年级第一。他毫无疑问会考取重点高中，学校都对叶江抱以厚望，甚至主动提出要给叶江一定的资助，但是被叶江拒绝了。

也就在初三这年，叶江的命运转折点到了，这是他人生中最灰暗的时期，让他跌落到了最低谷，再也没有爬上来过。

叶江的母亲，那个从我第一次见就蜷缩在床脚吸海洛因的女人，因为吸毒过量死了。她偷了丈夫叶大俊准备交易的白粉，那些白粉里掺杂了太多的杂质，为了赶在叶大俊找到她之前把毒品享用完，她注射了数倍于常日的剂量。

当叶大俊找到叶江的母亲，抓起妻子的头发，咆哮着逼问剩下的毒品在哪里时，才意识到妻子已经没有了气息。

叶大俊惊呆了，但并不是因为妻子的死亡，而是他已经收了九码头黑社会老大发权的一大笔现金，去了邻市购买毒品带回来，现在钱没了，毒品也没了。

发权不担心他会违背契约，没人敢对发权爽约，得罪发权的后果就是失去一只手掌。而且叶大俊无法逃跑，发权控制着九码头水路、客运站的所有运输网络。

叶大俊连九码头都走不出去，就会被发权抓回来。

发权是九码头和棚户区最大的黑社会老大，统治着九码头的地下世界，与老于所长共同管辖着我们这一片混乱的区域。

发权和老于所长水火不容，黑白分明。事情的蹊跷就在这里，他们两人都有同一个目标，那就是维持着九码头的秩序，用他们截然不同的手段。

老于所长对叶大俊无可奈何，但是在发权这边，叶大俊避无可避。发权的残忍手段，让叶大俊做梦都会被惊醒。

叶大俊终究还是怕死的。他贩毒挣来的钱，除了花天酒地，大部分用在了治疗自己的鼻咽癌上。化疗导致他的身体更加虚弱，他已经离死不远了，但是他还在勉强挣扎。

叶大俊决定不再做拆家（分销商），而是利用自己濒死的身体，去帮助黑社会老大发权运送毒品。这样来钱就更快，他根本就不害怕被警察抓住，晚期的癌症反而成了他的护身符。

但这个护身符，在发权这里是无效的。

叶大俊拿了发权的钱，去了一趟邻市，带了一趟毒品。除了买毒品，盈余的钱已经玩扎金花输得七七八八，最后的百十来块钱，也在发廊里找了小姐。而应该交给发权的白粉，已经全部进入了妻子的血管里，渗到了妻子的每一个细胞里，猛烈的药力让叶大俊的妻子在极度的快感中死去。

没有毒品的叶大俊大祸临头。

叶大俊准备躲避发权的耳目，从长江游到对岸，然后从江南行走十几公里到红花套，再从红花套坐中巴到宜都或者长阳，最后就可以远走高飞。这是一个完美的计划，成功地绕开了发权能够控制的所有区域。可见叶大俊是一个十分聪明的人，叶江的学习成绩优异，并不是没有缘由的。

叶大俊的逃跑计划刚刚实施，就被发权抓到了。

叶大俊在江边脱得精光，把衣物和值钱的小物什装在了塑料袋里，用绳子拴在自己的腰间。春夏交接，江水还凉意刺骨，他刚踏入水中，就发现发权的手下已经来到了江边。发权的手下指了指江心，距离江岸十几米远的趸船上，发权正坐在船头，悠闲地抽着烟。

出卖叶大俊的是王小飞。

叶大俊用自己的肾脏担保，签下了欠款。具体数额不知道，现在计算，当时一克海洛因价值1200块钱，这笔欠款应该在8000块以上。这在当时是一笔巨款。

叶大俊开始用所有的违法手段挣钱，给发权还账，为了保住自己的肾脏和手掌，他不择手段。

叶江对父亲的遭遇并不同情，但他还是要处理母亲的后事。叶江的母亲在不吸毒、神志清醒的时候，还是尽量在照顾叶江兄妹，只是这种本该很正常的情况十分少见。

叶江在街道办事处的帮助下，完成了他人生中第二次葬礼，把他的母亲送到了风宝山，骨灰托管在火葬场。

整个处理后事期间，叶大俊在谋划着逃跑，不敢出现在葬礼见自己妻子最后一面。叶江独自承担着一切不该他承担的责任。叶宁一直嘤嘤哭泣，但是她已经变成了哑巴，连一声妈妈都喊不出来。

叶江处在丧母之痛的那段日子，我和夏月也不能过多安慰他。叶江已经变得沉默，并且眼光闪烁着阴鸷，让我接近他的时候忍不住心生恐惧。我甚至私下里偷偷想过，叶江的母亲去世，导致叶大俊也被发权讨债，是一件对叶江有利的事情，叶江可能因此就解脱了。这个恶毒的想法随即被我自己否定。不管怎样，再不济的父母也是父母，总比没有父母要强一点儿。

接下来到了初夏，我们进入了临近中考的冲刺阶段。叶江终于接受了我母亲的帮助，让叶宁搬到了我家，我父母照顾叶宁。叶江在生活上的压力减轻一半，好把更多的精力放在学习上。

听说叶大俊已经变成了一个惯偷，游荡在城市的公交车上，偷市民的钱财，用来支付欠发权毒款的利息，一天天苟活。

中考终于到了，我们参加了考试。考试的地点在另外一所中学，可不巧的是，这个中学一直和我们这个子弟学校的学生相互瞧不起，两个学校的男学生经常打架。在中考的时候，我们子弟学校的学生跟这个中学的学生发生了激烈的冲突，在考试间隙小规模斗殴了几场，终于在最后一门科目考试完毕之后，两个学校的男生在操场开始了一场浩大的械斗，导致我们班的刘伟伟同学胳膊被砍断，而对方的一个学生腹部中刀，失血休克，差点儿死掉。

警察都无法想象，一群中考的学生竟然在考场里藏匿了那么多的凶器。这就是我们初中的缩影，但是最终以最激烈的方式结束了。

我们告别了初中时代。

七月初，我们的中考成绩下来了。我和夏月发挥稳定，成绩正好在重点高中的线上。于力舟学习心不在焉，他在中考之前就如愿被警校录取。老于所长在我们城市的警界是有威望的，他的儿子上警校是理所应当的事情。

叶江不出意外地考了全市第一名，但是和另外一所学校的女生并列。我认为叶江还是因为中考打架的风波导致他分心了，不然他绝不会跟人并列第一。

最开心的是于力舟，因为夏月也考取了我们这个城市里唯一的重点高中。重点高中的大学升学率几乎百分之百，这意味着夏月会上大学，而他也会成为警察，他们今后的生活已经可以见到美好的前景。

我们四个好朋友，终于看到了人生的希望。

命运总是残酷的，不会让我们如愿以偿。在中考成绩下来之后，我们学校为叶江举行了一个小小的庆功仪式。校长终于在他的同行面前扬眉吐气，虽然赶来参加的学生们有十几个身体上的各个部位都缠着绷带，但终于有一个得意门生替他争光。

也就是在这个仪式的那天，叶宁不见了。

我的父母也参加了这个小小的仪式。在师生都沉浸在喜悦的气氛中的时候，夏月突然发现叶宁很久没有出现了。

叶江突然有了某种强烈的不祥预感，立即离开了仪式现场，开始寻找叶宁。叶宁已经是一个不会说话的小女孩，这增加了寻找她的难度。

仪式现场的所有人都在棚户区加入了寻找叶宁的行动，可是叶宁似乎从人间消失了，毫无踪迹。

夏月紧张地告诉我和叶江，她的奶奶说，叶宁早就被诅咒了，被水怪抓走是迟早的事情。这让我们非常恐慌，当初夏月奶奶成功地预言了严茂的失踪。

而我更加焦虑，因为夏月奶奶如此断言，印证了我心中的忧虑。我独自跑到了防空洞里，但是甬道里全部是水，把那个地下教堂隔绝开来。我认为叶宁一定就在甬道的深处，但是我无能为力。

三年前是严茂，三年后是叶宁，跟严茂不同的是，叶宁与我的关系更加亲密。在叶大俊贩毒后，有接近一年的时间是我的父母照顾着叶宁。最后两三个月，叶宁就住在我的家中，我每天都和叶宁一起，内心里早就把她当成自己的妹妹，我要用一生去守护的妹妹，可是她失踪了。

跟叶江一样，我完全无法接受这个现实，心中首先就认为，叶宁跟我跑到防空洞里的那次，她就已经被夺走了一半的灵魂。而现在，长江水怪的世界，把叶宁完整地吞噬了。

在叶宁消失的第一天，除了我和夏月、叶江，大人们还没有意识到事情的严重性，他们更多地认为是叶宁自己到了某个地方玩耍，忘记了回家。我的父母还有学校的老师，都劝慰叶江，让他不要太过于焦心，叶宁可能到了晚上就会回到家里。

一个不会说话的女孩，到底能到哪里去呢？

到了晚上，我躺在床上辗转反侧。家里的闹钟滴滴答答，我看了一眼，荧光指针已经指向凌晨一点。我突然想起来，叶宁可能还有一个地方会去。于是我从床上爬起来，偷偷开门，溜出筒子楼，我决定去找叶江一起到我想到的地方找叶宁。可是叶江不在家里，他独自一人在棚户区寻找妹妹。

我在棚户区寻找叶江，可是那天晚上我的视力从起床之后就开始变得模糊不清。整个棚户区的建筑在我的眼里都变得一片混沌，本应该笔直的道路也开始扭曲蜿蜒。更让我心惊胆寒的是，黑夜中整个棚户区一个人都没有。棚户区本来就靠近码头这个鱼龙混杂的地方，即便是深夜也会有人行走在街道上，要么是醉汉，要么是站街女，或者是早起的买卖人。但是这一晚，我一个人都没有看到，当然也找不到叶江。

我不断取下眼镜揉自己的眼睛，但是眼前的世界仍旧是一片昏沉，并且比坟场还要死寂。

我强忍着内心的恐惧，一个人走到了学校旁边的烂尾楼。烂尾楼在我眼前已经变成了一个巨大的墓碑，散发着黑色的死亡气息，气息中夹杂着阵阵腥臭。

守场子的老头子也不见踪影，我顺利地进入了烂尾楼的单元口。我看着楼梯，向下的空间似乎是一个无底深渊。我扶着楼梯边的墙壁一层层向下行走。与上次叶江把我带过来不同，我下了一层，还有一层，然后还有一层……

楼梯似乎永无止尽，我在强烈的恐惧下打算放弃。但是我心里保留着找到叶宁的期望，鼓起勇气，继续向下摸索行走。我的眼睛已经近乎失明，只有微弱的楼道灯光指引着我一步步踏下每一步阶梯。

终于我又回到了烂尾楼地下室楼梯的尽头，还是那一片死水，以及满是奇怪的人头图案和眼睛图案的墙壁。

我强忍着身体的战栗，脚踏入了死水，刺骨的寒意从脚下升起。我冷得瑟瑟发抖，轻声呼唤：“宁宁，宁宁，你在吗？”

我的声音在地下室回响了很久，接着我听到了轻微的抽泣声。过了片刻，我才意识到，这个抽泣的声音来自我自己。

我打算放弃了，准备离开，可是墙壁上的人头突然都显出了笑容，开始朝我眨巴眼皮。我本能地认为这是我的幻觉，我是一个有病的人，我不能相信自己被恐惧笼罩下所看见的东西。

然后我看见水下慢慢升起了三个戴着斗笠的人头。

我惊慌到了极点，连逃跑的力量都瞬间消失。我只能看着这三个人影慢慢从水下升起，露出了肩膀，然后是身体，接着是双腿，他们是两个大人和一个小孩。

两个大人分别站在小孩的两侧，一边一只手牵着中间的小孩。

三个人都戴着斗笠，穿着蓑衣，他们是长江水怪。

“宁宁，宁宁，是你吗？”我对着中间的小孩大喊。可是我的眼睛看不清，我不能确定中间的小孩是不是叶宁。

随即我又想起，叶宁已经很久不会说话了，可是就算她不说话，听到我的呼喊，也应该有所回应啊。

我的眼睛慢慢清晰，三个脸庞一点点在朦胧的雾气中显现。我看到了两大一小三个水怪，他们都闭着眼睛，眼角流淌着黑色的血液。当我注视他们的时候，他们的眼睛同时睁开，对着我咧嘴露出笑容，但是表情毫无笑意。

我尖叫起来：“宁宁！”

是的，中间的那个小孩我看清楚了，就是叶宁无疑。

三个水怪都哈哈哈地笑起来，声音在地下室回荡。我一步步后退，转身顺着楼梯朝上方跑去。但是我发现这段楼梯永无止尽，我一直跑，一直跑，错过了一楼的单元口，跑到了楼顶。

我站在楼顶上，看到整个城市都是一片扭曲的昏暗，所有的高层建筑都在风中摇摆，变成了一个个旋转扭曲的墓碑。

空中飞过了一群乌鸦，在我头顶盘旋，乌鸦只有黑色的翅膀，身体和头部都是白森森的骨头。这些狂欢的乌鸦发出沙哑的叫声，似要夺人心魂。我堵住了耳朵，不敢看向天空。

我站在楼顶的边缘，看着脚下的大地变成了柔软的水波，在阵阵翻滚。在整个只有黑色和灰色的世界里，我脚下本应该是夷陵大道，此刻却变成了黑色的河流。一艘庞大无比的红色花船从我脚下穿过，一个赤身裸体的巨人撑着长长的船桨，在船舷边划动。

红色的花船上传来了一阵低吼，那个巨人抬头看向我，我看见了他的脸，是一个牛头，两个弯弯的牛角长在顶部。

我吓得后退，离开了楼顶的边缘，身后传来了声音："哥哥……"

是叶宁的声音。

“宁宁！”我转身，意识到叶宁竟然会说话了。

我看见了叶宁和她身体两侧的水怪，都冷冷地注视着我。

叶宁身边的两个水怪也开口了，逼问着我：“告诉我你的名字，告诉我你的名字……”

“我不说，我不说。”我拼命地摇晃脑袋。

叶宁左边的水怪转而用温柔的女声问我：“宝贝，你叫什么，你叫什么，你叫什么……”

“赵——”我差点儿说出了我的名字，但是我随即想起来夏月奶奶的叮嘱，硬生生把后面的“长风”两个字咽了下去，“我不说！”

叶宁右边的水怪用男声大吼：“告诉我，你叫什么！告诉我！”

三个水怪的脸都变成了煞白的猴脸，狰狞而贪婪。

“我不说，我不说！”我极力挣扎，抗拒传递到我心脏里的逼迫声。

三个水怪步步向我逼近，我再一次步步后退，然后脚下一空，我从烂尾楼楼顶的平台上跌落下去。我死了，我心里绝望地想到。

但是我跌落的过程无比漫长，一直在不断地下降，我无法忍受这种强烈的恐惧，我失去了意识。

黑暗之后，我发现自己的后背接触到了地面，不，不是地面，我坐起来张望，看见自己坐在一个巨大的手掌之中，五根手指环绕在我身边。而一个巨大的头颅，瞪着两只眼睛，仔细看着我。头颅上有两个弯曲的牛角。

我被这个巨人用手掌在半空中接住了。

牛头巨人用他的手臂在空中挥动，我又回到了失重感。随即我发现，我被巨人的手掌轻轻地送到了地面上。

我站起来，颤巍巍地从牛头巨人的手掌上爬到地面。再回头的时候，牛头巨人收回了他的手臂，继续划着巨大的木桨，花船朝着远方而去。脚下一片松软，我发现自己正站在浅浅的黑水之中，面前是那条巨大的冥界河流。

我惊恐地退了两步，脚踩到坚硬的地面上，脚下全部是破碎的骨骸，有人的骨头和鱼类的骨头。

“宁宁！”我左顾右盼，但是三个水怪已经消失。

我转身看向了身后，发现又一个巨大的完整鱼骨就在我面前。脊骨两边的鱼骨整齐排列，如同一个通天的台阶，前方隐没在浓厚的雾瘴之中，空气中弥漫着鱼类的腥臭。

我没有选择，一步步顺着鱼骨向前行走。走到了鱼骨的尽头之后，雾瘴散尽，我看到了一个诡异的庙宇。庙宇发散着强烈的红色光芒，在黑色的夜空中妖冶又庄重。

我被内心的感知召唤，走到了庙宇内，在大门口踌躇不前。就在我犹豫不决的时候，一个和尚出现在我身后。

“进去吧，他在等你。”

“你是王小……”我的话才说了一半，和尚就在我身后推了一把，我跌撞着踏入了庙宇。

庙宇中，一个鱼头人身的雕像矗立在大殿之中，我从未见过如此怪异的雕像。我畏畏缩缩地看着雕像，雕像的鱼头处眼珠开始转动起来。鱼头张开了嘴巴，鱼嘴里露出了两排密密麻麻、尖锐的牙齿。

我捂住嘴巴，强忍住尖叫。

然后我看见叶宁的身体从鱼嘴中爬出了半个，招展着双臂："哥哥……哥哥……"

叶宁在向我呼救，我冲到了雕像的下方，看着这个恐怖的水怪和叶宁。我想把叶宁从鱼嘴里拉出来，但是我的身体渺小，无论怎么努力，也够不到叶宁的手臂。

叶宁的身体慢慢地被鱼嘴吞没。

我绝望地哭喊起来："求求你，放了她。"

鱼头人身的雕像吃掉了叶宁之后，把鱼头垂下，两个鲤鱼胡须垂落在我身体的一左一右。鱼嘴翕动："你叫什么？"

"我不说，你放了宁宁。"我在巨大的惊恐中不断重复，"我不说，我不说，你放了宁宁……"

鱼嘴张开，我看到了叶宁伸出的手掌滑进了鱼头喉咙的深处。我的眼前陷入一片黑暗。

不知道过了多久，我听见了声音："你不说什么，风风，你不说什么？"

"我不说，我不说。"我仍旧在极力抗拒。随后我的眼睛睁开了，发现自己躺在家里的床上，母亲在床前摁着我的肩膀，“你不说什么？”

“我不告诉你。”我看着母亲，过了很久才恢复清醒，“我做噩梦了。”

“你梦到了宁宁？”我母亲问我。

另一边我的父亲对母亲说：“是叶宁的事情，让他又犯病了。”

我慢慢坐起来，发现自己的额头全是汗水。母亲用凉水浸湿了毛巾，替我擦汗：“风风，你不用着急，我们很快就会找到宁宁。”

我惊魂未定，不断地喘息。父母陪伴了我很久，看见我心情平复，才回到他们的卧室。

“别关灯。”我阻止了父亲离开前的举动。

我一个人看着房间里的灯泡，回味着自己的噩梦。我发现我的小腿之下的凉席上全部都是水渍。我弯腰看向自己床边的鞋子，球鞋也是湿透的，球鞋下的地板处有一摊黑褐色的死水，散发出浓烈的恶臭。我在卧室里不停呕吐，我打开窗户，希望这死亡的气息能够散去。

我相信我是在噩梦中梦游了。更加让我心中恐惧的是，我发现我的脚趾之间长出了一层极薄的蹼膜，非常细微，几乎难以辨认。

随后的几天，叶江夜间行走在棚户区里，用沙哑的声音呼喊他的妹妹。叶宁一直没有出现。我和夏月、于力舟也到处寻找叶宁。我父母当时非常担心我的安全，但是从第二天晚上开始我还是趁着父母睡着后偷偷出门。我初中毕业了，是一个大小伙子了，我的父母不可能把我关在家里。

在寻找了叶宁三天后，于力舟无可奈何地退出，因为警校要立即封闭训练。于力舟无法抗拒，只能服从老于所长的安排。

我和夏月无法忍受已经精神失常的叶江。叶江已经好多天没有睡觉了，他在不断地寻找叶宁，只有在体力完全透支的情况下，才在棚户区某个平房或筒子楼的角落打个盹，醒来后继续执着地寻找。

我和夏月不敢面对叶江，只能和他保持距离，从别的范围寻找。我们来到了码头，这是我的提议，如果叶宁被拐卖，很可能会在水陆客运站出现。老于所长在火车站布下了警察，拐卖叶宁的人贩子只能从水路客运站离开宜昌。虽然水路客运站也有警察，可是我和夏月认为这里的人更加复杂，叶宁很可能在这里被转移到别的地方。只有叶江仍然相信，叶宁一定在棚户区，所以他继续在棚户区寻找。

我和夏月在客运站寻找每一个年幼的女孩，但都不是叶宁。时间过去了一个星期，时间越长，找到叶宁的希望就越渺茫。

那时候宜万铁路还没有修通，沪蓉高速公路也没有开始建设，所有四川和重庆的打工者坐船出川都要在宜昌上岸，从宜昌辗转登上火车，前往广东的珠三角和上海、浙江地区打工。

每天晚上，从四川和重庆乘船下来的农民工都会从宜昌的水运码头上岸，然后浩浩荡荡地从九码头徒步行走。他们都拖家带口，背着沉重的行李，年龄最大的六十多岁，更多的是年轻人，也有中年人带着小孩。他们从沿江大道走到胜利四路，然后转向，顺着胜利四路走过夷陵路，到了东山大道，接着从东山大道走到位于铁路坝的火车站，几乎穿越整个宜昌市区。

这个队伍每晚都有几千乃至上万人，我和夏月就混迹在他们凌晨的队伍中，一个个地寻找。

这种努力也是徒劳的，我和夏月好几次都认为找到了叶宁，但是那些小女孩随即就隐没在庞大的人流之中，消失得无影无踪。我和夏月也只能无奈地放弃。

叶宁的失踪把我们升学的喜悦扫荡得一干二净。叶江在短短的十天内瘦成了一副骷髅。他茫然地在棚户区游荡，如同一个长江水怪般可怖。他内心知道叶宁已经不可能找到了，叶宁是他唯一的亲人，他无法接受这个残忍的现实。

那个年代，人贩子十分猖獗，热衷于拐卖妇女和儿童，但是叶宁这个年龄的女孩被拐卖还是比较少见。以叶宁的年龄，作为小孩子，已经太大，很难被无子女的人家收养，由于是女孩，重男轻女的人家也不会买来延续香火。如果是卖到深山里给人做媳妇，这个年龄又太小，不可能生儿育女。

所以叶宁的失踪是一件不符合常理的事情。老于所长也已经动用了大量的警力，排查有没有小女孩掉进窨井，遇到车祸，或者落入长江的线索，但依然没有头绪。我和夏月甚至在街坊那些妇女的口中零星听到，小女孩可能会被抓走，交给地下医院，给某些富人提供人体器官。这个超出我们想象的残酷谣言，让我和夏月缄口不敢在叶江面前提起。

我和夏月在水陆客运站茫然地寻找每一个同龄女孩。我们又一次站在胜利一路的路口，观察浩荡的迁徙人群队伍中的女孩，但是希望仍旧破灭。已经是凌晨五点，我们走到了九码头最繁华的胜利二路上，这里的夜宵大排档占据了整个街道。

炎热的夏夜让人们无心睡眠，城市的各种人都聚集在这个狭窄的胜利二路夜市里吃小火锅、烧烤和小龙虾，喝多了啤酒的醉汉在路边的墙角和树干下撒尿，然后坐回小马扎上继续喧嚣，把摆满脚下的啤酒灌进肚皮。

一个小女孩的失踪，在这个喧闹的夏夜里是一件微不足道的事情，只有叶江、我和夏月沉浸在深渊般的悲痛之中。

我和夏月一直在寻找叶宁，虽然没有叶江那样癫狂，以致忘记进食，但是一个夜晚下来，也几乎没怎么吃饭。当我们穿行在整条街的夜市摊子中，路过身边一桌又一桌的饕餮食客的时候，我和夏月都无法抗拒生理上的反应，我们都饿了。

我们身上的钱连一碗面条都买不起。当时夏月和我已经十五六岁，早熟的夏月已经变得丰满高挑。喝醉的食客不断地骚扰夏月，邀请夏月跟他们喝一杯。夏月紧皱着眉头，拉着我赶紧离开，直到我和夏月被王小飞拦住。

王小飞赤红着眼睛，伸开臂膀，拦住了夏月的去路，淫邪地朝着夏月挤眉弄眼。

夏月躲避，后退一步，王小飞却一把将夏月的手臂拉住，嘴里嘟囔着今晚要睡了夏月。夏月狠狠地抽了王小飞一个耳光，却让王小飞更加兴奋，把他一张油腻的嘴凑向了夏月。夏月无法躲避，王小飞的臭嘴贴上了夏月的头发。我无法忍受夏月遭受侮辱，于是抄起酒瓶砸在了王小飞的头顶。

可是我的懦弱导致我无法使上力量，酒瓶并没有破碎，只是沉闷地在王小飞的头上响了一下。王小飞摸了摸头，手掌上沾满了鲜血。

王小飞暴怒起来，用他的手掐住了我的脖子，把我按倒在地，用脚踩着我的脑袋。我在地上看见夏月徒劳地用脚踢王小飞，却无法撼动王小飞半分。

没有人帮助我们，在整条街的夜市里，每天晚上都会上演这种纠缠和叫骂。那些站街妓女每晚都会和食客为了价钱而对骂，滥赌鬼的妻子也会在这里寻找她们的丈夫，然后一阵厮打。这种鸡飞狗跳的事情不断上演，已经成为夜市里必不可少的一道风景。

因此王小飞用脚踩着我，嘴上对夏月不干不净的时候，没有人站出来主持公道。不过我用酒瓶砸了一下王小飞还是起到了一点儿作用。

本就已经喝醉的王小飞，终于察觉到了头部的剧痛。于是他摇摇晃晃地坐下，但是手仍旧拉着夏月的手臂。我站起来，看见夏月的裙子领口已经撕扯到了肩膀。

夏月在拼命地挣扎，我对着王小飞怒吼："你放开！"

王小飞嘿嘿嘿地笑起来，努力想把夏月拉到他的大腿上坐着，一只手在夏月的腰间摸索。夏月的尖叫终于引起了隔着三桌的几个食客的关注，他们是几个健壮的年轻人，其中一个最结实的汉子走到了王小飞面前："你放了她吧。"

听口音这个汉子不是本地人。王小飞如同触电般跳起来，松开了夏月，对着外地人破口大骂，告诉他们自己是这里的黑社会大佬，能威胁他们的人身安全。

外地人终究是有所忌惮，看见王小飞松开了夏月，就不再说话，回到了座位上。

我趁机站在了夏月和王小飞之间，我已经下定了主意，如果王小飞继续纠缠夏月，我就跟王小飞拼命，不惜同归于尽。我抄着手里的啤酒瓶，狠狠地砸在桌子上。啤酒瓶破了，崩裂的酒瓶玻璃把我的手掌划伤，而我全然不觉疼痛。我用锋利的酒瓶裂口对着王小飞，红色的血液从我的手掌流淌到我的手臂。

我第一次看到了王小飞眼中的一丝怯意，我心里的勇气在爆发，我浑身战栗，如同一个即将引爆的雷管，只要王小飞再说一句冒犯夏月的话，我一定会把手中的啤酒瓶捅进王小飞的脖子里！

王小飞无畏地笑了笑，说了一句让我和夏月都惊心动魄的话："夏月，你今晚让我搞一次，我就告诉你们叶宁在哪里。"

我的脑海一片空白。叶宁！是啊，为什么就没有想到叶宁的失踪跟王小飞有关呢？

夏月哭着对王小飞说："你告诉我宁宁在哪里。"

王小飞用手掏了掏自己的裤裆："那就看你愿不愿意……"

我刚才的勇气和计划都烟消云散，颤抖着问王小飞："你把叶宁藏到哪里去了？"

王小飞突然什么都不说了，只是挑逗地看着夏月。

这时候我看到了桌子后的另一个人，那个人从一开始就有意背过身体，回避我和夏月。这个人是叶宁的父亲叶大俊。

叶大俊和王小飞竟然在一起喝酒吃宵夜，那么叶宁的失踪真的跟他们有关吗？

我心里慢慢开始冷静，于是拉着夏月一步步后退。后退了十几步之后，我拉着夏月开始奔跑，朝着棚户区跑去。

夏月不愿意离开："风风，我们要向王小飞问清楚宁宁在哪里。"

“我们问他是没有用的。”我展现了自己灵光一现的智慧，“我们马上去找老于所长，让他先把王小飞和叶大俊抓起来。”

夏月听从了我的安排。我们飞快地跑到了于力舟家里，在于力舟家所在的干部小楼下拼命拍门，呼喊着：“于所长，于所长！”

老于所长很快就开门了，他刚刚值了夜班，回家还没来得及洗漱睡觉。在听了我和夏月的叙述后，他一刻不停地跟我们奔往胜利二路的夜市，但是我们到达的时候，王小飞和叶大俊已经离开了。

老于所长并不慌张，而是用他的手机打了一个电话，语气十分严厉，充满了正义的威胁，甚至是恐吓。

“十五分钟！我就等你十五分钟！”老于所长挂了电话。

十五分钟后，天色开始泛白，夜市渐渐收摊，食客也都慢慢离开。

我们九码头地下社会的维护者——黑社会的老大发权带着他的一个马仔出现了。

老于所长坐在夜市的马扎上，看着发权走近，指着面前的马扎说：“坐！”

发权是一个枯瘦的中年人，穿着普通的夹克。他知道老于所长真的动了怒，他的马仔搬来了一个塑料椅子，放在他身后。发权摆了摆手，还是谨慎地坐在了老于所长面前的马扎上，然后给他递了一根红塔山，还亲自给点了火：“老于，你有事找我？为什么这么着急？”

“发权，”老于所长沉着地说，“我不找你的麻烦，但是事件紧迫，你告诉我王小飞把叶宁藏在什么地方了。”

“我把我知道的都告诉你。”发权把自己的烟点上。

叶宁失踪的事件，终于有了眉目。

半个月前，九码头来了一对夫妻，北方口音，他们到了九码头就私下放出消息，要买一个女孩。至于买女孩干什么，他们没有说。

这事对于发权来说，根本就不足为道。但是发权知道的是，那对夫妻开的价格很高。几天后，叶大俊把欠发权的钱给还清了。叶大俊还钱的那天，也就是叶宁失踪的那天。

老于所长立即展开调查，询问下辖所有的酒店和旅馆的入住信息，终于在中午找到了那一对中年夫妻入住的旅馆。

老于所长和警察踢开川江招待所的那个房门的时候，发现房间画满了奇怪的符咒，地上到处都是黄色的纸钱，房子里还横七竖八地牵满了红色的毛线，占据了整个空间。房间的床上还供奉着一个木头做的小雕像，这个雕像是一个人身鱼头的水怪，十分可怖。

老于所长和警察们看到这个场景，都知道大势已去，叶宁一定回不来了。

老于所长疯了一样地指挥手下，在整个城市寻找这对外地中年夫妻，将他们的身份来历都调查出来。但是时间在推移，叶宁生还的希望渐渐渺茫。

这是一对来自东北的夫妻。两年前，他们在湖南包下了一个养殖场，养殖娃娃鱼，但是在半年前，娃娃鱼在一夜之间全部死亡，鱼苗也不能幸免，他们两人欠下了几十万巨款。他们拿着剩下的钱到处游荡，在到三峡之后，到了我们这个城市，然后拿着最后的一万块钱，要买一个女孩。

谁也不知道他们为什么要这么做，唯一可能的理由是他们信奉了一个原始的宗教，而这个宗教是我们从来没有听说过的邪教。他们要成仙，需要找一个女孩作为他们对这个邪教的神灵的献祭。

两人的身份查出来了，可老于所长就是找不到这两个人在哪里。

当我知道了叶宁是被一对中年夫妻拐走之后，我突然升起了一个念头，那就是叶宁失踪的那晚我做的噩梦。

我主动找到了老于所长和叶江。我提供的线索来自虚无荒谬的噩梦，但这是唯一的线索，老于所长毫不犹豫地决定去勘察。

我带着老于所长和他的几个下属警察来到了烂尾楼。我们走到了单元门口下的地下室。当我们只走了一半的时候，就看到了楼道里飞舞着无数的苍蝇，空气中弥漫着令人作呕的恶臭。

不祥的感觉铺天盖地而来。老于所长把我和叶江挤到身后，捂着口鼻向下走，我们也紧紧跟随着。到了地下室的那一片死水，我们看到了两具尸体悬挂在死水的上方。

这两具尸体就是老于所长要找的那对中年夫妻，他们在这个地下室里上吊自杀了。尸体已经腐烂，全身都爬满了蛆虫和苍蝇。当老于所长的手电照射到尸体的时候，苍蝇爆炸一样散开，在逼仄的空间里嗡嗡飞舞。

警察在老于所长的命令下，在死水中摸索，并没有摸到叶宁的尸体。我和叶江一颗心暂时落下来，但是仅仅只有半天。

到了傍晚，叶宁的尸体被人发现的消息传来了。

老于所长得到葛洲坝船闸派出所的通知，葛洲坝下方的西坝庙嘴附近发现了一具女孩的尸体，是被三江里打鱼的渔民发现的。尸体的特征跟叶宁都很符合。

我和夏月陪着叶江去辨认尸体。当看到叶宁身上是夏天不应该穿的红色的棉袄，戴着一个红头巾，躺在庙嘴的沙滩上跟睡着了一般时，夏月和我立即就痛哭起来。而叶江一言不发，只是跪在叶宁的身边，慢慢用手抚摸叶宁的脸庞。

只有我在第一时间意识到叶宁的尸体没有腐烂，保持完好。

我很希望叶宁的尸体永远没有找到，那样就还保留着一线希望，我宁愿她在世界的某个地方继续活着，一辈子都没有音信也可以。只是叶宁最后的结局，印证了我的猜测，她还是被带走了，进入了另一个世界，只留下一具没有魂灵的躯壳。

当然其他人并不认同我的想法，叶宁的尸体被找到了，就只有一个事实：叶宁死了。

老于所长随即展开调查。这件事情的确与发权无关，甚至相反，是发权提供的线索让老于所长知道了这对为了举行修仙仪式的夫妻，不惜害死叶宁作为他们供奉的献祭。

是王小飞联系的这对夫妻，把他们介绍给了叶大俊，让叶大俊自己跟这对夫妻交易。

夫妻让叶大俊找一个女孩，就给叶大俊一万块钱。叶大俊想来想去，把目标定在了自己的亲生女儿身上。

事后叶大俊给发权还账。剩下的钱，王小飞认为自己也有功劳，于是找了个时间，把叶大俊约到夜市，向他讨要自己该得的一份。

当然王小飞和叶大俊都不知道事情会朝着这个方向发展，他们以为这对夫妻只是想领养一个小女孩而已。

老于所长立即下令抓捕叶大俊。而叶大俊已经知道大事不妙，又躲藏了起来。发权向老于所长承诺，给他两天时间，他一定把叶大俊揪出来。

王小飞也很快就去了派出所，跟老于所长交代来龙去脉，但他只是一个证人，并没有真正参与人口交易。

案件是水落石出了，可是无济于事，叶宁死了。

那对夫妻也死得莫名其妙，老于所长感受到了极大的压力，甚至都不能把王小飞收监。因为现在与案件相关的三个人都死掉了，王小飞把事情都推到了叶大俊身上，叶大俊又畏罪潜逃，老于所长只能让王小飞录了笔录，把他放了。

我和夏月那几天就陪着叶江，生怕叶江疯掉。我们不停地安慰叶江，而叶江一言不发，他的人生已经完全被毁掉了。

在火葬场，叶宁的尸体火化的时候，我忍不住号啕大哭。我抽自己耳光，说都是因为我，害死了叶宁，叶宁就是被带走了，那一对来历不明的夫妻就是水怪派来带走叶宁的鬼差。

我疯癫的语言让所有人都不胜其烦。叶江终于说话了，他要找到叶大俊，质问他为什么要卖掉妹妹。他还要去找王小飞，质问他为什么把叶宁交给了两个疯子。

叶江甚至没有质疑老于所长为什么没有把王小飞关进监狱。后来我才明白，把王小飞放出来是叶江期盼的，王小飞在看守所，叶江就无法向王小飞报仇。而叶江迟迟没有向王小飞报复，是因为他还没有找到叶大俊问个明白。

叶江是找不到他父亲的。叶大俊是一个十分狡猾的人，在整个九码头和港务局片区这么一个不大的范围里，他连老于所长和发权都能躲过，可见他的智商之高，但是肯定也没有离开这片街区。老于所长和发权都是森林里精明的猎手，猎物如果隐忍蛰伏，他们很难嗅出踪迹，但是一旦叶大俊要离开，移动的猎物在老于所长和发权面前就会立即显形。

叶大俊主动找到了叶江。

当时我和夏月非常担忧叶江会在绝望中自杀，于是寸步不离地跟着他。

在叶宁火化后的第二个晚上，叶江在十三码头等待父亲。叶大俊从尿素堆里钻出来，出现在叶江面前。尿素的气味很浓很臭，能飘很远，平常人不愿意接近。叶大俊就一直躲在这里，的确是一个极好的藏匿选择。如果不是他主动要和叶江见面，叶江也不会想到自己的父亲会在充满恶臭的尿素堆里钻出一个小小的坑洞，每天晚上悄悄出来，吃码头附近餐馆的泔水求生。

叶大俊这几天一直在等叶江，他知道叶江一定会找到这里。他的预测是准的，叶江果然来到尿素的堆场。

让我没想到的是，叶江没有立即质问叶大俊，而是跪在自己的父亲面前，抱着叶大俊的腿泣不成声，嘴里含混地说着："宁宁死了，宁宁死了……"叶江在心灵剧痛的时候，放弃了对父亲的憎恨，自责自己没有照看好妹妹。很久之后，才问叶大俊："你为什么要卖掉宁宁？"

叶大俊在迟疑，我觉得他良心发现了，毕竟他亲手葬送了自己女儿的性命。叶大俊说，他以为是给叶宁一个好的归宿，没有想到那对中年夫妻是魔鬼。他也不想这样的，他一直都惦记着叶宁，希望叶宁能过上好日子，而自己没有办法做到。他也不愿意让叶宁拖累叶江，叶江的学习这么好，不能因为分心照顾叶宁，而耽误自己的前途。

叶大俊说得很诚恳，叶江听了，和父亲抱头痛哭。

这个时候，我又犯了一个错误。因为我看到了叶大俊在哭的时候，眼睛闪烁出了一丝得意的目光。我这个错误，会导致叶江毁掉自己的一生，把自己推到黑暗的深渊。

叶大俊根本就没有悔改，他只是害怕坐牢，因此在努力求得叶江的原谅，他希望叶江在老于所长面前替他求情。这么做是绝对有效的，叶大俊几乎就要成功了，但是我再也忍不下去了。

我冲动地指着叶大俊，质问他。

叶宁无意中告诉我她被父亲性侵的事情，我原原本本说了一遍。我告诉叶江，这就是为什么每次叶大俊回来找叶宁，叶宁都惊慌得如同一个小兔子一样躲避的原因。

我语速很快，但是字字清晰，毫无滞涩。我怕我不一口气说完，就失去了说下去的勇气。

夏月惊呆了，用双手捂着自己的嘴巴，惊赫地看着叶大俊。

叶江扶着自己父亲的肩膀，平静地问叶大俊："爸爸，是真的吗？爸爸，爸爸，告诉我是真的吗？"

"怎么可能，宁宁是我的女儿！"叶大俊立即就否认了，但是他的神情出卖了他。叶大俊再怎么聪明，也无法在瞬间调整情绪，掩饰自己的慌乱而做戏。

叶江回头看了我一眼，我已经无法后退，我点头的时候，真诚到了极点。真实的情感是绝对无法作假的，而假的情绪无论怎样也无法掩饰，叶大俊现在没有时间调整他的虚伪。

“小胖子得了疯病——”叶大俊的声音戛然而止。

因为他的喉咙已经被叶江的双手掐住。叶江的手是一双每天劳作的手，粗大，布满了茧子，他的胳膊孔武有力。

“叶江——”夏月的尖叫穿破夜空。我也被眼前的场景惊吓到了极点。夏月的声音刺穿了我的耳膜，我眼前顿时闪亮如同白昼。

码头的尿素堆上趴满了长江水怪，他们所有的头部都朝向叶大俊和叶江。

叶江的胳膊瞬间布满了白毛，他的手指关节变得超长，把叶大俊的脖子卡住。水怪们在尿素堆上发出嗬嗬的声音，这个声音感染到了叶江，叶江的脸变得更加狰狞，嘴巴里伸出了獠牙。

夏月捂住了自己的眼睛，发出绝望的哭喊：“叶江，不要！”

叶江的耳朵变成了两个贴在头发之下的瓣膜，他已经听不见夏月的恳求。

叶大俊的眼珠子暴起，嘴巴张得老大，慢慢鼓出了一团黑色的肉团。那个肉团就是他鼻咽癌的肿瘤。

不！叶大俊嘴里的并不是肿瘤，而是他一生犯下的罪恶所凝聚的恶灵、邪煞、化生子。

叶江手指的指甲也在伸长，掐进了叶大俊的脖子深处。叶大俊喉咙里不断发出咕咚的声音，叶江锋利的指甲划开了叶大俊的喉咙。

长江怪物纷纷从尿素堆上如同壁虎一样贴着尿素包滑行下来，围着叶江和叶大俊，趴在地面，全都把头扬起，看着叶江和叶大俊。他们都发出了砂纸摩擦一样的声音，我明白这是他们的笑声。

我看见空中有一股黑色的烟雾在旋绕，都是从水怪的口鼻中冒出来的，然后全部聚集到叶江的头顶。

“呵呵呵呵呵……”叶江发出凄惨的喊声，声音远远压过了夏月的哭声。

叶大俊的眼球、双耳、鼻孔冒出了鲜血，口中的肉团吐了半个出来。那个肉团嵌在叶大俊的嘴中，长着变形的嘴脸，吐露细碎的牙齿，咿咿呀呀地哭号。叶江一把将肉团抓住，狠狠地从叶大俊的口中拔出。肿瘤肉团连着叶大俊的动脉和筋肉，被叶江甩到了半空。

肉团刚一落地，水怪们就疯狂扑上去，分食肿瘤和筋肉。叶江松开了他父亲的尸体。

我的眼前一片血光爆裂，再次陷入昏暗。

隐约之中，我看到了长江水怪各自衔着自己抢的肉块，四肢着地，飞速爬向了长江，消失在河岸。叶江也茫然跟随着走向江岸，身体没入了江水里。

当黑雾散尽，我的眼睛又开始恢复。我看到夏月已经惊吓到极点，失魂落魄地呆坐在地上。叶江已经走了，只有叶大俊的尸体躺在尿素堆下。叶大俊的尸体恢复了完整，刚才流淌在地面的鲜血一滴都看不到了，恐怖的肿瘤肉团、腐烂的筋肉和血块全部消散无踪。叶大俊已经死了，仍旧保持着临死前的惊恐表情。他的舌头伸出老长，嘴角的白色泡沫腥臭无比，脖子上留着几道黑色指印。

半小时后，老于所长和发权同时赶到了现场。他们不用推测，就知道是叶江掐死了他的父亲。

“叶江在哪里？”老于所长问我和夏月。夏月已经什么话都说不出来，只是低着头啜泣。

我把手指向了长江：“叶江变成了……水怪……”

我知道我又犯病了，我看见了常人看不到的东西。老于所长身边的警察们奔向了江边。老于所长留在原地，守着我和夏月，还有叶大俊的尸体。

老于所长看见夏月瑟瑟发抖，把自己的警服脱下来，披在夏月身上：“月，你们先冷静下来，等会儿回到警察局，再把事情的经过告诉我。”

“叶江会不会被枪毙？”我颤抖着问老于所长。

老于所长看着我：“叶江不会死的，风风，你告诉我他会去什么地方。”

“叶江会坐牢吗？”我不死心地问。

“人都要为自己做的事情付出代价，叶江会坐牢。”老于所长说，“叶大俊这个杂碎，即便罪该万死，也不能由叶江来杀死他。”

“不！”我坚决地对老于所长说，“叶江没有做错事！”

“你知道些什么？”老于所长轻声地问我。

“不要说！”夏月尖叫起来，然后号啕大哭。

“为什么你不说话？”夏月把我从回忆中拉回到现实。经过这漫长的回忆，我发现我已经和夏月走了很长一段路，走出了港务局工作区和家属区的边缘，到了万寿桥的运河公园。夏月的胳膊一直挽着我，就如同当年我们在武汉上学时一样，那时候我们是一对情侣，走在校园郁郁葱葱的树林中。

运河公园是城市里最美的一个公园。

运河从开发区的石板村流淌到开发区，在开发区绕了一个大圈后，顺着港窑路流过万寿桥，最后汇入长江，把整个城市的伍家岗区从中划分为两半。东山大道、夷陵路，都在这一段运河上修建了桥梁，沿江大道修通之后，也在运河上架起了桥。三座桥梁的名字都叫万寿桥，导致万寿桥成为这一代城区的广义的地域名称，紧靠着港务局的区域。

运河分为两段，流淌在开发区的河段水流湍急，河道狭窄，水质优良，干净清澈，无数的外来务工者在运河边洗衣服洗菜，夏天甚至洗澡，导致每年在运河落水溺毙的人与长江不相上下。

墨蓝的河水进入开发区南苑小区之后，就被城市的污水蹂躏。到了港窑路河段，河面开阔，河床也变得浅薄，清澈的河水颜色变得黑黄，散发出浓烈的恶臭。

现在市政府在港窑路到入江口的运河河段两侧种植了各种树木，保留并利用了河岸两侧的鱼塘，改造成精巧别致的小池塘，种满了荷花。

现在荷花正在绽放，我和夏月行走在公园的幽静小道，看着路边的草地上，附近居民拖家带口地在公园里纳凉。

夏月松开我的胳膊，走到了荷塘的边缘。她一身绿色裙子淹没在荷叶之中，在皎洁的月光下，身影成为满塘荷叶荷花的一部分，让我无从分辨寻找。

我在这一刻感受到了美好。是的，美好也是可以重新寻找回来的，就如同这个肮脏的运河，也被改造成了一个美丽的公园。

“月，”我对着荷塘轻声地呼唤，“我喜欢你。”

夏月从荷叶中慢慢显现出来，走到了我身边，捧着我的脸：“风风……”

我看见夏月的眼睛里噙满了泪光。

我忍不住轻轻地把夏月抱住：“我不想离开你，你跟我走吧。”

“我不走，”夏月轻声说，“我们都是长江里的水怪，我们走不了的，你也走不了。”

“那就不走了。”我的心胸顿时开阔，“我不走了，我死也要死在这里。”

夏月把我的手牵住，我们十指紧扣，我的手心感受着她手心渗出的细微汗水。我不再以猥琐旁观的方式偷看夏月，而是大方坦然地凝视夏月完美无瑕的侧脸，这是一张出现在我每一个美梦里的脸庞。

在这个精致的公园里，我和夏月慢慢行走。我们在享受着难得的静谧和幸福。我知道这短暂的幸福会很快离我而去，但仍然宁愿沉浸在一闪而逝的欣悦之中。

“风风，对不起，”夏月看着我郑重地说，“当年是我抛弃了你。”

我摇头，我理解，我甚至相信了夏月的理由。

叶江，夏月为了叶江而离开我，我其实在内心最开始就接受了。我之所以表面上不肯原谅夏月和叶江，远走他乡，与他们隔绝了多年，又何尝不是在默默地祝福他们，不希望我成为他们之间的芥蒂。

我和夏月静静漫步。我不停地看手表。

夏月问我：“你晚上有事？你在宜昌还有什么事情是跟我无关的？”

我没有故作神秘，诚实地告诉夏月：“你奶奶让我晚上一点钟去一趟棚户区的菜市场，那里有我想要见到的人和事情。”

“跟叶江有关？”

“是的。”

“我告诉你一个秘密。”夏月轻声说。

我笑了起来，想起了晚晚，母女俩在告诉旁人秘密的时候，语气和表情都一模一样。

夏月没有因为我的笑容而质疑我的真诚：“几年前，我的奶奶就没有心跳了。”

“你怎么发现的？”我开始好奇。

夏月告诉我：“你知道的，她头疼病很久了，而且每天晚上她睡觉的时候，会发出连绵悠长的哀号，我就很担心她的身体。如果她痛苦的声音停止了，我反而会更加焦虑，我就会去看看。”

“我知道，”我对夏月说，“你从小不都是这样的吗？”

“后来，奶奶不让我回家了。”夏月吸了一下鼻子，“那时候叶江挣了一点儿钱……来路并不是很干净，但是解决了我们生活上很多难题。我想送我奶奶去检查一下身体。”

“她拒绝了。”

“是的，这是必然的，我奶奶从来就不相信医生。”

我点头：“她自己是一个巫婆，跟医生是对立的，这是两种迥异的世界观。”

夏月的神情紧张起来：“但是我还是会偷偷回去看

她，在她睡着之后。有一次我就发现，她睡在过道的竹椅上，毫无声息……我以为她死了。”

我猛然抬头，脑袋似乎有一个念头一闪而过，但又无法捕捉，这让我非常遗憾和焦虑。

夏月继续说：“我忍住了惊吓，走到奶奶身边，用手探了探她的鼻息，她没有呼吸。为了进一步确认，我用手指摁着她的脉搏。”

“没有脉搏。”我说道。

“是的。”夏月的声音蕴含着恐怖，“你知道那种感觉吗，那种震惊、悲伤又恐惧的情绪。”

“我当然知道，”我说，“然后呢？”

“我仍然不死心，我用手贴住了奶奶的心脏，仍然没有任何的心跳。”夏月的手按在我的胸口上，我相信夏月能感受到我的心脏在急速地跳动。

“就在我即将崩溃，确认奶奶已经死掉的时候。我发现奶奶的眼睛一直在冷冷地看着我。”夏月说，“我第一次害怕我的奶奶，我真的害怕，她的眼神并不和我们常人一样。”

“可能很久之前，她就死掉了。”我猜测着说道，“她是一个活在另一个世界的人。她是巫婆，本来就是一个脚踏阴阳两界的人。”

“她说你也是。”夏月看着我，“可是我一点儿都不害怕你。”

“我只是个病人，我眼睛不好，让我能看见一些奇怪的东西。”我尽量把这件事情说得轻松一点儿，“我在上海生病的时候，黄医生说过，虽然我的问题出在眼睛上，根源却在我的心里。”

我捧住了夏月的手掌，摁向我的心脏：“就是这里。”

夏月轻松地笑了，我也笑了。真的是母女，跟晚晚一样，夏月用自己的一个秘密，交换了我的一个秘密。

时间不早了，虽然这个城市在这几年治安情况得到了极大的改善，但是在十一点钟之后，还在幽静无人的公园里晃荡，仍旧是一件危险的事情。

我看到有几个衣着鲜亮的青年在远处注视我们，特别是夏月。我拉着夏月走到了东山大道，然后在老木材厂的位置穿过马路，回到了棚户区——我们最熟悉的地方。

一旦进入棚户区，我和夏月就放弃了一切紧张，这是我们成长的家，不管有多么破败和诡异，不管拆除了多少平房和筒子楼，修建了多少崭新的高楼，我们都不觉得陌生。

“我饿了，”夏月向我提议，“吃点儿东西吧。”

这时候我意识到我们已经走到了棚户区的那个露天菜市场，实际上就是一条街道，棚户区最宽阔的街道，能够勉强通过一辆小轿车的街道，也就是夏月奶奶告诉我的鬼市所在。

街道朝南的一边已经变成了新建的单元楼，另一边仍然是没有拆迁的平房。路面上到处是烂菜叶子，以及各种废弃的纸箱和泡沫盒子，空气中充斥着鱼腥臭气，脚下是黑色的污水。

这条街道的路灯永远是黯淡无光，让人昏昏欲睡。

但是路面上还是有人在做小买卖。我和夏月走到了一个塑料棚子，里面一个三十多岁的漂亮女人在忙碌，棚子里弥漫着猪油混合芫荽、辣椒油的香味。

一个食客坐在小板凳上，慢慢地吃着面前的一碗包面。

包面，我们宜昌人的叫法其实是小馄饨，四川人叫抄手。

我和夏月坐下来，叫了两碗包面。漂亮女人把指头大小的包面倒入翻滚着开水的大锅内，盖上了盖子，接着在青花瓷碗里点缀作料。

这时候我才意识到，是夏月在主动陪着我。晚上一点钟之后，我们去见识她奶奶告诉我的鬼市。夏月看出了我的心思："我只是担心你，你上次在胜利二路把我吓到了。"

"我记得这个包面铺子从我们小时候就在，"我的记忆突然涌上来，"是一个老婆婆做生意。"

"那是我妈。"女摊主的耳朵很灵敏，轻快地从塑料棚那头回答我。

"老人家去世了？"我问女摊主。

"是的，"女摊主手里不停，"有六年了。你是要放很多辣椒的对不对？小姑娘不放辣椒，但是要多放醋。”

“对的。”我和夏月同时回答。

“可是我现在不吃辣椒了。”我说了之后，立即改口，“跟从前一样吧。”

女摊主把两碗包面放到我们面前的桌上，“我记得你们还有三个小孩经常一起来的，他们人呢？”

“人长大了，就忙了，”我轻松地回答，“聚不到一块儿。”

“也是。”女摊主看见又有客人来了，走过去招呼。

“你奶奶把时间搞错了，”我压低声音对夏月说，“不是一点，是十一点。”

“可能是你听错了。”夏月看了看手机时间，“快十二点了，难道你又看到了什么我看不见的东西？”

“那个老婆婆没有死。”我尽量让自己的声音含混不清，余光看着女摊主。

“为什么这么说？”夏月也好奇起来。

“她刚才说她是老婆婆女儿的时候，迟疑了一下。”我的声音轻微到只能让夏月听见，“老婆婆的这个包面摊子开了几十年了，而现在这个女人说老婆婆六年前死掉的。如果她是女儿，她就应该从来没见过我，我十年没有回来了。”

夏月扭头看了一下女摊主，女摊主冲夏月笑了一下。

“别看。”我阻止夏月，“我们小时候在这里吃东西，从来就没有见过老婆婆有个女儿来帮忙。”

夏月抱了一下自己的胳膊：“你别吓唬我，说得跟真的一样。”

“这里是鬼市嘛。”我轻声说，“老婆婆死了，却舍不得这里，舍不得自己的小生意，所以就晚上继续做买卖。”

“别说了，吃吧。”夏月开始吃起来。

我吃了两口之后，停下了筷子。我已经看见女摊主的头发在慢慢变得灰白，皮肤已经开始有了黯淡的黄色。她在煮包面，揭开锅盖的时候，眯着眼睛，眼神出现老年人才会有的迷离。

我释然了，夏月的奶奶并没有骗我，鬼市就是一点钟开市，但是夏月的奶奶没有说，到了一点钟，那些本属于另外一个世界的才会出现啊。

我又看了女摊主一眼，确信当凌晨一点钟的时候，她会恢复成那个鹤发的老婆婆。

“叶江带着我刚回来的时候……”夏月突然提起了往事，“我们没钱，两人身上的钱只够吃一碗包面。他吃一个就饱了。”夏月露出了惨淡的笑容，“他总是喝汤，喝得干干净净。”

“你那时候怀着晚晚，换作是我，也会让你多吃一点儿。”我心里一阵酸楚，他们两人是怎么熬过那段时日的？那时候我已经准备考研，没有为吃饭发过愁。我现在非常理解晚晚出生后，夏月只能把她托付给于力舟，别无选择。

“如果叶江只是掐死了叶大俊，可能老于所长会替他开脱。”我妄加猜测，“因为叶大俊已经到了癌症晚期，叶江有很大的机会被定罪为误杀。加上老于所长和学校，还有那么多的街坊邻居求情，叶江很可能只是一个缓刑。”

“那又能怎样呢，”夏月说，“宁宁死了，他就已经知道自己不再属于正常的世界。他已经放弃了，捅王小飞的那一刀，叶江不是为了自己，甚至不是为了宁宁，而是为了你和我，还有于力舟。”

“我明白。”我苦涩地说，“我在场，并且一直跟着他。我跟他同样愤怒，但是我没有勇气像他那样去做。”

“那是因为你对生活还抱有期待。”夏月盯着我看。

是的，当宁宁死后，叶江对生活已经彻底绝望。

叶江掐死叶大俊，踏入长江之后，所有人都认为叶家绝户了。这个人间惨剧，在我们棚户区传得沸沸扬扬。港务局家属们对叶江和叶宁的命运报以同情，心肠好的妇女还会替他们唏嘘。

可我知道叶江不会自杀，他的水性太好，长江是淹不死他的，所以我每天晚上在长江边等着叶江出现。我偷了父母放在衣柜里的几百块钱，打算当叶江出现在江边的时候，把钱交给叶江，让叶江杀了王小飞之后去亡命天涯。我知道叶江一定会去杀王小飞。

老于所长寻找叶江比寻找叶大俊更加拼命。但是老于所长不知道，叶江就躲在长江的那块石头下面，就是严茂钧鱼落水失踪的那块石头，也是我们五个人常去的据点。叶江躲了两天之后才出现在我的面前，他慢慢从江水里走上来，如同一个长江水怪。不，他就是长江水怪。

我对此毫不意外。我告诉叶江，王小飞就在银帆歌舞厅。现在是王小飞最得意的时候，他成功地摆脱了叶宁遇害的案件嫌疑，并且叶江也在暴怒中杀死了父亲。王小飞认为叶江已经在长江中畏罪自尽，就算叶江没有死，他也认为叶江很快就会被抓捕归案。

银帆歌舞厅是港务局水陆客运站出租的物业，距离叶江掐死叶大俊的位置不到一里地。

我不知道为什么王小飞这么痛恨叶江一家，还有我和于力舟，难道是他知道我们都是在岸上的同类，都是被诅咒的吗？只能这么解释了。王小飞的恶是不加以掩饰的，而我们的恶深藏在体内，被良心一层一层地包裹。王小飞的恶，在撕裂我们的良心。

叶江上岸之后，听我告知了王小飞的所在，就再也没有发出任何声音。叶江看了我一眼，就朝着银帆歌舞厅的方向走去。我没有任何表示。我知道他要去做什么，我绝不会阻拦他。我跟着叶江行走在充满恶臭的码头，与叶江保持十米的距离，看着叶江的背影一步步走向灯红酒绿的银帆歌舞厅。

叶江戴着斗笠，穿着蓑衣，身影融入鬼魅般的夜色。码头上来往的行人，没有一个人看得见他，除了我。

银帆歌舞厅的门卫看不见叶江，却拦住了我。我注视了门卫一下，摘下自己的眼镜，把自己的眼睛显露在门卫的面前，门卫顿时惊吓得跌坐在地上。我知道我的眼睛现在是什么样子，赤红的眼球，中间是苍白的瞳孔，跟叶江一样。

我进入舞厅，看着叶江一步步走到舞池中心。

王小飞在扭动自己的身体，在舞厅里骚扰女性。即便舞池里所有人都躲着他，就只有他一个人在跳舞，他也不以为意。王小飞对已经走到面前的叶江茫然不知。

我忍不住发出了尖锐的狂笑。

叶江手中的匕首划过了舞厅里五彩斑斓的灯光，狠狠地扎进了王小飞的心脏。

我吃完了最后一个包面，发现身边已经坐满了人，他们狼吞虎咽，发出呼噜噜的声音。空气变得冰凉潮湿，地面上蔓延着一层浓烈的白雾，挡住了那些人的脚。夏月冷得瑟瑟发抖，她穿着凉鞋，白雾里的寒意从她的脚踝渐渐向上流窜。

我不用看时间就知道，鬼市的时间到了。煮包面的女摊主穿着老旧的对襟青色褂子，头发黑白夹杂，手脚迟缓，正在把一个个昆虫的尸体从大锅里捞出来，放进瓷碗。

又一个客人进来了，女摊主又下了一碗包面，我看到女摊主的头发更苍白了一些，她又老了些。

我和夏月站起来，给刚来的客人让座，接着我准备付钱。女摊主在忙碌中指了指她身边的一个纸盒子，里面放满了纸钞和硬币，还夹杂着一个铜钱。

夏月奶奶棺材里有很多很多这样的铜钱。

我和夏月走出了卖包面的塑料棚子，小小的街道上行走的人多了一些，两边有了摆摊的商贩。路灯已经熄灭，灯架的下方悬挂着灯笼，光线更加黯淡。我回头看了一眼，女摊主身体缩小到一米四多，佝偻成了九十度，转身都已经迟缓。

路边摆摊的商贩都在沉默，他们有的蹲在地上，有的静静站立，都垂着头，避开与人对视。脚前方是一张铺在地上的陈旧桌布或者床单，上面摆着各种二手商品。

我和夏月走过身边的一个小摊，夏月的脚步停下了，她看见一个小摊上摆放的都是镜子，最小的有巴掌大小，最大的是一面方方正正一米高的试衣镜。

几十个镜子在黑夜中映射出各种光芒，吸引了夏月的注意力。夏月蹲下来，拿起一个带着手柄的红色塑料镜子。我站在夏月身后，从镜子中看到了反射出来的黑色的天空中黯淡的月亮。我回头朝天看去，天空中漆黑一片，只有乌云。

我心里想要阻拦夏月购买这块不祥的镜子。夏月已经把镜子翻转过来察看，镜子背后是一张上世纪八十年代的年轻女人的头像照片，有着那个年代特有的笑容，涂抹的红色脸颊，以及一头波浪卷发。

夏月盯着镜子背后照片里的女人头像看了很久。

“放下吧，”我提醒夏月，“别买。”

夏月站起来，跟着我离开。整个过程卖镜子的人头也没抬一下，就静静地蹲在原地。

“镜子不干净，”我向夏月解释，“之前主人如果带着怨气，都会压抑在镜子里。”

“你在找什么？”夏月贴紧我的胳膊问我。

“能带我进入水怪世界的人。”我回答夏月，“一定有这么一个人。如果叶江在那个世界，我想找到他。”

夏月的脸色煞白，我无法判断她是不是相信我说的话。

我们这个城市里一直都流传着关于鬼市的传说，只是相信的人并不多。现在我和夏月身处在鬼市里，却并没有觉得灵异和诡谲。

一个中年妇女迎面撞向我们，手里拿着一叠上世纪的粮票：“要粮票吗？一斤粮票兑换一块钱。”

“不要。”我礼貌地拒绝了对方。

中年妇女失望地从我们身边走开，嘴里唠唠叨叨，无休无止。

粮票已经消失在这个世界上很多年了，而面前这个中年妇女依然用当年的比价在兑换。我突然想起当年关于鬼市的一个传说，看向了夏月。夏月向我点头，这个传说她也听过，和我一起在夏夜里，从一群棚户区乘凉的大人们口中听来。

传说说的是有个知道鬼市存在的妇女，她是粮食局的会计，终于忍不住好奇，找到了鬼市，遇到了一个看不清楚面目的人，用一个金戒指跟她换十斤粮票。妇女非常开心，立即就答应了。但是当她拿过金戒指时，面目模糊的男人告诉她，十斤粮票是十斤重量的粮票，而非面值十斤。

在九十年代初期，十斤重量的粮票，能够兑换的人民币高达十几万，是一笔天文数字。妇女反悔了，但是为时已晚。第二天她的丈夫就突然生病昏迷，命在旦夕。妇女知道，如果不兑现这十斤粮票，不仅自己的丈夫会死掉，她和她的女儿也难以摆脱鬼市里那个没有面部的男人的诅咒。

于是粮食局的会计贪污了十斤重量的粮票，救了她的丈夫。随后她的贪污案事发，然后就从人间消失了。还有一个说法是，她在检察院的工作人员到来之前，就吃了老鼠药自杀。后来就有人说，在鬼市里看见过这个妇女，拿着粮票找人兑换。她也想用同样的方式，诱骗一个贪心的人。可是她的故事已经传遍了整个城市，没有人会中她的圈套。

时间过去了这么多年，在我们的世界上，粮票的记忆已经被淡忘，可是这个妇女还在顽强地继续她的骗局，期许能摆脱这个永远黑暗的陷阱。

我忍不住回头看了那个妇女一眼。妇女拿着手里的粮票，茫然地看着鬼市里走过的每一个人，愁苦地捧着手里的粮票：“要不要换粮票，要不要换？”

所有人都茫然而过，妇女失落地离开，身影消失在鬼市的尽头。

我和夏月还遇见了两个熟人，是棚户区的邻居，但是他们装作不认识我们，匆匆抱着怀里的东西离开。其中一个是教我们地理的庞老师。庞老师是上海人，他上课的时候声音高亢，抑扬顿挫。

我突然想起来，好像在我和夏月读大学的时候，听说过庞老师去世的消息。“庞老师是不是在我们大二那年因为肝癌去世了？”我向夏月求证这个事情。但是夏月茫然地摇摇头，“我忘记了。”

我很快把这个疑惑忘掉，在一个卖旧书的地摊前停下。卖书的人捧着一本旧书，正借着昏暗的光线仔细阅读。我是一个作家，对书籍有出于本能的偏爱。我仔细看着脚下的书，都是一些过期的杂志和毫无价值的盗版书籍。

与其他鬼市的买卖人不同，卖书人向我抬起了头：“看中哪一本了？”

我摇摇头，拉着夏月准备走开，走了几步，我心神不宁，转回来看着卖书人，我似乎在哪里见过他。

卖书人戴着眼镜，眼镜镜片的边缘有一圈圈的叠纹，他对着我谄媚地笑了笑，看来他的生意并不好。我想起他是谁了，他是在打捞严茂尸体的诡异的江边努力打捞铜钱的中年男人。他是否在哪里见到过我呢？我不能确定。

为了转移这个尴尬的猜疑，我表示对他手里的那本书很感兴趣。

“你喜欢？”卖书人把书递给我，看来他对我没有印象。

我看了一下这本陈旧的书，发现是一个叫威廉·埃德加·盖洛的外国人所著。里面有很多陈旧的黑白照片，还有密密麻麻的文字注解。这是一本古书，里面都是繁体字。

卖书人见我在随手翻阅，于是拿出了电筒，殷勤地把电筒灯光照射在书页上。我一页一页地翻过，看到里面的照片都是清末民初宜昌的城市和人物照。我突然发现，照片里的建筑，那些塔林，还有寺庙，以及破旧的民居，就是我在上次眼睛犯病后，背着夏月遭遇的梦魇场景。

我心里开始紧张，翻页的速度更快了。当一张合影掠过之后，我又马上翻了回去。我仔细看着那张照片，我的双手在颤抖，书差一点儿掉落。

照片上有两个洋人，他们合影的背景是在一个教堂里，他们的身后有一个圣母的雕像，还有一个一人高的座钟。

这两个洋人合影的地点，就在防空洞之下的那个地下教堂，也就是叶宁失踪的那个地下深处的教堂。

我的心情如同遭受了雷击：“宁宁。”

夏月问我：“你怎么了？”

“我、我……”我拿好了这本书，仔细看着那张照片。

“这本书我要了，”我问卖书人，“多少钱？”

“你是个识货的，”卖书人说，“可惜这本书不能卖。”

“为什么？”

“因为这本书不属于我。”卖书人神秘地说。

“多少钱？”我一边说一边在内心鄙夷商人的狡诈。

“我是博物馆的义务领讲员。”卖书人把他的志愿者工作牌拿出来。

我仔细看了他的工作证，看到他的名字叫宋继森。我不知道卖书人为什么急于证明自己，却是为了不想做成这笔买卖。

“你第一次来，你不知道，”卖书人压低声音，“鬼市里卖东西的，就我是真正的人，他们都是水怪，你不要买他们的东西，买的没有卖的精，他们是要人命的。”

“你提醒我这个干什么？”我问卖书人。

“我身体不好，只能每个月的初二、十二、二十二在这里摆摊，这三天阳气旺。”卖书人说，“这里不是普通人该来的地方，鬼比人多，来的生面孔少，有人第一次来我都会提醒一下的。”

“你是个好人。”我笑了笑，“可是我现在很想把这本书买下来，或者你借给我，让我多看一会儿。”

“你可以看这本书，”卖书人说，“不过不是现在，这本书是从天主教堂的邱神父那里借来的，你可以向他借阅。”

“解放路的天主教堂？”我问。

“是的。”卖书人把书收好，“邱神父告诉我，这本书不能随便给人看的，很少有人能看明白。”

我相信卖书人说的是实话，毕竟他把工作证都拿出来了，可见他的真诚。

我和夏月继续在鬼市里行走，去找夏月奶奶提醒我要找的人。

“千万不要随便买东西，”卖书人在我身后不放心地嘱咐，“有些东西是要拿命换的！”

我扭过头：“是不是专门买命的水怪？”

“这里除了我，都是水怪，不要跟他们说话。”卖书人低下头，表示他不想再告诉我任何细节。

“风风，我困了。”夏月在我身旁说。我知道夏月并不是困了，而是她感受到了恐惧。卖书人的话让她十分不安。

“好的，我们回去吧。”我对夏月说，“可是于力舟这么晚还没有给我们打电话，他应该还在医院处理王小飞拆迁公司的事情。”

“丽娟把他们家钥匙给我了，”夏月苦笑着说，“偷偷地。”

我准备走了，夏月奶奶暗示我的事情就这么结束了。我和夏月走到了鬼市的尽头，这是一个路口，路口再过去就空无一人，雾气在路口弥漫。

路口的黑暗处摆了最后一个摊子，地面的桌布上放满了各种玩偶，有毛绒玩具，有木头娃娃，有变形金刚，有各种布娃娃，还有支离破碎的人体模特。一个身材短小、戴着斗笠的人，阴森森地蹲在角落，如果不是仔细辨认，我会把他也当作人偶中的一个。

“月，你别过来，”我朝着路口玩偶摊子走去，“你站在有灯光的地方等我。”

夏月听从了我的建议。

我一步步朝着那个缩在斗笠下的人走去，压抑着心中的焦灼。就是他，没错的。

我站在各种玩偶前，看着各种诡异的娃娃。戴着斗笠的人伸出了两条毛茸茸的胳膊，在布偶中摸索，随后举起了一个大头娃娃——憨态可掬的大阿福。大阿福的笑脸在这种环境下让我更加心悸。我摇头，胳膊把大阿福放下。

卖书人没有骗我，现在我面前的一定是长江水怪，并且他就是夏月奶奶暗示我要找的人。

斗笠慢慢地扬起来了，我做好了被惊吓的准备，打算看到一张属于水怪的可憎脸庞。不过斗笠之下是一张面具，面具狰狞，青面獠牙。

我拿出了我的钱包，从里面掏出了一枚铜钱，这个铜钱是夏月奶奶交给我的冥钱，能够在鬼市里买到真正有价值的东西。

铜钱递在斗笠人身前，我的眼睛紧盯着面具。

斗笠人在迟疑。我的眼神坚定。如果我坚持要买，并且达成了交易，那么我就一定要买到。这就是鬼市的规矩，无论是人还是水怪，都不能违背。

斗笠人用他长长的指甲夹起了铜钱，放回他的脚下。接着斗笠人把面具揭开，我看到斗笠之下面具后的那张脸，顿时惊讶无比。

竟然是王小飞！

为什么王小飞并不是刚才还在嚣张跋扈的黑社会头子，而是一个在鬼市里做人命生意的？

我心里飞快地计算时间，王小飞被于力舟强迫去了医院解决伤员的问题，我和夏月在运河公园散步，然后在包面铺子坐到了鬼市开市。

已经过去了五六个小时，如果王小飞在医院解决问题很快，他是来得及转换装扮，到鬼市做小生意。

但是为什么？

而且现在鬼市里的王小飞，不再是那个无恶不作的混蛋了。现在的他，表情冷漠，双眼无神。是的，他也跟我们一样，是受了诅咒的化生子。他和夏月奶奶到底在鬼市有什么样的秘密呢？

我接过了面具，拿在手上。我准备离开了，不想跟王小飞继续耗下去，我们的恩怨属于我们的世界，而此时此刻，是另外一个世界的边缘。平日的仇恨，无法在这里延续。

随后我看到王小飞拿起一个机器猫的布娃娃，我的脑袋一阵轰鸣，这个机器猫娃娃是属于晚晚的。

我的眼中冒出了怒火，看着王小飞："你为什么一定不肯放过晚晚？"

王小飞的嘴角抽搐了一下，拉扯了一下斗笠，把自己的脸再次掩藏在斗笠之下。

我一把将王小飞的斗笠掀开："为什么你不肯放过我们？"

王小飞慢慢地站起来，鼻子开始一点点融化，眼睛变得空洞苍白。他从怀里掏出一个镜子，我见过这个镜子，在我的梦魇之中，我本能地不去看镜子里自己的脸。

我的身体在发抖，我觉得很冷，随后我发现身边站着无数的水怪，他们每一个都拿着一枚铜钱。我想起当年火锅店里他们也是这样围着我，但是这次没有杨驼子替我解围。

"风风！"夏月在远处的路灯下喊我，"你在干什么？"

"别叫我的名字！"我回答夏月，"你也别过来。"

我拿着面具一步步后退，从密密麻麻的水怪里挤出来一条通道，走向夏月。夏月站立在鬼市的范围之外，那里有正常的人间灯火。

水怪们试图用长长的手臂阻拦我，嘴里含糊地低吟着："风……分……夫……"

我一个个推开他们，走到夏月的面前，再回头看时，水怪们都消失了，鬼市仍旧在昏暗的灯光里，人影绰绰，飘忽不定。王小飞戴着斗笠，和那一群水怪们站在鬼市的边缘，凝视着我。

我惊魂未定，看着夏月拿着她的手机："小舟回家了，看我们不在，打电话问我……你手里拿着什么？"

"我好像看到了王小飞。"我告诉夏月。

"王小飞现在和小舟在一起。"夏月紧张地问我，"你的眼睛……"

"是我看错了，"我看着站在水怪间的王小飞瘦骨嶙峋，突然意识到自己在震惊中忘记了一个客观事实：王小飞已经变成了胖子。

"走吧。"我把手里的面具放在身体的右侧，让夏月走在我的左边。我们走到了夷陵大道，车来车往，我呼吸到了充满灰尘和汽车尾气的浑浊空气，这是属于我们人类世界的气息。

到于力舟家里的时候，于力舟正在写报告。看到门开了，他抬起头问我们："你们去哪里了？"

"没走远，"我抢在夏月之前回答，"就在棚户区的菜市场，那里晚上有人卖东西。"

夏月看了我一眼，我轻轻摇头，表示不想让于力舟知道我和夏月去过运河公园，以及在运河公园里我和夏月相处的一段美好的瞬间。

“那个占道经营的非法市场，马上就要被取缔。”于力舟说，“那片区域的棚户区平房也在棚改拆迁的范围之内。”

“我好像看到了王小飞，”我对于力舟说，“可是他应该和你在一起。”

“他去了医院，付了医药费就走了。”于力舟说，“伤者已经跟他和解。夏月，你得跟你奶奶提前打个招呼，你们那几排房子必须要拆迁的，其实条件不错，就接受了吧。”

夏月幽幽地说：“我奶奶不会走的，她想要死在那个房子里。”

“给她做做工作。”于力舟看见了我手里的面具，把手伸过来，“你买这么个不吉利的东西干吗？”

我本能地把面具放到身后，一如我童年时那样。

“这面具，”于力舟说，“替葬礼上死去的人开路到阴间的。”

时间已经很晚了，我听到楼下有送奶工骑着车，发出叮叮咣咣的奶瓶碰撞声。

“睡吧。”于力舟说，“夏月睡我的卧室，风风睡书房。”说完他就躺在沙发上，蜷缩了起来。

警察也不好当，我看见于力舟写了好几页的报告，他累了。

我躺在于力舟书房的折叠床上，默默地想着，努力想进入睡眠，但是关于叶江的回忆在我的脑海里驱之不散。我睁开眼睛，窗外渗透进来的黄色路灯灯光的颜色慢慢消逝。

银帆歌舞厅里，我的耳朵已经失聪，眼中的世界又变成了黑白和渐变的灰色。我什么都听不见，只有眼前一幕幕幻灯片一样的场景，一帧一帧地闪过。只有一个东西例外，那是叶江手中的匕首在瞬间从白色幻化成赤红色的景象。

叶江把匕首扎进了王小飞的心脏部位。无数人的嘴巴张开，发出连续的尖叫——如果我能听见的话。叶江站在舞池中央，仔细看着王小飞。王小飞捧着胸口，对突如其来的变故没有任何反应。他慢慢坐在地上，急促地喘气，口中渗出了黑色的血液。

我在舞池的边缘对着叶江大喊："跑啊！叶江！"我自己也听不见自己的声音。叶江回头看了我一眼，转头继续看着王小飞一点点死去，就静静地看着。

老于所长和120的医生几乎是同时到来。医生很快就把王小飞抬到担架上，送出舞厅。警察控制住了叶江，把叶江狠狠摁在地上。叶江没有抵抗，他的头看着舞厅外。老于所长亲自把叶江架起来，送上了警车。叶江经过我身边的时候，冲我微笑了一下。我却怨恨叶江为什么在警察来之前没有逃跑。

在老于所长的关照下，叶江在审讯的过程中没有吃什么苦头。叶江什么都招认了，他承认自己掐死了叶大俊，然后预谋了两天，又来杀王小飞。

杀人的动机，叶江不加掩饰，也没有夸张，完全真实地叙述了一遍。他在审讯的过程中十分平静。

叶江在被捕后把自己的罪行交代完的当晚，在羁押室里试图用头撞击墙壁自杀，被警察及时阻拦而未遂。简单治疗后，叶江被换到了看守所。

他的情况全部都由老于所长向我和夏月转述。老于所长告诉我和夏月，叶江在自杀未遂之后，也不说话了，与叶宁死前那段日子一样，保持沉默。这样对叶江的判决很不利。老于所长随即也说，他理解叶江，知道叶江现在一心求死。

我和夏月都希望叶江不要就这么死掉。老于所长说，叶江才十五岁，他可以收集叶大俊贩卖儿童导致叶宁遇难的证据，向公诉人求情。

我把叶大俊对叶宁的所作所为告诉了老于所长。但是老于所长告诉我，叶宁已经去世，仅凭我的口供不能作为任何证据。

其实这一切都不重要了，因为叶江已经没有活下去的任何牵挂。

我和夏月知道叶江一定很快就会死在看守所里，以叶江的性格，他不会再对这个残忍的世界妥协，他要去往另外的那个世界。

事情的转机在于王小飞。

王小飞的心脏被插了一刀之后，一直在医院抢救，没有人觉得王小飞还有生还的希望。但是奇迹发生了，已经休克了几天几夜的王小飞苏醒了过来。

虽然我觉得王小飞没有受到应得的惩罚是一件很遗憾的事情，但是毕竟也从另外的角度拯救了叶江，权衡之下，我感激命运的这次偶然。

在五年之后，我才知道王小飞在医院内死而复生并非巧合。那时候我和夏月已经是一对情侣，在一次酒醉后，夏月终于告诉了我王小飞能逃脱死神的真正缘由，很荒谬，但是我相信。

在王小飞苏醒的前一夜，半夜十一点，夏月奶奶走出了自己的平房房间，穿戴好一种古老的服饰，戴上了一个诡异恐怖的面具，静静地等待着。棚户区路过的邻居，都对夏月奶奶怪异的行为感到好奇，不过没有一个人去询问她要做什么。

到了凌晨两点的时候，棚户区里，从黑暗中走出了一个戴着斗笠的人。那人坐在夏月奶奶的身边，拿出自己的一个平鼓，开始敲打起来。夏月奶奶就随着鼓声跳起奇怪的舞蹈。夏月奶奶在舞蹈的时候，用旁人听不懂的语言吟唱着腔调怪异的歌。

古老的歌声穿透夜空，徘徊在整个棚户区的上空。所有的邻居都被整夜的鼓声和歌声惊扰，可夏月奶奶的舞蹈散发出神秘恐怖的仪式感，让所有人都不敢出来看个究竟，并且把门窗都紧紧关上。

夏月奶奶的仪式持续了一整夜，第二天王小飞苏醒了过来。医生认为是王小飞的心脏与正常人稍许不同，位置偏离一点点，就这么一点点，让王小飞没有失血过多而死。在注射了大量的激素类药物之后，王小飞活过来了。

洞悉人性的老于所长第一时间把这个消息告诉了已经绝食一星期、靠着强制打葡萄糖溶液续命的叶江。叶江听到王小飞醒过来的消息后，眼睛突然闪出了凌厉的光芒。叶江的强烈的仇恨，让这个老警察都彻骨心寒。叶江的生命力在仇恨中恢复。

王小飞和叶江都被命运从死亡的边缘拉回了我们这个世界。

叶江故意杀人和故意伤害的案件，在我们初三毕业的夏天，是整个港务局棚户区最轰动的事件。没有人认为叶江是一个罪犯，相反，知情人都感慨叶江的不幸。

案件审理得很顺利，就开庭了一次。开庭的时候，我和夏月已经就读于我们市内最好的重点高中——市一中。于力舟也在军训后成了警校的学员。王小飞没有出庭，放弃了指证叶江。受害者和关键证人的缺席，对叶江的处境很有帮助。

倒不是王小飞突然起了怜悯之心，于力舟暗示过，是老于所长给发权施加了巨大的压力。发权私下威胁过王小飞，让王小飞知道该怎么做。我不知道这算不算老于所长在干扰司法公正，我只知道老于所长这个行为让我很感激。

开庭的那天，棚户区很多居民都去了中级法院门外。审判不是公审，能够进入法庭的人并不多。几十个怜悯叶江的棚户区居民都聚集在法院外的台阶上。

我和夏月、于力舟也在场。

我们港务局子弟学校的校长也在，平时我们并不喜欢他，他是一个脾气暴躁的老古板。但是在这一天，我对校长的印象有了巨大的改观。

校长没有过多的举动，甚至一句话都没有说。他只是拿着叶江的一中录取通知书，高高地举在头顶，站在法院的门口，给路过的所有人看。当有穿着制服的法院工作人员路过，校长就把这个通知书举得更高。

我的父亲赵老师，拿着叶江的中考成绩，上面的分数表明叶江是全市中考第一名。其他的几个老师，都端着叶江历年的三好学生奖状，默默地站在校长身边。

这些知识分子，用沉默的力量来拯救叶江，他们在无声地替叶江鸣抱不平，用最无奈的选择来表达自己的立场。

我相信审判员看到了这一幕。整个庭审过程非常短暂，法院指派的辩方律师滔滔不绝，控方律师只有短短的三言两语。巨大的道德压力，让叶江得到了最轻的刑罚。

叶江被判到少管所服刑七年。这是在法律的规则下，能够替叶江争取到的最优结果，虽然也不能挽救叶江的命运。

我和夏月、于力舟在这一天也长大了，我们告别了童年，开始了我们的少年生活。

中

现在我睡在于力舟的书房里，心情澎湃，难以入睡。窗外透出了黯淡的灰白，我站起身走到了客厅，开了灯，想去卧室找夏月要烟抽。可是我看到夏月坐在沙发中段，让于力舟的头枕在她的腿上。于力舟在熟睡，夏月背靠沙发，看着于力舟睡着后的脸庞。

一个人在白天无论怎么伪装，在睡梦中都会出卖自己的内心。于力舟从小睡觉都是嘴角上扬、露出微笑的样子，现在仍然如此。他是一个善良的人。

我谨慎地贴着夏月坐下，示意要抽烟。夏月指了指茶几上的烟盒，我发现烟盒放在于力舟写的报告上面。在我去拿烟盒的时候，才看到那几张纸并不是于力舟的工作报告，而是领养晚晚的文件资料。

我点了烟，递给夏月，自己又点上一支。我和夏月在客厅里沉默地抽烟，烟雾缭绕中，我看着夏月精致的面容，痴望很久。夏月伸出手，掠过我的耳边，她手指冰凉，插入我后脑的头发。

我突然意识到了于力舟填写申请领养晚晚资料的意

义，我吃惊地看向夏月，夏月轻轻地摇头。是的，有些话并不需要说出来。我和夏月之间的羁绊和情感，并不只是在运河公园里那一刻的一闪而逝，从和夏月见面开始，于力舟就能察觉到我们之间的牵挂。

于力舟知道我在外漂泊累了想回家，想回来跟夏月一起生活下去。我们只有三个人了，需要在这个世界上相濡以沫，舔舐伤口，回到普通的生活。

于力舟说过，他只要晚晚。

我和夏月的烟头在黎明前的黑暗中忽明忽暗，一支接着一支。

我生命中除了父母，最重要的两个人就在眼前。我为我近十年的隔绝而懊恼伤感，如果我能早点儿回来，是不是叶江就不会死。如果叶江不死，他会不会放弃对王小飞的仇恨，而重新回到我们的从前呢。

我不知道。

看穿我心思的夏月用眼睛告诉我，她也不知道。但是我们都很想回到从前，我更加想念叶江了。

在这充满回忆的情绪中，我和夏月已经靠得很近，嘴唇几乎就要碰上。我突然看了看夏月腿上的于力舟，扑哧一声笑起来。

夏月也粗鲁地笑了一声。于力舟醒了，坐直了身体，对我说："风风，留下来，跟月在一起吧，我们一起把晚晚养大。"

我觉得于力舟刚才一定是在装睡。我看着于力舟和夏月，伸手把夏月放在我后脑的手放到于力舟的手上：“我不走了，但是晚晚需要真正的父亲和母亲。”

夏月本来就应该和于力舟在一起的，他们从初中就是让人羡慕的一对情侣。

初三毕业那年发生了巨大的变故，叶江和叶宁兄妹在我们的世界里缺失了。我和夏月上了高中，于力舟上了警校。

于力舟每到周六的下午，就会骑着他那辆摩托车，到我和夏月的高中来，陪着夏月，当然还有我。

于力舟从来不介意我对夏月暧昧，我只是一个矮胖子，而他那时候已经是一个一米九的帅小伙。

警校和高中的学习氛围不同，学习的压力并没有那么大。每当于力舟穿着一身警服到了我们校园，出现在操场上，和夏月并排行走的时候，都会吸引所有高中学生的目光。而我能够和他们两人靠近，内心也洋溢着得意和骄傲。

港务局当初承诺夏月奶奶的补偿，在夏月的教育上只能维持到子弟学校的小学和初中。到了高中，港务局就没有这个责任了。是老于所长资助了夏月，并且告诉夏月，上大学的学费他也会继续资助下去。老于所长已经把夏月当成了自己的家人。于力舟很幸运，他有开明的父母。

我的父母也曾经提起过，夏月如果能成为他们的儿媳妇，他们会非常开心。可惜老于所长已经先行一步了，他们的儿子赵长风没有这个福气。

在我们高二那年，九码头发生了一起黑社会火并的恶性事件，一人死亡，三人重伤。起因是发权和另一个老大老刘在争夺九码头几个娱乐场所和黑旅行社的经营权时，双方发生了冲突。发权大获全胜，黑帮老大老刘就是三个重伤者之一，一颗霰弹嵌在了他的脊柱里，医院的医生取不出来。一死三伤的影响非常恶劣，市公安局领导震怒，把老于所长叫到市局狠狠地训斥了一番。

于是，老于所长开始行动，命令他的副手，也就是港务局派出所的秦副所长带队，把九码头能够找到的所有黑社会人员全部抓去审问，并且关闭了九码头所有的娱乐场所。秦副所长的所作所为，导致了黑社会的报复，这是我们这个城市治安最黑暗的一段日子。秦副所长的妻子在一个傍晚失踪了，随后她的尸体在江边被找到了。尸体身上伤痕累累，生前受尽了折磨，并且尸体上留下了纸条，写着威胁秦副所长的言语，气焰嚣张到了极点。

秦副所长抱着妻子的尸体，绝望地用手扶着妻子的脑袋。当警察和法医要带走他妻子的时候，他的手在妻子的尸体上不断摸索。老于所长问秦副所长："老秦，坚强一点儿，弟妹已经走了，你在干什么？"

秦副所长说："没了，找不到了。"

警察都不忍心打断已经慌乱到失常的秦副所长，任由他在妻子的尸体上摸索。

老于所长忍不住了，抓住了秦副所长的手：“老秦，别这样。”

秦副所长崩溃地看着妻子：“我给她买的珍珠项链，怎么就没了，我要找到它。”

秦副所长有个常年卧病在床的母亲，两年前去世了，所以家境拮据，结婚的时候买不起首饰，直到结婚多年后，才用一条廉价的珍珠项链替代。

现在秦副所长经济终于缓和了，妻子却……所有人都明白在秦副所长心里那串珍珠项链的重要性。

崩溃的秦副所长和已经气炸的老于所长震怒。在九码头一直存在着地上和地下的两种秩序，现在黑帮打破了平衡，超越了黑白之间的界限，竟然开始打击报复主持正义的警察的家人。

老于所长配合市公安局的刑警大队，抓捕了参与的所有嫌疑人。最后根据线索，老于所长和秦副所长带着一队刑警，在宜昌剧院旁的小旅店里，亲手抓到了躲藏的发权。如果不是老于所长拦着秦副所长，在抓捕的现场，秦副所长就会亲手把发权打死。

审讯之后，老于所长确认了恶性火并事件的幕后主使者就是发权，并且收集了发权长期以来的各种贩毒、非法拘禁绑架、故意伤害他人等犯罪证据。发权一直不肯承认是自己绑架并杀害了秦副所长的妻子，举报是他的对头老刘所为。但是在这个时候，老刘处于重伤的昏迷之中，最终这起绑架杀人案还是算在了发权的头上。

老刘因为重伤导致下半身瘫痪，却捡了一条命，在判处重刑之后两年保外就医，从此在九码头的街头靠卖豆皮为生。

在夜间繁华的九码头路口处，一个坐着轮椅的中年胖子坐在一口大平锅之前，沉默无语，平锅里的豆皮摆放得整整齐齐。来来往往的很多人，并不知道这个外号叫刘瘸子的中年胖子当年曾经是能跟发权平起平坐的黑社会大哥。

发权被捕后，被判处了死刑。发权的大部分罪证之所以能定罪，是王小飞站出来给警方做了证人。王小飞是这场打黑除恶的行动中唯一没有被惩治的黑社会“骨干”。

老于所长随即发现，当初看在王小飞还是一个孩子的分上，心慈手软放过他一马，给了王小飞一个改过自新的机会，是一个巨大的错误。大难不死的王小飞取代发权，成为九码头最有实力的黑帮老大。但是他在挨了叶江一刀之后，也变得低调，在九码头地下世界把自己隐藏了起来。不过他依然是一个恶魔。九码头那些洗脚、按摩、洗浴中心雨后春笋般地冒出来，连棚户区也开始藏污纳垢，这些场所都在他的控制之下。相比发权，王小飞让老于所长更加头疼。这是老于所长的判断失误，他一直认为王小飞从未真正犯过大错，只是一个混迹街头胡作非为的小混混而已，就算是叶宁被拐卖的案件，王小飞也并没有真正参与。

但是老于所长错了，王小飞在成为黑帮老大之后，手上开始沾染鲜血，并且他并没有放下对夏月的窥觎，导致他仇恨于力舟，甚至为了夏月对于力舟下手。老于所长做梦也想不到，自己作为一个警察，儿子却被黑社会惦记上了。精明了一辈子的老于所长，在关乎自己的事情上疏忽了。他忘记了他的战友秦副所长的妻子被黑帮绑架杀害的教训。有警察猜测过王小飞才是秦副所长妻子被害的真凶，但是老于所长并不相信，他真的不相信一个少年能造这样的孽。这是老于所长的失误，王小飞是一个生活在我们世界的水怪，他的恶是与生俱来的，跟年龄毫无关系。

我和夏月、于力舟都在学校里住宿，只有每个周日下午回到棚户区的家中，跟家人吃顿饭，拿些生活费。九码头和棚户区已经渐渐从我们的生活中远离，我们的伤口随着时间在慢慢愈合。

我们三个人在一起的时候，都尽量不提起叶江和叶宁兄妹，虽然我们心里永远都有他们的位置。

夏月和于力舟之间的感情越来越深厚。夏月长开了，变得更加漂亮了，于力舟和她站在一起，已经是成年情侣的样子，而我只是一个矮矮胖胖的小跟班。

长江水怪的噩梦也在我的眼睛里消失，我一如既往地爱着夏月，但是我从未对于力舟产生过嫉妒这种想法，他们是天造地设的一对。我们的生活已经走上了正常的轨道，我和夏月会上大学，毕业后回到这个城市，夏月会嫁给做了警察的于力舟。我会跟他们做一辈子的朋友，不再分开，一起变老。

叶江和叶宁缺席后的生活还是要继续下去的，而且我们满怀期待地等着叶江从少管所被释放。我们相信当叶江出来之后，会认同我们平静而幸福的生活，放下一切残酷的回忆，开始新的人生。

如果没有王小飞，这一切都会如愿以偿吧。

幸福的时间过得很快，夏月和我很快就到了高三。夏月的学习成绩不错，上二本问题不大，而我多次模拟考试都超过了一本的分数线。于力舟即将从警校毕业，然后去交警大队上班。

同年，老于所长的妻子，也就是于力舟的母亲因病去世。这是一个不祥的预兆，几年前叶江的不幸也是从他的母亲去世开始。我无端地把这两件类似的事情联系到了一起。

我们参加了于力舟母亲的葬礼。葬礼上，我们认为会情绪失控的于力舟一直保持着镇定。猝不及防的是老于所长崩溃了。老于所长坚持不肯相信自己相濡以沫的妻子去世的事实，不肯把自己妻子的遗体送入火化炉。

秦副所长苦劝老于所长，说自己也承受过丧偶之痛，他感同身受，却仍然无法把老于所长从火化炉前拉走。

秦副所长决定强行把老于所长架走，几个警察抱住老于所长的胳膊，被老于所长挣脱。老于所长掏出手枪，怒吼着要干掉烧死他妻子的每个人。大家都以为老于所长只是一时悲伤到了糊涂的地步，没想到老于所长真的开枪了，流弹击中了秦副所长的大腿，好在只是擦伤。

枪声响起后，秦副所长捂着大腿，鲜血淋漓。于力舟跪在了老于所长的面前，老于所长才镇定下来，明白自己犯了大错。

这一切我和夏月都亲眼所见，都不肯相信一直冷静沉着的老于所长——九码头地上秩序的维护者，竟然在妻子去世后做出了这种无法预料的事情。

葬礼结束后，老于所长提前退休了，随即他的睿智从身体里迅速流逝，开始进入半老年痴呆的状态，并且随着年龄的增长，越来越严重。但是这个过程是漫长的，老于所长凭着坚强的意志，不懈地和疾病搏斗。医生判断老于所长会在五年内生活无法自理，然后躺在床上进入垂死的混沌状态。可是十余年过去了，老于所长还能带着自己的孙女晚晚去公园游玩，状态好的时候，甚至还能跟老街坊们下一盘象棋。

于力舟缓解了丧母的悲痛，跟夏月的陪伴有很大的关系。夏月以未过门的儿媳的身份，和于力舟共同操办了于母的后事。

接着我和夏月参加了高考。夏月的成绩处于中游，考上了武汉一所二本大学。其实我在高三那年智力开化，学习成绩比夏月要好一些，按照民间的说法，我开窍了。在填写志愿的时候，我不顾父母的劝说，坚持调剂到了夏月报考的二本学校，和夏月一样，报考了文学系。我们可能会跟我父母一样，毕业后做老师。

于力舟对我的选择很感激，武汉距离宜昌三百多公里，他参加工作后就不可能每个周末都去武汉与夏月见面。有我在夏月身边照顾，于力舟绝对放心。

虽然经历了波折，但我们的生活在朝着好的方向发展。可是我们忘了，我们是几个受了诅咒的孩子，命运不会这么轻易放过我们。水怪绝不会远去。而王小飞，就是一个彻头彻尾的长江水怪。

在我和夏月拿到大学录取通知书后，发生了一件让人很难以接受的事情。那就是老于所长忘记了他的银行卡密码，也忘记了资助夏月上大学的承诺。当于力舟拉着老于所长去银行取钱的时候，老于所长在大堂经理面前的木然失态，引起了银行的怀疑。这是一个尴尬的小波折，老于所长沉浸在丧妻之痛里，对所有的一切都漠不关心。银行最终同意了于力舟取款的要求，不过手续上的程序非常复杂，让于力舟非常烦躁，与银行的工作人员大吵了一架后，站在于力舟身边的夏月轻声对于力舟说，她实在不忍心用老于所长的积蓄来供自己读书。老于所长的身体已经开始有垮掉的症状，如果病情加重，疾病将是一个碎钞机。于力舟要去的交警大队一个月的工资才一千块钱出头，夏月宁愿不读书，也不会用老于所长的救命钱。

这个小小的插曲本来可以轻易解决，老于所长的病情也很快恢复了，但是于力舟低估了夏月的自尊心。夏月告诉于力舟，上大学的学费她自己可以想办法。于力舟竟然也相信了，我也相信了。

我和于力舟都以为夏月奶奶会有存款，可实际情况是，夏月奶奶一分钱也拿不出来。夏月奶奶告诉夏月，这就是命了，夏月终究不能离开这个城市和我们的棚户区，她注定要在棚户区过一辈子，她属于这个世界，无法剥离。

夏月面临人生的重大抉择，她不认同奶奶的说法，她一定要从棚户区走出来。我们都知道，棚户区虽然是我们的根，但是也会吞噬掉我们的生活和希望。

夏月做出了选择，用她自己的方式。这是一条通往黑暗的道路，只是她做出选择的时候，自己无法预见未来，否则夏月绝不会做出这样的决定。

夏月在高考后的暑假里，去了位于棚户区边缘的一个KTV，给客人陪唱。

朦胧歌舞厅，就在棚户区这条道路与夷陵大道交接的地方。这里是棚户区最热闹的地方，在无数早餐铺和廉价商品店旁边。不知道什么时候，朦胧歌舞厅就无声无息地存在了。在朦胧歌舞厅的某个时间段，会将灯光调到最暗，几乎就是一片漆黑，在这个间隙里，客人就会在陪唱小姐的身上摸索。朦胧歌舞厅的这个潜规则，在棚户区人人皆知，就算我们小孩子也都知道。

夏月没有让我们知道她在朦胧歌舞厅里给人陪唱。她一个晚上能挣一百多块钱，两个月后，她的学费就可以凑齐。至于上大学之后，她早就跟我约好，我们可以去做家教筹集学费和生活费。

那段时间，我和于力舟很少在晚上见到夏月，每次白天和夏月在一起的时候，夏月都是一副憔悴的模样，眼睛笼罩着黑暗。可是我和于力舟只是认为她生病了，从没有想到过她晚上在黑暗中忍受的那一切。

如果夏月没有在朦胧歌舞厅里遇到王小飞，我将永远不知道夏月在这两个月的遭遇。

王小飞出现在朦胧歌舞厅并不奇怪，他三年前差点儿在银帆歌舞厅被叶江捅死，就再也不踏足银帆歌舞厅。档次粗俗的朦胧歌舞厅成了他的一个据点。当夏月去朦胧歌舞厅当陪唱小姐的时候，他已经把朦胧歌舞厅买了下来作为自己的产业。不过王小飞去的也不多，如果我能安排命运的走向，我真的希望能让王小飞错过夏月在朦胧歌舞厅的日子，可惜我不是上帝，我什么都做不到。

客观地说，王小飞在死里逃生之后，就不再如当年那样器张跋扈。他开始隐藏自己的戾气，努力学习他的老大发权的做派。如果他不在朦胧歌舞厅遇到夏月，可能我们就真的再无交集，各自走向自己的人生道路。

王小飞是在一次喝醉后，在朦胧歌舞厅里看到的夏月。王小飞最害怕的老于所长终于退休了，并且开始患病，在他看来，夏月已经失去了庇护。于力舟还是个刚从警校毕业的小屁孩，他根本就没有把于力舟放在眼里。

王小飞已经是一个沉得住气的老恶棍了，他轻易就打听到了夏月的困境。

第二天夏月去朦胧歌舞厅上班，得知最偏僻的包间有人点了她陪唱。当夏月走进包间之后，看到包间里只有一头猪模样的人，坐在肮脏的沙发上抽烟。夏月终于辨认出来这个肥胖到难以置信的人竟然是王小飞。王小飞在被抢救的时候注射了大量激素，激素救了他的命，但是也把他变得无比肥胖。王小飞把自己隐藏到黑暗里，也是无法接受自己身体的变异，不愿意见人。

夏月立即转身要离开的时候，发现包间的门已经被锁死。夏月回头，看着沙发上一头野猪嚎叫着冲向自己。黑色的野猪獠牙撕碎了夏月的衣服，猪蹄把夏月摁在地板上。夏月拼命挣扎，翻过身，在满是猪屎、猪尿恶臭的地板上，朝着门口爬去。野猪踏上了夏月的后背，张嘴咬住夏月的脖子，猪嘴里喷出的唾液让夏月窒息。庞大沉重的野猪死死地把夏月压在地板上，随之而来的剧烈疼痛让夏月失去了意识，昏迷前她听到了野猪一声兴奋到极点的嘶嚎。

夏月醒来后，看到野猪穿上了衣物，蹲在沙发旁边，坚硬粗长的猪鬃下，一双黑色的猪眼睛阴郁地看着夏月赤裸的身体。夏月全身体无完肤，特别是下体鲜血流淌，她颤抖着收拾破碎的裙子，跌跌撞撞离开了包间。

夏月保守了这个秘密，她甚至在事后哀求王小飞不要声张。王小飞并没有放过夏月，并意识到他的罪恶是拿住夏月的把柄。他更加疯狂地折磨夏月。王小飞是一个内心变态的人，他用了很多种方式玩弄夏月，还用很多种恶心至极的工具，让夏月遍体鳞伤。

夏月只需要熬过这两个月，就能脱离棚户区和她的苦难。这是她最难熬的日子。每次在污秽不堪的沙发上、地板上，被王小飞摁在身下肆意凌辱的时候，夏月是不是都在计算每一秒钟的煎熬？

我和于力舟不是瞎子，虽然夏月刻意穿了长袖和长裤，掩饰她身体上的伤痕，但是我和于力舟还是看到了夏月脸上的淤青。夏月借口说自己是吃了河虾过敏导致，这个理由比电视剧上常用的跌伤和撞伤更有创意，我和于力舟将信将疑。我心里隐隐有了莫名的恐慌和焦虑，可我不愿意去仔细深究。我害怕。

我是一个害怕面对现实的人。于力舟似乎没有这个困扰，他无条件相信夏月的每一句话。

夏月在承受了一个多月的折磨之后，终于凑齐了学费，不用再忍受王小飞的凌辱。夏月无理由地告诉我和于力舟，她要提前去武汉的大学报到。我和于力舟很奇怪，为什么她不能在宜昌多和于力舟待几天。

夏月没有解释，只是说出了她的决定。我不在意报到时间的迟早，于力舟有点儿闷闷不乐，随即单纯的于力舟做出了跟我们一起去武汉报名的决定，他推迟了去交警大队报到。

随后，王小飞在棚户区里找到了我们。

王小飞淫邪地告知我和于力舟夏月是他女朋友的时候，于力舟不屑地笑起来。而我的内心在崩塌，我隐隐怀疑的事情终于还是发生了。

王小飞在我们面前描述他如何与夏月做爱的细节，以及夏月曼妙的身体给他带来的愉悦，但是聪明的他对强暴和凌辱只字不提。于力舟蒙了，问夏月这一切是不是真的。

夏月冷静地告诉于力舟，王小飞说的都是编造的谎言，她跟我们一样，很久都没有见过王小飞。

于力舟大声告诉王小飞，无论王小飞怎么污蔑夏月，他都不会相信。直到王小飞拿出了手机。那时候的手机已经有了拍照功能，诺基亚N73，我永远都会记得这个手机的型号。这个手机里有夏月晕厥过去的赤裸身体，被王小飞摆布成各种淫邪姿势，用手机拍下来，一张一张，一张接着一张。

我和于力舟同时疯了。我们扑倒王小飞，跌倒后的王小飞变成了野猪。于力舟狠狠地摁住野猪的嘴巴，掰住野猪的牙齿，我拉住野猪的尾巴。野猪四蹄朝天，腹部一根猪阳具左右晃动，朝着一旁的夏月炫耀。

夏月看到野猪的阳具，用手捧住了脸，双膝瘫软跪下来失声痛哭。

我和于力舟陷入了癫狂。于力舟掰断了野猪的牙齿，我愤恨到极点，用手指、用牙齿去攻击野猪。可是野猪的皮毛坚硬，我伤不到野猪半分。

王小飞的跟班出现了，把我和于力舟从王小飞的身边拖开，狠狠地殴打我们。我和于力舟两人茫然地在人群中胡乱挥舞拳头，每一拳都落空。这是一场实力悬殊的斗殴，如果不是秦所长及时赶到，我和于力舟一定会在医院躺上好几个月。

在派出所里，夏月仍然冷静地否认了自己被王小飞强奸的事实，王小飞手机里的照片并不能作为指证王小飞的证据，反而让夏月陷入了更黑暗的深渊。

距离夏月被王小飞第一次强奸，已经过去了一个多月，没有第一手证据了。王小飞在被秦所长用警棍猛揍后背和胸口的时候，仍旧在大喊夏月是他的女朋友。王小飞知道，只要他坚决不松口，秦所长就不能给他定罪。

秦所长这一次受到了严厉的处分，差点儿被开除公职。王小飞休克后，再次被送到医院急救。秦所长双眼通红地告诉夏月，他一定会把这个杂碎绳之以法。我更希望王小飞在医院里死掉。

不过无论什么结果，对于我们来说已经于事无补。我和于力舟的心，都碎成了残渣。

在经历了几个小时的绝望之后，我们三人走出了派出所，于力舟和我同时对夏月说，我们相信你，那都是假的。

夏月在夏夜的微风中，平静地微笑了一下：“舟，风风，真的是假的。”

真的是假的。

这是一句病句，能够发散出无数的延伸涵义，跟我们的人生一样荒谬、绝望……

我们三人坐在长江的江滩上，也就是当年严茂失踪的地方，也是叶江沉没在水底躲藏了两天两夜的位置。到了晚上，夜空冰凉，于力舟把外衣脱下，披到夏月的肩膀上。夏月开始号啕大哭，于力舟把夏月紧紧地搂在怀里，我只能轻轻地抚摸夏月的后背，给她些许安慰。我们从夜晚坐到天亮，又坐到夜幕降临，什么都不说。长江在滚滚地流逝，江水中的水怪们在狂喊，在讥笑，在引诱。我们视而不见，只是静静地在时间的流逝之中愈合伤口。

我不停地想，如果叶江在就好了。叶江在，就不会发生这一切。我痛恨自己为什么不阻拦叶江杀死自己的父亲。

于力舟用他的行动来证明自己的立场，他回家后，立即告诉老于所长，虽然还没有到结婚年龄，但是他现在就要和夏月举行婚礼，等到他参加工作后再补领结婚证。

老于所长已经知道了事情经过，当他得到了儿子被打的消息的那一刻，立即急匆匆挂掉电话冲向了派出所。可是当他走到了棚户区的狭窄巷子里的时候，突然想不起来自己这么慌张地出门是为了什么。他绞尽脑汁回忆，终于想起来，自己是要出来买菜，可是菜场又已经关门了。他又努力思考一段时间后，认为自己是要遛狗，那是一条退役的警犬，每天晚上要在棚户区遛一遍的。

老于所长悠闲地牵着狗在东山大道的居民区散步，一个老部下告诉老于所长，秦所长把嫌疑人打成了重伤。老于所长这才回想起来自己的儿子和王小飞打架的事情。

知道了事情经过的老于所长，脑神经被强烈刺激后，神志无比清晰，恢复了退休前的镇定和冷静。老于所长决绝地拒绝了于力舟的恳求。老于所长的勇气已经随着他警察的身份一起消失，变成了一个顾忌重重的老人。于力舟无论怎么哀求、威胁老于所长，老于所长都只是摇头。夏月是个好女孩，但是她的人生已经被王小飞毁了，老于所长绝对不能认可自己的儿子娶一个跟黑社会混混有瓜葛的女人，即便她是受害者。

从来没有反抗过父亲的于力舟第一次质疑父亲的权威，他决定不惜一切代价要娶夏月。但是当他和老于所长在家里进行父子之间的对峙的时候，我和夏月已经登上了去往武汉的火车。

于力舟与老于所长相持不下，摔门而去，走到棚户区去寻找夏月。夏月奶奶告诉于力舟，夏月已经收拾好行李离开了，和赵长风一起。

于力舟立即到我家，在我父母面前确认了我和夏月同时离开的事实。

于力舟飞奔到火车站的时候，我和夏月搭乘的火车已经开到了距离市区二十公里外的金银岗。于力舟一个人站在空荡荡的站台上，看着铁轨延伸的方向。

夏月和于力舟的初恋结束了。于力舟终究不能反抗自己的父亲，他的父亲已经是一个病人，变得懦弱、敏感，保留了自尊和固执。

更重要的是，夏月已经不想回到棚户区，永远不想再回来。武汉是夏月人生的新起点，棚户区的一切都将消散在记忆中的云端。

我和夏月因为时间紧促，买了两张站票。我们肩膀靠着肩膀，共同看着窗外的城市、农田……我们抛弃了于力舟，离开了这个城市，离开了棚户区。

我和夏月都没有给于力舟留下只言片语。我们相信于力舟会明白夏月的意图，也相信于力舟会挺过这一关。他有他的人生道路，会比夏月走得更加平坦。

留在宜昌的于力舟找到了秦所长，告诉秦所长他不想做一个贴罚单的交警，他要做刑警。秦所长明白于力舟的意图，于力舟已经失去了夏月，他一定要找王小飞报仇。秦所长郑重地告诫于力舟，他可以帮助于力舟放弃交警的名额，不过今年刑警的指标已经没有了，并且派出所只招收应届生，如果于力舟放弃交警大队的工作，就将成为一个只有中专文凭的无业人员。于力舟绝望至极。

秦所长又告诉于力舟，如果于力舟尊重法律，不跨越警察的约束，不用警察的身份滥用私刑的话，他有个办法。秦所长补充说，他已经因滥用私刑受到了处罚，绝不能让于力舟重蹈他的覆辙。

于力舟毫不犹豫地答应了。

于是秦所长告诉于力舟，马上就要冬季征兵了，于力舟如果当了兵，港务局派出所一定给他在转业后保留一个名额。

下决心和王小飞一辈子杠上的于力舟，认为这是他唯一的选择。

在我和夏月在武汉的大学的第一个冬天，于力舟应征入伍，去了遥远的西北。当兵三年期间，他没有回过一次家，独自在戈壁沙漠上舔舐自己的伤口。他成了一个极为出色的野战特种兵。

夏月和于力舟之间没有联系了。夏月无法面对于力舟。

我和夏月大二开学的秋天，我跟于力舟联系上了。

我每隔两个月或者三个月，会在网吧里用QQ跟于力舟联系一次，时间的长短取决于于力舟的假期。他的连队驻扎在大西北的戈壁深处，距离最近的有网吧的小镇有两百公里。他跟一个叫胡兆华的老兵关系较好，老胡也是宜昌人，对他很关照。老胡是汽车班的班长，于是当于力舟有超过两天的假期时，老胡就会开车带上于力舟行驶在荒袤的戈壁沙漠，去往两百公里外的小镇的网吧。但是这种机会很少，两三个月才会出现一次，有时候会间隔更长。

我养成了每天泡网吧的习惯，我对打游戏并无兴趣，只能在等待不知道什么时候登录QQ的于力舟的漫长时间里浏览网页，阅读论坛上的网络小说。再往后，我开始学着在网上发表一点儿小小的随笔，竟然有几百人点赞。我开始尝试用笨拙的方式写小说。

于力舟在QQ上告诉我，他在入连队的半年后，连队接到了枪毙犯人的任务，并且很巧合地分派到了他所在的班。与战友的犹豫推却不同，于力舟毫不犹豫地接受了任务。他的战友在执行任务之后，会接受心理辅导。于力舟从不，他恨这个世界上所有的罪犯，他毫无心理负担。

我告诉于力舟，我和夏月到武汉上学后，我们再也没有回过家，寒暑假我们都在武汉打工。白天夏月在餐馆里端盘子，我就在后厨做墩子（川菜厨师种类之一）。我们也找到了家教的工作，我们打工挣的钱足够我们的学费和生活开销。我让于力舟放心，我一直都在夏月的身边，不会让她再受到任何伤害。我还得意扬扬地举例告诉于力舟，我在餐馆里把一个骚扰夏月的食客揍了一顿。幸好于力舟上网的网吧电脑设备非常简陋，网络信号也极为不堪，无法用QQ视频聊天，不然他会看到我脸上的伤疤，就知道我在跟他说谎，其实被揍的人是我自己。

有一次跟于力舟失联了四个月后，于力舟的QQ头像终于闪动，给我发来了消息。我当时正在写一部网络仙侠小说，正沉浸于编造一段上天入地的打斗情节，差点儿错过了于力舟的消息。

于力舟告诉我，他受伤了，不过现在已经康复。在三个月前，连队临时被征调到了边境线上，参加一场与跨国贩毒集团的战斗。在大西北某处边界，于力舟和战友们跟毒贩枪战也毫不退缩，甚至因为太过于急切，冲到了毒贩之中交火。

我告诉于力舟，我的父母因为工作调动到了武汉，同在一个职业技术学院当老师，跟我在一个城市里。他们也买了房子，不大，就两居室，距离学校不远。我和夏月的经济情况好了很多，不需要每天去餐厅打工了，现在我就在父母家中，用我父亲工作的电脑上网。不过放心，我没有扔下夏月，夏月现在正在跟我母亲包饺子。

然后我告诉于力舟，老于所长生了一次病，不是脑袋的病，是肺炎。不过他的身体硬朗，已经完全康复了，多亏有秦所长的照顾。于力舟问了他父亲生病的过程后告诉我，老于所长生病入院的那天，就是他战斗受伤的日子。看来真的是亲父子，血脉相连。

跟从前一样默契，我和于力舟都没有提起让夏月来参加聊天。

我和于力舟一直在断断续续地联系，后来他又告诉我，他入党了。在一次地震的救灾中，他荣获一次三等功，连队领导准备推荐他去上军校。

我告诉于力舟，学校里有好几个男同学在追求夏月，不过我用我的办法让他们知难而退了。

于力舟问我用的什么办法，我没有回答，借口要上课而匆匆下线。

大学三年级上学期，于力舟在QQ上告诉我，团首长的女儿问他愿不愿意去石家庄的步兵学院读书。我开心地说，原来你也要读大学，太好了。然后我问他在哪里，他说他在团首长西宁家的小院里，用首长女儿的手机在跟我聊天。

我从于力舟的细节里推断出了一个情节，一米九二、相貌英俊的于力舟，对于一个家教保守的军旅家庭女孩的吸引力会有多么强大。并且很明显，他能够用首长女儿的手机上网，还有唾手可得的上军校的机会，可见首长的意图已经非常明显。

我回头看了一眼正在复习功课的夏月，然后打字给于力舟，每一个字都很犹豫："我和夏月接吻了。"

我最终点下了回车键。

于力舟没有回复我的消息，过了一会儿，他的QQ头像变黑了。

我和夏月恋爱了，这是很自然的。我爱夏月，从看见夏月第一面的时候就爱她。就在上个月，我和夏月在学校的湖泊边并排行走的时候，我发现我的个子已经高过了夏月半个头，我突然低着头笑起来。

夏月和我已经非常熟悉，一举一动都逃不过对方的感知。夏月不用看我，就问我："风风，你在想什么？"

我边走边告诉夏月："月，我在初中的时候，比你矮很多，高中也没有你高。"

"你现在也没有我高。"夏月突然停下脚步，"你站到我面前来，风风，你是一夜长到这么高的吗？"

我的鼻尖触碰到夏月的刘海，我笑着说："月，你知道吗，我初中的时候，听大人们说男孩和女孩最般配的身高，就是女孩的眼睛和男孩的鼻子平齐。"

夏月在尝试用她的眼睛比对我的鼻子。

我继续说："所以啊，我告诉自己，当我的鼻子跟你的眼睛一样高度的时候，我要告诉你，我一直都喜欢你。不管你是不是于力舟的女朋友。"

我说得很轻松，因为我觉得夏月一直是坦然地面对我对她的爱的，这根本就不是一个秘密，我也从来没有在情绪上刻意掩饰。

我说完之后，发现夏月的眼中充满了晶莹的泪水。

我突然意识到，我真的是个傻子，我能够记得初中对自己的一个承诺，却忘记了于力舟和叶江都已经离开我和夏月的生活。这两年多来，只有我和夏月在一起，并且我们今后可能会永远、永远不分开。

“月……”我挠了挠头，“其实我一年前就比你高这么多了。”

夏月的眼睛在告诉我：“你还打算等多久？”

我一秒钟都不愿意等了，扔掉手中的书本，捧住夏月的下巴，嘴唇和夏月触碰。

我的灵魂瞬间抽离出来，站在我和夏月不远的草地上，看着夏月和我拥抱在一起，秋日的阳光照射在湖面上，波光粼粼。

再次和于力舟联系，是大三后的暑假。于力舟没有去上军校，和首长的女儿分手，坚决转业回了宜昌。秦所长也没有违背他的承诺，于力舟成了港务局派出所的一名警察。于力舟因为在部队极为出色的表现，以及老于所长积累的人脉，他很快就升职。秦所长退休之后，于力舟成为派出所的所长，跟他的父亲一样，他要与整个九码头的黑恶势力为敌，将他们连根拔除，他最重要的目标就是王小飞。

秦所长当初与于力舟之间的双向承诺，于力舟也坚持了下来。他没有在当警察的第一天就拿着配枪去杀掉王小飞。他下定决心，要用正常的法律途径，把王小飞绳之以法，让王小飞接受审判后，判处死刑。于力舟一定要将王小飞的罪证都收集齐备，把他送上刑场。

从大学一年级到三年级上学期，我度过了这辈子最美好的时光。随着离开棚户区，长江水怪也不在我的生命中出现，长江从武汉流过，并且就在市区中央，比宜昌的江面更加宽阔。我和夏月都本能地不去江边，我们基本上就在武昌活动，很少去江北的汉阳和汉口。

只有到了必须到汉口办事的时候，我和夏月才会坐车通过长江大桥到达目的地。只有一次，司机选择走长江隧道，我看到了隧道里几十个戴着斗笠的人，他们低着头，排成长长的一条队伍，贴着江底隧道的墙壁，缓慢行走在隧道中。我只看了一眼，他们感受到了同类的注视，于是全部停止下来，伸出粗大的手掌，遮住脸庞，把头转向我乘坐的出租车。

我以为这是我最后一次与水怪对视。

我不再害怕了，他们不会再对我的生活产生影响。在武汉，我有父母，还有夏月，我的学习比高中的时候更加出色。

大四开学第一天，学校的一个老教授找到了我，老教授同时也是一个作家。老教授在校内网上看到了别人转载的我的小说，认为我有出色的文学天赋，于是建议我考研，成为他的学生。

我把这个消息欣喜地告诉了夏月，夏月没有表现出我预想的开心。我这才意识到夏月已经有一个星期左右都脸色阴晴不定，但是我不敢问她到底有什么心事。

我和夏月已经恋爱一年了，我决定在夏月参加工作后，当我二十二岁时就跟她结婚。我父母在宜昌的那套房子在第一次棚改拆迁时就置换了新的房子。父母很快就把宜昌的房子卖掉，卖出来的钱足够我和夏月在武汉买新房的首付。剩下的钱还能让我们过上比较稳定的生活。他们甚至已经选好了新房，就在沙湖旁边的一个新小区。我等着夏月参加工作，然后在向夏月求婚的时候，给她一个惊喜。

我和夏月已经二十一岁了，我只需要再等一年。在我第一次亲吻夏月之后，我们成了令人羡慕的情侣，我取代了于力舟的位置。我和夏月的感情炙热且温馨，我和她从小就如同家人，经历了残酷的青春期，我和夏月都对当下的幸福小心翼翼。

夏月和我在最亲昵的时候，已经处于半同居的状态。在周末我们回到我父母家中时，父母识趣地借口学校有工作离开，给我们留下相处的空间。我的父母是读师范时期的同学，他们是过来人。

我和夏月相拥在属于夏月的卧室的床上——我仍旧要睡客厅沙发——我想尝试和夏月最亲密的举动。但是每次我和夏月只穿着内衣，甜蜜地纠缠在一起时，在我即将迎接我生命中最幸福辉煌的时刻的前夕，夏月都会稍许游离。

夏月的这个小小举动逃不过我的眼睛，我会立即停止，就算是夏月主动鼓励我，告诉我她已经做好了准备，我也会放弃。我绝不忍心让夏月做她感到半分难受的事情，哪怕是细微的一点点都不行。我不着急，我等着那一天，夏月完全走出阴影的那天。我相信那一天就是我和夏月结婚的日子。

就在我把我即将读研的消息告诉夏月的那天，我察觉到了夏月突然变得心事重重，她一定有很重要的事情要告诉我。我等着夏月主动告诉我。我心里并不担忧，我和她经历那么多波折，都挺了过来，还有什么不能面对的？

我们吃过晚饭，我父母去学校参加教工活动，夏月说她有点儿不舒服，想回到卧室里休息一会儿。我在厨房里收拾餐具的时候，听见夏月在卧室里叫我。

我放下了手中的碗碟，匆匆洗手，到了卧室。卧室没有开灯，我刚进门，夏月就伸出胳膊把我挽住，和我热情相拥，并且关上了门。于是我发现夏月身上一丝不挂，身体在昏暗中散发着女神的光晕。

我和夏月倒在床上，我笨拙地脱掉了衣物，两具毫无牵挂的身体紧紧贴在了一起，我人生最幸福的时刻就要来临，比我预想的要早一些。

我努力想做到最好，用嘴唇从夏月的脸庞一直游移到脖颈，然后会吻遍她身体每一寸肌肤。我在大学寝室里与室友看过A片，我以为我能够做到。但是事实和A片还是有差距的。当我亲吻到夏月胸口的时候，我发现夏月的热情似乎在消退。当我吻到了夏月结实挺拔的乳房时，我听到夏月忍不住抽泣了一声。

窗外的一丝月光照射在夏月挺拔的乳房上，我看到在夏月的乳头下方，一个被烟头烫伤的伤痕——王小飞做的恶。夏月早已经满脸泪痕。我告诉夏月，我还可以等，夏月的眼神在告诉我，我永远等不到了。

十年后的当下，夏月告诉我，这是她欠我的一次。

在失败的尝试之后，夏月变得忧郁起来，我不知道到底发生了什么。而且夏月开始变得行踪不定，这让我更加焦虑。我好几次忍不住要询问夏月，到底发生了什么事情，让她开始和我有了距离。

是不是跟当年的遭遇有关？可是这是我们一直不愿意面对的伤口，我不能将伤疤揭开。

大年三十那天，夏月又一次失踪了。团圆饭上，我无法向父母交代，但是我也无法替夏月找借口。我的父母可能已经察觉到我们之间的不安。

终于在春节后开学的第一天，夏月把我约到了长江边。这是一个很不寻常的举动，我内心的不祥预感将我笼罩。

在江边，一艘轮船鸣笛驶过。

笛声结束后，夏月告诉我，她要办理退学手续。我惊呆了，连为什么都问不出来。

夏月接着告诉我，她怀孕了。

我当时大脑一片空白，然后我看到了一个水怪从长江里慢慢升起来，一步一步，浑身湿漉漉地走到我的面前，揭下了他的斗笠。

我看到了叶江。

也许是这三年来我太过幸福，导致我忘记了这个世界上，我和夏月的生活中，还有一个叶江会回来。

我明白了那次我和夏月戛然而止的亲昵意义所在。那是夏月的选择，也是我的选择，但是我做出了错误的选择。

叶江提前一年从少管所里释放了，他出来后没有任何犹豫，就要回到九码头去杀掉王小飞。但是他在动手前，突然想起了夏月和我，于是他转而到了武汉，找到了夏月，并且看到夏月和我已经成了情侣。

如果叶江默默离开，那我和夏月会在不久后听到叶江死掉，或者他和王小飞同时死掉的消息。可是夏月却在宁静的小路上感受到了叶江的跟随。夏月能够感知到任何危险，对任何跟踪她的人，都有强烈的预感。

当夏月从书包里拿出一把锋利的水果刀，指向黑暗中“不怀好意”的陌生人的时候，那人用手握住了水果刀的刀刃，轻声说了一句：“月……”

夏月松开了手中的水果刀，辨认出是叶江。

夏月和叶江不断接触，夏月想劝说叶江不要把自己的生命浪费在王小飞身上，但是叶江绝对不会放弃自己活着的唯一目的。

夏月知道，其实叶江还有一个活下去的理由，那就是自己。这就是夏月在那段日子心情沉浮的原因。

夏月面前有两条路，成全叶江的玉石俱焚，当叶江从未出现过，和我在一起结婚生子，幸福地生活在一起。

或者，夏月用自己挽救叶江，让叶江有活下去的理由。

夏月选不出来。她把这个选择交给了我，可是我因为错误的判断而错过我的幸福。

现在夏月就在我身边，无比接近，叶江已经离开了，可是于力舟又来到了我们的面前。我终究得不到夏月，夏月生命里三个男人中，我是最懦弱的那一个。我们三人的命运在轮回了一圈之后，又回到了起点。

看着于力舟和夏月，我想起来晚晚，只能再次做出同样的选择，无奈的选择。天已经大亮了，成全了于力舟的我，心里放下了沉重的负担。

夏月决定去陪晚晚，于力舟还要继续处理昨晚械斗事件的后续，他还要去面对王小飞。我不禁在心里佩服于力舟，他对王小飞的仇恨比叶江更甚，只是他遵守了和秦所长之间的约定，和王小飞在同一个城市里，并且也肯定不止一次打交道，但是他不像我看见王小飞后就情绪失控。他一定要用法律的手段惩治王小飞。

我觉得我可能看错了于力舟，他的表面冷静沉着，也许内心的仇恨早已经翻江倒海。九年，他当警察已经九年了，每天早上他醒来的时候，只有想起了晚晚，才能做到压抑杀死王小飞的冲动吧。

于力舟和夏月离开后，我又睡了一个回笼觉。时间到了中午，我拿着昨晚在鬼市里买到的面具，走到了大街上。

城市已经发生了翻天覆地的变化，棚户区最后的坚守即将被无情的挖掘机摧毁，然后新的高层建筑会取代陈旧的一切。我的棚户区马上就会消失，毫无痕迹。

我路过学校的时候，看到了我曾经无数次去过的地下室的烂尾楼。当年它是棚户区第一栋高层建筑，现在这栋楼房反而成了棚户区原址上的老旧建筑之一。时间流逝得比我想象的要快很多很多。这个倾斜的楼房坚挺了二十多年，并没有出现任何质量安全事故。

我放弃了进入这栋楼房地下室的意图，在楼下端详了很久之后，戴着面具，走到公交车站，登上了2路汽车。

我在解放路下车，到了解放路的天主教堂。天主教堂里正在举行一场婚礼，宾客们都坐在教堂的椅子上，看着新郎和新娘在格格不入的天主教仪式中交换戒指。

我靠着后排坐下来，被人当作参加婚礼的宾客之一，没有打扰我。

我一边听着神父用浓厚的天门方言给新人祈福，一边打量着教堂窗玻璃上的宗教图案，都是一个个宗教故事。

天主教的婚礼仪式结束了。昏昏欲睡的宾客们瞬间像打了鸡血一样站起来，跟电影散场一样陆续离开教堂。只有我坐在教堂里没动。

神父注意到了我。我走向了神父，拿起手中的面具：

“邱神父？”

邱神父问：“你是谁？”

“我不是婚礼的客人，”我直截了当地说，“鬼市里卖书的老宋让我来找你。”

邱神父看了我片刻：“老宋让你来找我？”

“我看见了两个洋人，在一个奇怪的教堂里的合影。”我用手向邱神父比划，“那个教堂很小，有个圣母的木雕，还有一个座钟……应该是一百年前拍摄的。”

邱神父激动起来：“你去过那个教堂？”

“去过，”我告诉邱神父，“那个地方对我很重要，我需要知道更多的细节。”

“竟然真的有人找到了那个地方！”邱神父说，“那个教堂只有水怪才能找到。”

“我想，我就是一个长江水怪。”我弯下腰把鞋袜脱下来，露出脚掌，让他看我脚趾之间的蹼膜。“我一定要弄明白这一切，我的一生都毁在了这上面。”

我看见邱神父已经非常惊讶，他喃喃地说：“老宋的推测难道是真的？这个世界真有长江水怪？”

“我觉得我可能就是一个水怪，混迹在人群中被诅咒的水怪。”

“老宋坚持说翁载慈修建了地下教堂，跟长江三峡的某种神秘现象有关，也就是水怪。”邱神父柔和地说，“长江水怪也是神的子民。”

我听到这句话，知道鬼市卖书摊的老宋没有骗我。我打量邱神父的脸庞，他是一个四十多岁、身材矮小的中年人，眼睛干净清澈。

我想说话，想问关于一百年前那个在宜昌拍照的外国人究竟是不是翁载慈的事情。可是我话到嘴边，突然改变主意，想告诉邱神父叶江失踪的事情，瞬间又想告诉他我和夏月还有于力舟，我们整个童年的故事。

教堂里一片静谧，穹顶上发散出柔和的光芒。

我不知道从哪里说起，心中焦急，我发现我在这一刻丧失了语言表达的功能。在迫切的情绪里，我觉得我的眼泪就要流淌下来了。我不停地眨眼，极力忍住自己的情绪。我想说话，却只能发出哽咽的声音。

邱神父伸出手，把挂在胸前的十字架递到我眼前。我捧着十字架，眼泪滴落在十字架上，终究再也无法压抑心中的憋闷，失声痛哭。

邱神父不再说话，等着我发泄完积累在心中十几年的情绪之后，轻声说："跟我来，我带你看一些东西。"

邱神父转身，慢慢走向了教堂的后方。我跟着他走出教堂侧门，来到了邱神父的书房，也是他的卧室。

书房里挂着一个外国教士的画像，这个教士我依稀记得，就是鬼市里我看到的那张照片里两个外国人中的一个。

"他就是翁载慈神父，比利时人，"邱神父恭敬地告诉我，"他在十九世纪八十年代末从英国出发，在上海上岸，顺江而上，到了川东鄂西传播耶和华的神谕，是鄂西北教区最有名的神父。”

“翁载慈神父在一直在宜昌？”我问。

“是的，”邱神父指着墙角摆放的一张狭窄的单人床，“直到他去世。在他被害死的那个晚上之前，他一直睡在这张床上。”

我看见单人床下的床脚木头已经腐朽不堪，随时都会垮塌。

“那些照片……”我继续问。

“本杰明·查理丹，”邱神父向我解释，“上个世纪二十年代来到中国，是一个摄影记者和探险家。他在宜昌城区和长江三峡拍摄了很多照片，这些照片一直没有公开。”

“那本书？”我补充，“你借给老宋的书？”

“照片都在教会，保藏了一百多年，”邱神父说，“是我自己把照片整理后，印刷成了一个册子。”

“还有那个本杰明的笔记。”

“笔记是翁载慈神父写的。”邱神父说，“他同时是一个科学家、人类学家。”

“翁载慈神父和本杰明去过那个地下教堂，”我说，“而你却从来没有找到。”

“翁载慈提起过这个教堂，”邱神父说，“他因为宜昌教案在里面躲避了很长时间，直到教案的事件完结。”

我问邱神父：“宜昌教案，是因翁载慈神父而起？”

“不错。”邱神父说，“长江的江边，一个叫腊梅的女孩走丢了，有人看到她被翁载慈带进了教堂，就是我们现在的这个教堂。当时有个传言，教堂里的教士会偷偷抓小孩，挖出小孩的眼睛吃掉，然后把尸体埋在教堂。”

“一个叫腊梅的小女孩……”我后背的寒毛耸立，“当年她多大？”

“十岁。”邱神父叹口气。

“为什么当年有这种传闻，难道、难道当年真的是这样？”

“教士会收养一些流浪和被遗弃的小孩，那些小孩大部分都已经病得很严重，多数都活不下来，教士们就把他们埋在了教堂后面的墓地。时间长了，谣言也就因此而来。”邱神父安静地说。

“那个叫腊梅的小女孩，本应该是拿来献祭牺牲的。”我轻声地说，“翁载慈神父的行为，破坏了一些人的神秘仪式。”

邱神父说：“是的，翁载慈的笔记里也是这么说的。”

“围攻教堂的不是普通人，是长江上的端公，他们要把那个小女孩送给长江里的水怪。”我推测说。

邱神父震惊地看着我：“难道现在还有这个仪式？你亲眼见到过？”

“您什么时候来的宜昌？”我问。

“上任神父在六年前去世，我来接替，”邱神父回答我，“我在遗物中找到了这些照片和笔记。”

“在十五年前，一个小女孩被两个神秘的邪教信徒害死在长江里。你没有听说过这个案件？”

“没有。”

“翁载慈神父没有撒谎，他发现了属于水怪的另一个世界，而这个世界就在我们身边。”

邱神父双手握住十字架：“翁载慈笔记里提起过，三峡的长江之下，有一个邪恶的神——长江之神。三峡地区的百姓信奉这个神，认为这个神所在的世界，和我们人类的世界是同一个空间的黑夜和白昼。”

“哪里是什么神，是另一个世界的恶魔，”我想起了叶宁，“那个魔鬼就在这里，跟你的主一样无处不在，他的信徒仍旧在这个城市里游荡。”

邱神父捧住了手里的十字架：“怎么可能，上帝创造的世界，怎么会有这样的异教神灵和空间存在？”

“那个地下教堂在我们初中学校的操场边，”我压低声音，“这个地下教堂就是进入那个世界的入口……”

“入口？”

“他们能从长江之下爬上来，而人类进入那个世界也有入口，只是这个入口非常隐秘……被翁载慈发现了，他在那个地下入口处，修建了一个地底下的教堂。”

“匪夷所思！”邱神父惊悸地说。

“而我发现了另外一个入口，”我接着说，“就在我们学校旁边一个烂尾楼的地下室……我觉得所有的入口都在我们棚户区里，就在我们学校的位置。”

邱神父被我的推测震惊了：“你到底来找我做什么？需要我提供什么帮助？”

“我想知道这一切到底是为了什么。”我激动地说，“为什么这个恶魔一直存在于我们的世界，翁载慈没有做完的事情，我想接着做完。”

“我觉得你应该去找老宋。”邱神父说，“他研究这件事情很久了。”

“这就是他让我来找你的目的吧，”我点头，“他能看到鬼市里的水怪，他让你试探我。”

我向邱神父告辞，拒绝了邱神父赠送给我的十字架。我没有信仰，我只是相信我所处的世界有一个邪恶的空间和一个邪恶的水怪。现在，我要把他找出来，我记得他的样子，我见过他。

我要把他从我生命里夺去的人都找回来，严茂、叶宁、叶江……

我本想直接去博物馆找宋继森，这时我的手机响了，是一条短信：“赵长风，你在哪里？”

短信是黄医生的号码，黄医生是我在上海唯一的朋友。现在她发现我已经离开了上海，担心我的下落。她可能是上海唯一还在记挂我的人了吧。

我回了短信：“黄医生，我很好，在北京旅游，住在我的同学家里。”我骗了黄医生，我不想让她知道我在哪里，我也不想再回上海了。

留给我的时间不多了，我打消了去找宋继森的念头，转而想去见于力舟，还有夏月。我要告诉他们我跟邱神父印证的一切，我怕我再没有机会告诉他们了。

于力舟的电话怎么都打不通，我转而打了夏月的电话。夏月告诉我，她和晚晚在一起，正在万达的游乐场。

我到了万达，找到了夏月，晚晚正在游乐场里玩蹦蹦床。我对夏月说：“月，我要把叶江找回来。”

“你怎么找呢？他已经死了，找回来又有什么用？”

“我……”我顿时语塞，是啊，我为什么要把叶江找回来？晚晚看见我了，从蹦蹦床上跳下来，站在我面前，“叔叔，你会吗？”

“会什么?”我蹲下来问晚晚。

晚晚嘟着嘴巴，我仍旧没有明白她的意图。晚晚用她的手指指向自己的鼻子，我看见她的鼻翼在一张一合地翕动。

我也鼓起腮帮，鼻翼一张一合。

“阿姨做不到，她不会。”晚晚指着夏月，“阿姨的鼻子就不能动。”

我和夏月都笑了起来。

猛然间，我的心沉了下去。我想起了叶宁，叶宁在那个夜晚，对着我说：“哥哥，你看我的鼻子……”

叶宁的鼻翼也能翕动，晚晚和我也能。

我惊恐地看着晚晚：“晚晚，以后不要玩这个游戏了，好吗？”

晚晚甜甜地说：“好吧。”

夏月拉着晚晚：“走吧，你爷爷一定等你等得着急了。”

我把晚晚抱起来，和夏月走出万达广场，来到了菜场的门口。晚晚在我耳边轻声说：“叔叔，你没有把我的秘密告诉别人吧？”

“没有，”我轻声说，“那我的秘密呢？”

“我不会告诉别人的。”

我猛然回头，以为我听见了叶江的声音。然后我发现，原来晚晚的眉眼和叶江是那么相似，晚晚在坚定表达的时候，说话的腔调跟叶江一样。

武汉的初春，当叶江从长江里钻出来，站在我的面前，我才明白夏月已经私下和叶江在一起有几个月了。夏月从四个月前就开始神情飘忽，越到后来越行踪不定。现在我知道，她和叶江偷偷在一起了。

我心里如刀割一般，叶江回来了，和我躲了四个月的迷藏，目的却是要把夏月从我身边夺走。

“我恨你。”我看着叶江，这是我再次见到叶江说的第一句话，也是唯一的一句话。我曾经设想过很多次跟叶江重逢的场景，都是热烈的、温馨的、感慨的久别重逢，从没有想过会是这样一个超乎预料的现实。

我对着叶江说完这句话，转身离开武汉的长江大堤。我一个人行走，漫无目的，不知不觉中走上了桥梁。当脚下的火车隆隆通过的时候，我才发现我走到了武汉长江大桥上面，并且我的方向走反了，我父母的家还有学校都在武昌，而我却朝着汉阳走去。我是想离开叶江和夏月，走得越远越好吗？

我在大桥上，看着水怪从江水中冒起，他们壁虎一般爬上桥墩，翻越到桥面，拦在我的面前。我心若死灰，与这些水怪搏斗，把他们一个个地扔下桥面。他们在空中发出嗤嗤的讥笑，然后坠入江水，消失不见。

我在龟山下呆坐了一个下午，到了夜间才又走回学校。

接下来的日子，我躲在寝室里哪里都不去，也没有去上课。听室友告诉我夏月已经办理了退学手续，室友问我为什么，我没有回答。他们都对我表现出来的态度十分不解，女朋友退学，我竟然毫不理会。

夏月和叶江离开武汉的那天，我偷偷躲在武昌火车站的人群中，看着他们拖着行李在车站入口处等待。我知道他们在等我，可我不愿意从人群中走出来。

夏月和叶江两人终于走进了车站，我突然醒悟，这可能是我最后一次与他们见面。我向他们狂奔，跑到入口处的时候，夏月和叶江已经通过了安检闸机。我对着火车站内大喊："夏月……夏月……"声音被吵闹的乘客淹没，但是夏月和叶江听见了，隔着栅栏，两人朝着我挥了挥手，推着行李箱离开了。

我和夏月及叶江就此彻底决裂。

我失魂落魄了好几个月，每天躺在学校里小山的草地上，看着天空的蓝天白云，什么都不去想，什么也不愿意去想。我只知道，我这辈子永远都不会跟夏月和叶江见面了。我人生的幸福被叶江掏空，我绝不能原谅叶江。

夏月和叶江回到宜昌的第二年，已经在宜昌当上了警察的于力舟给我打电话，告诉我他决定结婚。

于力舟一直在跟我联络，他不断地告诉我夏月和叶江的情况，说夏月和叶江回到了宜昌，回到了九码头。但是他们过得很不好，夏月生了一个女儿，一家三口租住在九码头一个楼梯间里。叶江没有找工作，夏月在胜利二路开了一个服装店，生意虽然忙，但是不挣钱，还要带孩子……

我不想听夏月和叶江的消息，我知道于力舟一定会接济他们。我们都是河滩上的野草，会被江水淹没，会被顽童用火烧成灰烬，但是我们的生命力都很顽强，只要有一点儿土壤，等到春天到来，我们就会坚强地活下去。

于力舟告诉我结婚消息的时候，我已经考上了研究生。于力舟强调，夏月和叶江不会参加他和丽娟的婚礼，于是我答应回宜昌参加于力舟的婚礼。

于力舟没有食言，婚礼上果然没有见到夏月和叶江。

我怅然若失，其实我内心是希望见到夏月的，我还没有忘记夏月，我还爱着她。而且我更无奈地发现，我也想看到叶江。在一年前看到叶江那一面时，他变得更加瘦骨嶙峋了，并且在间歇地咳嗽。他在少管所里吃了很多苦吧。我想告诉叶江，离开九码头，离开我们的城市，随便去一个远点儿的地方，和夏月安静地过下去。

当于力舟的婚车路过九码头，行驶在胜利一路上时，我坐在婚车的副驾驶上，身后是于力舟和丽娟。我和于力舟都忍不住看向了街边。我们都坚信，夏月和叶江就在九码头这条道路上的某个楼房窗口看着婚车车队路过，并且向于力舟默默地祝福，或者也在为我祝福。

婚礼当天下午，我就离开了宜昌，这次走了，我就真的不打算再回来了。我要永远地离开这个城市，离开棚户区，我要寻找我新的生活去了。

我研究生毕业后去了上海打拼。

叶江成了九码头的一个黑社会小头目，这是于力舟告诉我的。于力舟说，他在看守所看到一个牢头在殴打新犯人，才发现打人的牢头就是叶江。于力舟告诉我，当时他也很震惊。他强调，他也很久没有叶江的消息了，没想到叶江竟成了一个混迹在九码头的混混。

九码头和棚户区并不大，作为警察的于力舟和踏入黑帮的叶江，竟然有一年多的时间没有相遇，可见叶江也在躲避于力舟。

叶江拜的老大，是被发权用自制火铳打伤了腰椎的老刘，现在叫刘瘸子。刘瘸子下半身瘫痪，只能在九码头的街头卖豆皮。叶江每天推着刘瘸子的轮椅，陪着刘瘸子坐在繁华的街头，听刘瘸子讲各种黑道经验。不久后，豆皮里开始夹带摇头丸和麻果，叶江在朝着黑暗前行，踏上了同他的父亲叶大俊一样的道路。

我从于力舟那里听到这些消息时，内心已经平静了。我的家乡，我的棚户区，都已经远离了我的生活。

我研究生毕业后就去了上海，决心在这个大城市闯荡出我的事业。还有一个原因，就是我想离宜昌更远些，武汉还不够远。

我的起点一帆风顺，我有一个待遇优厚的职业，并且我业余写的小说在网上也有不错的收入。我还找到了一个漂亮的女朋友，开始了美好的生活。但是我不止一次地想，如果叶江没有出现，现在我和夏月是不是更加幸福呢？

随后几年，于力舟还在源源不断地告知我夏月和叶江的消息。

他告诉我叶江已经完全变成了另外一个人，他不断触犯法律，在九码头率领一群小混混胡作非为。他也开始在市场上收保护费，一年之内因为聚众斗殴被于力舟逮捕了好几次。再后来，叶江成了九码头一股黑恶势力的头目，跟从前的王小飞一样。

于力舟在猜测，叶江的目的是要成为九码头的黑社会老大，他要取代王小飞，才有能力找王小飞报仇。但是社会在进步，如同一把巨大的篦子把九码头的混乱和无序慢慢地梳理柔顺，将偏门左道剔除出这座城市的历史。错误的时间，把叶江正确的人生道路抹杀，当时间正确时，叶江却走向了穷途末路。

王小飞早已经投入正当的产业，他开了拆迁公司，趁着城市的连续几年大规模棚改，集聚了可观的财富，成了一个成功的企业家。王小飞的手下还在参与一些违法的生意，但是已经跟王小飞的公司没有了太大的联系。王小飞开始洗白了，他连贩卖冰毒和麻果的生意都已经放弃。

于力舟在慢慢绝望，他用法律途径正常逮捕王小飞的希望越来越渺茫。

我们的城市在日新月异地发展，老城区的建筑都要拆除，然后修建一个又一个的高档小区。这些昂贵的住宅，很难想象竟然很快就卖了出去。随后棚户区的居民发现，外地人越来越多，城市变成了一个彻底的移民城市。棚户区的港务局家属稀释在这个城市的新移民之中。

王小飞的公司越开越大，他的拆迁公司开始转型成地产公司。他变得非常有钱，以至于叶江根本就无法找到他的踪迹，更遑论找他复仇。

老于所长这几年病情开始好转，跟他同龄的秦所长也退休了。于力舟当上了所长，开始跟叶江针锋相对。世界已经变了，老于所长当年和发权两个社会的黑白平衡已经被打破。

整个九码头已经面目全非，万达开始修建，把从前港务局的工作区域全部购买。老港务局的工作码头和行政大楼都搬迁到了长江下游十几公里的郊区临江溪。万达修建好了之后，成了九码头新的商圈，胜利一路的建筑也变成了高楼大厦。

叶江的生存空间越来越小。因为宜昌和重庆之间有了高速公路和高铁，务工者不再需要乘船来往。往来四川与武汉、广州、北京的旅客不再需要在宜昌落地，而是坐在火车上飞驰而过，或者是驾车绕过城区的高速公路。

于是水路客运站也开始没落，没有乘客光顾。城市的码头已经没有了存在的必要。

九码头已经无法再滋养一个庞大的地下世界。叶江和夏月的日子过得非常艰难，夏月的服装店支撑两年后也倒闭了，她无所事事，只能专心抚养晚晚。夏月和她奶奶交恶也是在这个时候。夏月想回到还没有拆迁的老平房里居住，不想再跟着叶江不断在城市里的各种破败的房子里搬迁。夏月的奶奶只有一个要求，那就是让夏月放弃晚晚。夏月的奶奶坚持认为晚晚是一个化生子，是当年夏月的弟弟转世托生，继续来祸害她们一家人。

于力舟一直在关注着夏月，但是他也无能为力。叶江已经变成了一个不可救药的黑社会老大，沉默而神秘。于力舟和夏月来往几次后，被丽娟诟病，夏月也渐渐开始跟于力舟疏远，然后也跟叶江一样，躲着于力舟。

于力舟和叶江正式接触过一次，起因是老于所长。

老于所长到工商银行领退休金，取钱之后，老于所长在江边的公园里看两个老头下了一盘象棋，随后老于所长发现自己的钱包被偷了。

老于所长认为是自己犯病了，把钱包忘记在了银行。老于所长去银行找钱包，银行的监控显示他取钱后刚刚走出银行，就有人在门口紧紧跟在他身后，靠得很近，步步尾随。

这是老于所长的奇耻大辱，他做了一辈子的警察，最终连自己的钱包都会被小偷惦记。

于力舟知道了父亲钱包被偷，他找到了叶江，和叶江坐在胜利二路的夜市摊上喝酒。两人坐在矮矮的马扎上吃烧烤、喝啤酒。

于力舟告诉叶江，他父亲的钱包在九码头被人偷了。叶江此时已经是九码头黑社会的头目，所有的扒手都跟叶江有千丝万缕的联系，这个责任叶江不可推卸。

叶江立即打电话，让夏月从家里筹集两千块钱，交给于力舟。于力舟拒绝了，他告诉叶江，他只要钱包。这是于力舟和叶江之间的决裂，于力舟已经知道自己无法改变叶江了。

叶江答应过夏月，不会与王小飞同归于尽，他要用自己的方式向王小飞报仇。而于力舟其实和叶江一样，也要用自己的方式找王小飞付出代价。

时间已经过去了太久，两兄弟之间的耐心逐渐耗尽，老于所长的钱包被偷，只是他们之间交恶的爆发点。从此之后，于力舟和叶江之间再也没有了兄弟情谊。

我们四个从小长大的好朋友，终于全部分道扬镳。

随后叶江还是找到了偷老于所长钱包的窃贼，这是一个从外地流窜到宜昌的惯犯，身负人命，身藏利器。于力舟审讯之后，惊出了一身冷汗。如果当时老于所长发现了惯犯在偷他的钱包，以老于所长的暴脾气，后果不堪设想。

于是于力舟专门找到了夏月，告诉夏月，应该离开叶江了。再这样陪着叶江走向黑暗，不仅是夏月自己，晚晚也处在极为危险的坏境中。叶江一心只想着报仇，已经忽视了夏月和晚晚。

夏月做出了决定，她已经不可能离开叶江，她害怕如果叶江失去自己，就会再次变成那个杀红了眼的水怪。夏月在一个夜晚，把晚晚送到了于力舟的家里。于力舟开始抚养晚晚，看着夏月义无反顾地走进黑夜之中。

时间在流逝。

我们四个人，于力舟相对顺利，他做了港务局派出所所长。夏月和叶江居无定所，生活窘迫。而我因为和公司里新来的马来西亚上司关系不睦，被几次刁难之后，我愤而辞职。心灰意冷之下，我决定全职写作，成为一个真正的作家。

可是我的写作才华只保持了两三年，我写作的灵感已经消失得无影无踪，我写的小说自己都看不下去，只是机械性地贴在平台上，点击量惨不忍睹。我和女友从静安区的公寓搬到了闵行区的城中村。我的收入愈来愈少，后来几乎要靠着女友付房租。

在马航失踪的那一年，我的人生再一次跌到了最低谷。我失去了最后的亲人，女友也离我而去。我浑浑噩噩地在上海过着潦倒的生活，而且我又生病了，幸运的是我遇到了一个好医生。黄医生不仅治疗我的病痛，在生活中也给了我很多无私的帮助。

这段茫然的生活持续了四五年，当我接到叶江的短信之后，我猛然惊醒。我只能回家了，我的生活已经一无所有。现在我要回到宜昌，来寻找被吞噬的叶江。

老于所长站在菜市场的门口，身边跟着保姆。我把晚晚交给了老于所长。老于所长看见我，拍了拍我的肩膀：“小胖子，什么时候回来的？”

我回来之后，已经和老于所长打过几次照面。我诚恳地回答：“回来六天了。”

“我昨天还碰见你母亲了，说你考上了研究生，你比小舟争气啊。”老于所长可能在八九年前遇到过我回宜昌办事的母亲，跟我母亲唠过类似的家常。老于所长的大脑已经丢失了感知和计算时间的能力。

我的母亲，我的父亲……老于所长还记得他们。

老于所长邀请我和夏月去他家里吃饭，我和夏月准备拒绝。夏月的电话响了，接了电话，脸色煞白地对我说："于力舟被车撞了！"

"什么？"老于所长问，"我儿子死了吗？"

我的头顶仿佛一声炸雷。我呆若木鸡，感觉身边全部黑暗下来，我仰头看了看天空，太阳还在，可是已经只有微弱的光芒。乌云在集聚，把四周笼罩。一个巨大的蝙蝠缓慢地扇动翅膀，从长江上飞过来，飞到了我的头顶，把本已经黯淡的阳光遮挡。我抬头看向蝙蝠，看到了蝙蝠一张狞笑的脸。

王小飞在害死了叶江之后，现在对于力舟动手了。

于力舟没有死，但是也没有活，他陷入深深的昏迷中。我和夏月并排站在病床边，看着无数的塑料细管和仪器线从于力舟的身体里延伸出来。旁边的医疗仪器显示于力舟的心脏仍然在强有力地跳动，每隔几秒钟就发出一声嘀的响声。

病房里一片沉寂，我和夏月的手牵在一起。顺着夏月的手掌，我能感受到她的身体在轻微地颤抖，恐惧和愤怒的情绪从这轻微的抖动中传递到我的手上，进入我的内心。

所幸老于所长没有失控，退休的秦所长也来了，站在老于所长身边，准备随时搀扶坚持不下去的老于所长。病房外站了十几个警察。

于力舟遭遇车祸的现场监控视频已经调出来了，显示于力舟在九码头的路口，走出了大厦，朝着街对面的停车场走去的时候，一辆失控的轿车撞向了于力舟。

肇事者是一对夫妇，他们从伍家岗的方向开向解放路，准备从胜利一路进入沿江大道。在他们开车到宝塔河的时候，丈夫的手机收到了一条微信，那条微信是丈夫的小三发来的。丈夫在专心开车，妻子看到了这条微信，发现了丈夫的不忠。然后妻子和丈夫一路争吵，到了胜利一路等红灯的时候，妻子情绪爆发了，和丈夫在车内厮打，混乱中丈夫踩下了油门。

警察调查之后，认为这的确是一起意外。只有我知道，这是一场蓄谋已久的谋杀。因为于力舟走出来的大厦，就是王小飞公司所在的写字楼。于力舟是在跟王小飞见面之后才遭遇车祸的。

一定就是王小飞，我坚信不疑。可是所有的证据都跟王小飞扯不上半点儿关系。王小飞告诉警察，于力舟是在跟他交涉拆迁钉子户受伤的民事赔偿之后，离开了他的公司。

于力舟一定查到了王小飞的某个秘密，王小飞忍不住了。

老于所长坚持要在病房里陪伴自己的儿子，我和夏月只能带着晚晚离开。

我紧紧地抱着晚晚，另一只手牵着夏月，黑暗中蕴含着的杀意弥漫在我们的头顶。我和夏月都十分紧张，看着街上的每一个人，害怕其中一个会突然冲出来，抽出匕首捅死我们。

我和夏月紧张地回到于力舟的家中，我仔细地把门窗都检查了一遍。我嘱咐夏月，千万不要出门，然后就要离开。我的时间真的不多了。

夏月问我："风风，你去哪里？"

"王小飞的灵魂那边，"我指着窗外的长江对夏月说，"我要把他揪出来。"

"我害怕。"夏月抱着晚晚说，"不要让我和晚晚单独待着。"

我想了想，对夏月说："明天早上，你带晚晚去老于所长家里，现在于力舟出事了，秦所长一定会陪在老于所长身边，两个老警察所长在，应该不会发生什么事情。"

"这么晚，你一定要小心。"夏月知道劝说我留下是不可能的。

我没有向夏月保证我的安全，我知道，我要去的地方一定是凶险重重。

我现在要找两个人，宋继森和夏月奶奶。夏月奶奶离得近，我先去找她。

我到了存在于高楼大厦夹缝中的那排平房。夏月奶奶似乎知道我要来，她已经知道了于力舟遇到车祸的事。无论发生什么，她都会第一时间知道。

“是王小飞，”夏月奶奶说，“就是他。”

“王小飞到底在找什么？”我盯着夏月奶奶的眼睛，“你到底藏了什么东西，让王小飞一定要拆了这片房子？”

夏月奶奶说：“我没有藏东西。”

我看向了夏月奶奶的棺材：“奶奶，你在骗我。”

夏月奶奶说：“你现在应该猜得出来是什么了，不是个物件。”

一道灵光在我的脑海里闪过，我知道夏夜奶奶在棺材里藏的是什么了，也只有藏在这里，王小飞才找不出来。

“我要看一眼。”我殷切地看着夏月奶奶。

夏月奶奶伸出手，摇晃着拒绝我说：“不行，不能看，看了，就破了。”

我走到夏月奶奶面前，悄悄地把面具递给她：“我买到了。”

夏月奶奶不动声色地接过面具，放在身后。

“奶奶，你真的能做到？”

“能做到。”夏月奶奶说，“你知道我能做到的。”

“那是什么时候？”我问夏月奶奶。

“还有一天。”夏月奶奶回答我。我看到她已经穿上了诡异的服装，她已经做好了准备。

“好。”我点头，“我等着。”

我在走出夏月奶奶平房的时候，回头又看了棺材一眼，深吸一口气，心里坚定起来。不是我一个人在用生命做赌注来解决我们一生的阴影，于力舟和叶江，他们从来就没有放弃过。

我走出了棚户区，时间紧迫，赶在博物馆关门之前，我打车到了博物馆。我向工作人员询问有没有一个叫宋继森的志愿者，工作人员苦笑着摇头，说那个宋继森就是个骗子，是个小偷。他做志愿者的目的就是为了偷博物馆的东西。我当场震惊，我对宋继森抱有极大的期待，希望他能给出更详尽的资料，给我指出一条明路，他为什么要骗我，甚至邱神父也要跟他一起骗我呢？

我不死心地追问宋继森的下落，结果我得到了更加震惊的答案。

工作人员告诉我，宋继森本来是港务局的职工，十几年前就疯了。他生病几年后，家人无法忍耐，把他送进了优抚医院。

我听到优抚医院，心里最后的希望顿时落空，绝望顿时把我的心脏紧紧攥住。宋继森是一个精神病！他和我唯一的交集，仅仅是他也曾经住在港务局的棚户区。但是我实在想不起来棚户区有一个姓宋的疯子，而宋继森这个疯子对值钱的文物感兴趣，所以在长江边寻找铜钱，在鬼市里寻找文物，卖书只是他的幌子。也许他到天主教堂接近邱神父，就是为了偷取翁载慈和本杰明的那些珍贵照片吧。邱神父不愿意过多提及他，可能是因为邱神父慈悲，不想揭穿他的罪恶。

工作人员继续告诉我，宋继森住进优抚医院之后，还经常回来博物馆，避开工作人员，给博物馆的访客说一些稀奇古怪和乱七八糟的东西。博物馆是个冷清的单位，人手不够，只要他不捣乱，就不会强行驱逐。可是宋继森开始在博物馆里偷东西，就在半年前，他偷了博物馆里的一块古人类化石。虽然化石并不珍贵，但也是一起重大的安全事故。博物馆的人看了视频监控后，到处寻找宋继森，发现宋继森已经跟优抚医院失联，博物馆也失去了宋继森的消息。

宋继森根本就不是他的本名，工作人员告诉我，优抚医院告诉他们，这是他在外招摇的化名。工作人员说完后，我的心里空荡荡，没有希望了，我几乎要呕吐起来，晃晃悠悠地走出博物馆，走到了马路边。

“等等，”博物馆的门卫从身后叫住我，“我听见你要找老宋？”

“是的，”我虚弱地说，“可是听说他很久之前就生病了。”

“老宋是个好人，可惜了。”门卫问，“你找他有事？”

我摇头，现在我知道，这个鬼市里卖书的老宋是个疯子，还骗了我。

“老宋的精神的确有点儿，有点儿……”门卫欲言又止，用手指点了点自己的额头。

我呵呵地笑起来，这个世界太荒谬了，我竟然把所有的希望都押在一个疯子身上。

疯子永远会遇到疯子，因为疯子的身上会散发类似的气质，吸引同类的注意。这是黄医生提醒过我的。我大笑着，发现门卫惊讶地看着我，才发觉自己的笑声变成了干号。

“你怎么了，需不需要叫医生？”门卫谨慎地问。

“你看我也疯了对不对？”我癫狂起来，“是的，我眼睛看得见其他人看不见的世界，我能看见水怪，看见鬼，所以你们都把我当疯子看待！”

门卫听了我说出的这句话，更加吃惊，他一定确信我是个精神病患者。

我准备走了，门卫突然说：“老宋被博物馆赶走之前，说过跟你同样的话。”

我不发疯了，我抓到了最后一根稻草。

“老师傅，求求你，告诉我老宋在哪里？”我恳求门卫，在自己的身上慌乱地掏出烟，恭敬地递给了门卫。

“我不抽烟，”门卫摆摆手，“听说老宋会在九码头的鬼市摆摊。”

“我知道，我就是在鬼市遇见他的，”我的心又跌落下去，“可是今晚他不会去鬼市。”

“现在是夏天，”门卫思索了一会儿，“你可以去云集隧道碰碰运气。”

工作人员不知道什么时候来到我和门卫的身边，“老石，你知道老宋在云集隧道，为什么不告诉我们？”

“我只是个守门的，”门卫翻了翻白眼，“又不是你们的正式职工。”

“你知道老宋偷了我们馆里的化石吗？”工作人员大声呵斥，“你是不是跟他有勾结预谋？”

门卫不慌不忙地说：“他大白天进来拿走的，那天我也不值班。再说那些化石是老宋从民间收集来的，本来就是他自己的东西。”

“谢谢你，谢谢你！”我转身朝着云集路跑去。回头看了一眼，门卫和工作人员正在对峙，工作人员在打电话。

云集隧道！门卫一定没有骗我，还有什么地方比云集隧道更加适合宋继森这种人呢？他既然跟我一样能够看到，当然就要生活在地下深处。

云集路隧道在二十年前在东山下修建，打通了市中心和开发区，是一条极长的隧道。我飞快地奔跑在云集路上，天色渐渐黑了，时间越来越紧迫，在天黑之前我跑进了隧道。

现在是夏天最热的时候，整个城市都被一层闷热的雾霭笼罩，酷热无比。城市里的流浪汉和底层市民，家里没有空调，就只能睡到长江边，让清凉的江风吹拂才能入睡。可是江边的草地上，无数的蚊虫让纳凉的人不堪其扰。

当东山隧道和云集隧道依次修建好之后，无处躲避炎热的流浪汉和打工者们有了新的去处，隧道里的温度相对凉爽，并且没有蚊虫，唯一难以接受的是灰尘弥漫的空气和汽车驶过的噪音。

我走进了隧道，隧道两侧的人行通道上摆满了凉席，一直从洞口延伸到深处。有的凉席只睡了一个乞丐，有的人铺了一张大的凉席，是拖家带口睡在这里。

往隧道的深处走去，我发现已经有人把自己的行李和简单的被褥衣物都摆放在通道上。这是这个城市里最底层的人民能够得到的一丝恩惠，很庆幸没有市政部门的城管来驱散他们。我们的城市管理者，无意中留给了这些人一个临时庇护所，让他们躲避风雨。

我小心翼翼地跨过这些流浪汉、乞丐、赤贫的打工者，走进了隧道几百米的地方。我看到前方一个席子上堆满了破烂的书籍。

我终于找到了老宋。

隧道里的流浪汉虽然鱼龙混杂，睡觉的地盘混乱而无章法，其实每个人都根据自己的地位划出了自己的位置。越是靠外的流浪汉，就越是新来的人员，只能睡在相对炎热的地方。而且车辆在出入隧道洞口的时候，空气对流剧烈，会发出巨大的声响。到了隧道中部，噪声会小很多。

老宋正坐在一个小板凳上，借着隧道里的路灯看一本书。就在他所在位置的隧道内壁，向里面凹进去很大一片空间，这是当初修建隧道的时候预留的维修段。这样老宋睡觉的位置就不会被在通道上来往的行人打扰。老宋看来是这个隧道里最有威望的流浪汉之一，这也说明，他在这里已经生活很长时间了。

“老宋。”我走到老宋的跟前，慢慢蹲下来。

老宋把书放到胸前，露出了他的眼睛。我看到他手里的书是《东湖县志》。

老宋露出了微笑：“你见过邱神父了？”

我点头：“入口在哪里？”我一刻都没有犹豫。

“属于你的入口，你去过。”老宋说，“我的入口在鬼市，不过我马上要找到新的入口了。”

老宋把手里的书扬起来：“我忽略了一个历史和地理上的问题，这是我的疏忽。”

“我怎么才能真正进入那个世界，并且能保持我的理智？”我焦急地问，“我不要在恍惚的无意识中进入，我要真正地走进去。”

“别急，”老宋说，“我马上就要找到了。”

“来不及了，”我几乎要哭出声来，“明天，过了明天就无力回天了，于力舟就回不来了。”

“于力舟是谁？”老宋说，“不相干的人，我不想多事。”

“不！”我大声说，“对我很重要！我今晚就要把他带回来。”

“他被拐进去了？”老宋问，“是那个卖面具和人偶的家伙干的吧？我提醒过你，不要跟他接触，他是最厉害的那个。我尝试过杀死他，可是我做不到。”

我大声说：“不，无论如何，我一定要把他们揪出来。”

“他们？”老宋说，“不是一个人？”

“是两个，”我回答，“但是也是同一个。”

“什么意思？”老宋问。

我焦急得无法解释，老宋突然想明白了：“我懂了，一个在黑夜里出现，一个在白天出现，他们是孪生子。”

“对！”我大声说，“但是他们有共同的记忆和思想，他们都是长江怪物的仆从。”

那个出现在我噩梦里的和尚，就是卖给我面具的人。他属于水怪的世界，而王小飞是他在人世间的分身，他们是一对孪生子，从来就没有分开过，而且他们是——

“长江之神的爪牙。”老宋大声说，“邱神父跟我思考了很久，竟然没有想到这个巧合。”

我告诉了老宋王小飞的身世。

当年老王的妻子因为难产而死，两个双胞胎在渔船上引来了江底无数的鱼类，而这些鱼都狰狞而恐怖。一辈子生活在水上的老王知道，这些水下的动物并非来自我们的世界。这些鱼在长江上聚集，到了夜间，随着双胞胎的哭号而跳跃。水面之下无数阴影和鬼魅游动穿梭，它们在庆贺老王的两个儿子诞生，强迫老王把自己的儿子交给它们，让它们带着老王的儿子回到属于它们的世界。

老王妥协了，把自己的双胞胎扔到了江水里，用竹竿把两个襁褓推向江水的激流中。但是它们只要了其中一个，却把另一个留给了老王，留在人世间。

进入水怪世界的那个王小飞，和人世的王小飞从来都是同一个人，属于不同的阴阳两界。

把我和叶江、于力舟、夏月、叶宁的命运改变的王小飞，一直都想把我们送给它们，作为长江之神的献祭。

这个传统一直都没有消失，当年翁载慈收留的那个叫腊梅的小女孩，就是人间的信徒要献给长江之神的牺牲。

我已经在邱神父那里得到了这个邪恶传统的线索，现在我知道的是，我要进入水怪的世界，我要向所谓的长江之神讨回我们的公道。而这个坐在我面前的老宋，他研究了一辈子对面的世界，不惜被人诟病为一个精神病患者。

“入口在哪里？”我问老宋。老宋看了看身后，我明白了，老宋住在这个隧道的深处，绝不是他走投无路的选择。

“为什么是这里？”我问老宋，“这里距离长江太远。”

老宋把《东湖县志》又拿起来，交给我看：“知道我们头顶上的这座山，为什么叫东山吗？”

我摇头。

老宋说："我们这个城市本来在长江南岸，可是现在城区在江北。"

我不能理解他的意图。我猜测着："我们的城市在几百年前，从江南搬到了江北。"

"不对。"老宋否定我的看法，"我们的中心城区从来就没有变迁过，一直在老地方。"

我思考了一会儿，恍然大悟："长江改道了。"

"就是这样，"老宋说，"长江从西陵峡口南津关流淌下来，在东湖县北侧流过，江水就在老城和东山南麓之间流淌。在几百年前，长江改道，从老城区的南侧葛洲坝改流，于是我们的城区从江南变成了江北。"

"这就是为什么你要在这里寻找那个世界的入口？"我问老宋，"因为这里是长江的古道？"

老宋弯下腰，在地上杂乱的书籍中摸索，又把那本书拿起来，就是鬼市里我看到的那本本杰明的照片和笔记。他翻到了其中一页的照片递给我看。

我看到一个荒凉的山坡，山坡上有一个庙宇。

"东山寺，"老宋说，"毁于上世纪四十年代。除此之外，再也没有任何记载了。"

我深吸一口气，我见过这个叫东山寺的庙宇，不止一次，是我在失去意识之后，在梦境中看到的那个庙宇。

"还有没有更清晰一点儿的照片？"我焦急地问老宋。

老宋翻了一页，又给我看了一张照片，是在靠近庙宇很近的地方拍摄的。我看到了庙宇内的一个塑像，我完全确定，老宋这些年的研究没有白费，原来东山就是本杰明和翁载慈说的那个“长江之神”的位置所在。

在我无意识的时候，在噩梦中看见的那个鱼头人身的神祇，就是这张照片里的塑像。

我能够想象得到一百年前，那个叫本杰明的摄影家、探险家，来到这座东山上，架好机器拍摄这张照片时的惊喜和恐惧。

这是一个从来没有出现在任何文献和历史记载里的宗教和神祇。他在长江三峡流域以最隐秘的方式存在，受到长江里水手的供奉，唯一要接受的献祭就是被诅咒的童男童女。我和叶宁、叶江、于力舟，就是他要的牺牲供奉。王小飞是他的爪牙，把我们一个个地献给这个不为人知的神祇，就算是我们幼年逃脱，也依然不能摆脱他的魔爪。

我把这一切告诉了老宋。现在等着老宋告诉我更多关于水怪的秘密。

老宋告诉我，当年本杰明看到了这个奇怪的庙宇和神祇之后，找到了翁载慈。

我的脑海里渐渐清晰，在老宋的叙述中，我能够想到本杰明、翁载慈在一起分析所谓长江之神的场景，他们在那个地下教堂里合影了，而那个教堂就是水怪世界的入口。

这个神祇并没有名字，无论是历史书籍还是民间的人群，都知道他的名号。两个洋人只能给这个统治的神祇起了一个不伦不类的名称：长江之神。

“哪里是什么神仙？”我恨恨地说，“是一个躲藏在水怪世界的恶魔而已。”

“那你有没有想过水怪的来历？这个神仙或者是恶魔到底为什么存在呢？”老宋神秘地看着我，“这个世界上哪里有什么神仙和妖魔鬼怪。”

“他们是存在的，”我坚定地说，“我看见过。”

“翁载慈是一个人类学家，本杰明是一个探险家，”老宋盯着我的眼睛，“他们两人一定发现了一个重要的秘密，可是他们都终身保持了沉默。”

我等着老宋继续说下去，我需要一个解释，我知道即便这个解释有多么荒诞不经，也比鬼神之说要来得客观准确。

“翁载慈到了川东鄂西传教，他还有一个目的，”老宋说，“他在欧洲发现了一个古人类的化石和一个新石器时代的陶罐。”

“他看到的化石和陶罐，来自我们长江三峡流域。”我接下了老宋的话头。

“是的，1876年，中英《烟台条约》签订后，宜昌开埠，西方人开始踏足长江三峡地区。其中不乏一些冒险家，他们在长江三峡找到了化石和文物，卖给欧洲的博物馆，在欧洲巡回展出。”老宋继续说，“翁载慈是一个人类学家，他发现这些来自中国长江三峡的很多人类骸骨化石和文物，是不符合人类考古学的时间推断的。”

我屏住呼吸，老宋已经把翁载慈和本杰明留下的笔记、照片资料研究得很透彻了，他已经得到了答案。他为什么要这么做？刚才他说过，他想杀死那个卖面具的人，为什么？

“你想过去……”我犹豫地试探，“你身边也有同伴和亲人遭受了那些……那些事情？”

我看着老宋，突然意识到了为什么。我看见老宋的额头冒出青筋，他轻声说：“这个世界里我杀不死他，所以我要去那个世界，在那里我能做到。”

“你非常恨那个妖怪？”我谨慎地问。

老宋陷入了沉默，我不敢打扰老宋痛苦的回忆。“不说这些……”老宋整理情绪，抬起头，“翁载慈在三峡地区找到了更多化石遗迹和很多实体文物，那些在江边悬崖上的棺材，以及某些神秘仪式，让他研究出一个学术结论。”

“您当年是学什么的？”我突然岔开了话题，我觉得老宋这样的一个低级水手，一生都搭在了这件旁人看起来十分荒谬的事情上，一定跟他的少年经历有关。

“我是学物理的，华中理工大学。你听说过这个学校吗？现在和几所大学合并成华中科技大学了。”老宋继续说，“我用了很多年，在三峡找到了关于水怪的线索。”

“长江水怪？”

“巫山人。”老宋说，“一个比元谋人、北京人还古老的人种。”

我从来就没有听说过这个世界上还有什么巫山人，这是课本上从来没有提及过的内容。

“这些所谓的巫山人跟有长江水怪什么关系？”我忍不住问。

“他们就是长江水怪，也是你的祖先。”老宋说了之后，我知道他是真的疯了。

“那些化石就是巫山人的化石，你从博物馆里偷出来了？”我问老宋。

“馆里根本就不看重这些化石，我写了那么多报告，也都被压了下来，”老宋说，“既然他们不研究，那么宝贵的东西在他们眼中一文不值，那还不如我自己拿着。可是我拿了一个他们真正看重的东西。”

“你到底还是偷了文物？”

“是的。”老宋看了看四周，“是这个东西。”老宋拿出了一面古朴的镜子，给我看了看。我看不出这面镜子到底有什么怪异的地方。

“我们能看到的世界，就是巫山人的世界，长江水怪的世界，”我追问老宋，“这之间到底有什么联系？”

“一万多年前，北方来的种族进入长江三峡的区域。他们拥有先进的农业和冶炼技术，他们也发现了长江上有一种野蛮人，这种野蛮人能够跟鱼类一样在长江里游泳，也能上岸，他们的鼻子在游泳的时候，鼻翼会闭住（我忍不住翕动自己的鼻翼），用耳朵呼吸。他们手指和脚趾之间有蹼膜……”

老宋说到这里，我听到了隧道外传来了救护车的声音，可是隧道里没有出车祸。我开始紧张起来。老宋也听到了这个声音：“他们来抓我了。”

“因为你偷了博物馆的这面镜子？”

“是的，他们还要把我抓回优抚医院，”老宋指着自己的太阳穴，苦笑着说，“电疗，你知道吗？”

我开始慌乱起来，手足无措，身体战栗。我当然知道电疗施加在人体上的痛苦。

“为什么还不跑？”我对着老宋大喊。

“从隧道跑不掉的，”老宋看了看隧道的另一个方向，“瓮中捉鳖，隧道的两头肯定都被堵住了。”

救护车的声音穿透了整个隧道，已经看得见红蓝的灯光在隧道口闪烁。

老宋把手里的镜子举起来：“他们抓不住我！”他的脸上露出了诡异的笑容。

老宋揣起了本杰明的那本相册笔记，另一只手拿着镜子，面对我，后退着朝工具房里移动。

老宋退到墙壁的凹陷处，轻松地把维修间的铁门打开，里面露出了逼仄的工具房，还有一面斑驳的墙壁。墙壁上布满了青苔，地下水渗透到地面，墙面上画了一个圆形套三角的图案。

原来他真的找到了在东山底下进入水怪世界的入口，他要走了。

救护车飞驰到我们身边，巨大的刹车声让我的耳朵不堪忍受。几个优抚医院的医生跳下车，博物馆的工作人员也在其中，对着老宋大喊：“老宋！你跟医生回医院吧。”

老宋不理会医生和博物馆的工作人员，继续对我说：“现在我有这面镜子，就可以进入水怪的世界，我要回家了。”老宋得意地扬了扬手里的镜子。

老宋已经退到了工具房的最内侧，后背贴上了长满青苔的墙壁，圆形套三角的图案成了他的背景。我看到了老宋手里的镜子发出妖冶的光芒。

他即将进入另一个空间，我即将亲眼看到他消失。

优抚医院的医生和博物馆的工作人员冲进了工具间，直到把老宋的胳膊摁住，绑上了捆绑带。老宋并没有消失在墙壁里，而是呆呆地站在原地，身体贴在墙壁上。老宋让我失望了。

博物馆的工作人员把老宋的镜子抢到手上：“可算是找到了。”

老宋突然猛烈地挣扎起来：“放开我！我要回去！我要回去！”

医生安抚老宋：“老严，你躲在这里多久了？你的病情很严重。”

老严！我听见医生在叫宋继森老严，这是他真实的姓吗？

老宋的身体在拼命挣扎，他的力量很大，对着老同事大喊：“还给我，还给我！”

我知道他要的是那面镜子。

优抚医院的医生把老宋的四肢都死死抱住，老宋的身体在不断痉挛和动弹，但是无济于事。老宋被医生们狠狠地摁在地上，但是他还在做最后的挣扎。

“你还没有告诉我，那个世界到底是什么来历？”我大声对老宋说。

老宋被医生们抬起来，四个医生分别抱住他的四肢。

老宋加快语速：“那些来到长江三峡的农耕人种，他们和巫山人开始了长达千年的战争。这场连绵的战争没有文字记载，因为那时候还没有文字。”

医生抬着老宋经过我身边的时候，我拦住了医生：“等等、等等……”

医生茫然地问我：“你是谁，是他的朋友？”

老宋对着我继续说：“他们迁徙过来的人口越来越多，巫山人慢慢地被逼到了长江上，生活在江水里，不能上岸……是他们把你的祖先赶尽杀绝的。”

医生拿出了口塞，要把老宋的嘴巴堵住：“又开始胡言乱语了，老严，你已经多久没有吃药了？”

“让他说完。”我一把将医生的口塞打落在地上。

医生看着我：“你也是个疯子吗？”

老宋看着我继续说："最后，这些农耕部落的人种占据了三峡地区所有的地方，巫山人再也没有地方可去。为了自己的种族不灭绝，他们把种族的所有灵魂献祭给了长江之神，进入另一个世界，黑暗的世界……就是长江水怪的世界……"

老宋，不，应该是老严，开始剧烈地咳嗽起来，他的脸变得狰狞而扭曲，嘴角的白色泡沫不断溢出。

他是个疯子，我呆呆地站着，心里觉得十分滑稽，哭笑不得。

医生们把老宋抬上了救护车，老宋的胳膊竟然从捆绑的布带里抽出来，伸出手臂紧紧地攥住车门："我要回去！我要回去！我是长江里的水怪！不，你们才是水怪……"

医生掰开老宋的手指，一根根地掰开。我看见老宋的手指之间有灰白色的蹼膜。

"我是学物理出身的，这一切我已经完全明白了。"老宋大声说，"我已经研究出来了，有理论依据的世界，是另一个空间，只有在地球的北纬三十度才会出现这种现象……"

我冲到了救护车上，推开了阻拦我的医生，对着老宋问："你是不是疯子，你说的到底是真的，还是在胡说八道？你到底是姓宋，还是姓严？"

老宋大声说："你能够进去，在九码头棚户区，你见过那个符号，你知道我说的是实话。"

医生要捂住老宋的嘴巴，被老宋用牙齿咬了手掌一口。医生大叫起来：“他的病情已经很严重了，攻击性比以前更强了。”

我看见另一个医生手忙脚乱地拿出镇静剂，用注射器开始吸入药水。

“什么？你到底在说什么？我听不懂！”我大声对老宋喊。

老宋的身体已经被医生死死地压住，他顽强地把脖子扬起来，对着我喊：“地球黄道夹角53.5度，我们长江三峡流域就在这片区域。巫山人落后，无法和智人的后代抢夺地球的资源，那是他们的科技树跟人类文明发展的方向不同。他们不会用铁器，不会耕种，但是他们掌握了能够进入另一个空间的技术，这是科学，这是科学！你们懂不懂？我不是疯子，我是一个物理学家！我叫宋继森，我是华中理工大学物理实验室的研究员，我从八十年代就在三峡地区进行考古工作了！”

“老严，好，好，老宋，你不要激动，你还是冷静下来，我知道你是科学家，你现在不要乱动，好不好？”医生温柔地安抚老宋，但是他手里的注射器已经扎进了老宋的手臂。

“赵长风，你是赵海云的孙子，我认得你的爷爷，你是巫山人的后代！”老宋的身体被医生控制，他只能仰着头对着车顶继续大喊，“一部分巫山人没有躲避到那个空间，他们和普通人类通婚，血脉交融，后代散落在三峡地区！”

老宋彻底疯了，我看见医生都不断地摇头，他们应该已经听过老宋说这种话很多次了吧，这是老宋在发病的时候焦虑暴躁的特征。

我安静地看着老宋，老宋不再呼喊了，注射进他的身体里的强效镇静剂开始发挥药效。老宋的声音变得迟缓而低沉：“镜子……镜子……镜子……”

老宋彻底安静了。我从救护车上跳下来，看见博物馆的工作人员正在打量从老宋手上夺过来的镜子。

救护车上的医生跟博物馆的工作人员打了一个招呼：“谢谢你啊，老商。”

这个博物馆的工作人员姓商。

老商摆摆手，向医生道再见。救护车呼啸着开向隧道的另一边，很快就消失不见了，留下我和老商站在原地。

老商看着满地狼藉的破旧书刊，把本杰明的笔记和《东湖县志》捡起来，拍了拍书本上的灰尘。

“你还没走？”老商看着我说，“老宋很久之前就疯了，没想到疯成这个样子。”

“你真的相信他是疯的？”我轻声问老商。

“你刚才没有看见吗？”老商诧异地看着我，“他说的那些狗屁东西，每个字都是胡言乱语，从几年前就在说什么外星人，什么异度空间，什么，什么妖魔鬼怪……”

老商的话戛然而止，他倒在了地上。我扔下手里的小板凳，把老商怀里的两本书拿起来，然后捡起摔在一边的镜子。

“我知道老宋疯了，”我对着躺在地上的老商说，“可是我相信老宋说的每一个字。”

“你、你……”老商不停地眨眼，用手揉自己的头部，想清醒一点儿。

“是的，我也是疯子，”我苦笑了一下，“疯子的话当然是要疯子来相信的。”

我拿着镜子走到了隧道凹陷处的工具间，那个奇怪的圆形套三角的图案就在我面前。我拿着镜子，放到了三角形的正中央，墙壁瞬间变得柔软，我身边的一切都开始模糊起来。

我的面前是一片幽冥的世界。但是当我伸手探向墙壁，把手掌贴上去的时候，墙壁突然变得坚硬。这不是我的入口，老宋提醒过我。

留给我的时间已经不多了，我要把于力舟从那边带回来。属于我的入口就在那栋烂尾楼的地下室，那对害死叶宁的神秘夫妻自杀的地方。

这个世界不缺疯狂荒谬，从来就没有变过。既然如此，我为什么不能去相信一个疯子呢？老宋提供的线索，即便在旁人眼中匪夷所思、是怪力乱神，但是在我眼中，水怪的世界是一个自洽闭合的真实存在。这也是我唯一的选择，我做不到像叶江那样用自己的生命为赌注，手刃王小飞，也做不到像于力舟用法律的规则步步为营，把王小飞的罪恶一点点搜罗。

他们都付出了巨大的努力，马上就要给王小飞致命的一击。可是王小飞在关键时刻，分别把两人推入了深渊。他们的计划不能就此停止，现在只有我了，我要用我的能力帮助他们，让他们的计划成功。

我走出隧道，回到了东山大道上。天色已经黑了，空中有两个月亮，一个皎洁无瑕，一个昏红如血。钢铁森林下，无数的怪兽在左顾右盼。

我回到了棚户区，走过夏月奶奶的平房。果然，王小飞带领着他的拆迁公司人员把仅剩的一排平房包围了，夏月奶奶和平房里最后的几户钉子户拦在挖掘机前。

夏月奶奶的身边站着夏月，和其他几户邻居并排站立。王小飞在挖掘机前对着司机大喊：“开过去，把房子拆了，出了人命我顶着！”

于力舟已经躺在了病床上昏迷不醒，没有人再给这几户平房的居民提供最后的庇护。王小飞已经肆无忌惮，在几十个拿着铁棍的下属面前不停地叫嚣。

我看见王小飞臃肿的身体散发出烟雾一般的恶臭，是腐烂的鱼腥臭味，我忍不住要呕吐起来了。王小飞已经撕去了身体上的伪装，变成了水怪。

我走到了夏月的身边，轻轻把夏月的胳膊挽起，直面王小飞。

王小飞看见我也加入了抵抗他的人群，轻蔑地嘲笑："小胖子，你的哥们儿都已经过去了，现在就差你了。"

我平静地对王小飞说："是的，我也要过去，但是那里也是你的归属，你跑不掉。"

王小飞哈哈笑起来："你有什么本事，难道比于力舟还厉害，比叶江还厉害？"

挖掘机启动，朝着我和夏月、夏月奶奶开过来。我本能地想后退，夏月没有动，夏月奶奶也冷静地站在原地。我压抑心中的恐惧，收起了后退的想法，仰起头，看着挖掘机的钢铁挖斗伸到了我们头顶。

挖掘机发出隆隆的轰鸣声，但还是停下了。王小飞开始破口大骂司机的懦弱。

我看着王小飞，对夏月说："我要把于力舟救回来。"

夏月回答我说："你找到办法了？"

"我找到了。"

夏月奶奶迟缓地说："还有一天，明天晚上就是头七。"

"王小飞急了，"我说，"他今晚一定会想尽办法把您的房子拆掉，找到他要找的……"

"别说。"夏月奶奶阻止我继续说下去。我看了看夏月，夏月似乎已经明白了王小飞的目的，也就是夏月奶奶的秘密。

“什么都不要想，”我忠告夏月，“我们只要熬过今晚就好。”

王小飞已经骂骂咧咧地爬上了挖掘机，把司机一把拉出驾驶室，推到了地面。

挖掘机开始继续朝着我们碾压过来，履带就在我们眼前，难道我真的要死在王小飞的手上？我开始怀疑我们的坚持是否正确。

“王小飞，你给我停下！”是老于所长的声音，然后我看见老于所长和秦所长也和我们站到了一起。

王小飞终于把挖掘机熄火。他虽然戕害了于力舟，以为再没有人能阻拦他，可是老于所长和秦所长在公安系统干了一辈子，王小飞心中还是有所忌惮。

王小飞从驾驶室里探出脑袋，对着下属大喊：“把这两个老家伙抬走，其他人不用管。”

几个下属扔下了铁棍，扑向老于所长和秦所长。但是王小飞还是忘记了一点，那就是老于所长和秦所长在棚户区的威望。

棚户区里无数老居民都出现了，他们都已经住上了新的小区，本来躲在暗处观望，但是当看到老于所长和秦所长要被这些小混混欺辱的时候，他们忍不住了。每个居民在几十年来或多或少都受过两个前任派出所所长的恩惠，现在他们站出来了。

上百名普通居民把挖掘机和王小飞的下属都包围起

来，用沉默表达他们的愤怒。气氛紧张到了极点，火药桶即将爆发，就差一点儿火星。有人已经开始朝着挖掘机扔砖头和酒瓶子。王小飞感受到了巨大的威胁。

王小飞妥协了，他咒骂着所有人，跳下了挖掘机，带着他的爪牙从人群中扬长而去。

留下的所有人都长长地吁了一口气。有几个年轻的小伙子打开挖掘机的机箱，扯断了里面的电线，捣毁了里面的蓄电池。

夏月看着老于所长，焦急地问："晚晚呢？"

老于所长说："晚晚在丽娟那里，现在已经睡了。"

秦所长也说："不用担心小舟，他现在虽然还在昏迷，但是身体情况很稳定。"

"于伯伯，"我提醒老于所长，"明早您把晚晚接到您身边，王小飞已经丧心病狂了，他一定会对晚晚下手。"

"反了他。"老于所长声音洪亮，"我看他敢不敢！"

"你陪着奶奶，"我又嘱咐夏月，"一定要把今晚和明天熬过去。"

"你和我奶奶到底有什么事情瞒着我？"夏月问我。

"过了明天晚上，叶江的头七之后，"我回答说，"一切就都好了。"

"你现在要去干什么？"夏月问我，"你不要离开我，叶江和于力舟都出事了，你千万千万不要再有事。"

"我要把于力舟带回来，你和奶奶等着我。"我交代完之后，朝着学校的方向走去。

我回到了童年那段时间常去的烂尾楼，现在它已经不是烂尾楼了，成了一个老旧的大厦，里面的格子间住着各种底层生意人，还有无数的皮包公司，以及各种来历不明的培训组织、学生的小饭桌。

地下室的入口已经被铁门锁住，不知道是谁锁上了铁门。我在附近的小餐馆里借了一柄斧头，回到铁门口，三两下把铁锁砸开了。

两个穿着暴露的女孩在楼梯上吃惊地看着我，她们应该是住在这栋楼里的流莺。我朝着她们两人微笑了一下，其中一个女孩把手上的手机放下。

“我不是小偷，”我解释说，“我只是丢了钥匙。”

“我们没有见过你，你不是一楼的住户，”女孩识破了我的谎言，“不过，你为什么要下去？”

我无法解释我的行为，只能殷切地说：“能不告诉别人吗？帮我一个忙。”

女孩笑了笑：“你倒不像一个坏人。”然后看着我手里的斧头。

我本能地把斧头扔在地上。女孩说：“如果你要下去，我劝你还是把斧头带上。”

我眼睛质疑地看着女孩。另一个女孩拉了一下同伴的裙袖：“走吧，怕不是个疯子，现在好多新闻都说疯子当街杀人。”

我苦笑一下，准备走进地下室的楼梯。

“喂——”跟我搭讪的女孩说，“听说这里死过人，后来一直就不安宁，只要有小孩子经过这里，就会哭着喊着要下去。也有人在晚上看见过有人走进去，却再也没有出来。晚上里面还有人整夜整夜地哭，所以一楼的住户把这里锁上了。你不怕吗？”

“我不怕。”我笑着说，“你害怕我出不来？”

“看你长得挺秀气的，又年轻，别把命给丢在里面了。”女孩是一个好人，虽然干的不是好职业。

“谢谢你，我会出来的。”我轻声说，“这里是我小时候常来的地方，我不害怕。”

说完我捡起了斧头，并且把铁门关好，一步步顺着地下室的楼梯走下去。

我走到了地下室，一切都回到了幼年时候记忆的样子。无论外界天地如何变化，这里没有任何改变，依然是一个散发着陈腐气味的狭窄空间，楼梯的尽头伸入一摊黑色的死水里。

地下室里的灯泡忽明忽暗，墙壁上圆形套三角的符号还在。我仔细看，这个符号是用血迹画的，陈旧的血迹上覆盖着新鲜的血液。我闻到了王小飞的气味，他这些年从来就没有停止过……

当年有一对来历不明的中年夫妻吊死在这里，现在我看见他们的幽魂在水面下凝视着我。

我拿出了从老商手里抢过来的镜子，镜子的反光在水面映射，两个人影瞬间就尖叫着消失了。他们的声音在水下回荡。

我很害怕，恐惧丝毫不弱于当年。但是我现在长大了，我知道我应该直面内心的怯弱。我已经没有任何退路，于力舟在那边，我要把他找回来。这个强烈的目的激发着我心中的勇气，我不再懦弱。

我的脚踏入了黑色的水中，积水比我预料的更加寒冷，我的体温在瞬间流逝，冻得我瑟瑟发抖。我听见耳边传来咯咯咯的声音，隔了很久，才意识到这个声音来自我的牙齿。

我继续擎着镜子，一步步朝着水下走去。积水蔓延到了我的腰部，我更加冷了。我记得这里的水深只能达到人的膝盖，但是现在水面达到了我的胸口，并且我脚下仍旧是一片虚空。我继续用脚试探下一级台阶，我的脚触探到了坚硬的楼梯，水面达到了我的脖子。

地下室墙壁上的符号在我的眼中开始转动起来。我不能确定是不是我的幻觉，但是这个已经不重要了，就算是我臆想的世界，那也是属于我的世界。

我又朝着下方走下一步，把镜子牢牢地捧在胸口。我似乎听到了地下室有人的脚步声，还有女孩惊慌的叫喊，但是这都已经不重要了。

我身边的黑色积水全部变成了黑色的烟雾，女孩的聒噪和一个粗鲁男人的询问已经离我远去。

我捧着老宋报以期望的镜子，在黑雾中行走。几次我都撞到了岩壁上，随后我意识到，我行走在一个狭小的甬道里。是的，这是藏匿在棚户区地下的孔洞，属于水怪的孔洞。

我不断地行走，黑雾的前方似乎有一丁点儿的光亮。我朝着光亮前行，在黑雾中摸索，脚下泥泞不堪，鞋子上沾染了淤泥，变得越来越沉重。

黑色的雾霭在甬道里慢慢消退了，我的眼睛能够看到我正走在防空洞里。黑色的积水全部消失，前方的灯光越来越明亮。我加快脚步，又发现防空洞的墙壁上画满了圆形套三角的图案，密密麻麻，上下左右，全部都是。

我心里计算着时间，想看看我走了多久了。我进入烂尾楼地下室的时候，已经晚上九点了吧，现在我觉得时间又流逝了一个小时，还有一个小时就是头七了，叶江的头七。

一旦叶江头七到来，那么就是夏月奶奶、叶江还有于力舟对王小飞清算的时间，而我一定要在这之前把于力舟送回我们真实的世界。

我终于走到了灯光面前，立即发现这并不是灯泡，而是一团微弱的烛火。我靠近蜡烛，屏住呼吸，生怕把烛火吹灭。

随后我发现，这团烛火是来自一个长明灯，烛台的下方是一个梯形的棺材。我身体瑟瑟发抖，恐惧中夹杂着激动。

我已经意识到这里是什么地方了。然后我的前方传来了沉闷的钟声，我回到了幼年闯入的教堂！就是在这里，我让叶宁变成了一个哑巴。其实从那一天开始，叶宁就已经进入了水怪的世界，才会被那两个傀儡看中并拐走。

在连续不断的钟声中，我愤怒起来，抄起了烛台，烛火顿时熄灭，但是我的眼前却并非黑暗一片，而是一片光明。我环顾四周，确定了这就是当年的地下教堂无疑。在叶宁失踪后，因为防空洞入口的积水，我和叶江无法再次进入。

时隔十几年后，我用老宋告诉我的方式重新回到了这里。

我拿着烛台走到座钟面前，看着座钟的摆锤在摆动，现在我明白了，为什么这个座钟上百年了还能走动。那是因为，这里就是水怪和人间的交界处，它一直在维护着这座教堂。

我看了看左边的那个木雕，和十几年前一样，仍旧是一个圣母抱着怀里的孩子，圣母的脸颊上挂着两道黑色的泪痕。

我对着圣母雕像大喊：“你为什么没有保佑我们？”

然后我举起手中的烛台砸向座钟，座钟被烛台击中，瞬间支离破碎，木屑四溅，弹簧齿轮散落在地上。一具枯槁的尸体从座钟中倒下，直挺挺地摔在我的面前。这具尸体收缩到只有小孩子般大小，身体蜷曲如婴孩一般，可是双臂的骨头扭曲到了后背。

身上碳化的肌肉皮肤紧紧贴在骨骸上，脖子上挂着一个十字架。我瞬间意识到这是邱神父和老宋口中说的翁载慈，那个洋人！

邱神父对翁载慈的结局闪烁其词，原来他也是知道的。我克服自己的恐惧，仔细地察看尸体，发现黑色焦枯的尸体上缠满了细细的渔线，深入碳化的肌理。

这是一种什么样的恐怖刑法？难道是因为翁载慈发现了水怪的秘密吗？

我猛地听见了“铛”的一声，我抬头看去，声音来自右前方的钢琴。钢琴的声音在持续，无数的纸片从钢琴中弹起，飞舞到空中，在我面前像风中的落叶一样飘动。

我伸出手，捏住了一张纸片，发现这是古老的黑白照片。我看到照片上，几个百年前的人把一个教士围困起来，旁边的地上蹲着一个惊慌的小女孩。我想起了邱神父说的那个叫腊梅的女孩的遭遇。

空中的照片仍旧在飞舞，不停撒落到地上。这是翁载慈留下来的恨意吗？又一张照片飞到我的面前，我拿起来看。这张是翁载慈已经被人抓住，双臂被捆在背后，一个人把渔网披在了翁载慈的身上，背景就是一个地下的井坑前，地上堆放着一堆柴薪。

我的手在发抖，因为我看到了其中一个人穿着一种特别的服装。这件衣服我见过，就是夏月奶奶在作法事的时候穿上的衣服，并且这个人还戴着一个诡异的面具，而这个面具就是我替夏月奶奶在鬼市里买来的那一个。于力舟说这个面具是“替鬼魂在阴间开路”的法器，但是在夏月奶奶手里，这个东西能够“招魂”。

我弯下腰，又拾起了一张照片。这张照片是两个人把已经烧成了蜷曲焦炭的翁载慈抬起来，把渔网里的尸体放进了井口。井口之下，几十双手臂伸出来，每一个手掌都长着长长的指甲，指头之间连着蹼膜。

我抬起头看向头顶和四周，我确认了，这个井口就是现在我所处的教堂的位置，就在我们棚户区里。几十年之后，修建人防工程的时候，人们重新发现了这个地下教堂，也就是被封印的教堂。随后这里的防空洞被长江从地下流淌过来的积水淹没而废弃，最后成了我们学校的一部分。再后来被我发现，并且把叶宁带到了这里。

叶宁，我真的不该把叶宁带到这里来，这些杀死了翁载慈的帮凶，一直把小孩送给水怪作为献祭，而我亲自把叶宁送进了这个仪式。

我听到了一个小女孩的笑声，声音很轻，但是我听得无比清晰。

“宁宁，宁宁，”我茫然地大喊，“是你吗？你一直在这里吗？”

没有人回答我。我看见无数张照片在地面上翻滚，全部聚集到我的脚下。我捡起其中一张，我见到了我最不愿意面对的画面，一个鱼头人身的雕像。

我扔掉了手里这张照片，又拾起一张，仍旧是这个鱼头人身的水怪。脚下所有的照片都一模一样。这是他对我的邀请，我知道我已经无路可退了。

女孩的笑声又来了，我抬头看见小女孩跑到了教堂的侧门后。

“宁宁！”我朝着侧门跑去，转进了一个通道。通道内没有灯光，而一切都在我的面前清晰可见。我意识到了，我的眼睛从来就没有生过病，我在人世间的眼疾只有一个原因，那就是我的眼睛本来就属于这个黑暗的世界。

我飞跑着穿过这条通道，看见小女孩的身体钻进了通道尽头的铁门缝隙。我跑到铁门栅栏前面，看到铁门之间的缝隙不足以让我爬过。一个圆环和三角的诡异铜锁挂在门的缝隙上，我抓住门锁，扭动三角铜环，锁扣立即散开了。这个开锁的动作不需要我去思考，仿佛我天生就知道怎么打开似的。

我推开门，走了进去。

这是一个阴暗的空间，地上全是鱼类的骸骨，空气中弥漫着腥臭腐烂的味道。丧礼上打笳的音乐突然响起，我面前的旋转木马开始转动，残破的旋转木马发出木轴吱嘎的声音。

小女孩骑在木马上，转到了我的面前，我走上去一把抓住她的胳膊。但是小女孩的胳膊被我扯了下来，我手里只有一截干枯的细弱手臂。

女孩咯咯地笑起来，身体和笑声都随着旋转木马转到了背面。片刻之后，小女孩又转到了我的面前。我和小女孩对视，看见她穿着一身红色碎花棉袄。

不是叶宁。我一阵失落。小女孩的脸瞬间变成了一个水怪的模样，没有鼻梁，脸颊苍白。她从木马上跳下来，趴到了地上，仰着头看着我。

“腊梅！”我大声喊起来，“你已经死了一百多年了。”

翁载慈终究没有把腊梅从长江之神的信徒手中救出来，还搭上了自己的性命。

这个叫腊梅的女孩，如同蜥蜴一样在地面上爬动，围着我绕了一圈。我的眼睛毫不松懈，紧紧地看着她。腊梅朝着我龇牙咧嘴，露出了白森森的獠牙，我吓得后退一步。腊梅转身，用她仅剩的一条胳膊，爬向了墙壁里的另一个狭小通道。

我也钻进了通道，四肢并用，飞快地爬动。通道逼仄，无数的虫豸从上方掉落，爬在我的后背，从脖颈钻进我的衣服里。我的身体剧痒难耐，却在这个狭小的空间里无法舒展四肢，只能不顾一切地继续向前爬。

小通道似乎无穷无尽，我拼命地爬动。十点已经过了很久了，马上就要十一点了，我却还困在这个小小的地下缝隙里。

我越往前爬，通道里越是潮湿，接着头顶有无数水滴落下。我就要爬到前方的出口了，通道里的水已经漫过了我的身体。

腊梅，那个小女孩背对着我坐在洞口，身上穿着红色的碎花棉袄。我用力朝着腊梅爬过去。我爬到了洞口，看着小女孩的后背，我压抑心中的恐惧，伸出手按在她的肩膀上："你，是不是腊梅？"

女孩把身体转过来，双手分开了遮掩在面部的头发，我看到了一张只有骨头的骷髅。

我的后背重重地撞在洞口的墙壁上，但是随即女孩拿下了面具。

我惊魂未定。

"哥哥，是我，"女孩是叶宁，"吓到你了吧？"

我辨认了很久，确认是叶宁无疑。叶宁还是遇害时候的模样和身材。

"宁宁，你到底怎么了？"我伸出双臂，想把宁宁抱住，可是我的双臂穿过了叶宁虚幻的身体，我哭起来："你已经死了。"

叶宁笑了两声，做了一个鬼脸，转身蹦蹦跳跳地朝着远处而去。

我抬手："宁宁，你回来。"随即向前踏出一步，却发现自己脚下是绝壁深渊。宁宁的身体已经融入黑色的云雾之中，只留下了最后一丝鲜红。

一阵凛冽的寒风吹来，我才发现自己所在的地方是一个高耸入云的巨大金字塔，我就站在金字塔的顶端。我转过身，看了看过来的洞口，然后又看了看四周。在巨塔的周围，四处都是诡异的塔楼和巨大的树木，还有无数的石碑和古老的建筑。

前方是一条巨大的黑色河流，河流上无数的花船在移动。

我看了看头顶，巨大的月亮占据了天空的大半，我几乎能够清晰地看到月亮表面的山脉和盆地。

我没有信错老宋，我第一次在意识清醒的状态下进入水怪的世界。我成功了。

我看到巨塔的边缘有一个垂直的阶梯，十分狭窄，仅容双脚落下，这是我走下巨塔的唯一道路。

我不能回去，我别无选择。今天是七月十四，也是叶江的头七，我必须要做我想做的事情。我已经碌碌无为地活了三十余年，可能今后还要这样默默无闻地过完下半辈子，但是为了叶江和叶宁，为了夏月和余力舟，我一定要把自己现在该做的事情完成，这可能是我一生中最重要的使命。

我鼓起勇气，面对巨塔的石壁，颤抖着把脚踏上了狭窄的台阶。我四肢并用，一步步地从巨塔的顶端向下爬行。

强风刮过我的身体，几乎让我失去平衡。我的身体在摇晃一下之后，又死死地把台阶抓住。我不再看空荡荡的四周，继续试探着向下爬行。

每一步都艰险万分，我不能放弃，逼着自己爬到了一半之后，就再也没有失去勇气，重新向下爬去。

我在爬行的过程中，几只黑色的乌鸦在我身后聒噪，干扰我的注意力。当它们发现不能干扰我之后，就用它们肮脏的爪子挠我的头发和肩膀。

“滚开，你们这些王小飞的跟班！”我破口大骂，伸手抓住了其中一只。我无法松开另一手去撕碎手里的乌鸦，于是用牙齿把乌鸦的脑袋咬了下来，然后啐了一口将其吐出。

乌鸦们扇动翅膀，发出沙哑的叫声飞开。

我闭上眼睛，继续向下爬行。

我踏上了地面。

我深吸一口气，拿起了手中的镜子，看着镜子中的自己的鼻梁收缩进了面孔，眼睛苍白，我真真切切是一个长江水怪。

我行走在这条妖冶的街道上，建筑都是由古老的石头堆砌而成的，粗陋破败。脚踩的地面是青石板铺就，坑坑洼洼，却光滑无比。

长江水怪们从我的身边、从我的对面走过，他们都对我视若无睹，我已经是他们其中的一员了。

一排一排的塔林在我面前显现，我发现我走到了上次我在迷惘状态下走到的地点。老树精杨驼子已经死了，他巨大的躯干横亘在塔林和石碑的中央，躯干断裂，枝丫全部枯萎，树叶也都掉落在地面。

长着四肢的鱼从我身边爬过，爬向了远方的河流。我看着身后高耸入云的巨塔，那是我从人世间爬进来的入口。我突然觉得自己的腿脚虚浮，那么高、那么陡峭的石梯，我竟然做到了。

我找了一块方方正正的石头坐下来，想平复自己的后怕。我休息了一会儿，随即发现身下的石头竟然开始移动，这才发现我坐在一个乌龟的背甲上。大乌龟伸出了头颅，回头看了我一眼。

“对不起。”我想从乌龟的身体上溜下来。

乌龟说：“你要找人？”

“你知道我是从那边来的？”我忽视了乌龟竟然能说话的诡异，“你曾经见过？”

“有那边的人来过，”乌龟说，“很多年前了，一百年了吧。”

“我要找我的伙伴，他被扔了进来，在这里迷路了。”我喃喃地说，“可是他在哪里呢？”

“在河边。”乌龟回答了我，然后缩回了脑袋，又变成了一块沉寂的石头。

我朝着黑色的河流走去。在江滩上，我看到了无数的人，在河流的边缘徘徊，他们都低着头，缓慢地行走，折返，再行走。他们都忘记了回到人世间的道路，就在这里不断徘徊。

他们都是人世间因为各种意外来到这个世界的幽灵，他们找不到回家的道路，忘记了城市的道路和样貌，只能在熟悉的江边不断寻找，不断徘徊，周而复始。

不断有人走近河流，被黑色的河流淹没，无声无息。我冲到了人群中，一个个辨认他们的面孔，于力舟一定就在其中。

每一张面孔在与我对视之后都露出了欣喜急切的目光，随即又黯淡下来。我大声喊着："舟舟，舟舟，你在哪里？于力舟，你出来！"

没有人回答我。我焦急万分，拉住面前的一个人，"你见过一个人吗？很高，比我高一个头，他是我的亲人！"

这人茫然地看着我，张开了嘴巴。我看到他的嘴里空空如也，牙齿和舌头都已无影无踪。

所有人都看着我，他们都张合着嘴巴，嘴型都显示出他们在无言地说："回家，回家……"

他们都是迷失在这个世界里的人，都已经不能再回去了。

我从这群迷路的人中间离开，漫无目的地在这个阴森虚无的世界里行走，我翕合鼻翼，努力寻找空气中活人的气息，于力舟如果在这里，他的气息一定有所停留。

我的面前出现了一座小山，我努力向山顶攀爬，希望在高处能看得更远一点儿。我爬到了一半，脚下松动，几块轻飘飘的石头滚落下去。我停止了动作，仔细看一下松动的石块，这才发现石头松动的地方露出了白森森的骷髅。随即我意识到，整个小山是由无数的骷髅堆积而成。我攀爬在一个全是骷髅头的山上，忍不住一阵寒战。但我不打算放弃，我终于爬到了白骨山的顶部。

放眼看去，黑色的河流在前方出现。河流的边缘是一座古城，古城中最高的建筑是巨塔——我进来的入口。在巨塔之外，还有我刚才看到的一片塔林。

河流上游，巨大的阴云从上游朝我的方向移动，片刻就到了我头顶的天空。我听到了一声长长的鸣啸，才分辨出来，这不是云雾，而是一只黑色的巨大飞鸟。飞鸟的头部巨大无比，两个百米的翅膀缓慢扑扇着。

巨鸟的头部从距离我十几米的空中掠过。我肝胆欲裂，感受到自己身躯的渺小，如微尘一般。巨鸟目不斜视，几米长的鸟喙如同帆船的前桅。从巨鸟黑色的眼珠里，我看到了自己微小遥远的身躯，勉强能看到我是一个头戴斗笠、身披蓑衣的长江水怪。

巨鸟庞大的身躯慢慢移动过去，我久久不能从震赫的心境中恢复，静立很久，才继续寻找于力舟的踪迹。我必须要在这里找到于力舟，他有他的使命，一定要完成，这是他改变我们命运的方式，而我也有我的使命。

一只飞蛾在我身边飞舞，然后落在我的面前。我已经看到了轮船一般大的巨鸟，当看到这个跟我体形相仿的飞蛾时，也就不再惊诧。

飞蛾在我面前慢慢竖立起来，翅膀化作了蓑衣，身体变成了人的模样。除了它的脸还是一只昆虫的模样，它还有一对柔软的翅膀。

我开始怀疑自己在做梦。是的，这就是梦，梦里什么奇怪的事情都能发生。我劝慰自己。

“这不是梦。”飞蛾幻化的人慢慢舞动着两只触角，轻声对我说，“这才是真实的世界，九码头、棚户区、夏月、叶江、叶宁、于力舟、晚晚……那才是你的梦境。”

我紧盯着飞蛾人头顶的两只巨大的复眼，复眼由无数块细碎的水晶拼凑而成，每一块水晶里都映射出一个宇宙银河，无尽星辰。

我在无数水晶复眼的银河里寻找自己的世界，终于看到了属于自己的全部宇宙，是夏月。

我突然明白一件事情，这不是一只黑灰色的蛾子，这是一只蝴蝶。

不，这个世界本来就是一个没有颜色的世界，如果宋继森说的是真的，人的梦境是我们人类的本能对远古洪荒的基因记忆。

我的手慢慢伸出，摸到了蝴蝶的触角。蝴蝶的复眼散发出炫目的光晕，里面的银河星辰连成一片。我在光晕中寻找太阳系，寻找地球，寻找长江，寻找我的家乡，我的棚户区。我看到了于力舟。

于力舟走进了九码头江边的写字楼，到了王小飞的公司。我的眼神携带我的意识，紧紧跟随。

我看到王小飞如临大敌。

我看到于力舟没有啰唆，开门见山，问王小飞："十几年了，你告诉我，叶宁的死到底跟你有没有关系？"

"是他！就是他！"我对着王小飞大喊，不要再问了，抓住他！

于力舟听不见。

我看见王小飞镇定地回答于力舟，当年那对夫妇要买小孩子，的确是他把消息告诉了叶大俊，但是他真的不知道那夫妇是为了献祭。

假的，他在说假话，不要相信王小飞，他是一个满口谎言的恶魔。我失望了，于力舟坐在了王小飞的面前。

我知道于力舟去找王小飞是为了什么，于力舟想放下一切仇恨，跟王小飞做最后的交涉。

舟舟，你为什么这么善良呢？这会害死你自己的。我知道一切不可挽回，却又无可奈何。

王小飞说的每一个字都很谨慎，我知道他在权衡，于力舟是要跟他同归于尽，抑或是化解这十几年来的恩怨。王小飞身体的每一个毛孔都在散发着恐惧和杀意，他在提防。

王小飞问于力舟，是不是已经调查出叶江的死跟自己无关。

于力舟没有回答。王小飞恍然大悟：“你很早就知道是夏月杀了叶江？”然后嗤嗤地笑起来，“你是一个警察，你却一直隐瞒真相。”

我开始流泪，我猜测得没有错，叶江是死在了夏月的怀里，这是他的解脱。那是一个仪式，淹死在心爱的人面前，然后化作灵魂，护佑着爱人和亲人，直到永远。叶江，我哭泣起来，叶江，叶江……这也是你召唤我回来的方式吗？

我看见于力舟无奈地说，是的，从开始就知道，是夏月帮助叶江自杀的。夏月和他都不愿面对这个现实。叶江已经完全不可救药，肺癌也到了晚期，夏月知道他想死在自己的怀里，叶江也知道自己的所作所为会把身边的人都拖入无底的旋涡中，他宁愿放弃。

我从蝴蝶的另一只水晶复眼里看到了叶江。叶江呆立在夏月奶奶的门前，手扶着门框，就像居民随意搁置的一把柴火，夏月奶奶开门了。

叶江说：“奶奶，我撑不住了，怎么办？”

夏月奶奶沉默着。

叶江说：“我不甘心。”

夏月奶奶终于点头了：“有一个办法……”

我明白了，我看到叶江躺在浴缸里，整个浴室贴满了符咒，外圆内三角形，还写着我不认识的文字。不仅是浴室的墙壁上，地面、镜子、窗户，到处都是符咒。叶江躺在浴缸里，夏月把他的头慢慢放在水中。叶江静静地躺在水中，几分钟后，手脚轻微地抽搐痉挛，时间很短，随即一片安静。夏月捧着脸失声痛哭，符咒散发出黑色的烟雾。随即从窗口中爬进来一个水怪，从浴室的吊顶也爬下来一个，两个水怪把叶江从鱼缸里抬起来，并且给叶江戴上了斗笠，穿上了蓑衣。叶江紧闭双眼，一步步跟着两个水怪走出窗外，从墙壁上慢慢地爬到地面。三个长江水怪在九码头的街道上行走，在黑夜中，无数行人对他们视而不见。

他们走到了棚户区，走到了夏月奶奶平房的门口。夏月奶奶在等待叶江，她的手里端着一只肮脏的破碗。已经死去的变为长江水怪的叶江，接过了夏月奶奶手里的破碗，把破碗里的黏稠液体一饮而尽，爬进了夏月奶奶的棺材，把自己的身体埋在铜钱里，然后安静地睡去。

这就是夏月奶奶坚守的秘密，我早已经怀疑叶江就在这口棺材里，现在我亲眼看到了。这也是王小飞最忌惮的秘密。这只水晶复眼旋即黯淡无光。

另一个水晶复眼里，王小飞问于力舟，为什么要在这个时候来跟自己坦白一切。

于力舟告诉王小飞，他可以放下对王小飞的仇恨，之前的一切都一笔勾销。他不想再失去夏月和赵长风。既然叶宁的死不是王小飞的主要责任，他可以选择原谅。夏月的往事，他也可以不再提起。如果王小飞给夏月奶奶以及棚户区最后几排平房居民合理的补偿，他可以跟王小飞从此不再有任何瓜葛。他累了，只想和夏月、赵长风，还有晚晚平静地生活下去。

王小飞同意了这个协议。

舟舟，你为什么这么善良？你现在不应该这样。王小飞是什么人，你难道不知道吗？你放过了他，就等于把自己置于死地。

我知道于力舟决定把王小飞凌辱夏月的罪行彻底放下，这需要巨大的勇气，远比忘却仇恨要更艰难。于力舟放下了，他终于卸下了心中那块仇恨的石头，为了夏月和我，还有晚晚。还有什么比安静地过下去，把晚晚抚养大更重要呢？

于力舟长舒了一口气，站起来告诉王小飞，一切都结束了，希望王小飞能兑现他的承诺。

我长叹一口气，看见于力舟站起身要离开。王小飞伸出了手，要跟于力舟握手，这个善意的举动让于力舟无法拒绝。

于力舟伸出手和王小飞的手握在了一起。于力舟用力摇晃了两下，突然身体僵硬起来，铁爪一般把王小飞的手掌箍住。

我跟于力舟一样，都看到了王小飞的手腕上挂着一串珍珠项链，于力舟认识这串珍珠项链，在他小时候见过这串项链，属于秦所长的妻子。

我仔细看着项链，项链并不名贵，多有瑕疵。

可是当年秦阿姨很喜欢，一直戴着。于力舟见过很多次，我也见过多次。我的心开始滴血，是王小飞干的，就是他，没有错。他为什么一直留着这串项链，要留下这个证据？是的，他很得意，他骗过了老于所长、秦所长这些警察，把罪恶嫁祸给了发权，而自己逍遥法外。这是他自认为的荣耀。

于力舟的目光盯着王小飞手腕上的珍珠项链，王小飞猛然意识到自己犯了一个错误，他想把手抽回去。于力舟的手掌如同钢铁，紧紧攥住王小飞的手指，继续看着王小飞的手腕。

两人僵持着，于力舟回到了原点，他又一次问王小飞：“叶宁的死，是不是你干的？”

当然是他，我多希望我的声音能穿越时空，进入这个蝴蝶的复眼，告诉于力舟，那一对外地的夫妻，就是王小飞培养的信徒。他通过这两个信徒，把叶宁献祭给长江之神。王小飞就是长江之神的爪牙。于力舟的眼睛看向王小飞的身后，书架上有一个鱼头人身的木雕。他真的听到了我的声音。于力舟的身体冒出火焰，愤怒的火焰。

王小飞知道，自己努力掩饰的一切都已经付诸东流，于力舟绝不会再信任自己，更不可能和解。

我的目光透过于力舟的脑骨，看到于力舟的脑海里泛起了当年的记忆：河滩上秦所长妻子的尸体，以及秦所长疯狂麻木地寻找妻子身上的项链。

于力舟红着眼睛问王小飞："你到底是一个什么样的怪物？"

王小飞知道一切都无法挽回了，他露出了本来的面目，沙哑着声音对于力舟说："于所长，办案是需要证据的。"

于力舟身体发抖："我当年答应秦所长，一定要收集你的证据，用法律途径将你绳之以法。"

王小飞的眼睛看着于力舟的配枪。

"杀了他，杀了他！"我对于力舟大喊。

可是我又失望了，于力舟说："我现在依然不会滥用私刑，但是你得跟我去所里，向秦所长解释你这串珍珠项链的来历。"

王小飞的眼神开始躲闪，内心的恐惧从手臂传递到了于力舟的手掌心。于力舟掏出手铐，把王小飞的手腕铐上："走吧。"

王小飞还在茫然地懊悔自己的错误，脸上重重挨了于力舟一记耳光。

"秦阿姨，叶宁，夏月！"于力舟用手死死掐住王小飞的脖子，"你是怎么做到的，做了这么多伤天害理的事情，还能做出这么真诚的样子来骗我！"

王小飞不再挣扎，跟着于力舟离开公司。写字楼里，王小飞的十几个马仔都拥堵在过道中，跃跃欲试。于力舟看着前方的十几个马仔，又看向身边的王小飞，默默地掏出了手枪，顶在王小飞的额头上："我等待这个机会很久了，你的手下会让我失望吗？”

于力舟说的每一个字都无比坚定，王小飞的手下无意识地让出了一条狭窄的缝隙。于力舟拖着王小飞慢慢挤过众人，来到了电梯前。

等了很久，电梯门终于开了。

电梯里有一个人蜷缩在角落里，于力舟的神情恍惚了一下，进入电梯，随即电梯的门合上。电梯的按钮没有任何一个楼层是亮的。于力舟作为一个警察，因为心情的激动疏忽了，反而随口问那人去几楼。

“负一楼。”那人回答。

于力舟自己按了一楼的按钮，却怎么也找不到负一楼的按钮。那人伸出了手臂，白色的手指在按钮上按了一下。

电梯里突然黯淡了一下，当于力舟的眼睛适应之后，电梯门开了，而电梯外是一片黑暗。于力舟拉着王小飞准备走出电梯，他回头看了一下，发现电梯里空荡荡的一个人都没有。

于力舟只能看到电梯内部，而我看到了整个电梯外部包裹着一层厚厚的幡布，幡布上画满了诡异的符咒。电梯朝着无尽的深渊而下，直通地狱——长江水怪的世界。

电梯里于力舟眨了眨眼睛，问王小飞：“刚才是不是有个人？”

王小飞对着于力舟发出了嗬嗬的笑声。于力舟拉着王小飞走出电梯和写字楼。在长江水怪的世界里，天色已经全黑，空中两个月亮巨大无比，巨塔高耸，远处的东山寺发出幽冥的光芒。于力舟和王小飞走到了路口，他忍不住看了一下手表，时间是下午，却不知道为什么天黑了。

于力舟心里知道不妙，在这种迷茫的状态下不知道到底哪里出了问题。

王小飞阴森森的笑声在于力舟的耳边响起。于力舟猛然醒悟："你在干什么？"

"有人来接你了……"王小飞的声音尖锐刺耳，并且转身把背部朝向于力舟。

"你说什么？"于力舟用手扳住王小飞的肩膀，发现他的后脑勺上戴了一个面具。于力舟伸出手，慢慢伸到面具上。王小飞的声音从面具下传来："于所长，我们带你去个地方。"

"装神弄鬼！"于力舟一把将面具扯下，一张尖瘦的脸出现在于力舟的面前，这是于力舟非常熟悉的一张脸，是少年时候的王小飞，还没有被激素催肥的王小飞的脸。

于力舟不知所措，王小飞的身体慢慢转过来，那张臃肿肥胖的脸庞对着于力舟："是我，于所长，都是我……"

于力舟的身后传来了剧烈的刹车声，他扭头看去，看到两个大头娃娃模样的童男童女冲到了自己的身前。突然两人扯起一个巨大的布袋，朝着于力舟当头罩下。于力舟的眼前一片漆黑。

我从蝴蝶眼睛里看到，于力舟的躯体被扔进了黑暗混沌的暗世界的江边。当于力舟再次有意识的时候，他发现自己身处一个黑暗混沌的世界里，身边有无数人低着头慢慢行走。

我看到于力舟告诉自己一定在做梦，这个梦很快就会过去，回到自己所在的世界中。但是于力舟忘记了自己为什么会沉睡，忘记了自己刚才在做什么。人在梦境中都是这般。

于力舟跟随着身边低着头的人群行走，嘴里喃喃地说："这是梦，这是梦。"他心里知道有很重要的事情要做，不能这样在梦境中浑浑噩噩下去。

他行走在没有尽头的队伍中，身边都是阴冷的寒风，耳边不断有凄厉的嘶吼声传来。

于力舟想抬头看向远方，可是一只无形的手掌把他的头摁下，于力舟只能和队伍中其他人一样把头垂下。不知道什么时候，他发现自己头上戴了一顶斗笠。他的视线更加狭隘，只能看见脚下泥泞的地面。随即他闻到了血腥味，脚下都是流淌的鲜血。

于力舟妥协了，跟随着没有尽头的队伍行走在道路上，每一步都踏着前面的脚印。

"醒醒……醒醒……"一个微弱的声音从耳边传来，却又非常遥远，细不可闻。我和于力舟都听见了，这是夏月的声音。于力舟用尽全身的力气，想找一下声音的来源，但是脖子僵硬无法动弹。

“醒醒……”是夏月的声音，于力舟猛然醒悟，大声喊起来，“月，是你吗？你在哪里？”

于力舟把头顶的斗笠摘下，身体挺直，看着前后佝偻的人群，眼光看向远方，整个黑夜的世界一片愁云惨淡。

于力舟踏出了垂头行走的幽魂队列，一脚踏下，身边弥漫着白雾，雾气散尽后，他发现眼前是一条汹涌的黑色长河，而长长的幽魂队列已经远远落在身后了。

黑色的河水分开，一架残破的木桥从河水中升起。于力舟本能地走到木桥上，一步步朝着河水中走去。河水的对面是一片空无，空无之中，夏月和晚晚的声音幽远地传来。于力舟走到了木桥的断裂处，看到河水上漂浮着无数的白色莲花。

夏月和晚晚站在水下，母女俩朝着于力舟伸出双臂。

我随着于力舟的视线看向黑色的河流，河流上有一座长长的残破木桥，木桥横跨在河流之上，是一座从中折断的桥梁。一个人影在桥梁上缓慢地徘徊，已经走到了断桥的尽头。人影在断裂的边缘静止一会儿，又开始在断桥上来回行走。

到此为止，我向蝴蝶说了声谢谢，从白骨山上飞快地跳跃而下，跑过河滩，踉踉跄跄地跑到了断桥上。我看到于力舟低头看着脚下的河流，河流之下是一片汹涌和黑暗，无数莲花漂浮在水面上。

“舟舟！”我大声提醒，“不要往下看。”

于力舟回头看了我一眼："叶江和夏月在下面，我看见了。"

"假的，"我尽量把声音放低，"叶江和夏月都不在这里。"

"宁宁，我看见宁宁了。"于力舟热切地说，然后趴在桥面上，伸手捞了一朵莲花上来，莲花下的根须连接着一个人的头发，于力舟用力把那人的头颅拉到水面之上。

"不是宁宁！"我大喊。

于力舟摇了摇头，松开手，然后又抓住了一朵莲花，再拉起来是一个小女孩。我看见那个女孩闭着眼睛，脸色煞白，仍旧不是叶宁，而于力舟看不明白，他仔细盯着女孩的脸。女孩的眼睛突然睁开，露出了满口獠牙，对着于力舟嗬嗬哈哈地笑起来。

于力舟对女孩的恐怖诡异视若无睹，回转胳膊，把女孩的头颅抱在怀中："宁宁……"

于力舟就要随着女孩落入河流之中了。我冲过去，一把抱住他的腰部，把他从断裂处的边缘拖回。

于力舟怀里的女孩变成了一条乌黑的鲶鱼，两条长长的鱼须缠绕在他的脖子上。我把鱼须解开，推开了鲶鱼，鲶鱼在断桥上弹跳两下，落入河流之中。

我把于力舟扶着站起来，双手捧着他的下颌："你醒醒。"

于力舟茫然地看着我："你是谁？"

“我是风风啊。”

“不，赵长风长得不是你这样。”于力舟警惕地问我，“你到底是谁？”

“晚晚，晚晚有危险，你要回去救她！”我大喊，“王小飞要动手了，你准备了这么多年，难道就这么放弃了吗？”

于力舟清醒多了：“你真的是风风，你为什么变成了水怪？”

“我就是水怪，”我流着泪说，“从来就是，跟王小飞一样。”

于力舟摇头：“我怎么到了这里，我该怎么回去？”

我把于力舟的脑袋摇晃两下：“你回去吧，去做你要做的事情吧。我知道你就要完成了，否则王小飞不会对你下手的。”

“王小飞，王小飞是谁？”于力舟茫然地问。

“王小飞害死了叶宁和叶江，侮辱了夏月！”我大喊，“你想起来了吗？”

于力舟弯下腰，痛苦地用手捂住自己的脑袋。片刻后，他重新站起来，脸色冷静，沉稳地问我：“我该怎么回去？”

“这就是我来的目的之一，”我坚定地看着他，“回去，替我们报仇。”

“你不走？”于力舟看着四周，“这是什么地方啊？”

“这是我的世界，不是你和夏月的世界，我进来就离不开了，”我苦笑一下，“永远。”

于力舟坚定地说：“不，你得跟我走，我们一起回去。”

“我还有更多的事情要做，”我摇头，“是你不能理解的世界中的事情，相信我。”

“还有什么事情？”

“我要找一个人，不，一个恶魔，跟他来个了断，替我、替叶宁做一个了断。而你需要去找王小飞，也要做最后的了断，我相信你已经开始行动了。”

“是的，我做到了。”于力舟揉着太阳穴，“王小飞已经走投无路了，我掌握了他的证据，他彻底输了。可是为什么我突然到了这里？我铐着他，带着他去派出所，可是……我是不是出了车祸……”

“你快回去吧。”我焦急起来，“时间来不及了。”

“好的，我走，”于力舟拉着我的手，“风风，不要离开我和夏月，你要回来。”

“我一定回来。”我知道如果不向于力舟撒谎，他是不会离开的。

于力舟将信将疑地看着我：“好的，我信你。”

“你闭上眼睛，不要睁开。”我拉着于力舟从断桥上往下走，走到了江滩，顺着我来时的路，回到了巨塔之下。

腊梅站在巨塔下，怯生生地看着我。

“带他过去。”我看着腊梅，“我知道你能。”

腊梅在摇头，但是她随后指向了我的身后。我回头看去，叶宁安静地看着我和于力舟。

“宁宁，宁宁，”我伸出了手臂，“带他回去。”

宁宁拉着于力舟，一步步爬上了垂直的台阶。

我叮嘱于力舟：“不要睁眼，千万不要睁眼！”

叶宁轻飘飘地把于力舟带到了巨塔之上。

“风风，”于力舟在我的头顶大喊，“回来，你一定要回来，我和夏月会等你的！”

“再见了。”我心里对于力舟告别，然后转头看向这个黑暗世界的远方，一个巨大的庙宇在远处散发出幽暗的光芒。

头顶之上，于力舟被叶宁从巨塔的顶端狠狠地扔了下来。于力舟的身体在空中发出一声长长的呼喊，身体融化在了云雾之中。

下

“风风，风风……”于力舟猛然从病床上坐起。夏月和丽娟两人在病房里惊呼起来：“醒了！醒了！真的醒了！”

丽娟立即跑出病房找医生。于力舟茫然地看着夏月：“我看见风风了，他没有病，他说的是真的。”

“不管他病了没有，我们都不会放弃他的。”夏月说，“这是我们的约定。”

于力舟烦躁地摆了摆手：“不是，你错了，我也错了，风风对我们说的他看见的世界是真实存在的。”

夏月吃惊地看着于力舟：“你的头撞糊涂了。”

于力舟挣扎着要坐起来：“我躺在这里多久了？”

夏月把于力舟的身体从病床上扶起：“你昏迷了一天一夜。”

“我没有昏迷，”于力舟冷静地说，“我只是在做梦，在梦中迷路了，进入了一个未知的世界，是风风把我从那边送回来的。”

“你别吓我，叶江走了，风风有病，我们不应该是这个结局。”夏月哭着说，“你跟风风一样疯了，晚晚怎么办？”

“晚晚呢？”于力舟警觉起来，“在哪里？”

“在爸爸身边。”夏月说，“我马上给爸爸打电话，让他和晚晚来看你。”

于力舟焦急起来：“风风告诉我，晚晚有危险！”

夏月看了看四周：“舟，你不要这样。”

丽娟带着医生冲进了病房。医生检查了一下于力舟的身体，长舒一口气说：“我说过，他没事，很快就会醒过来的。”

丽娟问：“可是他……”

“昏迷只是他身体的应激反应，是一种保护机制。”医生用手指掀开于力舟的眼皮，“已经没事了，不过建议再观察两天。”

于力舟伸手拔掉了手臂上的针头：“我要去找王小飞。”

夏月说：“没有证据证明撞你的车是王小飞安排的。”

于力舟摇头：“不是这个。王小飞终于露馅了，我掌握了他当年犯罪杀人的证据。”

于力舟穿好了衣服。丽娟的手机响了，她接了电话，呆若木鸡，一动不动。于力舟意识到了什么，把丽娟手里的手机夺过来，拿在耳边。电话里，秦所长的声音还在继续：

“丽娟，别急，我已经通知了老同事，他们已经在寻找晚晚了。晚晚不会丢的，你说话啊，喂喂喂……”

电话掉在地上，于力舟看着夏月。夏月惊恐地咬住手指，不断摇头。

于力舟点了点头。

夏月顿时瘫软在地，身体抽搐，瑟瑟发抖。

丽娟和于力舟把夏月扶起，于力舟用双手捧着夏月的下颌：“等着我，我一定把晚晚找回来。”

于力舟说完后便起身离开，走到门口的时候，踉跄一下，随即又站直身体，头也不回地离开了病房。

丽娟和医生把夏月扶上病床，丽娟找来热水瓶，给夏月倒了一杯水。夏月收到了一条短信，短信的内容导致她身体电击般地战栗，水杯跌落在床上。丽娟看着手机，犹豫着。夏月伸手把手机递过来，丽娟看见短信的文字：“让你奶奶把叶江交出来。”

夏月尖叫一声，把手机远远地扔到角落。她脸色煞白，茫然地看着丽娟：“王小飞是个魔鬼。”

于力舟走出医院，在街道上飞奔，朝着棚户区跑去，边跑边给秦所长打电话。

秦所长在电话里告诉于力舟，早上夏月把晚晚送到了老于所长家里，然后到医院来看望他。夏月走后，老于所长在家里带着晚晚。可是晚晚不停地哭，告诉老于所长，家里有很多水怪，趴在窗玻璃后面看她，天花板上也有，床底下也有。晚晚的惊恐让老于所长不知所措，最后决定带她去万达看电影。

晚晚在路上一直告诉老于所长，街上都是水怪，每个水怪都拿着糖果招呼她，要她过去。老于所长也察觉到了危险，立即给老秦打电话，让老秦过来陪他和晚晚。

一个小时后，老秦赶到了万达，可是在万达的影院里没有看到老于所长和晚晚。老秦知道大事不妙，立即通知派出所的老下级找人。

结果在水路客运中心不远处的滨江公园里，警察找到了老于所长。老于所长正和一帮退休的港务局老干部职工在亭子里唱红歌。老秦赶到的时候，老于所长正抱着手风琴边弹边唱着："一条大河波浪宽……"

老秦一把将老于所长的手风琴扯下，激动地问老于所长："晚晚呢？"

老于所长茫然地反问："晚晚呢？"

老秦把双手摁在老于所长的肩膀上摇晃："晚晚呢？"

"晚晚呢？"老于所长终于想起来了，"我明明带着晚晚去万达看电影，可是晚晚要吃肯德基，我为什么在这里？"

"老于啊，你的病要把这些孩子都害死啊！"老秦松开老于所长，拍了一下手掌，"现在怎么向舟舟他们交代？"

于力舟在电话里听完老秦的叙述，对老秦说："秦叔叔，我查到了一件旧案。”

“什么旧案？”老秦的职业本能让他立即意识到了事情的严重性。

“阿姨的死。”于力舟虚弱地说。

“是王小飞……”老秦的声音在颤抖，“你找到证据了。”

“是他。”于力舟说，“我看到了阿姨的项链，就在王小飞的手腕上。”

“先找晚晚。”老秦说。

“找到王小飞，再寻找风风，就能找到晚晚。”于力舟说，“可是那个世界里的王小飞，我们找不到。”

“你在说什么？”老秦着急起来，“你的身体状态不适合执行任务。”

“我很清醒。”于力舟说，“我去找我能找到的王小飞，我们世界里的王小飞。”

于力舟挂掉电话，继续朝棚户区走去。他抬头看了看天，又看了看手机时间，时间不多了。他明白，过了今晚，一切都将覆水难收，就跟当年的叶宁一样。

于力舟给赵长风打电话，电话通了，里面是风的呼啸声，风声夹杂着打笳乐的乐器声，还有隐隐约约的哭号。于力舟明白，现在赵长风已经失去了联系，他的确是进入了那个世界。赵长风从来就没有疯，他一直说的都是事实。

现在于力舟要找夏月奶奶把一切都问个明白。

棚户区的平房几乎没有行人，于力舟一眼就看到了夏月奶奶。夏月奶奶穿着一种神秘古老的服饰，正在用怪异的步伐绕着路转圈。夏月奶奶转得很慢，似乎每一步都要花费她全身的力量。夏月奶奶手扶着路灯柱子，回头看到了于力舟。

于力舟走到夏月奶奶身边，手腕扶住了夏月奶奶的胳膊："还有多少圈？"

"最后一圈。"夏月奶奶戴着招魂引路的面具，看看天色，"时辰到了。"

于力舟搀扶着夏月奶奶绕着路灯走完了最后一圈。头顶的路灯闪烁两下，熄灭了。随即道路对面的路灯也熄灭了，整个棚户区的路灯都熄灭了。

"好了，好了……"夏月奶奶长长叹了口气，慢慢悠悠地走回屋内，端出一个残缺的破碗，递给于力舟，"做一个了断吧。"

于力舟接过那个破碗，碗里黏稠的液体散发着刺鼻的桐油味道，于力舟闭着眼睛把这碗液体一饮而尽。当再睁开眼睛的时候，四周的一切都开始扭曲，颜色全部消失，整个世界变成了混乱模糊的灰色，耳边清晰地听到胸腔内心脏的剧烈跳动。

于力舟看见夏月奶奶的眼睛看着平房过道里的那个棺材。棺材板正在慢慢滑动，于力舟的心脏被一只无形的手紧紧攥住，呼吸也开始急促。

棺材露出了一道缝隙，一只手从里面伸出，然后是另一只手。双手手掌勾在棺材的边缘，一个戴着斗笠的人头从棺材里冒出来。

于力舟和夏月奶奶静静地看着这一切，看着棺材里的尸体一点点爬出来，站在平房过道的地面上。

叶江。

死去的叶江。

变成水怪的叶江穿着蓑衣，头戴斗笠，一步步走出平房的大门，来到了于力舟和夏月奶奶的身边。

夏月奶奶轻声说："去吧，去吧，去找到那个化生子，去给你报仇，给夏月报仇，给你的妹妹报仇去吧。"

成为水怪的叶江机械地转身，面朝长江的方向，脚步滞涩，迈步而去。

"叶江！"于力舟伸手想拉住叶江的胳膊，可是他的手掌从叶江的身体穿过，只舀出了叶江身体的一部分，如同青烟一般。

叶江听不到于力舟的声音，一步步向前走去。于力舟手里的青烟飘浮在空中，飘回了叶江的身体上。

"走吧。"夏月奶奶大声喊道。

于力舟一步步跟着叶江走向长江，他们走过夷陵大道，穿过万达广场边的江海路，横穿沿江大道，到了长江边。

于力舟看着叶江慢慢走入长江，片刻后，叶江的身体就被江水淹没。

于力舟在江边呆立了片刻后，听见身后九码头方向传来了警笛声，转身离开江边。

我站在黑色河流的边缘，我刚刚把于力舟从水怪的世界送回阳世，现在我在等一个人从阳世来到这里。

我心里计算着时间，他应该来了。念头刚升起，我眼前的河水里冒出了一个斗笠，然后是一张脸，接着是穿着蓑衣的身躯。

叶江来了。他是不是真的已经死了，我看不出来。叶江的脸上戴着一副面具，我认识那副面具，是我替夏月奶奶从鬼市里买到的，现在我知道夏月奶奶到底用这个面具做什么了。

叶江的尸体一直躺在夏月奶奶的棺材里，等待着头七的回魂。这是夏月奶奶和叶江的约定，她会让叶江回魂后变化为水怪，进入水怪的世界里，寻找这里的王小飞报仇。

两个王小飞，一个是在九码头无恶不作的黑社会头目，另一个属于这个世界，但是他们的两个身体共用一个邪恶的灵魂。他们从出生开始，就是翁载慈所说的那个所谓长江之神的爪牙。他们给长江之神献祭了多少条生命，从而换来了无数的财富，给我们带来了多少苦难。

我不想去回忆，现在我们都明白，一切都应该结束了。

叶江一步步地走到了我的面前，和我相对而视。我看着狰狞的面具，面具上两个圆鼓鼓的木纹眼睛，左眼在表达对我的愧疚，右眼流着眼泪，溢满了恳求。

这是我们三个人最后的努力了，我们和于力舟阴阳相隔，但是我们必须要分别完成我们的任务。

于力舟要在真实的世界里把那边的王小飞绳之以法。但仅仅这样是不够的。暗世界里的王小飞不死，真实世界里的王小飞即便伏法，这边的王小飞依然会穿越回去，顶替他继续作恶。

只有同时把两个王小飞在两个世界里都歼灭，这个恶魔才会被制服。这就是叶江恳求夏月奶奶的原因。现在叶江还魂后成了一个水怪，他身体里蕴含着一生对王小飞的仇恨，要来到这里亲手把暗世界的王小飞杀死。

而我的任务就是找到晚晚，晚晚已经被王小飞出卖给了长江之神。我要去东山寺直面长江之神，把晚晚从这个妖怪的手里夺回来。

这是我们三兄弟各自默契的计划，现在到了最后殊死一搏的时刻。

我伸出手，扶在叶江的肩膀上："长江水怪和化生子的诅咒，就到我们这里为止。"

叶江的喉咙里发出一连串模糊的声音，从我身边飘过。我听懂了他想说的，只有一个字，不断重复："晚晚晚晚晚晚……"

我终于忍不住哭泣起来，把叶江的肩膀扶住："对不起，对不起……"叶江的身体脆弱到了极点，我听见他的骨骼在慢慢碎裂。

我不敢再触碰叶江，抬头看了一眼北方那个散发着幽冥光芒的东山寺："跟着我，我们去报仇。"

我踏出了复仇的脚步，回头看到叶江在我身后紧紧跟随。

我也知道，当我和叶江的身体散发出对长江之神的怒火的时候，我将会面对这个世界里所有的魑魅魍魉的恶意。

但我也相信，我一定会走到"长江之神"的面前，会有很多人帮助我。我是江童的孙子，我的爷爷是在川江上身处阴阳两界的江童，他拯救过无数的水手，安抚过长江两岸的精灵。九码头的老杨树、西坝的大蜘蛛，都曾受我爷爷的恩惠。

我心里不再忐忑，重新走到这个暗世界的街道上。

这是一条古朴的街道，九码头的位置是一片塔林和那个巨大的金字塔。我走过胜利二路——九码头的边缘地带。

深不见底的沟壑出现在我的面前，沟壑之下，血水翻滚。我踌躇起来，看着沟壑对面的古老建筑与我遥遥相隔。沟壑两端无穷无尽地延伸，看不到翻越的可能。

沟壑边站着无数人，他们在沟壑边踌躇、徘徊，然后一个个跳下去。他们的身体还没有落到底端，就被沟壑之下从黑暗中伸出的无数巨口吞噬，但是后来者依然一个又一个地跃下。

我和叶江在沟壑边静静地站着，找不出越过沟壑的办法。叶江面具下发出毒蛇吐信子一样的嗤嗤声，王小飞无声无息地站到了对面，他终于出现了。暗世界的王小飞忌惮这个已经死掉的叶江。叶江默默无声，注视着王小飞。

我看到叶江的身体冒出了火焰，火焰是叶江的记忆和愤怒。我看到火焰中，在叶江自杀前的夜晚，他站在夏月奶奶的面前，哭泣着说："我撑不住了。"随即告诉夏月奶奶，他在少管所第六年得了肺癌，现在已经到了晚期。

夏月奶奶掌握着杀死长江怪物的巫术，但是她一直不愿意帮助叶江。

当叶江把一切都告诉了夏月奶奶之后，夏月奶奶知道，她必须要燃烧自己最后的生命，祭出巫术，来完成对另一个世界里的王小飞的绝杀。

夏月奶奶告诉叶江，赵长风，也就是我，能够找到暗世界的路，所以要叶江把我从上海叫回来。然后她告诉叶江，他必须死掉，才能向王小飞报仇。

叶江毫不犹豫地答应了。

叶江走后，夏月奶奶在门口用砖头搭起了土灶，搁上一个铁锅，倒入桐油。她划开了自己小臂上的血管，滴尽她身体最后的血液到桐油里。这是夏月奶奶最后残存的生命。

随后，死在夏月怀抱里的叶江的尸体走到夏月奶奶的家里，喝完了夏月奶奶为他准备的桐油。当他回魂之后，就会变成杀死王小飞的利刃。这是巫婆们世世代代延续的巫术。

很显然，沟壑对面的王小飞是知道这点的，我看到了他身体散发的恐惧。现在叶江手臂尽头的五根指骨化作了五根漆黑的铁钉，正在蠢蠢欲动。

一个少年出现在我的面前，我认识他，他是杨驼子的孙子。杨驼子去世的那天，我看见他守护在老杨树的灵柩车上。

少年向我微笑一下，我拱拱手："谢谢你。"

少年的身体长出了枝叶，他的脚伸出了根须，在地面上蔓延。少年的身躯变成了一棵柔软的柳树，树干在沟壑上蔓延，树枝的顶端触碰了沟壑的对面，继续延伸。王小飞慌乱地想把树枝斩断，但是柳树的树叶纷纷落到地面，瞬间生长出更多的根须，和树干连接起来。王小飞无法阻拦，只能放弃，他飞快地离开，隐入黑暗中。

我和叶江踏上树干，稳稳当当地行走在这架独木桥上，走过了沟壑。

我深吸一口气，继续朝着前方行走。走了两步之后，横亘在沟壑上的柳树缩回了对面，少年身上的树枝带着树叶在慢慢挥动。

我看向前方，只见无数条船只搁浅在一片广阔的空地上。每一条船都伤痕累累，没有一条是完整的。大部分是古老的木质帆船，也有十几艘铁甲轮船，轮船表面锈迹斑驳。

我进入这片沉船的墓地。叶江发出了低沉的嘶吼，在船只的墓地里寻找王小飞。

千百年来，这些在浅滩触礁沉没的船只都静默在这里。水怪的世界就是由这些沉船慢慢构建的，那些躲避灭绝灾难的巫山人，把这里变成了水怪的世界。

而我的身体里，流淌着他们一部分的血液。

我和叶江路过一条木船，木船的船头有一个巨大的窟窿，龙骨已经被折断。我用手抚摸了一下船身，水手绝望的呼喊翻江倒海般灌入我的脑海之中。我忍不住捂住双耳，眼睛却看到这艘木船被汹涌的江流席卷，冲向了一块险恶的礁石。

我立即退开，重新审视这艘木船，看到船头盘膝坐着一位老者，赤着双脚，头部缠着白布，手里捧着一个烟袋。他也看到了我，我们相互对视了片刻，老者向我轻轻摇头，我知道他是跟随木船沉入江底的船老大。

“这是什么地方？”我开口询问老者。

老者听到我的声音后，身体化作了黏液，渗入沉船的甲板中。随即他的脸庞在船头显现出来，成为船体上的木雕头像。

我和叶江行走到船只坟墓的中央，四周都是沉船，遮挡了我的视线。随即我发现我迷路了，我看不到东山寺方向幽暗的光芒，只有空中的两轮月亮发出黯淡的光线。

我看向叶江，叶江的面具毫无生气，他散发着死人才有的沉寂。我叹口气，继续在无数沉船中毫无目的地行走。我发现叶江身上的死亡气息和整个墓地气息交织在一起，弥漫到了空中。这个沉船的坟墓，千百年来没有一个活人能够来到这里吧。

我的方向感完全消失了，无奈之中，我决定爬上一艘沉船去观望方向，寻找王小飞。

我的念头刚落下，转过前方的一艘船，就看到三个人站在我的面前。我流下泪来，其中两个人是我的父母。他们为什么会站在这里？我跪下来，不肯再看，这是我的幻觉。当我再抬起头时，三人还在，我认出了另外一个老人，他是我的祖父。

三人都抬起一条胳膊，指着另外一个方向。

“是你们吗？”我哭着问他们。

他们都不说话，一阵风吹来，他们的身体如同浮尘一样消失在风中。我冲过去，双手在风中挥舞，却空空如也。

我记住了他们刚才给我指点的方向，那是两艘紧靠在一起的沉船，中间有一道狭窄的缝隙。我慢慢从缝隙中穿过，一艘巨大的游轮出现在我面前。

这艘游轮的龙骨和船身都保存完整，一个悬梯挂在船舷边。我让叶江在船舷边等着我。

我手脚并用，从悬梯爬上了甲板。甲板上站着很多尸体，他们都双手握住船舷边的栏杆，保持着观光的姿态。

我从他们的身边走过，找到了登上二层甲板的楼梯。

我登上二层甲板，准备踏上第三层。又要经过长长的通道，通道的旁边是一间间游客船舱，每一间船舱的门都紧闭。门玻璃之后都有一张脸，每一张脸都看着我从他们面前路过。我压抑着心中的恐惧和悲伤，走上了三层甲板。

三层甲板上，靠近船尾的位置有一片空旷的平台，上面几具尸体在相互拥着，躺在甲板上。看见我来了，匍匐在甲板的三具尸体四肢并用，朝着我爬过来。

我惊慌地躲避他们，爬上了这艘游船的最高处。

整个沉船坟墓都呈现在我的眼底，每一艘船都是一座坟墓。古老的帆船上，本来是光秃秃的桅杆，仔细再看，飘着长长的招魂幡。少数没有桅杆的轮船，烟囱化作了墓碑。我身处的这艘游轮没有烟囱，但是在我脚下的最高甲板上，摆满了几百个灵牌，密密麻麻。

我看到这些灵牌上升起幽暗的冥光，微弱却连绵不绝。冥光飘浮到空中，朝着远处东山寺的方向飘去。我不敢再看，回头看向四周无数的招魂幡和墓碑，也是飘浮起相同的冥光，一直上升到空中，飘浮到云层之上，再飘向东山寺。

这些从古至今的冥光，就是供奉给长江之神的灵魂。

我已经看清楚了，整个坟墓就是一座迷宫。我爬下了游船，循着空中飘浮的冥光的方向看去，寻找船只之间的道路前行。我花费了不少时间，才带着叶江走出这迷宫一般的坟场。

如果按照真实的世界，我现在已经走到了解放路的位置。这里是我们城市最初始的城区范围，现在已经是城区最繁华的区域。让我觉得意外的是，真实世界里，解放路江边滨江公园的那个大牌坊竟然也在，也是由混凝土浇筑而成的，只是牌坊上的“滨江公园”四个字变成了“通惠四方”。

而解放路临近江边的供销大厦变成了巨大的聚宝盆。供销大厦对面的电力大楼，化作了一个高耸入云的铜鼎。铜鼎里不断有蛇虫爬出来，掉落在地面，化成了一个个诡异的水怪，爬向黑色的河流。

所有的建筑都不伦不类，勉强保留着真实世界里的形状。或许这些奇怪的古老建筑，本身就是千百年来一直矗立在这里的，而另一个世界的工程师听从了风水师的建议，受了暗世界的影响，无意识地把建筑修建成这个模样。

沉闷的钟声响起，我意识到这是电力大楼楼顶的大钟发出的声响。我回头看去，稍远一点儿的电力大楼竟然是一个巨大的刻漏，刻漏的旁边是一条高高的水渠，水渠的尽头是江边一个如同摩天轮般庞大的水车。

水车从河流中运送过来的河水流到刻漏的顶部，刻漏里的水从几十米高处向下一层层流淌，如同人造的瀑布。

水流在刻漏里冲击齿轮，终于驱动了飞轮发条，钟声响起。

黑暗世界在钟声的提醒下，顿时从静谧中苏醒。

无数的蝙蝠立即从聚宝盆中、从铜鼎之下、从河流之中，纷纷钻了出来，飞到半空，把整个天空都遮盖住。

千百万只蝙蝠嘴里发出吱吱的声音，一片嘈杂。在我头顶盘旋几圈后，它们纷纷落到地面，每一只蝙蝠都收起翅膀，变成了人形，朝着东山寺的方向蹒跚走去。

我和叶江加入了变成人形的水怪队伍。空气中充斥着腐烂的气息，我忍不住捂住口鼻。我身边不断有咔咔咔的声音响起，过了很久，我才明白这是他们之间在交流。我努力想听明白这些声音的含义，但是毫无头绪。

终于，我跟随着水怪的队伍走到了云集路的尽头，这里距离东山寺已经不远，有一个巨大的高台，高台上是一个广场。那些从蝙蝠化为人形的水怪，一步步爬向通往高台广场的台阶。

我抬头看去，高台广场的更高处就是东山寺。我打算跟随这些水怪登上台阶，但是到了台阶跟前，看到一只最大的蝙蝠注视着每一个水怪。

我站在台阶之外犹豫着，不知道我和叶江能不能通过这个关口。水怪片刻就登上了台阶，我的身边又来了一些奇怪的昆虫和奇怪的动物，他们从动物的形态幻化成人形，一个个登上台阶。

我开始焦急，这是暗世界里的道路，而我一旦踏上，就会被这只巨大的蝙蝠发现我并不属于这里。

一只巨大的蜘蛛从西方爬过来，我本能地躲避，但是蜘蛛到了我的身边，用它的前肢触碰我。我感受到蜘蛛的善意，于是走到了蜘蛛的身体之下。我看到一张人脸，忍不住露出了微笑，这张脸我认识，是西坝的陈瞎子，跟我有过一面之缘。

老蜘蛛在这个暗世界里并不是瞎子，他身体上的八只眼睛都晶莹透亮。他从嘴里吐出灰白色的蛛丝，把我和叶江的身体缠绕住。我尽量放松，看着蛛丝在我和叶江的身上一圈又一圈地缠绕。很快我的身体全部被厚厚的蛛丝包裹，但是我的眼睛露出来了，能看到外部的环境。

老蜘蛛用蛛丝裹着我和叶江，八条腿交替在台阶上行走，巨大的身躯把其他水怪挤得纷纷掉下了台阶。

老蜘蛛终于走到了台阶的尽头，轻轻把我和叶江放下。我用力把包裹身体的蛛丝撕开，走出来后，把叶江也从蛛丝里拉出来。

老蜘蛛变成了人的模样，戴上了墨镜，手里拄着拐杖，慢慢加入广场上无数长江水怪的行列中。

我和叶江并立看着广场，开阔的广场上站满了水怪。我仔细辨认了一会儿，发现这里与真实的世界仍旧平行类似。台阶下应该是夷陵广场的位置，现在我的眼中是一个池塘，池塘上方飘浮着星星点点的灯笼。

而广场之上，靠北边山坡的建筑就是老火车站，一辆老式的蒸汽火车正缓缓出站。无数水怪都拥挤在火车上，没有席位的水怪都疯了一样地跃起，攀附到火车车厢，抓住窗户，往车厢内钻。车厢已经被水怪塞得满满当当，在车厢无法找到落脚之地的水怪，就爬到火车车厢的顶部。

水怪们为了在火车车厢上拥有一席之地，相互拥挤，相互厮打，失败者纷纷从火车上跌落下来，落在铁轨上，被火车碾压成碎片，发出尖锐的嚎叫，此起彼伏。

满载的蒸汽火车发出一声嘶吼，白烟隆隆冒起，开进了黑夜之中。

火车站和广场变得空荡荡的，只有少许没有登上火车的水怪在悲伤地哭泣。哭着哭着，他们显出了被诅咒的真身，变回了老鼠、蝼蚁、肥猪、母鸡和青蛙。一头被剥光皮毛的公羊，顶着头骨上两个血窟窿和弯角，鲜血淋漓地在广场上跌跌撞撞地奔跑，然后歪倒在地，四肢抽搐痉挛。

我静静地看着眼前这一切。叶江的身体躁动起来。我看到了王小飞。

暗世界里的王小飞，身体孱弱佝偻，他的行动越来越慢，似乎很诧异我们到来。叶江已经按捺不住，嘶吼着扑向了王小飞。

王小飞与叶江扭打在一起，从广场翻滚到台阶上，又从高高的台阶上滚落下去，到了台阶的中段。台阶下方的巨大蝙蝠飞腾起来，用尖锐的利爪将叶江和王小飞抓起，飞回广场之上，在我的头顶盘旋。

蝙蝠高频的声音使我忍不住捂住耳朵，地上的虫豸蝼蚁扬起镰刀般的口器，猪羊张开獠牙，等着蝙蝠把叶江扔下来。巨大的蝴蝶飞了过来，在蝙蝠的身边环绕。蝙蝠松开利爪，叶江和王小飞跌落，被蝴蝶用巨大的翅膀托住，送到我的面前。叶江和王小飞滚在地上。

王小飞在地上滚了几圈之后，站起来，嘿嘿地笑着，然后身体被蝙蝠叼起，高高低低，飞向了远方。

我和叶江朝着蝙蝠和王小飞离开的方向奔跑，穿过火车站，越过铁轨，看着蝙蝠消失在东山山顶。我们继续爬向山坡。

当我们爬到了东山山坡的中段时，蝙蝠和王小飞已经没有了踪影。叶江的身体在剧烈颤抖，面具之下发出了低沉的嘶吼。

我安抚叶江："他跑不掉的，相信我。"

我们现在站在东山的山坡上。我回头看去，东山之下的东山大道已经消失，刚才看到的池塘也已经消失，取而代之的是一条巨大的河流。那条黑色的河流已经改道到了东山之下。

我想起老宋的推测，是的，这条漆黑的河流是长江古道，它没有被两个大坝截断，肆无忌惮地奔腾在东山之下。

河流对面的老城是古老的青砖绿瓦建筑，靠近河边的是木质的吊脚楼。缠着头巾、穿着粗布衣服的行人在古城里行走。

天空中乌云翻滚，一阵凛冽的冷风刮过，我再回头时，发现自己和叶江身处东山山坡上一个苏式园林中。

园林里的树木和假山都险恶崔嵬，怪石嶙峋，树木张牙舞爪，一个红色血液组成的小湖在园林的中央。

园林里还有一个巨大的滑梯和一个废弃的战斗机，显得格格不入。园林边缘是一个过山车，过山车上有一条巨大的蜈蚣，几百条细腿飞快地交替运动，正顺着过山车轨道飞快爬行。蜈蚣身上十几个并排贴附的甲虫都发出了夏日的鸣叫。

湖水里，几条小船在慢慢漂荡，小船上坐着几条人形大小的金鱼，金鱼们悠闲地滑动木浆，嘴边愉悦地冒出一连串水泡。

在园林内水边的八角亭内，几只大腹便便的青蛙懒散地坐在地毯上，身边几只兔子端着盛满点心的盘子。青蛙伸出前肢，拈起点心——一个个指头大小的小人——扔进自己的口中。小人喊着“救命、救命……”，随后声音戛然而止，被青蛙吞入了腹中。

我心惊胆战，看到八角亭上悬挂着几条毒蛇。毒蛇张开嘴唇，毒液滴落到兔子手中的酒杯里。酒杯滴满，兔子把它喂到青蛙嘴边，让青蛙享用它们认为的琼浆玉液。

这时候我看到，王小飞就坐在八角亭下。在这几只兔子之中，一只柔软的兔子正在给王小飞揉腿。王小飞安逸地抚摸着兔子的耳朵。

叶江一步步朝八角亭走去，我也紧紧跟随。

我们走到了大腹便便的青蛙和枯瘦如柴的王小飞面

前。一头巨大的天牛拦在我们面前，弯刀一样的口器发出锃亮的光芒。

叶江的面具下发出了火光，把面具烧得通红。面具的嘴咬住天牛的触须，齐根而断。失去了触须的天牛登时像瞎了一样在地面上胡乱爬行，撞到了八角亭的柱子上，背后纸片般的翅膀伸出，摇摇晃晃地飞了出去。

叶江的面具露出了来自地狱的恶魔表情，更加狰狞。几只大腹便便的青蛙都被吓到，肥胖的身体在瑟瑟发抖。

叶江和我走到了王小飞面前，我对着王小飞大喊："晚晚在哪里？"

几只服侍王小飞的青蛙和兔子突然把头转向叶江，兔头的嘴唇变长，全部变成了猎犬，朝着叶江狂吠。它们张开獠牙，咬住了叶江的裤腿并拉扯着。

叶江的面具里冒出了火焰，他的手从蓑衣之下伸出，两个枯骨手掌掐住了猎犬的脖子，把猎犬的喉咙撕裂。其他几只猎犬被叶江震赫，呜咽几声后慌张地逃走了。

王小飞嘿嘿地笑了两声。叶江伸手把他抓住，可是叶江手里抓住的却变成了一条娃娃鱼，朝着叶江发出婴儿般的哭号。王小飞又逃掉了，我看见他的身影朝着东山上更高处的地方飞奔。

八角亭内，几个肥胖的青蛙在地上翻滚，它们甚至连逃跑的力气都没有了。我和叶江靠近它们，它们十分害怕叶江脸上的面具，都吓得迸出了屎尿，然后是一连串黑色的小珠子，腥臭黏滑。

青蛙们纷纷在地上发出咕呱咕呱的声音，白色柔软的舌头吊在嘴巴之外，四肢僵硬，它们都被吓得晕厥了过去。

我和叶江并不在意这几个恶心的青蛙，我们走出八角亭，朝着更高的东山山顶赶去。

我们走进树林里，可是树林里的树木在不断移动。片刻之间，我和叶江都迷失了方向。四周都是无边无际的树木，更加糟糕的是，树林里散发出浓烈的雾瘴。我开始咳嗽起来，叶江并不在乎，他已经是个死人了，并不需要呼吸。

我和叶江在蒙蒙的雾瘴中摸索，脚下都是藤蔓，藤蔓上的利齿划伤了我的小腿，剧痛难当。我和叶江暂时停下来站在原地。现在仇人就在前方，可是我们却无法抓到他。我又听见了王小飞的笑声，忍不住大声咒骂。

雾瘴中一点儿昏暗的鬼火慢慢朝着我靠近，叶江和我警惕起来，当鬼火到了我们面前，我忍不住轻呼一声："邱神父？"

然后我知道我错了，邱神父是不会出现在这里的。面前的这个人穿着天主教神父的服装，手里却提着中式的灯笼，刚才看见的鬼火，就是灯笼里微弱的烛光。

我隐隐知道他是谁了，这是一个陷入这个世界里一百年的亡灵。现在他站在我面前，脸皮焦黑，白色的胡须十分扎眼。

"翁载慈神父，"我轻声地问，"是你吗？"

翁载慈不说话，他转过身去，慢慢在雾瘴中行走。我和叶江紧紧跟随他，穿过杂乱的树枝，踏过脚下凸起的树根。随后我发现，地上不仅仅是树根，还有无数黑色的蛇类，只留下狭窄的道路。翁载慈避过毒蛇，带着我们继续前行。

终于，翁载慈停了下来，驻足不前。雾瘴慢慢消退，我发现我和叶江已经走到了树林的边缘。翁载慈神父没有说话，继续站在树林之中。他慢慢看向山顶的方向，然后把焦枯的脸对着我，朝我点点头。

我对翁载慈说："我没有回头的选择，我一定要找到晚晚。"

叶江的面具朝向山顶的方向，山顶上冒出了金色的光芒，把天空都照亮了。

翁载慈枯朽的脑袋轻微点了点，然后踏上了他身前的一根锁链。我这才看到，原来我们所在的树林竟然在一个巨大的悬崖边缘。如果不是翁载慈，我们根本就看不见这条隐没在黑暗里的锁链。

翁载慈，在这个暗世界里游荡了百年的灵魂，他到底在坚持什么呢?

邱神父说过，翁载慈同时也是一个科学家。一百年前，他把自己的发现交给了本杰明，之后不久就去世了。官方的说法是他淹死在了小溪里，但是邱神父暗示我，翁载慈是死于当地的教案。

现在我知道，这两个说法都不准确，翁载慈是死于那个曾经存在的仪式。翁载慈是在阻拦信徒把那个叫腊梅的女孩献祭的时候，被人杀死的。

我很想亲口问一问面前的这个灵魂，但是我知道，这肯定是徒劳的。翁载慈现在是一个腐朽干枯、木炭一样的幽灵，他的声带早已经不可能发出任何的声音。

翁载慈走在最前方，我和叶江紧紧跟随。锁链在摇晃，我们努力保持平衡，在锁链上行走了很长一段时间。我好几次都以为自己会跌落到深渊之下，但是每次叶江都在我即将摔倒的时候轻轻托我一把。

我们终于走完了锁链，来到了悬崖的对面。

一直黯淡的世界终于有了光亮，眼前是一片金色的光芒。我终于看到了在我梦中出现的那个庙宇，也就是翁载慈留下的文献里记载的东山寺。

我的内心被强烈的宿命感充斥。是的，这是我的归宿，我今生一定要回到的地方。

东山寺！

东山寺就在东山的山顶之上，但并不是东山最高的建筑。在东山寺的左后方，那个在现实的世界里的电视塔仍旧存在，这个巨大的钢铁巨物，尖顶伸到了天空的乌云之下。

塔顶和乌云之间，金蛇一般的闪电不断显现，诡异的是没有发出任何的霹雳声。闪电十分密集，仿佛是联系铁塔和乌云的纽带。

天与地之间的能量在东山之巅通过这个高耸的铁塔交换。我闻到了在现实世界里曾经闻到的味道——臭氧的味道。剧烈的闪电似乎要把头顶的乌云撕裂，但是浓密的乌云无穷无尽，反而把巨大的能量顺着闪电释放到了铁塔，然后顺着铁塔传递到东山之上。

铁塔发出了湛蓝耀眼的光芒，转瞬间，光芒变换成金黄色。

这是这个暗世界唯一有颜色的区域，我的眼睛被突然出现的色彩照耀，顿时心情慌乱起来，手足无措。

铁塔下的东山寺就笼罩在金色的光辉之中，庙宇金碧辉煌，在这个暗世界里更显得诡异幽冥。

现在我们和东山寺之间是一片虚幻的星尘，无数的恒星、行星、彗星状的球体一同在旋转。随后我又否定了这个判断，因为当我凝视这片星尘时，我看到了无数的琴弦，每一根琴弦都在跳动，每跳动一下，琴弦就会消失，随即又有无数的琴弦出现在虚空之中。

“猫。”我仿佛看到了一只猫在不断出现又消失的琴弦上悠闲地行走，忍不住失声叫了出来。

随即我察觉到，翁载慈和叶江看不见那只猫。两个失去生命和灵魂的尸体，对面前的一切都无动于衷。翁载慈在这里困顿了一百年，他过不去，一切都是命运吗？是翁载慈留下了线索，让我来到这里的吗？

不是翁载慈给我指引道路，刚好相反，是他需要我来带他到这片虚幻的星云或者琴弦的对面。

只有我能察觉到星辰和琴弦是同一种物体吗？那只猫是我眼中的幻觉，还是真实的存在，已经不太重要了。

我伸出右手，把叶江的左手攥住，然后伸出左手，把翁载慈右臂的袖子抓住。

“走吧。”我轻声地说，“我认得路。”

我是江童的后代，我能看到普通人不能看到的事物。就跟当年我的祖父在长江河道上的阴阳两界的缝隙里能看到消失变幻的礁石一样，现在我能看到运转的星辰和琴弦是同一个物体。

我跟随着那只猫的脚步，一步步踏上琴弦——当然也是星尘——只要掌握这个规律，我和翁载慈、叶江就不会从星尘中跌落下去。

我大致已经明白这个暗世界的来源，但是我无法向叶江和翁载慈解释，他们一生的意义并不在此。翁载慈只想看到魔鬼，叶江的目的是王小飞，而我知道自己将要看到的是一个来自幽冥的怪物。前方的东山寺就是这个怪物的容身之处，并且它在自己身体四周划出了一个属于它的世界、它的空间。现在我就要走到它的面前。这个怪物，我的祖先称呼它为长江之神。

可能过了一个小时，可能过了一秒钟，我带着翁载慈和叶江走到了东山寺面前。

还是梦中的那个庙宇，还是那个和尚，庙宇里还是那个鱼首人身的雕像。

我回来了。

和尚抬起头，叶江发出了怒吼，他认出了这个和尚就是王小飞。在这里，王小飞失去了他的邪恶，变得谨慎而温顺。现在王小飞已经无可逃避。我意识到，是长江之神在命令他阻止我们进入庙宇。

王小飞的身体变化成一头巨大的野猪，白森森的獠牙在黑暗中发出莹莹的光芒。他发出了嘶吼，坚硬的鬃毛根根耸立，倒退几步之后，凶猛地冲向我。我无法躲避，做好了被野猪獠牙刺穿身体的准备。

但是在野猪距离我两步远的时候，叶江拦在了我和野猪之间。叶江被野猪的獠牙贯穿，身体挂在野猪的身上。野猪猛烈地摇晃头部，想把叶江从獠牙上甩下。

叶江却用尽力量抓住獠牙的根部，狠狠地拉向自己。叶江的身体几乎就要被獠牙撕碎崩裂，但是他的手掌终于能够够到野猪的头部了。

叶江的十根指头都变成了尖锐的铁钉，插入野猪的眼睛和头骨。野猪发出了惨叫。

叶江紧紧地抱住野猪的头。他的面具下冒出的火焰瞬间遍布全身，火焰顺着他的手臂蔓延到野猪的身上，瞬间把野猪全部包裹。

随后，野猪的身体变成了枯瘦的骨骼，叶江和王小飞两具白骨森森的骷髅淹没在火焰之中。夏月奶奶镇杀长江怪物的巫术凶恶而霸道，王小飞无法抵挡。

他们在火焰里经受着剧烈的痛苦，但是他们无法解脱，只能永远地煎熬下去。我无法阻止这一切，也不想阻止，这是叶江的心愿。

我绕过燃烧成火团的叶江和王小飞，走到了东山寺内，仔细看着鱼首人身的雕像。我看到了晚晚，就在雕像的下方，几百个纸扎的大头娃娃在朝着我微笑。

“晚晚，晚晚……宁宁……”我抽泣着向这些大头娃娃招手。我看到其中有腊梅，我看到了宁宁，所以我知道晚晚就在其中，她们都是王小飞这种人奉献给长江之神的献祭。

所有的大头娃娃都轻嘬着手指，迟钝地看着我。鱼首人身的雕像口中涌出无数血水和骨骸。

鱼首人身的雕像开始融化，庙宇也开始融化，融化的液体变成了沸腾的蓝色熔浆，漂浮并充斥在我们的身体四周。

翁载慈的身体在熔浆之内，他向我招手：“过来。”

我贴近了翁载慈，他的身体正在消失，如同蜡烛熔化，变成了一根腐朽的铁棍。我把铁棍抄在手中，看到这是一柄古老的合金铜剑，剑身斑驳，剑刃残缺，满是缺口。铜剑上充满了翁载慈的力量，这是百年来集聚起来的对恶魔的杀意。

大头娃娃的身体冒出了火焰，她们的身体都是纸扎的小鬼仔，沾火即焚。我认出了晚晚，还有叶宁。

“晚晚！”我伸出手臂，踏上一根琴弦，把晚晚搂在怀里。当我把手臂再伸向宁宁的时候，发现宁宁的身体已经化为灰烬。而晚晚在我的怀里，身体冰凉。

鱼首人身的雕像也在燃烧，黑色的液体流淌在地面，东山寺的庙宇也融化为一张巨大的网。熔浆化为无数的颗粒，又转换为无数的琴弦。

我抱着晚晚，脚踏着琴弦，看着鱼首人身的雕像变成一团电弧。电弧在飞快旋转，光芒渐渐显现出一个圆球的形状。飞速运转的圆球形电弧，内部又出现一个三棱锥体，在圆球内部稳定飘浮。随后圆球和三棱锥体的电弧也变成了琴弦，充满了我能看到的所有空间。

我抱着晚晚，身边的一切都变成了琴弦。没有空气，没有庙宇，没有东山，没有古城，没有河流，只有琴弦，每一根琴弦都在振动、蜷曲、伸缩。

其中一根琴弦如同幼童玩耍的线团一样扭曲，化作了圆球套三棱锥。瞬间所有的琴弦都消失了，幻化为无数的泡泡。所有的泡泡堆积在一起，无穷无尽，散发出我能想象到的所有色彩。圆球套三棱锥——这个物体，在无数的泡泡中飞快穿越，进入一个泡泡内。泡泡变得无限大，圆球套三棱锥在泡泡内飞行，穿过了星辰，进入银河，银河随即也变得无垠。

我的视线随着圆球套三棱锥朝着湛蓝的星球跌落，

我看到了蜿蜒的河流和熟悉的峡谷，还有在河流边的古老人类。

圆球套三棱锥撞击到蜿蜒的河流上，瞬间破碎，又化作了琴弦，琴弦化作了音符，音符粉碎，嵌入河流和峡谷方圆几百公里的一切事物中，包括树木、人类、动物的DNA中。

随即音符聚集，变成了一个巨大的球体，在这片河流和峡谷上不断膨胀，把所有的物体都吞噬其中。球体把空间切割，藏匿到河流之下，隐藏到峡谷之中，巨大的音符力量把空间一分为二，随后在东山上慢慢沉寂下来。

然后是庙宇显现，无数的巫山人被吸入这个空间，变成了水怪的样子，他们在修建这个巨大的庙宇——东山寺！

一切都恢复了原貌。

鱼首人身的雕塑重新出现在我的面前，庙宇如同时间倒流般重建。纸扎的小鬼仔恢复，叶江、王小飞的身体依然在火焰中焚烧，两具枯骨在火焰中几乎嵌合在一起。

我放下了晚晚。现在我全身充满了能量，能量来自身体四周的一切——虽然庙宇所有的一切都在我眼中恢复，但是我仍旧能够清晰地察觉，他们都是无数的琴弦。我在琴弦中行走，在琴弦中吸取力量。鱼首人身雕像活了，他的身体开始移动，身体散发着无比难闻的江水腥臭味。他看着我手中腐朽的铜剑，开始一步步后退。我轻轻挥舞铜剑，斩断无数的琴弦。断裂的琴弦在瞬间蜷曲，坍塌成无数原子。鱼首人身的雕像痛苦地发出高频的嚎叫，他胸前的一部分湮灭在空间内，露出了身体内部的圆球和三棱锥。

我安顿好晚晚，一步步向鱼首人身的雕像逼近。“长江之神，”我看着对方，“不，你只是躲在这里的一个妖怪，来自未知虚空的妖怪而已。”

长江之神的身体开始萎缩，我手中的铜剑不断在琴弦中切割。这是翁载慈当年的研究结果，可是他做不到，他只是来自欧洲的传教士，而我……我看向手臂，看到了肌肉、血管、骨骼的纹理，每一个细胞都充斥着与这个空间交融的音符。

断裂的琴弦在我身体里如同细胞双螺旋DNA不断重组，我用尽身体里所有的力量，改变这空间的一切。庙宇越来越小，当只能容纳我和长江之神的时候，叶江和王小飞的身体崩裂，枯骨化作了飞烟。我回头，想用所有的力量把叶江找回来，但这是不可能做到的事情。叶江用最后的怨气把王小飞困住，与王小飞同归于尽，也是在帮助我剪除长江之神的爪牙。他的目的达到了。

我手中的铜剑刺入了长江之神的身体，正中他腹部的三棱锥。鱼首人身雕像再次化为乌有，只剩下一个细小的三棱锥，粘附在铜剑的剑刃上。

庙宇继续缩小，渐渐只有一个首饰盒大小。我的力量只能做到这一步，坚固的首饰盒闭合，把三棱锥封印，同时铜剑也碎裂成无数的碎片。我捧着这个盒子，站在东山之巅。

我抱着晚晚，对着空中大声喊：“叶江！对不起！我没有能力把这个妖怪杀掉，为你和宁宁报仇！”

东山之巅的巨大电视塔上，一道剧烈的闪电从乌云中劈下，电视塔迸出了崩裂的火星，拦腰折断，发出刺耳的金属摩擦声，钢架扭曲，随即缓缓地塌到地面。

我看着这个钢铁巨塔崩塌，继续对着天空大喊：“我会把晚晚带回家！我很快就会回来！”

这就是我的使命——永远镇压这个妖邪的怪物，直到我漫长的生命耗尽，找到下一个替代者。

但是至少现在，这一切应该结束了。

长江的汛期来得比往年要早，这是一个不寻常的现象。老的六码头附近的江边，那块本应该淹没在江水中的诡异礁石，现在已经被江水淹没了一半。

一个肥胖的中年男人慢慢行走到江边，对着礁石，慢慢坐在护堤的青石上，他就是王小飞。此时他气喘吁吁地掏出一支烟，狼狈点燃。他两百七十斤的体重并不适合长时间逃窜。市公安局已经发出了通缉令，他的特征十分明显——罕见的肥胖。这导致王小飞即便使用假身份证、假护照都无法从高铁站和机场逃脱。

王小飞深吸了一口烟，脸上露出了得意的笑容。他把手里的真皮公文包放在脚下，江水的浪花把公文包浸湿了。

他把一支烟抽完，看向身后繁华的城市夜景，随后把公文包打开，里面是七枚铜钱。

王小飞对每一枚铜钱都很熟悉，每一枚铜钱第一次到他手里的时候都是铜锈斑驳，但是现在都变得锃亮光滑、圆润柔和。王小飞野兽般的手指在铜钱间摸索，摸到了其中的一枚。

这一枚……

王小飞拈住铜钱，放在眼前，看了一会儿，这是他的第一枚铜钱，本属于那个叫严茂的小屁孩。

严茂坐在江边钓鱼，王小飞看见他的两个同伴离开了，他想讹诈这个小孩身上的零钱。当严茂把钱包里的零钱都交到他手里的时候，王小飞看到里面还有一枚古朴的铜钱，即便是十几岁的少年，也知道这枚铜钱价值不菲。

严茂把铜钱紧紧地攥在手心："这是我爸爸带回来给我的礼物，求求你，我不能给你。"

王小飞打算放弃，但是浑浊的江面突然变得清澈，江水如同镜子，映射出他的脸庞。江水中的王小飞说："铜钱，铜钱……"

"你是谁？"

王小飞惊呆了。

"铜钱，我要铜钱，很多的铜钱，献给长江之神的铜钱。你想起来了吗？"水中的倒影急切地说，"我就是你，我就是你。"

王小飞想起来了，他并不属于这个世界，他属于长江之下的那个世界，而铜钱就是买路钱。他和哥哥共用着同一个灵魂，身体却阴阳两隔。

严茂把铜钱吞进嘴巴，王小飞把他的脑袋摁到江水中。江水中的王小飞死死地拉住严茂。王小飞看向四周，炎热的夏天，江边没有人，一个人都没有。

严茂的上半身浸在江水中，搁在江堤上的双腿在剧烈痉挛。王小飞闻到了一阵恶臭，看到尿液和粪便从严茂的短裤中渗出。

王小飞手足无措，看着严茂的双腿慢慢僵硬，江水哗啦啦响了几下，哥哥的脸出现在江水中，朝着他嬉笑。

哥哥的手从江水里伸出，让王小飞惊吓万分。那是一条只有白骨的手臂，手臂上布满了绿色的水藻长毛，铜钱托在掌心。

王小飞忍住恐惧拿过铜钱，看着严茂的尸体慢慢滑入江水，哥哥带着严茂的尸体走了。哥哥告诉王小飞，铜钱，这是神给你的铜钱，你我的命运，神已经安排好了。记住，一个献祭，一个铜钱……

王小飞把这枚铜钱含在嘴里吸吮了一会儿，扬手把铜钱扔进江水中，随即伸手从公文包里拿出了第二枚铜钱。

从这枚铜钱开始，铜钱就是神赏赐给他的礼物。

九码头的黑帮在火并，老刘的手下砸了发权在银帆歌舞厅暗室里的地下赌场，并且向警方告密了另外两个。发权在酒桌上恶狠狠地说，姓于的，姓秦的，你们谁能给他们一个教训，以后谁就打理我的赌场生意。十几个小弟都低下了脑袋，不敢回应，谁也不敢招惹警察和警察的家人。王小飞也低下了头，和其他人不同，他的脸上没有恐惧，只有兴奋和期待。

秦阿姨在菜场寻找她的珍珠项链，那是老秦送给她的礼物。秦阿姨很喜欢，可是在菜场里被人偷了。珍珠项链是老秦靠着出差到云南的补助，在昆明买回来的。老秦现在很忙，秦阿姨不能让老秦知道珍珠项链被她弄丢了。

菜场已经歇业，秦阿姨无助地在一堆烂叶中摸索，徒劳地寻找。

“秦阿姨，我看到有两个小孩子在江边玩一条珍珠项链……”

秦阿姨转头，看见一个少年真诚地站在她身后。

“小飞，”秦阿姨说，“你看见了？你真的看见了？”

王小飞点头。

“快带我去。”秦阿姨跟着王小飞走向江边，两人的身影融入夜色中。一辆警车从不远处的沿江大道上呼啸而过。

这是王小飞的第二枚铜钱。王小飞把铜钱含在嘴里片刻，扔进了江水。

第三枚铜钱，应该是夏月的买命钱。可是王小飞在暗中第一次认真审视夏月的时候，就放弃了把夏月献给哥哥说的那个神的念头。一个枯瘦如柴的小丫头竟然长成了这么漂亮的女孩，不应该送给那个神，她应该属于我王小飞。

王小飞为此付出了代价，那是什么样的恐惧啊，即使逃到了几十公里外的郊县，那个妖怪也能找到他，让他陷入无尽的恐惧中。

王小飞恳求哥哥，恳求神，他会给神一个女孩，但不能是夏月。

不是夏月，那就是那个讨厌的收破烂的妹妹吧。那个小女孩本就不该活在这个世界上，我替她解脱。

第四枚铜钱，第五枚铜钱，第六枚铜钱……

第七枚，神变得急切起来，神似乎意识到了什么。

王小飞的担心没有错，第七枚铜钱本应该是叶江，但是叶江失踪了，被那个糟老太婆藏起来了。那就于力舟吧。于力舟是个好人，但是他现在似乎找到了我的把柄。

第七枚铜钱拿到手中后，于力舟竟然回来了。与神的契约不能违背，好吧，还有一个小女孩。

王小飞臃肿的嘴唇吧嗒一下，他做到了，他从来没有让神失望过。

王小飞把第七枚铜钱扔到了水里。现在，他可以和哥哥在一起了，永远地生活在另一个世界，长江之下的世界。这是我们的归属。哥哥，我们要相聚了，永远。

王小飞看着水中的那块礁石，哥哥很快就要出现了，他会带着自己离开。

时间在流逝，王小飞不断看向夜空，几点了？哥哥为什么还不来？

“他不会来了。”

王小飞看向身后。

穿着便服的于力舟站在他身后，几步之外，老于所长和秦所长的眼中冒出了炙热的火焰。王小飞看向了下游方向，几个警察正在慢慢逼近。江面上，一艘水上派出所的巡逻船正行驶过来。

“这么说我跑不掉了？”王小飞轻声问于力舟。

“如果真的有那个世界，”于力舟语气悲伤而舒缓，“你的哥哥应该死了，不对，他出生的时候就死了，他消失了。”

“不可能的。”王小飞笑起来，“谁也无法对抗长江之神，我们是神的儿子。”

“风风能。”于力舟说，“你知道你为什么讨厌他吗？他的爷爷是最出色的江童，他继承了他爷爷的能力，能够对抗那个妖怪的人就是风风。”

“我还是不相信，”王小飞说，“不会的。”

“现在，”于力舟说，“这个话题结束了。我们回到现实吧。王小飞，我现在要逮捕你。”

老于所长、秦所长、警察们都走到了于力舟身边，把王小飞围住，现在王小飞连跳入长江的机会也失去了。

王小飞伸出双手：“你只有一个证据，那串珍珠项链。”

于力舟点头：“项链上采集到了你的指纹。”

老秦走到王小飞的面前，用老朽的拳头狠狠地揍他。王小飞的脸上鲜血淋漓，但是无伤要害，反而是老秦捂着胸口慢慢蹲下。警察飞快地把老秦扶起。

于力舟用手铐把王小飞铐上：“这一件案子就可以让你伏法，我没有耐心了，你太聪明了。”

“是的，”王小飞站起来，“证据确凿，我认罪，但是当年我还不到十八岁，你忘记了这点。”

“你会活下去的。”于力舟面无表情地说。

王小飞的脸色瞬间从轻松变得煞白。

赵长风和晚晚在当年那个烂尾楼的地下室里被找到了，是两个夜总会公关小姐报的警。其中丰腴的女孩急切地向赶来的警察诉说，十一二点的时候，一个消瘦的男人用斧头砸开了封闭地下室的铁锁。

苗条一点儿的女孩插嘴说，这个地下室有鬼，她们警告过这个男人。

丰腴的女孩又说，苗条的女孩说，今天夜总会临时放假，听说是在抓一个罪犯。

苗条的女孩说，她们就在不远处的地摊吃宵夜，看到警车在夷陵大道上来回了很多次。几个小时之后，那个男人还没有出来，她们就觉得这个男人一定有问题。

于力舟赶到的时候，刚好听见女孩同时对下属警察说：“于是我们就报警了。”

于力舟进入了地下室，看到赵长风抱着晚晚，两个人都浸在黑暗的污水之中，都已经晕厥。于力舟跳入水中，抱起了晚晚，另一只手拉着赵长风，把他拖到楼梯上。赵长风突然醒过来，大声喊：“我要回去，我去守着长江之神！”

警察手忙脚乱地把赵长风架起来，赵长风开始挣扎，“我和叶江杀了王小飞，我们报仇了。舟舟，夏月，我们报仇了。”警察用力摁住赵长风，一个铜镜跌到地上。

“轻一点儿！”于力舟大声喊，“他是我的兄弟。”

赵长风冷静下来，双眼通红，“我是江童，我们的诅咒结束了。舟舟，把镜子给我，我要回到我该去的地方。”

小警察都茫然无措，显然这个人已经疯了。王小飞刚刚被缉拿归案，而这个疯子说他杀了王小飞。

于力舟叹口气说：“把他们先送到医院。”

于力舟和警察带着赵长风走到路边的警车旁。夏月冲过来，抱住晚晚，双手在晚晚的全身上下不断摸索。

“放心吧，”于力舟说，“晚晚毫发无伤。”

夏月噙着泪水，看着已经疯癫焦躁的赵长风：“他答应我们的事情做到了。”

于力舟用手把夏月揽到怀中，在夏月的耳边轻声说：“不要再说了。”

警车上的赵长风突然喊起来：“舟舟。”

于力舟说：“我在这里，放心吧，晚晚没事。”

“镜子。”赵长风说完，身体虚脱，靠在了车座上。

一切都结束了，于力舟和夏月看着九码头繁华的夜景，万达广场的灯光一片辉煌，路边的夜市摊和卖小商品的地摊连绵不绝。

两个星期之后。

夏月和于力舟到了优抚医院。优抚医院的住院科海欣主任把他们带到了办公室，办公室里坐着一个衣着朴素干净的中年女性。

海欣主任向于力舟和夏月介绍：“这位是上海精神卫生中心的黄医生。”

“你好。”于力舟伸出了手。

黄医生握手的时候，主动介绍：“我是赵长风的精神治疗医师，我早该知道，他应该回到家乡了。”

四个人在办公室内的椅子相对而坐。

“风风，他什么时候开始得的病……”夏月问。

“五年前，”黄医生说，“他上班的公司有两个到马来西亚旅游参观的名额……他公司总部在吉隆坡。”

黄医生停顿了一下，看着夏月和于力舟，接着说：“赵长风把这个名额给了自己的父母，结果他的父母回国的时候……五年前的那个航班，你们应该知道……”

夏月把于力舟的手臂紧紧攥住：“原来、原来……”

黄医生点头："是的，他等待了两个月后，从北京回来，在公司里病情发作。他失业后，女友也抛弃了他，他一直待在闵行区的一个出租屋内，靠领取一点儿救济生活。他坚持想当一个网络作家，甚至自费出版小说，用完了抚恤金，可能还有之前的积蓄。"

"然后他开始在您这里看病？"于力舟明白了来龙去脉，转头对夏月说，"看来他真的是病了。"

"风风还会好起来吗？"夏月开始哽咽。

黄医生尴尬地说："可能需要一个很长的治疗周期，你们需要有耐心。我知道你们，赵长风在我面前提起过你们多次，你们是他唯一的亲人了。"

夏月说："无论多久，我们都等。"

黄医生指着办公桌："全部的病历和资料我都转移到了海欣医生这里，今后你们可以向海欣医生咨询赵长风的病情进展。"说完，黄医生看了看手表，"我买了中午一点的高铁，我现在要出发了。"

"我送你吧。"于力舟主动说道。

"不用了，"黄医生礼貌地说，"海欣主任给我安排了车辆。"

黄医生走了，于力舟对着海欣主任说："我想看看他……合适吗？"

"当然可以，"海欣主任说，"他现在和那个严福海每天在一起高谈阔论，没有攻击性，情绪都很稳定。这也怪了，之前严福海这个老病号每天都想着逃出病房，赵长风来了之后，跟他一见如故，他们是之前就认识吗？”

夏月和于力舟两人相互狐疑地看了对方一眼。

“一定是认识，这个严福海也是你们港务局的职工，当年长期在三峡工作。”海欣主任补充说。

夏月吃惊地把嘴巴捂住，于力舟冷静地说：“是的，这个严福海有个儿子，叫严茂，是我们从小一起长大的好朋友。”

“严福海的儿子我见过，他的妈妈……是的，他的妈妈叫他小茂，没错，我记得。”海欣主任又迷惑起来，“可是那个叫小茂的男孩才十几岁，不太可能跟你们是发小吧。”

“那是小严茂的哥哥，也叫严茂，”于力舟苦笑了一下，“十八年前淹死在长江里了。”

“原来是这样。”海欣主任恍然大悟，“这就是严福海妄想症的源头所在。”

于力舟看着夏月：“风风从来没有见过严茂的父亲，不知道他叫严福海，因为严茂的父亲似乎永远都在长江上游两百公里的瞿塘峡的趸船上工作，很少回来。在严茂落水之后，严福海就完全崩溃，勉强跟妻子生活了两年后，就再也没有出现在大家的视野中了。原来他是被严茂的母亲送到这里治疗了。风风坚持说那具尸体是严茂之后，我还去过一次严茂母亲家里。”

三人边走边说，很快到了一个隔离病房。病室的通风窗口用粗大的栅栏隔起来。

“不是说他们没有攻击性吗？”于力舟问。

“没办法，”海欣主任摇头，“前几天，我们听了他们的谈话，他们似乎在讨论要逃出医院，到一个异度空间里去……”

夏月和于力舟透过栅栏，看见赵长风和一个老头在一起热烈谈论，那个老头应该就是严茂的父亲——严福海。

“宋继森，我告诉你，”赵长风的语气平和，并不像一个精神病人，“三棱锥体是生命，透过弦，穿越空间而来。”

宋继森？

夏月和于力舟面面相觑。

海欣主任也尴尬地说：“老严来这里之后，一直说自己是宋继森，是一个物理学家。”

“让我们单独待一会儿好吗？”夏月恳求海欣主任。

海欣主任点点头：“希望他还认得你们。”

夏月和于力舟靠近了铁栅栏，看见严福海对着赵长风说：“我认为三棱锥体只是一个高维度的现象，它是一个能量体。既然是能量体，应该是来自我们的宇宙。”

“既然是我们宇宙的能量体，那它就要遵循我们宇宙的物理规则。我们的宇宙，没有任何物质和能量能超越光速。”

“不不不，”老严摆手，然后转向了墙壁的一面，“你看我的计算，这个能量体掌握着极为先进的科技，它能够利用白洞的能量扭曲并折叠空间。”

于力舟和夏月看到，老严面对的墙壁上写满了密密麻麻的物理和数学公式。

赵长风说：“老宋，我说了，在微观的层面，你的计算是无效的，你从根上就错了。琴弦，那些弦，是不可计算也不可观测的。”

“可是你观测到了，并且你能掌握规律。”老严不肯示弱。

“那是因为我能够从微观角度观测，实际上在我观测的时候，我能预测到塌落状态……”赵长风用手指了指身后。

夏月和于力舟看到，赵长风身后的那面墙壁上，画满了圆形套三角形的图案，大大小小，密密麻麻。

“风风，”夏月的手抓住了栅栏，“我们来了。”

赵长风和老严（或者老宋）的谈话被打断，赵长风静默了半分钟，把头转向栅栏，看到了夏月胳膊上的黑色袖箍。

“奶奶去世了？”赵长风问。

夏月的眼泪潸然而下，声音哽咽，无法说出一句话来，只能不断点头。

于力舟冷静地说：“昨天办完的丧事。”

赵长风继续说："不要在晚晚的面前提起我，不要勾起她的记忆。"

于力舟说："晚晚什么都想不起来了，放心吧，她一辈子都不会知道。"

"诅咒解除了，"赵长风笑起来，"你们好好地活下去，把晚晚抚养大。"

"你到底是疯了，还是真的是个水怪？"夏月的脸贴在栅栏上，"你不要疯，你还有我们。"

赵长风后退了一步，不置可否，看着夏月号啕大哭。

于力舟抱住夏月，把胳膊放在栅栏上："风风，我依然不能相信这一切……"

"再见。"赵长风笑着说道。

于力舟抱着痛哭流涕的夏月离开了。赵长风弯下腰，从门下捡起一面镜子，递给宋继森。宋继森捧着镜子哈哈大笑起来："他们真的相信你没疯？"

"不，"赵长风微笑着说，"他们内心认为我真的疯了，但是即便疯了，他们也相信我这个疯子。他们是我的亲人，哪有亲人会完全放弃希望的？"

于力舟和晚晚在滨江公园的草地上追赶，最后于力舟把晚晚一把抱起来，旋转了两圈，躺在地上，用双手把晚晚举起来。父女俩都发出开心的笑声。

夏月走到了父女俩身边，晚晚开心地叫："阿姨，阿姨来追我。"然后跑到了十几米远之外。

夏月轻声地对于力舟说："昨晚，风风和严茂的父亲从优抚医院逃跑了。"

"我知道。"于力舟说。

"海欣医生打电话告诉我，"夏月说，"监控没有他们走出医院的记录。隔离病室的门锁也没有开启的痕迹，病房的监控里昨晚的记录因为设备的故障而丢失……他们在隔离病房里凭空消失了。"

于力舟躺在草地上："我带你去个地方，去见个人。"

"是风风吗，你把他藏起来了？"

"你去了就知道了。"于力舟微笑起来。

一个小时之后，于力舟驱车带着夏月开往江南的拘留所。在车上，于力舟对夏月说："我调查了一个叫宋继森的人的资料。"

"真的有这个人？"夏月吃惊地问，"不是严茂父亲杜撰的姓名？"

"还真的不是，"于力舟说，"宋继森，电磁物理学家，他八十年代在三峡地区考察时失踪了，相关部门没有声明他在三峡做什么研究工作。"

"那他到底是严茂的父亲，还是叫宋继森的科学家？"

"没有答案，"于力舟重申了一遍，"没有答案。"

车开到了江南拘留所。

狱警带着于力舟和夏月通过长长的甬道，到了一个房间。

房间里一个体型庞大的胖子，木然地看着窗口。

王小飞看见了于力舟，冲到窗口前，嘶吼起来：“求求你，求求你，判我死刑，马上执行，求求你，求求你……”

夏月看着这个折磨了自己半生的恶魔变得憔悴而脆弱。王小飞对夏月视而不见，他对着于力舟跪下来，不断磕头，用尽全力磕头，额头很快就头骨破碎，脑浆迸裂。

夏月吓得尖叫起来。

可是随即夏月看到，王小飞额头的伤口瞬间就恢复了，头骨愈合，然后变成了一头猪。夏月痛苦的回忆升起，忍不住用双手捂住脸颊。

野猪的身体倒悬起来，脖子上的皮肤崩裂，一道伤口从脖子下方贯穿到他的心脏。搏动的心脏把血液从伤口处迸射出来，地面上溅满了猪血。野猪发出临死前的哀嚎，随后鲜血流尽，四肢不断地痉挛。

夏月鼓起勇气，放下双手，看见王小飞又站在面前，隔着窗口，对着于力舟恳求：“饶了我，饶了我……”随后又转身，对着牢房内低声说道：“放过我，放过我。”

几个戴着斗笠的人拿着杀猪刀，还有各种屠夫的工具，沉默地看着王小飞。其中一个把王小飞的尾巴拉住，另外几个把王小飞狠狠地摁在地上，最后一个人把杀猪刀捅进了王小飞的脖子下方。刀刃割开王小飞的心脏，血液迸出，流淌在地上。

周而复始。

于力舟对着挣扎的王小飞轻声说：“我说过，你会活下去。”

夏月再仔细看的时候，牢房里到处飘浮着黄表纸，每一张黄表纸都画着一个圆形套三角的符咒。夏月似乎闻到了熟悉的味道，过了片刻，味道消失了，夏月不知道这个味道是来自赵长风，还是来自长江的江水。

于力舟和夏月踏上回程，驱车通过至喜长江大桥。夏月看到大桥的人行道上，十几个穿着蓑衣戴着斗笠的人在慢慢行走，夏月吃惊地轻呼了一声。于力舟放慢了速度，车窗外，十几个长江水怪一个个爬上了栏杆。

夏月似乎意识到了什么，立即打开车门。于力舟把车靠边停下，然后抓住了要跳下车的夏月的胳膊。

只剩下最后一个长江水怪还站在栏杆上。

“向他告别吧。”于力舟轻声说。

夏月冷静下来，轻轻挥了挥手。最后一个水怪佝偻着身体，展开背鳍，蜷缩关节，一双诡异的大脚的脚趾长着弯曲狰狞的趾甲，脚趾粗长，之间连着脚蹼。

水怪的脸部没有鼻子，面部煞白，但是他挂着赵长风一贯的微笑。

夏月也轻轻地把手抬起来，挥了两下。

水怪转身，消失在栏杆之下。夏月还是忍不住跑到了栏杆边，朝下看去，只见水怪的身体没入滚滚的长江水中。

于力舟也站到了夏月身后，两人看着江水东流。远方高楼大厦林立的繁华城市，渐渐地融在夕阳夜色之中。城市的道路上，路灯开启，形成了无数的模糊光带。

《长江之神：化生》完

云舍